春日みかげ
illustration ainezu
ハズレ武将
『慎重家康』と、エルフの王女による
異世界天下統一
JN022435

徳川家康
天下統一を成し遂げ寿命で死んだと思ったら、何故か20歳の肉体に若返り異世界に転生していた。慎重すぎる性格はそのままに、やりたくないのにエルフの国の大将軍に就任させられてしまう。
イヴァン・ストリボーグ
暗殺の得意なクドゥク族の王子。子供時代に成長が止まるので見た目は幼いが、家系に遺伝する異能力を持ち、暗殺、諜報活動、要人警護を得意とする。

セラフィナ・ユリ
盾の魔術や治癒の魔術を操る、若干ポンコツなエルフの国の王女。人間に襲われたところを助けてくれた家康に、エルフの国を救ってもらおうとする。
エレオノーラ・アフォカス
エルフの森を守る国防長官。名門の令嬢でエルフ族一の資産家。セラフィナとは子供の頃から姉妹のように育ち、今でも公私ともに面倒を見ている。

ハズレ武将『慎重家康』と、エルフの王女による異世界天下統一

春日みかげ
illustration ainezu

World Map
旧クドゥク王都：ハミナ
『アンガーミュラー王国』
草原の都市：
王都ヴォルフガングリオン
ダーナウ河
レイン河
ローレライ山脈
ザス河
エッダの森
ブロンケン山
温泉都市：オウル
『モンドラゴン
皇国』
聖地：ハイドロイ
『スラの島』
黄金都市：
帝都エレンスゲ
トパ山
砂漠地帯
砂漠都市：ノイス

『魔物の世界　暗黒大陸』
『大厄災戦』
ザキモリ砦
氷雪地域
氷の都市：キール
アラベルキ山脈
水上都市：ザーレ
湖の都市：ウルム
ガルト海
森林地帯
森の都市：ハグリ
イエヤスが
転生してきた
私たちの世界の
地図よ～！

第一話

「うん？　ここはどこだ。目映《まばゆ》い蓮《はす》の花に囲まれた泉の世界だと？　俺は、駿府城《すんぷじょう》で七十五年の天寿を全うしたはずだが……」

『初めまして、徳川家康《とくがわいえやす》さん。ここは神だけが立ち入りを許可されている天界の最高次階層、有頂天。そして私はあらゆるマルチバースを管轄している女神で〜す♪』

「天竺人《てんじくじん》か？　俺は慎重な男、自分の名も名乗らぬ神など信用せんぞ」

『……う、ふ、ふ……相変わらず石橋を叩《たた》いても渡らないお方ですね〜。私の名前はあなたには聞き取れない発音ですので、名乗っても伝わらないんですよ』

「なんとも信用おけぬ」

『まあいいでしょう。おめでとうございます家康さん！　あなたは見事に戦国日本を統一する偉業を達成され、東照大権現《とうしょうだいごんげん》という神号を得られました！　これより、あなたは神です！』

「待て。俺が神号を得たのは、幕府を安定させるための箔付《はくづ》けだ。本物の神になるなどまっぴら御免、辞退する。どうせ生前よりも面倒な重荷を押しつけられるに決まっているからな。海千山千の戦国日本を生き抜いてきた俺には、その程度のことはお見通しよ」

『(ぴく、ぴく。どこまで慎重なんじゃいこの男)……いーえ！　辞退は許しませ〜ん！　新米の神が果たすべき義務として、あなたを異世界を救う勇者に任じます。陰キャで英雄らしさ皆無、常軌を逸したドケチ、後世では織田信長《おだのぶなが》に圧倒的な差を付けられて不人気という『ハズレ』勇者ではありますが、神になる条件を満たしてしまったので仕方ありませんね〜。頑張って魔王を倒してくださいね〜♪』

「うぬう。英雄信長公に百歩劣ることは認めるが、異世界での魔王討伐なんて冗談ではない！　この家康、苦労続きの生涯を送ったが、死してなおこれほどの苦難を与えられるとは？　いったい俺がなにをしたというのだ!?　頼む、安らかに眠らせてくれ！」

『あなたは天下を統一して神になったんですから、これはご褒美で〜す♪　勇者職は特典盛り盛りですよ？

苦難と捉えるかご褒美と捉えるかは、考え方ひとつですよ〜？』

「俺は乱世を生き延びるのに必死だったに過ぎん！　健康と長寿を心がけているうちに、たまたま信長公も太閤《たいこう》殿下も亡くなったので、年功序列で天下人の座が転がり込んできただけだ！　俺はただ慎重だっただけで、そもそも天下への野心などなかったのだーっ！」

『うふふ。六十、七十のご高齢になっても関《せき》ヶ原《はら》の合戦や大坂《おおさか》の陣で堂々と現場指揮官を務めていながら、それは有り得ませ〜ん♪』

「ほんとうだーっ！　世継ぎの秀忠《ひでただ》が致命的な戦下手だったせいで、年老いた俺までやむを得ず前線に出ただけで……天下分け目の関ヶ原の時なんて、総大将の秀忠が遅参して最後まで戦場に現れなかったのだぞ？　頼む。許してくれ、休ませてくれえええ！」

『いえいえ、勇者職こそがあなたの天職です♪　それでは魔王討伐、頑張ってくださいねっ♪』

　四百年に及ぶ戦乱の時代に終止符を打ち、徳川幕府を開いて日本国に二百六十年の天下安寧をもたらした古今無双の大英雄・徳川家康は、実に慎重な男だった。

　慶長《けいちょう》五年、天下分け目の関ヶ原の合戦で石田《いしだ》三成《みつなり》ら反家康派を撃破して五十九歳にして事実上の天下人となりながらも、最後の抵抗勢力たる大坂城を陥落させて戦国の世に終止符を打つまでになお十五年をかけた家康の慎重さと忍耐力は驚くべきもの。

　大坂城に籠城する豊臣《とよとみ》家を滅ぼして天下を統一した時、家康はなんと七十四歳。

　家康の死は、その翌年。当時の戦国武将としては格段に長命と言える七十五歳。大坂城陥落があと一年遅れていれば時間切れとなり、天下は再び乱世に逆行していただろう。さしもの慎重な家康も、己の寿命がもはや残されていないことを悟り、「気は進まぬがやむを得ん……」と強引に大坂城攻略に着手し、間一髪で間に合わせたのだ。

　その天下の覇王・徳川家康が、駿府城でついに没した。

　枕元には、罪人試し斬りの血に塗《まみ》れた神剣ソハヤノツルキ。

　どこまでも慎重な家康は、自身の死後も徳川幕府が揺らぐことのなきよう、自らを「神」となして諸国の大名を死後も監視し続ける計画を練った。神となった家康の遺体は、南光坊天海《なんこうぼうてんかい》、金地院崇伝《こんちいんすうでん》らによって密《ひそ》かに久能山《くのうざん》へ葬られ、その魂は日光東照宮《にっこうとうしょうぐう》に「東照大権現」として祀《まつ》られたのだった。

三河松平《みかわまつだいら》家の御曹司に生まれながら三歳で母と引き離され、六歳で今川《いまがわ》家に人質に送られ、その途上で身内に裏切られて織田家へ売り飛ばされるという悲惨極まる不遇な少年時代を経た家康。彼はその後も次々と襲いかかってくる艱難辛苦《かんなんしんく》の運命に耐えながら「厭《おん》離穢土欣求浄土《りえどごんぐじょうど》」という旗印を掲げて、日本の乱世を終わらせるという重い使命を七十五年をかけてついに果たし終えた――はずだった。

だが。

その徳川家康の魂は、死んだ直後に蓮の花が咲き誇る天上界に呼び出され、「女神」を名乗る妙齢の美女から「さあ、次の世界でも勇者としてきりきり働きなさい」と無情にも告げられ、問答無用で見知らぬ異世界へと転送されてしまったのだった……。


「……ううむ。またしても見知らぬ世界に飛ばされたか……」

家康が再び気づいた時には、周囲は見渡す限りの森林。当時の日本のどの医者よりも薬学・植物学に精通した漢方医学大博士の家康をもってしても、見たことのない新種の植物が蒼天《そうてん》を覆うが如《ごと》く生い茂っている。

さらには奇怪な鳴き声を発しながら、青空を飛び交う怪鳥たち。

地を這《は》い森に潜むは、猿とも狐《きつね》ともつかない面妖奇怪の野生動物ども。

そして、家康が経験したことのない湿度。なんという濃厚な空気。

小川の清流を覗《のぞ》き込むと、そこには老いた晩年の家康ではなく、若武者の顔が映り込んだ。

「うん？　俺はなぜ若返っているのだ？」

今の家康は老人時代とはまるで別人の青年武将。しかも「桶狭間《おけはざま》の合戦」の折に着込んだ、黄金に輝く金《きん》陀美《だみ》具足で全盛期の肉体を包んでいる。五体には今まで体感したことのない「力」が漲《みなぎ》っていた。この世界の濃厚な空気を肺に吸い込むことで、全身が活性化されるようだ。勇者職特典という奴だろう。

しかし家康はそれで安心するような性格ではない。どこまでも慎重かつ徹底した現実主義者だ。「人の一生は重き荷を負いて遠き道を行くが如し」という言葉が彼の口癖。ありとあらゆるリスクを想定し、徹底的にリスクを回避しあるいは潰していく「生き残り特化型」武将である。そこに英雄らしさや爽快さなどは皆無で、苛烈かつ劇的な生涯を駆け抜けた織田信長に人気面で到底及ばないのも道理だった。

「俺自身が処方した八ノ字（八味地黄丸《はちみじおうがん》）よりも、この空気は効く。吸うだけで五体に力が漲る。だが毒性がないとも限らん。呼吸は最低限に。まずは情報を収集し、身の安全を確保する。次に水と食糧の確保。最後に、薬草を選別採取して漢方薬を作る」

森の奥に分け入れば、虎や熊の如き猛獣が襲いかかってこないとも限らない。家康は幸いにも生前枕元に置いていた神剣ソハヤノツルキを腰に帯刀していたが、弓も槍《やり》も所持していない。武士にとって剣での近接戦闘は最終手段で、本来は間合いが長い弓や槍で戦うのだ。種子島《たねがしま》（鉄砲）があれば遠隔距離から猛獣を仕留められるのだが――。

実は徳川家の男には、蛮勇の血が流れている。若い頃の家康は、酷《ひど》く短気で感情を抑えられない暴れん坊だった。そんな勇猛果敢な本性を生まれ持ちながらも、幼くして人質に出され、さらには誘拐されて敵方に売り払われることから人生をスタートさせられるという厳し過ぎる環境が、家康に過剰なまでの「慎重さ」を付与した。

もしも家康がこの時、周囲の探査中に誰にも出会わなければ、彼は森の奥深くに隠されている洞窟をねぐらと決めて、何十年も野生生活を過ごすことになったかもしれない。

しかし、運命の女神は家康に「森での孤独な自活」を許さなかった。人の一生は重き荷を負いて遠き道を行くが如し。とりわけ家康の人生はそうだった。異世界においても。

「ああああなたたち、私を誰だと思ってるの？　エルフ族の王女セラフィナ・ユリちゃんだよ？　今日は長老様のために薬草を摘みに来たんだよ？　わわわ私に危害を加えたら人間とエルフとの間で全面戦争だよ？　ぶぶぶぶ無礼者、通しなさいよぅ～！」

丘の上だった。薄い絹のような素材の衣服に身を包み、手に長い杖《つえ》を握りしめた、まだ十代の若い娘が震えながらも健気《けなげ》に大声を発していた。

長い髪は輝く金色で、肌が透き通るように白い。人形のように整った目鼻立ちは家康に（南蛮人《なんばんじん》？　それとも紅毛人《こうもうじん》か？）と異国人を連想させたが、どうも違う。なぜならば、耳が奇妙に尖《とが》っている。衣装の形状も、家康が見たことのない珍妙なものだった。この娘は未知の国の人間だ、この世界では動植物だけでなく人間の性質も違うのか、と家康は目をしばたたいた。

「なぁにがエルフ王女だ。いいかいお嬢ちゃん、エルフの国なんてもうとっくに滅びてんだよ。かの大厄災戦争で魔王軍に王都を無様に落とされた瞬間になーっ！」

「今や、この大陸は魔王軍を追い払った俺たち人間様のものになったんだよーっ！　エルフは先祖伝来の森に籠もって滅びを待つだけなんだよーっ！」

少女を囲んでいる男たちは、みな二十代から三十代といったところ。めいめいが南蛮風の鎖帷子《くさりかたびら》や兜《かぶと》を身に帯び、右手には槍を、左手には鉄製の盾を装備している。彼らもまた南蛮人のような風貌だった。戦士らしく肩や背中の筋肉が発達しており、肌のあちこちに戦傷が見える。だが、装備が統一されていないし、規律を守るつもりもない。森で遭遇した娘を取り囲んで言葉で嬲《なぶ》るなど、まっとうな武士ではなかろう。ならず者あがりの傭兵《ようへい》集団といったところだな、と歴戦の家康は即座に判断した。

「くっ……違うもん！　私たちの王都は無様に落とされてなんていないもん！　果敢に魔王軍と戦ったんだもん、父上も国防長官たちも！　私たち若いエルフの世代に復興の希望を託して――あなたたち人間が、魔王軍から奪った王都をエルフに返還せずに不法占拠し続けているんでしょ～！」

「不法占拠？　実力で奪ったものをタダで返すお人好《ひとよ》しじゃねえんだよ、俺らの王様はよ。なあ相棒。ここで慰み者にするのもいいが、王女ならば高値で売れるぜ！　捕らえて奴隷として売り飛ばそうぜ！」

「一人ぼっちでエルフの森の境界を越えてくるなんてよー、ほんとうに王女かどうか怪しいもんだけどなーっ！」

「バカだなあ相棒。その世間知らずさがガチっぽいんじゃねーかよ。よほどいいところのお嬢さんなんだぜ、こいつ」

「ま、美人だし、銭にはなるよなーっ！　ただし……味見はしていこうぜ、この場でよう！　教団の勅書によって今やエルフは亜人に落とされたんだ、もう人間じゃねえんだ！」

「そうだな相棒！　人間じゃねえんだから、どう扱おうが構わねえよなあ！」

「……ちょ、嘘《うそ》でしょ？　えええエルフ狩りをする人間の傭兵や野盗がいるとは聞いていたけれど、ほんとうだったなんて……なにが亜人よぅ！　も〜怒ったあ！　私は戦うのは苦手だけれど、自分の身ぐらいは自分で守れるんだからっ！」

「えるふ」と呼ばれている耳が尖った少女が、杖を掲げて短い呪文を詠唱した。


この時の家康には、この異世界の知識がない。故に（妙な棒術だな）と首を傾《かし》げたが、彼女は「魔術」を用いたのだ。この異世界には、魔力を用いる魔術の使い手が存在する。少女もその一人だったのだ。

「術式展開！『盾の魔術』！」

杖の先端が輝きを発し、少女を守るかのように空中に半透明のドーム状の「壁」が展開しはじめた。だが、傭兵たちは戦い慣れている。一斉に四方から槍を突いて、壁が完成する前にその隙間を強引にこじ開け、魔術発動を防いでしまった。

「嘘っ!?　あんなに練習したのにっ？　やっぱり私には『治癒の魔術』しかまともに使えないのぅ？　私ってば、なんて甘かったの……って、そこで見物している黄金甲冑《かっちゅう》の騎士！　さっきから葉っぱで身を隠して、なにを傍観しているのよぅ？　乙女を暴漢から守るのが騎士の務めでしょっ？　さっさと助けなさいよぅ！」

「……しまった。光が反射して漏れていたか。やはり黄金の金陀美具足は、隠形《おんぎょう》には向いていない」

この時家康は、「戦場ですらないのに娘攫《さら》いとはなんと愚劣な連中だ、武士の風上にもおけん」と呟《つぶや》きながらも、巨大な葉を数枚引きちぎって隠れ簑《みの》に用い、大木の幹に身を潜ませ気配を消して、丘の上で起きている事態を観察していたのだった。

『さあ、これが勇者としての最初の任務ですよ。彼女がこの異世界であなたが守るべきエルフの姫ですよ。颯爽《さっそう》と救いに行きなさい。私が指導してあげられるのはここまでです』

脳内に「女神」からの指示が飛んでくるが、家康は（まだいたのか、お前）とぼやきつつ、慎重に様子を見守るつもりだった。

少女を襲っている傭兵集団の数は六名。一対六では勝算はないとは言わないが、絶対にあるとも言えない。そもそも、ここは謎の異世界。家康は常々愛用している石鹸《せっけん》も持っておらず、かすり傷ひとつを負っただけでも破傷風で死ぬ可能性があるため、傭兵たちが種子島を持っていないことをまず確認していたのだ。

さらに、えるふだのなんだの知らない単語が飛び交っていて、事情も知らないままに迂闊《うかつ》に関わると厄介そうだった。故に、名を名乗らず傭兵どもの背後から無言で斬りつけて少女を救うや否や即座にこの場を離脱し、「女神」が敷いた勇者ルートから外れる機会を慎重に見計らっていたのだが、敢《あ》えなく見つかってしまった。

そもそも、家康は身分の高い女性がどうにも苦手だった。

家康は、駿河《するが》の今川家に人質として捕らわれて下僕働きをさせられていた十代の多感な時期に、今川家当主義元《よしもと》の姪《めい》・瀬名姫《せなひめ》（築山殿《つきやまどの》）という強気この上ない年上の妻と結婚させられ、長らく妻の尻に敷かれていた。

とはいえ、二人の間には嫡男の信康《のぶやす》も生まれ、夫婦関係はそれなりに円満だった。

ところが今川義元が桶狭間の合戦で尾張《おわり》の織田信長に討たれたため、家康は三河家臣団の求めに応じ、今川家の植民地にされていた故郷の三河岡崎城《おかざきじょう》に入城。長い流転の果てにやっと独立することができたのだが、築山殿は今川家を裏切った家康を許さず、夫婦関係は冷え切ってしまった。

以来、家康は身分の低い女性のみを側室に選び、正妻を取ることを避け続けたのだが、そういう性格になったのは「朝廷に金を積んで徳川などと名乗っていても、あなたは三河松平の田舎土豪でしょう。よくも名門の今川家を裏切れましたね」と恨めしげに家康を責め立てた築山殿に引け目を感じ続けていたからである。しかも、家康と築山殿との結末は――。

「……………」

「ちょっと～？　どうして無言を貫いてるのぉ？　なんとか言いなさいよぉ～？」

「……俺は、通りすがりの旅の者だ……名などはない……さらばだ、娘よ」

「待たんかーい！　どう見てもあなた、名のある騎士だよねっ？　超強そうだよね？　黄金の甲冑なんて、普通の騎士じゃ一生働いても手に入れられないもん！　黄金はこの大陸では貴重品なんだから～！」

「こらっ、傭兵どもの食指を動かすようなことを言うなっ！　俺を巻き込むなっ！」

「なあにいいい？　黄金の甲冑だとおおおおっ？　マジじゃねーか！　相棒、この小娘はたいした魔術を使えねえ！　まずはあの黄金の甲冑野郎を追い剝ぎするぜえええ！」

「合点承知いいいい！　全身黄金作りだなんて、俺ぁ生まれてはじめて見たぜえ！　こいつはベラボーな値段で売れるぜえええ！」

「われら人間族の王ヴォルフガング一世陛下だって、ド派手だがよーっ！　それでも、あんな贅沢《ぜいたく》な甲冑は持ってねえよ！」

「なかなかのやり手そうだがよーっ、六対一なら勝てる！　怯《ひる》むな、一斉に押しつぶすぜえ！　野郎ども、ランスを掲げろーっ！」

「やれやれ、密かに六人を不意打ちして遁走《とんそう》するつもりだったが……ならば正面より参る。一人の小娘を大の男たちが嬲ろうとは武士の風上にもおけぬ奴ら。容赦はせんぞ」

そう応じながら、家康はため息をついた。

(これは「女神」の罠《わな》だ。この隙だらけの小娘に関わると、俺はこの異世界の厄介事に延々と巻き込まれる羽目になるに違いない。七十五年生きてきた老人の智《ち》恵《え》と経験が、そう俺に警告してくる。もっとも、肉体は二十歳の頃に若返ってはいるが)

後年、家康は「歳《とし》を取った人間は、ある程度の脂肪

を蓄えたほうが長生きできる。老人が痩せはじめたら死が近いということだ」という独自の健康観と加齢によって増量した。実際、最晩年に死病に冒されてからはみるみる痩せ衰えたが、予《あらかじ》め脂肪をつけておいたおかげで生涯最後の数ヶ月の「終活」期間をなんとか持ちこたえられたのだ。

しかし二十歳頃の家康は、生来の胃弱もあって痩せていた。とはいえ、鷹狩《たかが》りや実戦で鍛えに鍛え抜いた鋼の肉体だった。それは、当時着用していたこの金陀美具足のシルエットからも明白。後年の太った家康が着用した甲冑とは全く異なる、細マッチョ体型でなければ着用できない甲冑だった。

つまり今の家康は、二十歳の若々しい肉体と、七十五歳の天下人の知識と経験と技術の両方を持ち合わせた「完璧ないくさ人徳川家康」に生まれ変わっていたのだ。

家康は多趣味多芸の万能人だったが、武術も超一流だった。とりわけ兵法（剣術）には異様なまでに固執し、生涯に何人もの剣豪の弟子となって稽古を続けていた。

本来、大名たる者が剣術に固執する必要はないのだが、家康は慎重な男だった。祖父の清康《きよやす》も、そして父の広忠《ひろただ》も、家臣に暗殺されている。故に家康は、戦場で人を斬り殺すためではなく、いつ何時刺客に襲われようとも己の命を守れるように必死で剣術を修得したのだ。その上、幼少時から織田家や今川家で長年人質生活を余儀なくされていた家康にとって、刺客からの護身術は生き残るために絶対に必要な技術だったろう。

若い頃には上泉信綱《かみいずみのぶつな》の流れを汲《く》む三河の奥山神影流《おくやましんかげりゅう》を会得し、後年には伊東一刀斎《いとういっとうさい》の高弟・小野忠明《おのただあき》から一刀流を学び、さらに柳生宗矩《やぎゅうむねのり》から柳生新陰流《しんかげりゅう》を学んでいる。

今、この「剣豪として完成された家康」が、異世界の傭兵集団へ向かって剣を抜いた。

相手は槍使い。しかも六人。

だが、甲冑を着込みながらも敏捷《びんしょう》に駆ける家康は、

「フ。この世界に身体《からだ》が馴染《なじ》んできたのか、『女神』の声も聞こえなくなった。行くぞ」

と呟きながら「後の先」を取り、驚くべき足捌《あしさば》きで無造作に前進して、槍の間合いを即座に潰した。

まさか突進してくるとは？　と虚を突かれた傭兵たちが呆気《あっけ》にとられたその刹那、電光石火、家康は新陰流が誇る六連続斬撃技を放っていた。

元来の新陰流は一対一の立ち合いにおいて六連の技を繋《つな》げるのだが、今の家康は戦国時代屈指の剣豪の領域に到達している。七十五年間も天下を争ったいくさ人としての精神力と高度な剣術技術を保持しながら若返っている分、剣士としては師匠の柳生宗矩をも凌駕《りょうが》していたかもしれない。

「燕飛――猿廻――山陰――月影――浮舟――浦波――『燕飛六箇之太刀《えんぴろっかのたち》』!!」

「「「……ぐはああっ!?」」」

傭兵たちは、自分が一撃を食らって地に倒れたことすら意識できなかった。

家康が放った一本の剣が、六人の相手を一息で打ち倒していたのだ。

家康自身、（おお。なんという凄《すさ》まじい太刀筋！　技術と精神力と若さ、心技体が完璧なまでに揃《そろ》った時、剣術とはかくも強いものとなるのか？　しかもこの濃い大気が肉体に力を与えてくれている！　これが勇者職特典か？）と自らの剣技に驚いていた。

だが、（いやいや慢心するな。これは俺を勇者職に引きずり込むための罠よ。この男どもが弱かっただけのこと。傭兵とはいえ、所詮その性根は追い剝ぎ野盗の域を出ていなかった連中よ。この世界にも、想像を絶する強者が多数存在するに違いない。そのような強者に遭遇してはならない、危険を避けるのだ）とすぐに自分を戒めたあたりは慎重な家康らしいと言える。

「あ、あ、ありがとおおおお！　やっぱり私の見込んだ通り、強いじゃんっ！　黄金の騎士様最強っ！　ありがとうございますうう！　このご恩は一生忘れませええん！　その、美しく輝く剣はなにっ？　刃こぼれひとつしてない！　この世界じゃ見たことがないよ！」

「これは、日本刀という片刃剣だ。口程にもない連中だったな。殺すとあと面倒そうなので峰打ちにした。それでは娘よ、早くえるふの森とやらに帰るがいい。さらばだ」

早口気味に、呆然《ぼうぜん》と座り込んでいる金髪の少女にそう告げた家康は、急いで立ち去ろうとした。「剣呑《けんのん》剣呑、深入り無用」と呟きながら。

「ギャアアア、ちょっと待ってよぅ！　こんなところで放りださないで〜！　そんな生殺しみたいな真似《まね》、やーだー！　いやあああ、最後まできっちり助けてよぅ！　エルフの森にまで連れて帰って〜！　お願いっ、お願いしますぅ！　びえええええん！」

「ええいうるさい、鼓膜が破れるっ！　だいたいお前は誰なのだっ!?」

「私はエルフ王女のセラフィナ・ユリと申しますぅ！　どうかどうか騎士道精神を貫いて私を無事に森の宮廷まで送り届けてくださいっ！　黄金の騎士様！　お願いしーまーすーぅ！」

脚にしがみつかれてしまった。仮にも王女たる者がびえんびえんと泣くなと家康は苛立《いらだ》ち、つい親指の爪を噛《か》んだが、この悪癖は築山殿だけでなくたいていの女性に「品がありませんわ」「天下人の品格が……」と嫌がられていたことに気づいて、指を口から離した。

かの関ヶ原の合戦でも家康は、内応するはずだった西軍の小早川秀秋《こばやかわひであき》がいつまでも寝返らないで日和見を決め込んでいる姿に焦《じ》れて激昂《げきこう》し、親指の爪をせかせかと囓《かじ》りながら「あの小童《こわっぱ》の陣へ種子島を撃ち掛けろ！」と怒鳴ったものである。

もしあの威嚇射撃を受けた小早川が「おう、やんのか狸親父《たぬきおやじ》？」と逆ギレして敵に回っていたら危なかった。家康は関ヶ原で勝利した後、自分の無鉄砲さに震えあがったものだ。そして、さらに慎重になった。その結果、大坂の陣開戦まで十四年「待つ」羽目になった。

つまり家康は慎重な男だが、それは幾多の苦難に襲われ続けた結果、後天的に身につけた処世術。ひとたび切れると本来の短気者の性が出て、「一か八かの大《おお》博打《ばくち》に打って出る」とか「もはやこれまで、切腹する」とか言いだして家臣団を狼狽《ろうばい》させる。そして、そういう場合の家康はたいてい爪を噛んでいる。

家康の爪噛みは、切れて慎重さを見失った時のサインのようなものなのだ。

それほど家康はセラフィナに泣きつかれて困惑していた。そもそも、この隙だらけで泣き虫の娘はほんとうに王女なのか。日本の武家の娘とはあまりにも違う。日本では、村娘でももっと毅然《きぜん》としていたものだが……高貴な「王女様」への苦手意識は解消されたが、今度はどうにもセラフィナが心配で捨て置けなくなってしまった。

「このあたりはエルフの森の領域外なんだよぅ。いつ人間に襲撃されるかわからないとエレオノーラに止められたんだけど、私、どうしても長老様のために薬草を採取したくて～」

「ほう、薬草か。俺も薬造りが趣味でな。お前は薬師《くすし》なのか？」

「惜しい、ハズレ～！　私は魔術師ですぅ！　治癒の魔術しかろくに使えないんだけれど、良質の薬草さえあれば長老様の腰痛を治せるから、思い切って領域外に出ちゃった……領域外でなくちゃ摘めない薬草だったから……一人で来ちゃったことは反省していますぅ！　不用心でした、もうしません！　だから助けてくださーい！　後生！　お慈悲！」

「なんと。薬草を用いる治療の魔術師だと？」

　家康は、武士でありながら異常と言えるほどの薬マニアで、「健康のためならば死んでも悔いはない」と自ら様々な漢方薬を調合して毎日飲み続けていた変人である。つい、セラフィナの「治癒の魔術」に興味を抱いてしまった。セラフィナが奇妙な魔術を用いることは既にその目で確認済みだ。

「世良鮒《セラフィナ》よ。俺は徳川家康という武士だ。遠くの国から来た――この世界のことはなにも知らん。『えるふ』とやらも初耳だ。なぜ耳が尖っている。この世界の流行なのか？」

「ちょっと～、なに言ってんのよぅ？　この耳は、流行とかじゃないからっ！　エルフはみなこうなの、生まれつきなのっ！　とんがり耳は高貴なエルフ族の自慢なのっ！」

「……そうなのか。南蛮人、紅毛人以外にもいろいろな者がいるものだな」

「ギャー、耳を引っ張るなー！　そもそもエルフを知らないって、イエヤスぅ？　あなた、いったいどんな辺境から来たのさぁ？　もしかして、海の彼方《かなた》から来たの？」

　どうやらこの異世界も、群雄が割拠するかつての日本の如き乱世らしい。しかも魔王とかいう人外化生の存在を倒すのが俺の使命らしい。現実主義者の家康はますます（関わったら負けだ）と及び腰になった。だが、セラフィナが「行かないでえええ～」と泣きながらがっちり片脚をホールドして動かない。蹴り飛ばせば振り払えるが、中身は七十五歳の家康は、孫娘のような年齢の少女にそんな真似はできない。

「エルフの森の宮廷まで送ってくれればそれでいいから～！　お願～い！　スレイプニルが逃げちゃったの～！　女の子一人で徒歩じゃ無理いいいい！　このあたり、人間がいっぱいいるみたいっ！　あと、緊張が解けたらお腹《なか》空いた～！」

「だったらそのへんの草でも食っておけ。須霊不死竜《スレイプニル》とはなんだ？」

「ダーラヘスト（一角馬）だよ！　ダーラヘストはもともと気難しくて主をえり好みするんだけど、スレイプニルは私にあまり懐かなくて、薬草を摘んでいる間に消えちゃった！　だから、一人じゃ帰れませーん！　見捨てないで、騎士様！　イエヤス様！　どうか私にお慈悲を！　うわーん！」

「ほう、一角馬か。やはりここは異世界なのだな。今まで俺が生きていた世界とは違う」

その言葉を耳にしたセラフィナは、瞳をきらきらと輝かせていた。

「えええええ？　あなた、『エの世界』からの召喚者なのっ!?　はじめて出会っちゃった！　じゃあじゃあ、もしかして勇者なのっ？　魔王を倒してくださる伝説の勇者様っ？」

「……お、俺は勇者とかそのようなたいそうなものではない。前世で、征夷大将軍《せいいたいしょうぐん》として戦国日本を統一した程度の男だ。あの世界が『えの世界』だったかどうかは知らん」

「大将軍として天下統一ぅ？　それって完全に勇者の所業じゃーんっ!?　すっごーい！　さっきの剣捌きとか、尋常じゃなかったもんね！　あっという間に、すぱーん、ばしーっ、びしーっ、どかーっ！　で六人倒しちゃったし！」

「世良鮒、四人分しか擬音がないぞ。お前、いろいろと適当だな」

「そっちが細かいんでしょ～？　イエヤスは伝説の勇者様なんだよ！　この世界を魔王から救ってくれる運命の騎士なんだよ！　そうじゃなきゃ黄金の甲冑なん

て着てないよね？　お願い、どうか私にお仕えして～！　イエヤスが私を守ってくれれば、毎日薬草を摘み放題じゃない？」

さあ来た。魔王討伐という重荷を背負わされる羽目になる。自称「女神」の思い通りにはならんぞ。家康は頑として否定した。

「俺は、魔王とかそういう得体の知れぬ怪力乱神の類いには絶対に関わらん！　俺にそのような神通力《じんずうりき》はない！　人間同士の争いごとに干渉するまでが関の山だ！」

「エルフも人間も魔王軍のオークも似たようなものだってばー！　でも、ほんとはエルフが一番古くて高貴な種族なんだよ？　今は人間が威張り散らしていて、異種族を弾圧しているけれどぉ、魔王軍がまた攻めてきたら一緒に戦うしかないんだってば。魔王は海の向こうで休んでいるだけで、いつかまた攻めて来るんだからさぁ。ねえねえ勇者様ぁ～」

「……宮廷まで届けるくらいなら、やってやってもいい。だが仕官はせんぞ」

しまった。孫娘におねだりされている気分になって、つい譲歩してしまった。おめでとうございます！　これであなたは勇者ルートに入りましたよオホホホホ、後は自力で頑張ってくださいね～♪　それではお幸せに～♪　と「女神」の高笑いが聞こえてきたような気がした――。

（俺は宮廷までこの娘を送り届けた後、果たして即座にエルフの森から逃げだせるだろうか……）

結局「女神」の思《おも》う壺《つぼ》にはまった家康は思わず舌打ちし、そして再び爪を噛んでいた。

「やったあ～！　ありがとう、イエヤスぅ～！　あ、でも、その爪を噛む癖はみみっちいからやめたほうがいいよ～？　威厳のない、ハズレの勇者様に見えちゃうからねっ！」

「誰がハズレの勇者だ。『女神』に続いてお前までもがそれを言うか。怒るぞ」

「待って～！　耳を引っ張らないでっ、ダメ～！　ごめんなさいっ、もう言いませんからっ！　あ、でも、やっぱり女の子の前で爪を噛むのはどうかな～？」

「……俺はこれからどうなってしまうのだ……くっ、心配のあまり腹が痛くなってきた……す、少し待て」

「だいじょうぶ？　お腹さすってあげよっか？　私の治癒の魔術はとっても効くよー？」

「要らん。俺は医者を信用しない。藪医者《やぶいしゃ》だったら命に関わるし、毒を盛られるかもしれん。自分の息子の秀忠から送られてきた薬すら、俺は決して口に入れなかったのだぞ？　ましてや得体の知れない魔術をいきなり使うのは剣呑過ぎる。まずは治験をしなければ」

「そんなぁ～？　恩人のイエヤスにそんなことしないよぅ？　イエヤスって人間不信なの？　まさかエルフ不信？　あ、エルフを知らないんだったねー？　やっぱ人間不信？」

「……俺は慎重なだけだ。前世の戦国日本では、俺の命を守れる者は俺自身だけだった。俺は七十五年の生涯を、自らの医学知識と衛生知識を駆使して生きながらえてきたのだ」

「はえ～。お医者様が毒を盛るだなんて、厳しい世界だったんだねー。って、七十五？　嘘ぉ～？　二十歳くらいでしょ？　人間って、不老のエルフと違って年々老けるじゃん？」

「胡散臭《うさんくさ》い『女神』の力でこの世界に召喚された際に若返ったのだ。おかげで五体に力が漲っているが、生まれつき胃腸だけは弱くてな。緊張すると腹が痛んでどうにもならん。戦場で恐慌を来すと、最悪の場合漏らす可能性も。特に騎馬隊が苦手でな」

「ひえっ？　漏らさないで、漏らさないで～っ！　それって小さいほう、それとも……」

「無論、大のほうだ」

「だだだ、大っ？　ギャ～!?　い～やあああ～、エルフは清潔好きなのおおお～！」

「……騒ぐな。俺が調合した腹痛止めの万病円《まんびょうえん》を飲めば、問題ない」

家康は愛用している葵《あおい》の紋章入りの印籠を手に取ると、万病円を二粒取り出して服用した。この万病円は、漢方薬博士の家康が独自調合した特別品で、長崎渡りの「本草綱目《ほんぞうこうもく》」をはじめとする古今東西の薬学書を片っ端から取り寄せて研究し独自改良を重ねた結果、家康の持病の胃痛を即座に止めてくれるようになった優れものである。

もうひとつの常備薬・八味地黄丸と併用すれば、文字通り万病に効く。

「……ふう、危なかった……未知の異世界にいると思うだけで妙に緊張するな……」

「くく薬ってさあ、その腰の印籠に入ってるので全部でしょ〜？　いずれは飲み尽くすじゃんっ？　なくなったらどうするのよぅ？」

そう。この異世界で全く同じ薬を調合するのは難しいだろう。家康にとっては死活問題。

「八味地黄丸には附子《ブシ》という生薬を使うのだが、これは直接口に入れれば猛毒となる。卓越した匠《たくみ》の技で無毒化加工して用いるのだが、附子の代替種がこの世界にあるかどうか」

「ぐぇ〜？　毒入り薬を飲んでるの〜？　あっぶな〜！　よく飲めるね〜？」

「薬と毒とは紙一重なのだ。代用品となる生薬を集めるためには、世良鮒の知識が必要かもしれん。いちいち自分で附子に似た植物を探して味見などしていたら、毒に中《あた》って命を落としかねん」

「うんうん。だったら私に任せてよー！　治癒の魔術使いのセラフィナちゃんは、この世界の薬草にとってても詳しいんだからっ！　毒草とか毒キノコも判別できちゃうよっ！」

「それは好都合。だが、俺が独自処方する八味地黄丸には北国由来の海狗腎《カイクジン》も用いている。あれは極寒の海にしか生息しない珍獣だからな、異世界で手に入るかどうか……」

「ほうほう。初耳な名前だね〜。カイクジンって、な〜に〜？」

「オットセイという動物の陰茎だ」

「いんけ……乙女の前でチン●の話をするなーっ！　そんなものを薬に入れて飲むのっ？　イエヤスってばヘンタイさんなのっ⁉　いいいい〜やあああ〜⁉」

「うるさい。実際に効くのだ。太閤殿下が『精力がつく』と信じて食していた虎の肉とは違い、正真正銘の本物だ。そうでなければ、慎重な俺がわざわざあんなものを飲むか」

家康は知るよしもないが、実際に海狗腎は天然のステロイドとして作用するため、現代スポーツのドーピング検査に引っかかる本物の薬物である。

「うえええ、ほんとにぃ〜？　でもオットセイなんて動物は大陸にはいないからさ、代用できる動物を探すしかないね～。ででででも、私はその薬は絶対に飲まないよっ？」

まずは「薬造り」のための拠点と相方を確保できた、幸先《さいさき》良し、と家康は頷《うなず》いていた。

しかし家康が持っている印籠が、彼をさらなる厄介な運命へと追い込むことになった。

「「そこのエルフと騎士よ、挙動に不審な点あり！　取り調べに応じよ！」」

「ギャーッ!?　数が増えたーっ!?　いいいいいイエヤスぅ、どうしよう～!?」

気づけば百人にも及ぶ人間の軍勢が、家康とセラフィナの前に出現していた。

全員が、機動性に優れた騎馬兵たちである。先ほど失神させた傭兵たちとは全く質が違う正規の軍団だった。その優れた統制の取れ方は、家康にとっての悪夢とも言える武田《たけだ》騎馬隊を思い起こさせた。一対百、しかも相手は全員が騎兵。救いは、やはり誰も種子島を持っていないということくらいだ。

だが、いくら剣豪の高みに到達した家康とて、剣一本で戦って勝てる相手ではない。今の家康の実力ならば十人から二十人は倒せるが、己も討たれるだろう。討たれれば当然、セラフィナは守れない。

ここは不要な衝突を避け、セラフィナと家康自身の安全を優先すべき時だった。

しかしその騎馬隊の騎士たちが、一斉に家康が持っている印籠を指さして叫びはじめたのである。

「エルフの森周辺の斥候に来てみれば、大魚が釣れたぞ。見よ！　あの黄金騎士の持っている印籠に、『三つ葉葵の御紋』が刻印されている！」

「エの世界から来た勇者の印だ！　偽勇者ではない、あの者は真正の『勇者』だ！」

なにを言っている？　これは徳川家の家紋だ。前世では確かに覇王の威光の象徴だが、この異世界とは無縁のはずだ、と家康は首を捻《ひね》った。

「しかも、その勇者がエルフの娘と結託している！　奴の足下に、傭兵たちが倒れている……勇者は人間陣営を裏切ったーっ！」

「枢機卿猊下《すうききょうげいか》のお言葉通りだった！　全ては『聖マスカリン預言書』の預言通り！　皇国と教団に刃向かう、魔王に匹敵する災いが訪れたのだ！　ここに勇者を異教徒と認定！」

「皇国を守護せよ！　勇者を捕らえよ、聖都へ連行して宗教裁判にかける！　生け捕りが不可能ならば」

「討つことも辞さず！　突撃ッ！」

「なんのことだ？　勇者が人間の教団と敵対する皇国の敵とは？　いったいなんの預言なのだ、えるふの伝説とは違うのか？」

　セラフィナが「エルフ族に伝わっているのが本物の伝説で、人間の教団の預言書は改竄《かいざん》されてるらしいよ～」と耳元で囁《ささや》いてきたが、騎馬兵たちは「あの二人、人間とエルフでありながら男女の仲だ！」といよいよ家康を「人類の敵」と思い込んだ。なんという、とばっちりなのか。家康は必死の自己弁護を試みようと頭を回転させた。

　だが、既に騎馬兵たちは躊躇《ちゅうちょ》なく家康を討ち取るべく突撃を開始している。

「ままま待って～、話し合おうってばあ～！　傭兵を峰打ちしたのには理由があって……」

「そんな余裕はないぞ世良鮒！　さすがの俺も馬の突進速度には勝てん！　さっき使った『盾の魔術』とやらで騎馬兵の突進を防げっ！　その隙に対応策を考えるっ！」

「じゅじゅ術式ったって、私の『盾の魔術』はポンコツだってさっきわかったでしょ？」

「魔術については俺は素人だが、九字を切る忍術のようなものなのだろう？　呪文が正しいのならば、上手《うま》くできない原因はお前自身にある！　集中しきれていないのだ。落ち着け。そして丹田《たんでん》に――臍《へそ》のあたりに意識を集中させながら呪文を正確に唱えよ！」

「あわ。あわ。あわわわわ……！　そ、そうだわ。長老様も同じような教えを……『大地のプネウマを深呼吸して肺にたくさん取り入れて、静かに臍へ流せ』って……わかった、やってみる！　すぅうー。杖を掲げて、術式展開っ！　で、できたっ！」

「うむ！　これでしばしの間防げるぞ。世良鮒、やればできるではないか！」

「いえいえ、さっすが勇者様！　教え上手だねっ、それでここからどうするのっ？」

「……俺はまだ異世界に来たばかりで、この先はそう簡単には思いつかん。今しばらく壁を保《も》たせてくれ……ぎちぎち、がりがり」

「そんなぁ〜？　わーっ爪を噛んでる、やばいっ？　そうだわ、閃《ひらめ》いたっ！　スレイプニル、戻って来て！　お願い！　スレイプニルの脚ならば逃げ切れるよ、だいじょうぶ！」

ぴいいい、ぴいい、とセラフィナが慌てながら指笛を吹いた。本人は必死の形相なのだが、家康にはどこかひょうげているようにしか見えない。この娘、やることなすこと、どこか抜けているのだ。この戦乱の異世界でよくも今まで生きてこられたものだと感心する。

（しかし主の自分を捨てて逃げ去った馬を、この修羅場で呼び戻せると信じているとは、さすがに楽天的過ぎるのではないか？）

家康が、セラフィナが空中に展開した「壁」の内部に籠もりつつ、騎馬兵たちが突き入れてくる槍の連続攻撃が「壁」を徐々に破壊していく様を眺めながら爪を噛んでいると。

「……ブルルルッ……！　ヒヒイイイインッ！」

「「おおっ、白い一角馬？」」

来た。

全身が白い、巨大な一角馬。スレイプニルが、森の奥から突進してきた。

「おお、待っていたよースレイプニル〜！　私は信じていたよー！　ぐぎゃっ？」

壁の隙間を一部解除してスレイプニルを迎え入れようとしたセラフィナを撥《は》ね飛ばして、スレイプニルはまっしぐらに家康のもとへとはせ参じたのだった。

家康は躊躇せずにスレイプニルに騎乗していた。この一角馬に己の命運を託す他はない。

「俺を主君と認識している？　世良鮒、乗れ。俺の腰にしがみつけ！　逃げるぞ！」

「いだだだ。酷いよースレイプニル〜。まあいいや。あなたって、勇者様専用の馬だったんだね〜」

「世良鮒。お前、存外に図太いな」

「伊達《だて》に王都を陥落させられてなお生き延びてないもーん！　さあエルフの森の宮廷まで逃げるよーイエヤス！　まずは右手の森の中に入って！　それで弓は使えなくなるよ！」

「「人間に決して懐かぬ一角馬を一瞬で手懐けて乗りこなすとは？　見事な馬術なれど、実に面妖なり！

絶対に逃がすなあああ！」」

スレイプニルは、家康とセラフィナを乗せながら恐るべき速さで駆けた。

セラフィナの指示に従って、あっという間に森林地帯に突入。追っ手たちは馬上から矢を射ようとするが、四方八方に生い茂った木々の枝葉が邪魔になって家康を撃てない。接近戦を試みる他はなくなった。

家康は、必死に追いすがってくる騎兵たちを一人、また一人「くどい！」と馬上から神剣ソハヤノツルキを振るって落馬させながら、ぐんぐんと追っ手を引き離していく。

家康は（まさか人間の軍勢を相手に戦わされる羽目になるとは）と愚痴りながらスレイプニルを駆けさせていた。

宗教の論理で動いている軍勢ほど厄介なものはない。家康は、「主君よりも信仰が大事」と多くの家臣が自分に反逆した三河一向一揆《いっこういっき》や、布教活動と海軍力の合わせ技でアジアを侵食していたイスパニアで懲りている。

連中に捕らわれれば得体の知れない宗教裁判にかけられ、身に覚えのない罪で有罪宣告を受け、最悪の場合は処刑されるだろう。しかも日本国内では絶大な威光を誇っていた葵の御紋が、罪の証拠とは。

「まるで切支丹《きりしたん》扱いだ。伊達政宗《だてまさむね》と組んで日本を狙っていたイスパニアの野望をくじくために切支丹を禁教化した俺が、異世界では逆の立場に。これが因果応報か」

背中に抱きついているセラフィナは、

「おおー！　やっぱりスレイプニルは速いねっ！　イエヤスの馬術もすっごく上手いし！　もうこれでだいじょうぶだよねっイエヤスぅ！　帰りの道順は私が知っているから安心してね！」

と元気いっぱいだが、訳のわからないままに人間の軍勢から追われる身になった家康の胃はさらにきりきりと痛むのだった。「女神」め、魔王討伐の使命はどうなったのだ。捗《はかど》るどころか、どんどん本来の使命から遠ざかっているではないか。

「俺の馬術は大坪流《おおつぼりゅう》といってな、暴れ馬は得意のうちだ。だがそう簡単には逃がしてもらえんぞ世良鮒。連中は戦争に慣れている。それに、森にはなにが潜んでいるかわからん」

「えへへ〜。往路ではなにも出なかったってば〜。イエヤスってば、心配性なんだから〜」

「……俺はただ慎重なだけだ」

現実は非情である。事態は、家康が心配した通りとなった。

第二話

「ブルルルッ！」

セラフィナが目指す「エルフの森」へと至る領域外森林地帯の最深部。

後方から騎兵たちが猛然と追跡してくる最中、スレイプニルが突如として前脚を撥ね上げ、急停止していた。

「ちょっとちょっと、スレイプニル!?　急いで！　どうしちゃったのよぅ？」

この、知能の高さで知られる一角馬の中でも特別に優秀な白馬は、優れた嗅覚によって察知したのである――前方に主君・徳川家康を害する獣が待ち伏せていることを。

茂みの中から意外なまでの敏捷さをもって家康たちに襲いかかってきた「それ」は、人間よりも遥《はる》かに大きな身体を持っていた。その姿は奇怪そのもの。白く巨大な、ぶよぶよとした肉塊。分厚い瞼《まぶた》に覆われた二つの細い目と、唇を持たない切れ込みのような口が、肉塊の表層部を泳ぐように移動している。さらにその肉塊からは指のない短い手足が二本ずつ伸びていて、獣はこの手足を器用に動かして恐ろしい速さで移動する。

家康の腰にしがみついていたセラフィナは「ぐえ～っ？　嘘だぁっ!?」ととんがり耳を震わせて青ざめていた。

「世良鮒、なにを怯《おび》えている？」

「イエヤスぅ、これは猛獣の中でももっとも厄介なスライムだよぅ!?　スライムは柔肉で衝撃を吸収しちゃうの！　剣では斬れないの！　魔力耐性も異常に強くて、私程度の術士が『盾の魔術』で壁を展開しても貫通しちゃう！　せめて術士が大人数なら……」

「とてつもなく危険な獣ではないか。お前、帰り道は絶対安全だって笑顔で豪語していなかったか？」

「だってぇ～！　スライムは希少種で、この一帯には生息していないのにぃ～！　往路ではスライムの気配なんて一切なかったのにぃ～！」

さらに背後からも、いったんは振り切ったはずの騎兵たちが迫ってきた。

「フハハハ！　われらが、手ぶらでエルフの森の領域近くまで来たと思うか？」

「魔術も剣術もほぼ利かぬ、戦士殺しの猛獣スライム。斥候中の要地にこやつを配置することで、邪魔者の退路を断つ！　それがわれら斥候部隊のやり方よ！」

「どうする、勇者よ？　進退窮まったな、大人しく降伏するか？」

「われらは枢機卿猊下より、勇者を見つけ次第捕らえよと命令を受けている。勇者よ、貴様が降《くだ》るのならばエルフの娘は見逃そう！　モンドラゴン皇国に忠誠を誓う騎士として約束する！」

「あわわわわ。どうしようイエヤスぅ？　皇国はエの世界から来た勇者は異教徒だと信じているの。降伏したら宗教裁判だよ！　だから降伏しちゃダメ！　でもでも、いくらイエヤスが剣の達人でも、剣士殺しのスライムには勝てるかどうか……相性最悪ぅ！」

絶体絶命の危地。前門のスライム、後門の騎兵たち。窮地に立たされた今、親指の爪を馬上で嚙みながら家康は頭脳を高速回転させた。

瞬時に、「どの選択肢を選んでも危険だ」というなかなかに絶望的な回答が出た。

「皇国だか教団だか知らんが、宗教裁判は地獄への一本道。降伏すれば俺の命運は尽きるだろう。ついでに、世良鮒を見逃してもらえる保証もないと思う。たぶん、ない」

「イエヤスぅ？　私が云々《うんぬん》って台詞《せりふ》は明らかに付け足しよね？　全然心が籠もってないんですけどっ？　よーし！　こうなったら、スライムを倒して正面突破しようよぅ！」

「……お前はさっき、この獣には剣が通らないと言ったばかりではないか」

「だいじょうぶだいじょうぶ！　イエヤスってば慎重過ぎるんだよ！　誰も見たことのない美しい剣を振う伝説の勇者様なんだから、いけるって！」

なんという無根拠な安請け合いなのだと家康は呆《あき》れたが、手練《てだ》れの騎兵軍団と戦うよりは、一体のスライムを倒して血路を開くほうが生存確率は上がる。

慎重を期して長考したいところだが、ここは戦場。これ以上悩んでいる暇はない。

渋々ながら、家康は「ううむ、やるしかないな」と決断した。

この、勇者と呼ぶには慎重過ぎる戦国の覇王は、こういう絶望的な死地に陥った時に開き直るや否や、恐るべき蛮勇を突如として発揮する――こともある。

「ならば、わが神剣ソハヤノツルキで切り刻むまで。唐竹のように一刀両断できずとも、地道に連撃を重ねて一枚ずつ肉を削り続けていけば最後には消えてなくなるはず！」

「待って待って！　スライムには再生能力があるんだよぅ、肉の表面をちびちび削ってもすぐに再生して復元しちゃうの！」

再生能力!?　見覚えがある姿の獣だと思っていたが、そうか！　家康は俄然《がぜん》、「なんとしてもスライムを倒す」という断固たる闘志をかき立てられた。

「速度の勝負だ。世良鮒よ、須霊不死竜を頼むぞ。後方に壁を展開して騎兵たちを阻み、時間を稼げ。俺は、妖怪ぬっへっほうを倒してくる」

「え、えええ？　イエヤスぅ？　ぬっへっほうってなに？　そいつはスライムだよ？」

「俺を信じろ。ひとたび約を交わした以上、俺はお前を必ずえるふの森まで送り届ける」

「やだ、かっこいい!?　なんて真剣な眼差《まなざ》し!?　私のためにそこまで……？」

「行くぞ、ぬっへっほう！　今度こそはうぬを微塵《みじん》に切り刻んで、絶対に捕獲する！」

「ねえねえ、イエヤスぅ？　だからさー。ぬっへっほうって、なに〜？」

くわっ！　と家康が目を見開いていた。別人のように興奮し、白眼が血走っている。

「俺が前世で手に入れ損ねた、仙薬の原料となる獣だあああ！　この異世界ではすらいむと呼ばれているらしいが、俺の世界ではぬっへっほうと呼ばれていた！　オットセイの陰茎以上の強力な薬効を持つ、伝説の薬材なのだあああ！」

「ひぃっ？　突然イエヤスの目つきが野獣の眼光にっ？」

「俺はずっと悔いていた。もしも慎重さをかなぐり捨ててぬっへっほうを捕らえていれば、俺は百年は生きられたのだ！　ここで出会ったが百年目、うぬの肉を食して万力と長寿を得てやるっ！」

「えーっ？　ちょっとーっ？　もしかして私のために戦うのは建前で、動機は私利私欲っ？　健康が欲しくて命を賭けるの～？」

『一宵話《ひとよばなし》』にいわく、慶長十四年四月、天下人にして大御所《おおごしょ》の徳川家康が暮らしていた駿府城内に、奇怪な小児の如き姿の「肉人《にくじん》」こと「ぬっへっほう」が出現したと記録されている。

ぬっへっほうは、指のない手で天を指しながら駿府城の庭園に立っていた。ぬっへっほうを発見した家康の家臣団は「すわ妖怪」と慌てたが、慎重極まる家康は「山の中へでも追い出しておけ」と命じてぬっへっほうを駿府城から丁重に追い払ったという。

後に、家康に謁見したある学者が「それは唐国の『白沢図《はくたくず》』に記述されている『封《ほう》』でしょう。封の肉を食せば万力を得られ、武勇優れる者となれたのに、惜しいことですな」としたり顔で嘆いてみせたという。

実は家康は、このぬっへっほうは「封」だろう、滋養に満ちた封の肉を喰《く》らえば老化して衰えた体力を大幅に回復増強できると察してはいたのだが、「しかしこれは獣というよりは妖怪。万が一に毒であったらなんとする」という慎重さが勝り、目の前にぬっへっほうを立たせていると「食って力を得たい」と暴走してしまうだろう自分自身の飽くなき健康への欲求を恐れて、やむを得ずぬっへっほうを城外へと追い出したのだった。

だが死の間際に、家康は激しく後悔した。あの時に蛮勇を奮ってぬっへっほうの肉を囓っていれば、俺は百歳まで生きられたかもしれぬものをと。

七十四歳の年に大坂城を陥落させて天下太平の世を実現し、やっと数々の重荷から解放されて自由人となった家康が病で死ぬまで、僅か十一ヶ月。七十四年の労苦と十一ヶ月の見返りとでは、あまりにも割に合わないではないか！

（俺はもはや静かに眠りたいが、もしも来世がほんとうにあるのならば、ぬっへっほうを絶対に捕らえてその肉を食い長寿を得る！　そして、次こそは自分自身の人生を満喫するのだ！）

「ぬおおおおお！　燕飛六箇之太刀、無限連弾！

燕飛！　猿廻！　山陰！　月影！　浮舟！　浦波！

この六連技を、うぬが粉みじんになるまで何度でも繰り返す――！」

「ぴぃい、ぴぃいい」

「ぬう。まるで手応えなしとは。宙に吊《つる》されたこんにゃくを日本刀で斬るのは至難と宗矩から聞いてはいたが、誠だったか！」

「イエヤス、無理だって！　無理無理無理無理無理ぃ～！　斬っても斬っても薄皮一枚ずつしか削れないじゃんっ！　どんどん再生されちゃってるじゃんっ！　全くダメージを与えてないよぅ～！」

「黙って壁を張り続けていろ世良鮒！　俺は健康のためなら、死んでも構わんッ！」

「なにを訳のわからないことを言ってるのよう？」

斬った。何度も斬った。この異世界の濃い空気を肺へと取り込みながら、家康は舞を舞うが如く全力で神剣ソハヤノツルキを振るい、スライムを斬り続けた。

だが、薄皮を切っては再生される。同じことの繰り返しで、全く勝機が見えない。

ただ想定外だったのは、この異世界の空気は激しい活力を家康の五体に与えてくれる故に、いくら剣を振るっても息が切れないし、酷使している筋肉にも消耗感がない。

（セラフィナは魔術に空気を用いるようだが、俺を追っている人間の兵士たちにはそういう真似はできないらしい。どうやら、勇者として召喚された俺だけが、人間でありながらこの濃い空気の恩恵を得られるようだ。これが勇者職特典のひとつなのだな）

と、家康はスライムを斬りながら確信していた。しかし。

「うえーん。イエヤスううう！　ごめんなさいっ、もう壁が保たないよう～！　騎兵たちが突破しそうっ！　数が多過ぎる～！　あ、ダメ、もう無理無理無理……！」

多勢に無勢。セラフィナが先に泣き顔でギブアップを宣言した。

「えーい、人をけしかけておいて先に心を折られるな！　粘るのだ、俺の健康のために！」

「そこは、私の命のために頑張れって励ますところだよねーっ!?」

もはや家康には残された時間がない。スライムにあと一撃を浴びせるのが限度！

追い詰められた家康の思考は、さらに蛮勇から蛮勇へと跳躍する！

（ぬっへっほうは、斬撃では倒せない！　前世で成功したことはついになかったが――勇者職特典を得た今の俺ならば？　そう。柳生宗矩より授かりし新陰流実戦奥義、「兜割」ならば、あるいは！）

兜割。文字通り、日本刀を相手の兜めがけて真っ向から振り下ろし、兜を割って相手を葬るという恐るべき殺人剣である。

徳川家の剣術指南役・柳生宗矩は「柳生新陰流は治世のための活人剣にて」と表では語っていたが、裏では戦国時代に柳生一族が工夫した超実戦的な殺人剣の秘術を多数会得していた。そのひとつが新陰流奥義「兜割」である。

（腕力で鉄の兜を押し切るなど人間には到底不可能だと、若き頃の俺は思っていた。だが、筋力を失った晩年に至ってようやく理解できた！　兜割の極意は斬撃にあらず！　頑丈で重い兜の表面を全力で叩くことで、兜を装着している相手の頭蓋を揺らし脳を破壊する「内部粉砕」の剣と見たり！　故に、衝撃を逃がす身体構造を持つ相手に対し、兜割は真価を発揮する！　その極意を今、ぬっへっほうを相手に試してやろうではないか！　いかな怪物妖怪の類いといえども、この肉塊の内部には脳や重要な臓器があるはず！　それを兜割の衝撃によって内部から粉砕する！　肉が斬れぬのならばむしろ、剣による衝撃は内部の脳へと直接到達するはず！）

きえええいっ！　と家康が怪鳥の如き声を上げながら、大上段より神剣ソハヤノツルキをスライムの脳天へと振り下ろしていた。ぼおん、とスライムの肉が揺れる。と同時に。

「……ぴっ……ぴえええっ……!?」

肉は斬れていない！　だが、家康の剣が浴びせた全衝撃が肉を伝わり、スライムの体内に格納されている脳を肉ごと激しく振動させていた。瞬時に意識を失ったスライムは目を閉じて昏倒《こんとう》した。これほどの衝撃を脳に受けながらなお生きているのだから、さすがは不死の霊薬の原料と呼ばれるだけのことはある。が、当面は目覚めないだろう。

「……『兜割』……異世界でついに会得したぞ、宗矩よ。滋養豊富なぬっへっほうの肉は、俺が美味《おい》しく頂こう。まさしく活人剣よ」

この大番狂わせに衝撃を受けた騎兵たちは、セラフィナが展開している壁を打ち割ろうと構えていたランスを突き入れることをしばし忘れ、

「「まさかスライムを一撃で倒しただと？　勇者とはこれほどに強いのか!?」」

と口々に声を上げていた。邪剣の使い手だと驚く者、魔術を用いたのではないかと恐れる者、そして同じ剣士として「あれは剛の剣にあらず、柔の剣だ」と家康の剣に見惚《みほ》れる者。

「ぐぇーっ、嘘おおおおっ!?　ほんとに倒しちゃったっ？　どうやったの、イエヤスぅ？」

「なぜお前が驚く。世良鮒、ぬっへっほうを須霊不死竜に引っ張らせて逃げるぞ」

「なんで縄でスライムを縛ってるのよーぅ？　その行為になんの意味がっ？」

「これは人間の寿命を延ばし力を増強する貴重な食材なのだ、えるふの森まで運び入れる。俺がなんのために命を捨てて戦ったと思っているのだ、お前は」

「それはぁ〜、私のためでしょぅ〜？　勇者様は乙女を守るものだからぁ〜♪」

「違うぞ。俺の健康のためだ」

「あーもう、嘘でもいいから私のためだって言ってほしかったのにぃ！　無理無理、二人乗ってるだけで限界なんだから、そんなデカブツまで連れて行けないってっ！　スレイプニルのスピードが落ちちゃうじゃんっ！」

「それでは、俺は下馬したまま自らの脚で走る！　えるふの森の領域まであと少しなのだろう？　頼むぞ須霊不死竜！」

「いやいやいやいやいや！　そんな逃げ方、有り得ないんですけどっ!?　騎兵に追撃されたら追いつかれておしまいなんですけどっ？」

「昔、三方ヶ原《みかたがはら》の合戦で武田信玄《しんげん》公に敗れて命からがら浜松城《はままつじょう》に逃げ込んだ際、俺は敢えて城門を解き放って、『なにか策がある』と思慮深い信玄公を疑わせて城攻めを免れた。無手勝流も、一度きりなら通用する

というものだ」

「ふえええ。そんな手があるんだ。イエヤスって意外と智恵者なんだね～」

「いや。あの時は俺如きが偉大な信玄公と戦っても勝てるわけがないと悟って、もうどうにでもなれとヤケクソになっただけだ」

「今はヤケクソになってる場合じゃないじゃんっ!? 私を守りなさいよぅ～！」

一時的に混乱状態に陥った騎兵たちが呆気にとられているうちに、家康はセラフィナを乗せた一角馬にスライムを引っ張らせながら、自らは一角馬に併走して森の中の獣道を無言で走りだしていた。

なんでスライムを連れて行くんだ、なんで馬から下りて自力で走るんだ？　騎兵たちには家康の奇行がまるで理解できない。かえって疑心暗鬼を生み、追撃を恐れた。もしかすると勇者は逃走中にあのスライムを目覚めさせてわれらを襲わせるつもりかもしれない。そう思うと、全軍で追いかけることを躊躇してしまう。

それに、彼ら斥候部隊にはなお、逃走者の退路を断つ「最後の関門」が残されているのだ。あの最強の切り札は、スライムを剣で倒した勇者であろうとも決して切り抜けられぬ。遠巻きに追跡していれば、勇者が「奴」に敗北して大地に倒れている姿を確認し、容易に捕縛できるはず。もっとも、勇者は「奴」に殺されるかもしれないが、その時はその時だ。スライムですら倒す蛮勇の持ち主なのだから、生け捕りに失敗しても弁明は可能だろう。

騎兵たちが距離を置いていることを確認しつつ、家康は全力で走り続けた。

「よし！　やはりこの異世界の空気は、俺の五体に活力を与えてくれる！」

「ぜ、全然疲れていないんだね、馬並みだね～イエヤスぅ？　エルフは大地や空中のプネウマを魔術に用いるんだけど、人間の身体はプネウマを活用できないはずなんだよねー。でもイエヤスにはそれができるみたい。それって勇者の特殊能力なの～？」

「うむ、そうらしい。だが世良鮒、あの騎兵たちは何者だ？　教団とは？　皇国とは？　魔王軍とは？　なぜ、かつて共闘していたえるふと人間が今は対立している？」

「うーん。一言では説明できないけど、いろいろあったのっ！」

智恵を絞って一言で説明してくれと、苛《いら》ついた家康はまた爪を囓りそうになった。

「あと少しだよイエヤスぅ！　エルフの森の領域に入れば、人間はもう越えられないから！　一応そういう協定があるの！　ほら、森林を抜ければそこは大草原！　この草原を走り抜けば、あと一息でエルフの森の領域だからっ♪」

家康は得られた情報を纏《まと》めた。人間とエルフはかつて魔王軍と戦っていた同志だったが、魔王軍が撤退した今は対立中。そして人間は教団を信奉し皇国に仕えている。今、自分はその教団に「異教徒の勇者」という敵性存在だと思われている。逆に、エルフは勇者を「魔王から世界を救う者」として歓迎してくれるらしい。

もっとも、魔王だかなんだか知らないが、そんな正体不明の存在と戦うつもりは慎重な家康にはないのだが――。

とはいえ、

「ふんふふんふんふ～ん♪　スレイプニルに乗って草原を走っていると、とっても気持ちいいね～♪　スライムを置き捨てて、イエヤスも乗ればいいのに♪　宮廷に着いたら、お礼にうんとごちそうしちゃう！　私、こう見えても料理はそこそこ得意だからっ！」

どこかで幼い頃に耳にしたような懐かしい鼻歌を歌いながら、草原を白馬とともに駆けるセラフィナの横顔を見ていると、

（……まあ、しばらくセラフィナのもとに厄介になってやってもいいか）

と心が揺れる家康であった。

「それとも、やっぱり人間族のもとで暮らしたい～？　大陸にはねえ、教団の信徒じゃない人間たちの集落もあるんだよ、紹介してあげよっか？」

「いや。えるふ族とは言うが、南蛮人や紅毛人とさして違わん。多少文化や容姿が違えども、要は広い意味での人間なのだろう」

「おおー。イエヤスってばさすが伝説の勇者！　異種族も人間もイエヤスにとっては同じなんだねっ！　国際感覚に優れてるぅ！」

「えるふもこの異世界の人間も、俺の目には等しく天狗《てんぐ》の類いに見えるのでな。鼻は高いわ目は大きいわ肌は白いわで」

「ちょっとぉ？　テングってなによぅ、妖怪の眷《けん》属《ぞく》っ？　失礼ねー！　イエヤスの顔こそ、人間にしては平べったいじゃんっ！」

「俺は日本人にありがちな顔立ちなだけだ。ほっとけ」

前世での家康は、多士済々な家臣を抜擢《ばってき》し彼らの個性を最大限に引き出した名君だが、とりわけイギリス人のウィリアム・アダムズやオランダ人のヤン・ヨーステンを重臣として用いたことは戦国日本の大名として異例中の異例だった。

ウィリアム・アダムズは大航海探険の途中で遭難して日本に漂着した紅毛人だったが、政治の場に信仰を持ち込まず、科学知識や国際情報を正確に家康に伝えてくれる最高の「国際人軍師」であり、家康の合戦や海外貿易戦略に多大な貢献をしてくれた。

また家康は、関ヶ原の合戦や大坂城攻めに最新鋭の大砲を導入して勝利したが、これもウィリアム・アダムズたち紅毛人の助力があってこそだった。

特に、難攻不落の大坂城は新型大砲なしでは決して落とせなかっただろう。

家康がプロテスタントで商業を重視するイギリス人やオランダ人を重用し、カトリックのイスパニア人を遠ざけたのは、イスパニア人の信仰心が軍事力による他国侵略と表裏一体となっていたからである。

この異世界では、「人間」を名乗る種族のほうがイスパニア人に似ていて厄介らしい、と家康がぼやいていると。

「ギャ――――!?　最後の関門だわ、ワイバーンが出たあああああ～!?　もうダメえええええ！　弓さえ、弓さえ持ってきていればあああ～！」

セラフィナが、青空を指さしながら「がたがたがた」と身体を震わせていた。

ワイバーン――空を飛ぶ中型の翼竜。体長はおよそ二メートル。

斥候部隊が領域境界に配置していた「最後の関門」である。

「なんとっ？　あれは怪鳥？　あるいは竜か!?」

「ドラゴンじゃないよ。相手がドラゴンだったら一瞬で消し炭にされちゃう！　でもでも、ワイバーンは天空から急降下してきて鋭い嘴《くちばし》で噛みついてくるの！　狙われたら切り裂かれちゃう！　エルフお得意の弓さえ装備していればあ～」

「どうして弓を装備せずにえるふの森を飛び出したのだ。そもそもお前の細腕では、矢を放っても当たらんだろうが」

「失礼ね～、仰《おっしゃ》る通りですけれどっ！　でもでも、伝説の勇者様ならワイバーンにだって勝てるよねっ？　お願いっ、最後の戦いだから頑張ってっ！　いっぱい応援しちゃう！」

やはり勇者職などは危険極まる重荷ではないか、と家康はご陽気なセラフィナに苦言を呈したくなったが、あまりにも天真爛漫《てんしんらんまん》な笑顔で応援されると「嫌だ」とは言えない。

「……やれやれ、勇者使いの荒い娘だ。だが翼竜と戦った経験も、上空から飛来する翼竜への対策を練った経験も、俺にはない。弓以外の武具も持ってきていないのか？」

「ごめんね～、私は生来争い事が苦手なの。弓も剣もまともに扱えなくてね。だからぁ、おやつとお水以外に持ってきたものは、護身用に持ってきたこの魔法の杖だけっ！」

「魔術を発動する時に振っていた杖か！　成る程！　この杖、少し借りるぞ世良鮒！」

「えっ？　ちょ？　ちょっと？　それがないと、『盾の魔術』を発動してワイバーンの一撃を防ぐことができないんですけどお～？」

「相手は人間の騎兵ではない、翼竜だ。お前のへっぽこ魔術では、最初の一撃を防げるかどうかも怪しい！」

「ぐはっ!?　そうかもしれないですけどぉ、壁を張らないより張ったほうがマシじゃんっ？」

「いや！　かくなる上は、死中に活を求めるのみ！　攻撃こそが最大の防御なのだぞ世良鮒！　三方ヶ原で甲斐《かい》の虎・武田信玄公を相手に命捨てがまって突撃していった時の蛮勇、今こそ奮い起こすッ！」

「ミカタガハラではタケダシンゲンに負けて敗走したって、さっき言ってませんでしたっ？」

「世良鮒よ、賽《さい》は投げられたのだ！　いや、『杖』が投げられる！　はあああああっ！」

「って、ちょっとーっ？　投げないで、投げないでーっ！　いやああああああ、神木・宇宙トネリコの枝から作った貴重な杖があああああ!?」

家康はスレイプニルの背中に飛び乗るや否や、杖を構えながら高々と宙を舞った。

キシャアアアアッ！　と鋭い叫び声を発しながら家康めがけて垂直落下してきたワイバーンの嘴の中へと、家康はセラフィナの杖を全力で投擲《とうてき》していた。

ワイバーンの嘴の先端が家康の頭蓋へ到達するか、あるいは杖が先にワイバーンの嘴から喉へと突き刺さるかというぎりぎりの勝負。

相手が攻撃を仕掛けてくると同時に自らも剣を放ち、相手の剣を弾《はじ》き飛《と》ばしつつ肉を斬る。小野派一刀流の極意「切落《きりおと》し」の呼吸を、家康は咄嗟《とっさ》に投擲に応用したのである。

相手は人間ではなく未知の猛獣。少しでも目測を誤れば、家康は敗れただろう。だが、ワイバーンが落下してくる軌道が正確無比に一直線だったことが、家康に幸いした。

ドンッ！

ワイバーンの喉奥まで、家康が投げた杖が深々と押し込まれていた。

嘘っ？　痩せてるのになにその剛力？　とセラフィナは一瞬家康に見惚れたが、さらなる家康の無謀な行動には呆れ果てることになった。

「取った！　実戦剣術の神髄は『突き』にあり！　おおおおおおっ！」

嘴の中まで杖を押し込まれながらもなお落下してくるワイバーンの嘴めがけて、神剣ソハヤノツルキの剣先をまっすぐに突き入れる。家康は剣先を用いてワイバーンの喉に刺さった杖をさらに深々と押し込み、ついには背中側まで貫通させたのだった。

意識を飛ばされて動かなくなったワイバーンの身体は、家康の放つ剣圧によって強引に軌道を逸《そ》らされ、草原の片隅へと叩きつけられていた。

家康はこの時、既にワイバーンの傍らに着地してソハヤノツルキを鞘《さや》に収めていた。

セラフィナは感動と衝撃で痺《しび》れていた。家康が本気を出した時の桁外れの勇猛さと未知の剣術の技量は、明らかに人間の限界を超えている。最初に自分が襲われている様を隠れて様子見していた、慎重過ぎて頼りない家康とはまるで別人だ。まさに伝説の勇者。

家康がワイバーンに倒される光景を期待して後方で待機していた騎兵たちも、言葉を失っていた。この家康という男、爪を噛んだりしかめ面で腹を押さえたりと、いったい臆病なのか勇猛なのかさっぱりわからない。だが、少なくとも「追い詰められたら切れる」ということだけは確かだった。

「……ぐっ。戦いの緊張から解放された途端に、腹具合が限界に……！　万病円、万病円」

「ぐえーっ？　漏らさないで、漏らさないでイエヤスぅ！　おうちが見えてきたら突然お腹が限界突破することってあるよねっ？　でもでも、あと少しだけ耐えてよ私のためにっ！」

「ま、万病円を飲んだから問題ない……今の翼竜が最後の関門か。この先はえるふの森の領域というわけだな世良鮒？」

「う、うん、そうだけど……ワイバーン、すっごく痛そう、かわいそう……治癒してあげなきゃ……ごめんね、『治癒の魔術』をかけてあげるからしばらく眠っていてね……」

「俺が腹痛に耐えながらやっと倒したのに、そいつを治癒するのか？」

「エルフは食べるための狩りはするけれど、無益な殺生はしないんだよ。あーっ？　杖がああ、杖が折れてるううう!?　どうしよおおお？　なんてことすんのよイエヤス～？」

「杖などまた作ればよい。遠巻きに見物している騎兵どもよ、見たか！　この徳川家康は慎重故に今日はうぬらを見逃すが、このままえるふの森へ攻めて来るというのならば返り討ちにしてみせよう！　二度と協定を破って領域を荒らそうとするな、よいな！」

「ギャ――――？　戦争になっちゃうから、そういう過激な発言はやーめーてーお願い～」

「……そうだった。俺は慎重な男だが、追い詰められて切れると暴走する癖があってな」

「はいはい。それはもう、よっくわかりましたから っ！　いじめられっ子が突然逆上したみたいになるんだもん！」

「誰がいじめられっ子だ。確かに今川家の人質にされていた幼少の頃、駿府では孕石元泰《はらみいしもとやす》に『三河の小倅《こせがれ》の顔を見るのは飽き飽きだ』とずいぶんいじめられて……いやなんでもない。ところでこの翼竜は食えるのか、世良鮒？」

「それは無理。肉の中は毒でいっぱい。『治癒の魔術』で解毒すればなんとかいけるけど、大量の薬草を使うから、手間暇かかり過ぎで差し引き大赤字だよ？」

「なんだとおお？　俺がこの猛獣を相手に命懸けで戦ったのは、ぬっへっほう同様に寿命を延ばす貴重な食材になると信じていたからなのに？　骨折り損だったとは？」

「それでやる気まんまんだったんかーい！　私を守るために戦ったんじゃないんかーい！」

「ならばこのまま解き放つか。ふむ、既にお前の『治癒の魔術』が効いて傷が塞がってきている。さすがは異世界、驚くほどに強靭《きょうじん》な生物だな」

「弓も使わずにワイバーンを倒しちゃうイエヤスのほうが強靭でしょっ？　つーか非常識でしょっ？」

家康が用いた「切落し」の剣は相打ち上等。騎士が振るう剣技において何よりも華麗さと優美さが重視されるセラフィナの世界では考えられない無謀な剣術だった。まさしく戦国日本を生き抜いた本物のサムライが強敵を相手にした時にのみ振るえる、蛮勇の剣。

「後の先」を得意とする新陰流だけでは不足する場面があるかもしれぬと慎重を期し、猪突猛進《ちょとつもうしん》する敵を想定して一刀流の「切落し」を修得しておいてよかった、と我に返った家康は安堵《あんど》のため息をついていた。

ワイバーンまでが撃破された様を遠距離から目撃した騎兵たちは「恐るべきは勇者！」「一見小心そうに見えて、追い詰められると人が変わる」「なんだ、あの相打ち上等の恐ろしい剣術は？　わが身を守ろうというつもりがないのか」と震えながら、大慌てで家康とセラフィナのもとから遠ざかっていった。

エルフの領域に到達された以上、家康を追うことはできない。いかに争いを好まないエルフといえども、今立て籠もっている森の領域が彼らにとって最後の砦《とりで》なのだから、騎兵部隊が迂闊に踏み込めば弓矢で迎撃してくるだろう。エルフは剣を苦手とするが、弓矢を得意とするのだ。それに彼らはあくまで斥候部隊であり、本格的な軍備を準備してきてはいない。

ついに騎兵たちは、「枢機卿猊下にこのことは逐一報告しておくからな」と捨て台詞を残し、家康の捕縛を断念して全軍撤退したのだった。

「おおー、人間が退却していく？　やったねイエヤス、ありがとう！　あなたのおかげで助かったよー」

「……俺はお前にけしかけられて猛獣どもと戦わされ、踏んだり蹴ったりだったがな。まあいい、記念にわいばあんの角を一本拝借していこう。これはおそらく、海外交易でしか手に入らなかった生薬、烏犀角《ウサイカク》（サイの角）の上位代替になるはずだ。幸先良し！」

ワイバーンの角はすぐ生え替わるから、それくらいならいいけどぉ、どんなモンスターを見ても薬の原料にしか見えていないんだね～イエヤスは～とセラフィナは呆れた。

「やっぱり、王女が一人で領域外に出ちゃダメだねー、まさか人間の兵士たちが斥候活動していただなんて……人間はエルフと戦争をはじめるつもりなのかなぁ？」

「おそらくな。どこの世界でも人間とは戦が好きなものだ。さて、いつまでも王女不在ではまずいだろう。えるふの森の宮廷へ直行するぞ。道順を教えてくれ」

「草原を下ると、いくつも滝壺を持つ巨大なザス河が流れているんだよ？　ほらほら！　見えるぅ、ザス河にかかったあの吊り橋《つりばし》？　エルフの森に入ることができる道は、あの細い吊り橋だけなんだ♪　エルフ一人が通るのがやっとかな？　ねっ、難攻不落でしょ？」

セラフィナの指示に従って草原を下った家康は、思わず立ちくらみを覚えた。

日本では決して有り得ない、信じがたい規模の激流が、エルフの森とその外の領域との「境界」だったのだ。

宮廷や市街地といった都市施設を含む広大なエルフの森——正式名称「エッダの森」は、死の滝壺をいくつも備えた荒々しい大河の中に浮かびあがる巨大な中州島を丸ごと石造りの城壁で覆った惣構《そうがま》えの城塞都市。まさしく「水上に浮かぶ要塞」だったのである。

「ほう、これは石山本願寺《いしやまほんがんじ》や大坂城以上の規模の水城だな。しかも、背後には箱根山《はこねやま》の如く堅固な山が聳《そび》えている。これは絶妙な地形。河と山に守られた天険の地だな」

「さっすがイエヤス、早速防衛戦の構想を練ってるの？　あの山はぁ、ブロンケン山っていうんだよ～」

「しかもその山の奥には、俺の生まれ故郷の奥三河を遥かに超える嶮峻《けんしゅん》な山岳地帯がどこまでも広がっているとは。日本とは比較にならぬほどに広い大陸だな、ここは」

「あれは大陸の中央を東西に横断しているローレライ山脈だよっ！　大陸の西の果てまで続いてるんだー！　このジュドー大陸の背骨といったところだねっ！」

家康は眼下の壮観に感動しつつも、胃が痛くなる労苦の記憶も蘇《よみがえ》ってきた。

そう、生涯最後の戦となった大坂城攻めの記憶である。

齢《よわい》七十を過ぎ、かつ城攻めを苦手とする家康にとっては、やりたくもない苦行だった。

家康は（なぜに老骨に鞭《むち》打ってこのような巨城を攻めねばならないのだ。倅の信康が生きていれば、こんなことには）と内心で悲鳴を上げながら、「天下統一」という難事業を完成させるべく大坂城攻略に残された生命力の全てを使い切ったのだった。

だが、発想を転換してみれば、事態は真逆となる。

そう。この城塞都市に家康自身が籠もってしまえば、容易には皇国に捕縛されはすまい。

「この桁外れの規模は、太閤殿下が築いた大坂城を遥かに超える！　改良の余地はまだまだあるが、島国日本では決して存在せぬ、大自然が築いた水の要害であるな」

この異世界の人間にどれほどの軍事力があろうとも、数十万の大軍をもってしてもこれほどの水城を容易には落とせまい、エルフはこの大自然の要害の森があればこそかろうじて人間からの圧力を凌《しの》いできたのだと家康は唸《うな》った。

「あの吊り橋、凄《すご》く狭いから注意してね？　落ちたら大変だよー。あっという間に激流に飲まれて溺れちゃうから。私たちエルフは慣れてるけれど、一見《いちげん》さんにとってはけっこう危険だと思う――でもまあイエヤスは馬術の達人だからだいじょうぶかな！」

「承知した。だが、俺は慎重な男。念のために河に落ちた時の対策を考えてから移動したい。この河の行き先はどうなっている？　湾でも開いているのか？　港町が栄えているとか」

「ううん。河の終点は、目も眩《くら》むような断崖絶壁だよ。すっごくすっごく高い滝壺から、岩場だらけの荒海に真っ逆さまに落とされちゃう！　だからまあ、河に落ちたら不老長寿を誇るエルフでも死ぬかもねー。エルフだって、大怪我《おおけが》したら普通に死ぬもんね～」

「これほどの大河の終点が滝壺とか、絶対におかしいだろう！　どんな罠だそれはっ？　誰がそんな剣呑な河を作ったのだあっ！」

「大自然が……としか言いようがないかなあ？　ねえねえ。この『エッダの森』ってね、エルフ発祥の地であり故郷なんだよ？　森の中の聖地には私たちエルフが崇拝する神木・宇宙トネリコがあるの！　後で案内してあげるね？　杖を作り直さないといけないし～」

「なにか他に安全な移動方法はないのか？　河を船で渡るとか？」

「うん、ない。外界との往来を固く制限してるからねっ！　一見さんは橋も通行禁止っ！」

「自分から森を封鎖して八方塞がりになってどうする！　見張り番はなにをしている？」

「見張りは一日に二度、門の巡回に来るだけなの！　人間が協定を破って軍を率いてきても、吊り橋から攻め込めるわけないからねー。大軍が一斉に橋に乗ったら、即座に橋ごと落ちちゃうからっ！」

「……成る程。えるふとやらは、おめでたい面々だな……国を失ってこの森に籠城するまで人間に押され続けるわけだ。淀君《よどぎみ》が仕切っていた大坂城の面々よりも士気がたるみきっている」

「えー？　そこは、平和と自然を愛する種族だと言ってよーう？　あっ、弓を使って狩猟はするけどね？　私たちは、野菜とキノコしか食べないというわけではありませんっ！」

慎重な家康は（こんな吹けば飛ぶような狭い吊り橋は渡りたくない。危険過ぎる）と逡巡《しゅんじゅん》した。だが、他に道はないんだよっ！　とセラフィナは再三言い張る。

その上、家康にはもうひとつの問題があった——そう、せっかく捕らえたぬっへっほう、スライムの巨体をどうやって幅の狭い吊り橋から対岸へと運び入れるかである。縄で縛ったまま馬に引かせる今までの運び方では、不安定な橋の上でバランスを保つのは困難だ。

（ぬっへっほうの肉は、オットセイの陰茎の上位互換薬材として使えるに違いない。絶対に持ち帰る、絶対にだ。そして俺は、さらなる健康と長寿を手に入れるのだ！）

家康が漢方薬と健康を欲する情熱は異常。天下盗《と》りなどより遥かに重要なのである。

故に、この無理難題を解決する策を、家康は必死に考え抜いて捻《ひね》り出《だ》した。

今度は、その策を聞かされたセラフィナがギャン泣きすることになった。

第三話

徳川家康は武芸百般に通じているが、馬術も一級品だ。

大坪流馬術免許皆伝の達人で、戦国日本では「海道一の馬乗り」という称号を得ていた。気難しいスレイプニルを乗りこなして騎兵たちから見事に逃げ切ったことからも、その卓越した実力は明らかである。

だが、その家康は慎重過ぎるほどに慎重な男でもあった。故に、危険な吊り橋を渡る際に家康が採用した「通過方法」とは――。

華奢《きゃしゃ》なセラフィナに、上半身を顕《あら》わにした家康の身体を背負わせ、「うぐぐ。うぎぎ」と懸命に吊り橋の上を進ませることであった。

「ギャアアアア～？　いやあああ～っ、どうして私がイエヤスを背負って橋を渡らされてるのよぅ？　重いっ！　落ちる落ちる、落ちたら溺れちゃう！　これのどこが馬術なのよーう、サイテーッ！」

「世良鮒。橋を渡り慣れているお前が俺を背負うのがもっとも安全なやり方だ。そもそも重い重いとお前が文句を言うから、甲冑を脱いでやっただろうが。甲冑を脱ぐだけでも、俺にとっては命懸けの決断なのだぞ？」

「母上、父上、ごめんなさいごめんなさい！　私は今、ふんどし一丁姿の半裸の殿方をおぶわされてますぅううう！　しかも、ふんどしが黄色いし！　なんで黄色いのよぅ？」

「安心しろ、黄色いのはもともとだ。俺は白い下着は使わない。すぐに汚れて使えなくなるからな。浅黄色の下着なら汚れが目立たないから、長く使える。何事も倹約だ」

「そんなみみっちい理由なんかーい！　イエヤスってば、ほんとに一国を統一した勇者様？　どこまでケチなのよぅ？」

「フ。前世の家臣団も、ふんどしは武士の魂でござる、いつ死ぬかも知れぬいくさ人たる者が黄色い下着など御免被ると贅沢なことを言っていたものよ」

「言うでしょそりゃ。でも、イエヤスのガタイってすっごく引き締まっていて男らしいかも……そうじゃ

なくてっ！　橋を自力で渡らないだなんて、なんのための馬術なのよ〜ぅ！」

　家康は、この狭い吊り橋を渡った経験がなく、馬に乗って渡りきれる確証がない。そもそも自らの足で渡ることすら危険だ。なにしろ、河に落ちればそこは死を覚悟せねばならない急流。

「世良鮒よ、危険な場所を騎馬で無理に渡りきることが馬術なのではない。むしろ危険な場面では躊躇《ためら》わずに馬から下りる慎重さこそが、俺が身につけた大坪流馬術の極意なのだ」

「ホントに〜？　楽しようと適当なことを言ってない〜？」

「俺が尊敬する鎌倉幕府の創始者・源頼朝《みなもとのよりとも》公ですら、河に架けた橋の竣工式《しゅんこうしき》に出席した際に落馬し、その時の怪我が原因で死んでいるのだぞ。馬術とはそれほど危険なものなのだ。故に、この橋に慣れた世良鮒に背負ってもらって橋を渡りきる安全策を採ることこそ、真の達人の馬術」

「仮にも勇者がか弱い女の子に背負われて橋を渡るとか、恥ずかしくないのぅ？」

「誰も見ていないから問題ない」

「私が見てるじゃんっ！」

「たとえ諸国の大名が見ていようとも、俺は同じことをやる！　小田原《おだわら》征伐の折にも、危険な橋を渡る際に同じことをして、俺は大勢の浅はかな武士どもに笑われたものだ」

「そりゃ普通笑うでしょ？」

「だが、堀久太郎《ほりきゅうたろう》殿をはじめとする一握りの有能な大名たちは笑うどころか、徳川殿こそ危地で馬を大切にする真の馬術の達人と、俺の慎重ぶりを褒めそやしていたぞ？」

「それはイエヤスに気を遣っていただけじゃん？　世渡り上手ってだけではっ？」

　そうとも言えるな、と家康は仏頂面で頷く。いいからはよ降りろやと毒づくセラフィナ。

「そもそもさあ、デカブツのスライムを諦めて捨てていけば問題なく渡れるじゃん！　スライム惜しさにこんな無理矢理なことさせてるんでしょっ？　そんなにスライムが欲しければまた捕獲し直せばいいのに、ケチなんだからーっ！」

そう。家康はこの地域には生息していない希少種のスライムをどうしても捨てたくなかった。

だが、スレイプニルに大柄でしかも不定形のスライムを引かせるこれまでの運搬法を用いては、この狭くて不安定な吊り橋は渡りきれない。

故に家康は自ら下馬し、スレイプニルの背中にスライムと甲冑その他の所持品を乗せて縛り付けバランスを安定させ、そろそろと運ばせていたのである。スレイプニルは驚くほどに知能が高い一角馬なので、轡《くつわ》を引かなくても自らの意思で家康についてくる。

「この世界で再会したぬっへっほうは、驚くべき再生能力の持ち主だった。これは『山海経《せんがいきょう》』に記されていた、無限の食肉を人間に与えてくれる霊獣『視肉《しにく》』だ。滋養強壮・長寿の秘薬の原料であると同時に、俺をこの異世界で飢えさせずに生かしてくれる貴重な授かり物だ。俺自身よりも優先して橋を渡らせる！」

「はいはい。イエヤスってば健康のためなら死んでも構わないんだったわよねー。はあ……こんな外来獣を森に持ち込んだら『森の生態系が乱れますわよ』とエレオノーラに叱られそう。あっ、急に脚の力が抜けてきちゃった。はうう～、おっ、重いよおおお～？」

「待て待て。えるふは人間よりも優秀な種族ではなかったのか？　まだ半分も渡りきっていないのに、もう足下がふらついているだとっ？　だいじょうぶなのか世良鮒？　これはまずい予感がする、俺は降りる！　これならばまだ自分の足で歩いたほうが安全……」

「ちょ、ちょっと待って～！　エッダの森名物の突風が吹いてきたから、今は動かないで！　だめええええ！　足が、足が滑るううう～！　い、いやあああああ～！」

「なんだとおお？　二人ともども風に飛ばされ、橋から落ちているだとおおおっ⁉　なんという凄まじい突風⁉　俺の慎重さが通用しないとは、恐るべきは異世界！」

「潔くスライムを捨てていかないイエヤスの貧乏性のせいでしょーっ！　ギャアアアア～！　私、まだ死にたくな～いいいいい～！」

突風に巻き上げられた家康とセラフィナは、揃って激流のただ中へと転落していた。

だが、セラフィナが「甲冑を着られてちゃ重い！」

と抗議したために家康が前もって甲冑を脱いでいたことが幸いした。

「がぼがぼがぼ……ぶくぶくぶくぶく」

水流に呑《の》み込まれたセラフィナは（この先は滝！　滝壺！　死んじゃううう！）とパニックを起こしてなすすべもなく溺れたが、家康は水術の達人。慶長十五年、六十九歳で駿河の瀬名川を泳いだという超人的な逸話を残している。まして今の家康の肉体は二十歳。

武士の水術は、甲冑を着けたままでの立ち泳ぎ技術を含んでいる。たとえ甲冑を着けていても、自分一人ならば悠々と向こう岸まで泳ぎ切ってこの死地を脱することができる。

甲冑を脱いで身軽な今の家康には、セラフィナを背負って激流の中を泳ぐことも容易《たやす》かった。途中、足を奪われるとそのまま持って行かれそうな危険な地点もあったが、家康ほどの水術の達人ともなれば、そのような水中の死地をも見切ることができた。

「……やれやれ、無駄な体力を消耗してしまった。えるふの森に入る門はもう目の前だが、火を熾《おこ》してここで暖を取る。風邪は万病のもとなのだぞ世良鮒」

河を泳ぎ切って向こう岸にあがった家康は、身体を拭って素肌の上から甲冑を着用。「へっくちん、へっくちん」とくしゃみが止まらなくなったセラフィナの肩に自らの羽織《はおり》をかけると、橋を渡りきったスレイプニルが運び込んだスライムの肉を脇差で数片薄く切り取り、火で炙《あぶ》った。

印籠の中には薬だけでなく塩や山椒《さんしょう》も入れてあるので、いつ何時でも野戦食を調理できる。「塩さえあればたいていの野生生物の肉は焼いて食える」。これは、数々の戦で「逃げ」慣れている家康の智恵だった。

「へっくちん！　イエヤスの水術ってすっご～い！　この激流を、女の子を抱きかかえたまま泳ぎ切っちゃうなんて……って、こんな水泳超人なんだったら最初から泳いで渡れーっ！　私はなんのためにこんな苦労をっ？　死ぬかと思ったじゃんっ！」

「なにを言う世良鮒。どれほどの水術を会得していても、初見の激流を無事に渡れる保証などない。俺は運が良かっただけだ。お前を抱きかかえていて余裕がなかった分、いつもよりもさらに慎重に泳いだことがかえって幸いしたのかもしれん」

「あらそんなあ。私のこと、幸運の女神だと思ってるのぉ？　褒めてもなにもでないわよ〜？　って、誤魔化されるかーっ！　エルフったって私はひ弱い女の子なんだから、大の男を背負って楽々橋を渡れるわけないっつーの！　この細腕にそんな筋力あるわけないじゃん！　一応王女だし！　背負われる経験はあっても背負わされた経験はないっつーの！」

そうだった、やけに気さくな娘なのでなんとなく使用人扱いしていたがこれでも王女なのだったな、と家康は今頃気づいた。

「そもそもイエヤスってば無駄に慎重だし食材欲しさに命を賭けるばかりで、乙女を守る騎士らしさがこれっぽっちも……ハズレ勇者なのかな〜。ぐぎゅるうううう〜。うう、お腹空いた……」

「一枚目が焼き上がったぞ、食え。ぬっへっほうの肉は滋養がつく。長寿の霊薬だ」

「え〜私から食べていいの？　ありがとうイエヤス〜。ぶっきらぼうだけど実は優しいんだからあ〜」

「うむ。遠慮なく喰らうがよいぞ」

「いっただきま〜すぅ！　あむっ！　嘘っ、これって美味しい〜！　とっろとろに口の中で脂身が溶けて、けれどしつこくなくてさっぱりしている！　あの奇怪なスライムが食用になるだなんて大発見だよ！　私たちは古い常識に囚《とら》われ過ぎていたんだね！」

「ふむ。世良鮒？　舌が痺れるとか喉が刺激されるとか腹が痛くなるとか、そういう兆候はないか？」

「ん？　別にないけど？」

「……それでは即効性の毒性はないということだな。これから一ヶ月、毎日ぬっへっほうを食え。遅効性の毒性についても試してみる」

「って、私を毒味役に使ってんのかーい！　一瞬でもあんたの振る舞いに感激した私がバカみたいじゃんっ！　それほどの毒性があれば匂いでわかるよぉ！　私は『治癒の魔術』が専門なんだからっ！」

「『治癒の魔術』を使えるお前だからこそ、毒味役にちょうどいいのではないか」

「まずは自分で食って、中ったら私に治療させんかーい！　なんという殿様思考なのよぉ!?」

「すまん。前世では、毒味役が食ったものしか食わなかったのでな。そういう習慣なのだ」

「いーや。習慣のせいじゃないっ。イエヤスの性分だよっ！」

喜怒哀楽の表情が激しくてわかりやすい娘だ、と家康は苦笑していた。だが次の瞬間。

家康は、自分の右の二の腕から薄く出血していることに気づいて、

「うおおおおおおっ!?」

と悲鳴を上げていた。

不覚！　激流を泳いでいる途中で、岩に肌をこすりつけていたのだろうか？

戦国時代の合戦で死ぬ人間の多くは、戦場で負傷した傷口から毒が入り込んでの破傷風によって命を落としている。戦国時代、細菌は未発見で、人々の衛生観念は遅れていた。故に負傷者の死亡率が異常に高かったのだ。

だが、いかに死なずに生き延びるかを追求してきた医学博士の家康は、経験則から現代でいうところの殺菌法を考案し、負傷した時には即座に石鹸で傷口を洗浄する「殺菌」を行ってきた。戦の最中に、家臣の傷を手ずから石鹸で洗ってやったこともある。

「なんということだ！　甲冑を脱いだことが命取りとなった！　かさばる石鹸は印籠には入りきらなかったのだ！　傷口から毒が入れば終わりだ！　しかもここは異世界、未知の毒素に侵入されれば……俺は……俺はここで死ぬのか……！」

「ほんの擦り傷じゃん。イエヤスってば全く大げさなんだから～」

「戦場傷の恐ろしさを知らないのか？　ああ。世良鮒を放置して一人で泳ぎ切っていれば、あたら命を落とさずに済んだものを！　俺はまだまだ甘かった……！」

「ちょっと待てーい！　これくらいの傷なら放置しても問題ないけど、『治癒の魔術』で治してあげるよう。んもう。『治癒の魔術』もタダじゃないんだから。貴重な薬草を消費するんだからね？　あ、あくまでも助けてくれたお礼だよ、お礼。今回だけだよ？　以後、お前を俺の治療役に任ずる、とか言わないでよね？」

セラフィナは、神木の枝から作った杖がなくとも、薬草を握りしめた手を患者の頭上で開いて薬草を振りかけながら呪文を詠唱するだけで「治癒の魔術」を発

動できる。先刻、ワイバーンを治癒した時もそうだった。

「世良鮒？　その魔術に副作用は？　人体への危険は？　怪しい術を用いる場合はもっと慎重に……」と尻込みする家康が腰を浮かせる前に、一瞬で家康の傷を治してしまった。

「はい、おしまい。これでいいんでしょ、これで。ほら、イエヤスもスライム肉を食べなさいよう。私にだけ毒味させて自分は食べないとか認めないからっ！　はい、あーん」

「おおっ、疵痕《きずあと》が綺麗《きれい》に消えている？　なんと素晴らしいえるふ魔術！　そして、やはりぬっへっほうは美味だ！　一口食しただけで全身から力が湧いてくる！」

成る程。セラフィナは体力に優れているのではなく、魔術に優れているのだ、と家康はようやく認識した。伊賀《いが》甲賀《こうか》や風魔《ふうま》らが用いる如何《いか》なる忍術でも、「盾の魔術」が空中に築く半透明の壁や、「治癒の魔術」が発揮する治癒力は真似できない。

「天晴《あっぱ》れ大儀であった。世良鮒よ、以後、お前を俺の治療役に任ずる。有り難く恐れ入れ」

「だから、それを言うなっつっとるだろーがっ！　はぐはぐ、おかわりっ！　スライムってじゃんじゃん再生するから、無限に食べられちゃう！　凄いねイエヤスぅ！　大発見だよーう！　スライムが一匹いれば、私たちは森に何年でも籠城できるじゃん！」

「……ぬっへっほうは命を賭して狩った俺のものだ、やらんぞ」

「えー。ケチー」

「……減るものではないし、お裾分けしてはやるがな。ただし条件がある。世良鮒の薬学知識を俺に分けてもらおう。万病円や八味地黄丸に用いる薬草などの代替物をこの世界で選別採取したいからな」

老化防止に効く八味地黄丸は、地黄、山茱萸《サンシュユ》、山薬《サンヤク》、沢瀉《タクシャ》、茯苓《ブクリョウ》、牡丹皮《ボタンピ》、桂皮《ケイヒ》、附子末、そして家康が独自に追加調合した海狗腎（オットセイの陰茎）を原料に用いる。

海狗腎については、ぬっへっほうの肉が代用どころか上位互換となりそうだ。

「他の原料も、自然に自生する植物や菌類だから、代替物があるはずだ。むしろ、猛獣や魔術が存在する異世界だからこそ、ぬっへっほうのような上位互換種を集められるはず。つまり俺はますます健康になれる！　この異世界で八味地黄丸の改良に成功すれば、俺は健康なまま百年を余裕で生きられる！」

「はえー。私の薬学知識くらいならいくらでも提供するけれど。イエヤスって生への執着が凄いんだねー。人間相手にはやたら慎重なのに、ぬっへっほうを捕らえるためなら死んでも構わん！　って勢いだったもんねー。私が想像していた勇者像とちょっと違う〜」

「……俺は生まれながらに小国三河の世継ぎだったからな。常に暗殺や討ち死にの危機に怯えながら、乱世を生き延びることに七十五年の間必死だった。馬術も水術も負け戦の戦場から逃げるために修得したし、剣術も暗殺者から身を守るために修行した。自ら薬を調合するのも、医師による毒殺が横行していたからだ。俺の祖父も父も家臣に暗殺されたのだからな——人一倍、慎重にもなる」

「そ、そうなんだ？　家臣が主君を暗殺するなんて、エルフじゃ考えられないよぅ。怖い世界から来たんだね、イエヤスって。でも、そんな乱世を統一したんでしょ？　エの世界で乱世を統一して『神』として祀られた者だけがこの世界に勇者として召喚されるって長老様が言っていたけど、ほんとうだったんだね。凄いじゃん！」

自称「女神」に無理矢理召喚されただけだがな、と家康は自嘲した。あの「女神」、完全に気配を断った。俺ならば奴を捕縛する方法を修得しかねんと慎重なのかもしれん。

「俺は真の勇者ではない。勇者ならば、あれほどの犠牲を払わずとも天下を統一できたはず。かつて俺は弱小の徳川家を守るために、心ならずも自分の妻と嫡男を庇《かば》いきれずに家臣に斬らせた男だ。築山殿と呼ばれていた瀬名姫と、わが子信康を——信康こそ、勇者に相応《ふさわ》しい若武者だった。信康を失ったために、俺は死ぬまで隠居できなくなっただけだ」

「ふえええっ？　奥さんとお子さんを？　でもでもイエヤスってば戦場で逆ギレしていない時は、こんなにも温厚じゃん？　お肉焼いてくれるしぃ。どーしてっ？」

「築山殿は、名門今川家の姫でな。織田信長公が今川義元公を桶狭間で討ったため、今川家に仕えていた俺は生き延びるために今川家と手切れして信長公と同盟を組んだ。それを恨んだ築山殿が、織田家の宿敵だった武田方に寝返って俺を領国から追放しようと謀叛《むほん》を企《たくら》んでな……最初は些細《ささい》な陰謀だったが、やがて信康や信康の家臣団も巻き込んでの大騒動になった。しかも、この謀叛の企みが信長公に知れてしまった」

「ひいっ!?　家族同士での争い？　イエヤスの生きてきた世界って修羅場だったんだね～」

「うむ。当然信長公は、俺に二人の処理を命じてきた。俺が選べる道は二つ。築山殿と信康を守るために武田家に寝返り、強大な織田家と戦って徳川家ことごとくを滅ぼすか。それとも徳川家と家臣団を守るために織田家との同盟を維持し、親武田派の家臣団を解体するか。つまりわが妻子を捨てるかだ」

「うう……お家を取るか、家族を取るか……しかも、家族を捨てないと全滅……辛《つら》い運命だね……」

「追い詰められた俺は、信康と二人きりで対面した。せめて信康だけでも救えぬかと思ってな。『正直に真相を告げてくれ。お前は謀叛に関わっていないのだろう、知らぬうちに親武田派に神輿《みこし》として担がれていたのだろう。そう言ってくれ』と息子に懇願した。だが、信康は最後まで母を庇い、『親父よ。母上や武田贔屓《びいき》の家臣たちを止められなかったのは、親父から岡崎城を預けられていた俺の責任さ。俺が首謀者だ。俺が切腹すれば徳川と家臣団を守れる』と自ら死を選んだ。わが子ながら、実に爽やかな男であった……」

「……そうなんだ……そんなよくできた息子さんを……辛かったね、イエヤスぅ……」

「俺は信康だけでも国外に逃がそうと密かに算段したが、信康は『そんな半端な真似をしたら織田殿は親父を見限るぜ。二兎を追うものは一兎をも得ずだぜ親父』とついに逃げなかった。そして切腹して果てた」

「そんなぁ。うっ……うわ～ん！」

徳川家臣団は、家康に犬のように忠実だが、気が利かない武辺者が多い。（信長公に漏れれば徳川家は破滅する故に口には出せぬが、後生だから二人を逃がしてくれ）という家康の祈りは通じず、築山殿は護送中に家臣に斬られ、信康も幽閉先で切腹させられた。

だが三河武士たちも鬼ではない。信康の介錯人《かいしゃくにん》は

「御曹司は斬れませぬ」と土壇場で夜逃げし、「鬼の半《はん》蔵《ぞう》」と呼ばれる勇将・服部《はっとり》半蔵が急遽《きゅうきょ》介錯を務めることになった。だが、その半蔵もどうしても信康を斬れず、泣きながら刀を放り捨てたため、最後は介添人の天方通綱《あまがたみちつな》という武士が信康を介錯した。

家康は服部半蔵に「さしもの鬼の半蔵も、主君の子は斬れなかったか」と感謝する一方で天方通綱に激怒し、天方は（御曹司切腹は殿の本意ではなかったのか！）とやっと気づいて徳川家から逃げるように出家した。

また、築山殿を護送中に斬った野中重政《のなかしげまさ》も、家康に「処置致しました」と報告した折に「女人を殺したのか？　なぜ逃がさなかったのだ！」と激怒され、やはり徳川家から逐電して武士を捨てている。

迂闊に本心を口にできない苦しい立場の家康にとって、彼らのような忠義面をした無能者ほど腹立たしい連中もいなかっただろう。が、家康は彼らを殺さなかった。自分の怒りは逆恨みに過ぎず、殺せば怨恨を生んで自分に戻ってくると知っていたので耐えたのだ。

「……仕方がなかったんだよね。それほど厳しい乱世だったんだよね？　その頃のイエヤスは、まだ天下人じゃなかったんでしょ？」

「うむ。あの頃、俺にもっと力があれば、妻子を守れていたはずだ。だが、悔いはもうひとつある。天下人となった人生の最後に、俺はかつて自らが仕えていた主君の妻子を大坂城ごと焼き払って死なせてしまった。必ず守ると約束した太閤秀吉《ひでよし》殿下の遺児。秀頼《ひでより》公を」

「ふえええ……どーして？」

「十年以上も臣従を待ち、既に俺の寿命は尽きかけていたが、大坂城を支配していた秀頼公の母君・淀君は何度頼んでも大坂城を出てくれず、徳川の天下を認めようとしなかった。俺自身が死ぬ前に大坂城を落とす以外に、乱世を終わらせる方法はなかったのだ」

「……そうなの……天下人って、大変なんだね……あまりにも責任が重すぎるね……」

「天下人とは、万民のために誰かが背負わねばならぬ苦役であり義務だ。信長公も太閤殿下も亡き日本で、天下平定の責務を果たせる者は俺しか生き残っていなかった。やむを得ん」

大坂の陣において、老いた家康がかろうじて成し遂げられた我《わ》が儘《まま》は、亡き太閤秀吉の遺言を守って豊臣秀頼に嫁がせていた孫娘の千姫《せんひめ》の救出に成功したことだけだった。

後世、乱世を終結させて二百六十年の太平の世を築くという空前絶後の偉業を果たした家康が「狡猾《こうかつ》な古狸《ふるだぬき》」と思われて日本人に好かれなかった理由が、この豊臣秀頼殺しにある。もっとも、秀頼の助命嘆願を最後まで決して許さなかった者は、老いた「大御所」家康ではなく、戦下手故に豊臣家存続を恐れていた息子の二代将軍秀忠だったのだが。

「俺にせめてあと十年の命があれば、秀頼公とその母・淀君を説得して大坂城から退去させられて豊臣家を救えたものを。淀君は織田信長公のご一族で、誰よりも気位が高く、かつての家臣だった徳川家に屈服するくらいならば大坂城もろとも滅びるつもりだったのだ。築山殿との結婚生活に失敗して以来、俺はどうにも高貴な女性とは相性が悪かった。秀頼公に嫁がせたかわいい孫の千姫をも、どれほど不幸にしたか」

「イエヤスぅ。それでも、あなたは乱世を統一して長い平和をもたらした勇者なんだよ？　あなたと一日過ごしていてわかったよ。一騎当千の蛮勇の持ち主でありながら、常人離れした凄まじい忍耐力を努力で身につけたからこそ、あなたは厳しい乱世を生き延びて統一の偉業を成し遂げられたの。だからあなたは、この世界に勇者として呼ばれたんだよ？」

「厭離穢土欣求浄土」。残酷な現世の戦乱を終わらせて身体から魂が離れた暁には、平和な浄土に生まれ変わりたい。それが家康の生涯の願いであり、それ故にこの八文字を旗印に用いてきたのだ。

「もう自分を責めなくてもいいんだよ、イエヤス。この世界も、終わらない戦争と災いと哀《かな》しみに満ちている世界なんだから。私たちエルフをはじめ、魔王軍に祖国を破壊され家族を失った多くの異種族が、魔王を倒してくれる伝説の勇者を求めているんだから。あなたはこの世界に選ばれし者。だからきっとやり直せるよ、この世界で――ねっ？」

決して雄弁ではない。だがなんという温かい声、温かい指なのだろう。セラフィナの身体からは、傷ついた者の魂を癒やす光が溢《あふ》れている。セラフィナは前世の罪を告白する家康を責めることなく、じっと彼の哀しみに寄り添い、ともに涙を流してくれていた。

「ほらほら、スライム肉がこんがり焼けたからっ！　いくらでも再生するから無限に食べられるよ？　あまり食べ過ぎて太らないように注意しないとねっ！」

「二十枚ほど頂くか。今の俺の身体は、痩せ過ぎていてしっくりこない。俺は歳を取ってからも肉体の調練は欠かさなかったが、健康長寿のために敢えて狸のように丸々と太っていた。鼠《ねずみ》のように痩せこけた太閤殿下が早々に衰えて早死にしたのを見ていたのでな」

「ぐえー？　ダメダメ！　今のちょうどいい感じの痩せた筋肉質の身体が一番いいってばぁ！　わざわざ太ってどーすんのよう？　イエヤスが健康のためなら死んでも構わんって言うのと同じに、エルフ族は美のためなら死んでも悔いはないんだからっ！」

「……えるふは歳を取らんのだろう？　年々老いる人間とは身体の造りが違うのだ」

「とーにーかーくー。いくら無限に再生するスライム肉でもさぁ、食べ過ぎないように腹八分目でねっ？あと、スライムさんに感謝〜。美味しいお肉をありがとうございます〜」

家康は（「女神」は俺にこの娘を守れと言っていたな。あやつに従うつもりはないが、今は俺自身がセラフィナを守らねばならない、守りたいと願っている）と己の気持ちに気づき、同時にこの世界もまた前世以上の乱世なのだとも知った。

ならば、セラフィナもまた――。

「世良鮒。えるふの国は、魔王軍に滅ぼされたのだったな。王都を失って、えっだの森に押し込められているのだと」

「うん。ジュドー大陸の異種族連合軍と、魔王軍の『大厄災戦争』は、百年近く続いたんだって。私が幼い頃に、エルフの王都は魔王軍の猛攻を受けて陥落しちゃった。生き延びたエルフが、種族の故郷だったエッダの森に避難してから、十年が経《た》ったんだよ〜」

「幼くして亡国落城という憂き目に遭ったのか。魔王軍はどうなったのだ？」

「ヴォルフガング一世という軍人さんが指揮する人間軍が、頑張って追い払っちゃった。エルフ王都も、人間軍が奪回してくれたんだよ。ところがねー！　魔王軍が撤退した後も、人間はエルフに王都を返してくれないんだよ〜！　それどころかヴォルフガング一世はエルフの王都を自分が建てた新たな王国の都にしちゃったんだ！　ひっどいよね～？」

「戦勝者が土地を返さぬのは、乱世ではよくあること。俺も、信長公から駿河一国を賜った時、俺自身が攻め滅ぼして亡国の浪人となった今川殿がお気の毒なので駿河をお返ししたいと律儀者をよそおったら、信長公が怒って『デアルカ。要らぬのならば駿河は我に返せ』と言いだしたので、『ややややっぱり駿河は拙者が頂きます！』と慌てたものだ」

「……イエヤスの律儀さって、つまり猿芝居だってことなんだね……腹黒狸だね～」

「こほん。俺のことはいい。お父上を魔王軍との戦争で失われたと立ち聞きしたが？」

セラフィナは「イエヤスがこれだけ辛い自分の過去を教えてくれたんだから、私も語らないとね！　他言無用だよ？　私はいつもみんなの前では笑っていたいから！」と泣き笑いのような表情を浮かべながら、王都陥落の経緯をそっと語った。

「魔王軍は、オークというすっごく凶暴な種族が率いる略奪軍団なんだよ～。そのオーク族の中から頭角を現した猛将グレンデルが、暗黒大陸を武力統一して『魔王』を名乗り、気候温暖で豊潤なジュドー大陸からあらゆるものを奪い取ろうと遠征軍を編成したのっ！　私が生まれる以前の話なので、長老様のお言葉の暗唱だけどねっ！」

魔王軍は奪った土地を統治するという概念を持たず、闇雲に行軍しながら蝗《いなご》のように殲滅《せんめつ》戦と略奪を繰り返して、ジュドー大陸北部を徹底的に荒廃させたという。

「ふむ。魔王軍とは、万里の長城を越えて中原に攻めて来る北方遊牧民族のようなものか。それは災難だったな。戦国日本以上の修羅場だ」

「エルフ王国の王都アルヴヘイムが陥落したのは、大厄災戦争の最終盤。私は当時八歳でねー。エルフ族は十五歳から二十歳の頃に老化が止まって、百年の寿命が尽きるまで若く美しい姿を保つので『不老の種族』と呼ばれるんだけどぉ、その頃の私は魔術も使えない本物の子供だったの」

「今も子供だがな」

「今は立派な乙女ですからっ！　私の父上はエルフ王ビルイェル。苦戦を強いられていたエルフ族と人間族最強のヘルマン騎士団はね、エルフ王都に魔王軍主力部隊を引きつけて、ヘルマン騎士団がこれを背後から急襲して叩くという危険な共闘作戦を決行したの」

「そうか。お父上は、終わりが見えない大厄災戦争を終結させるために、敢えて自国の王都を危地に陥れるという苦渋の決断をしたのだな。乱世の君主とは、辛い職務だな」

「ヘルマン騎士団は、機動性に優れた騎馬兵が主戦力でね。当時の騎士団長は、エルフも人間も同類にして同志だと『異種族連合』策を提唱してくれた方で、その軍団は凄まじい行軍速度と瞬発力を誇っていたの。だから、囮《おとり》作戦の勝算は充分にあったんだけど……」

「だが、土壇場で想定外の事態が起きたのだな？　戦場では、よくあることだ。俺などは、息子の秀忠が率いる本隊が到着しないうちに関ヶ原で天下分け目の決戦を強いられた」

「そーなの、イエヤスぅ！　ヘルマン騎士団は、エルフ王都に向かう途中で魔王軍の伏兵に急襲されて騎士団長を討ち取られ、壊乱しちゃったの！　今でも信じられないよぅ！」

それはまるで桶狭間で織田信長公に討たれた今川義元公のようなご不運、と家康はセラフィナの父のために瞑目《めいもく》した。

「故に援軍は間に合わず、囮作戦は破綻。えるふ王都は陥落する運命に陥ったのか」

「うん……最後の別れの夜にね、炎に包まれた宮殿の一室に籠もっていた父上は、幼い私を呼び出して頭をそっと撫《な》でてくれたの。いつも『常在戦場』とばかりに厳しい表情だったのに、その夜の父上はとても優しいお顔だったわ」

※

「わが娘セラフィナよ。援軍来たらずだ。人間が約束を破ったと怒る者もいるが、誰の責任でもない。仕方がないのだ。戦争とは、常に計算通りにはいかないものなのだから」

「お父さま!?　一緒に落ちのびようよぅ。だいじょうぶだよ。王都が落ちても、エルフ族には発祥の地・エッダの森が残されているよ？　あそこまで辿《たど》り着《つ》けば──」

「魔王軍に包囲された王都から全員で脱出することはもう不可能だ。亡国の責任を負うべきは自分たち老人である。お前は逃げよ。長老ターヴェッティに、そなたたちを託す」

「……お父さま？　まさか……敢えて囮になって、王都と運命をともに……？　嫌っ！　そんなの嫌だよぉ！　お願い、一緒に逃げて！　お願いだよぅ……！」

「ふがいない父を許せセラフィナ。そなたは胸を張って生きよ。決して後ろを振り返るな。耐えるのだ。生き延びさえすれば、プネウマがそなたを導いてくれる。きっといつか、そなたを守ってくれる騎士に。エルフ族に語り継がれてきた伝説の勇者に巡り会える──」

※

「それがね、父上が私に最後に残してくれた言葉なんだ……」

「そうか。お父上は、世良鮒たちを脱出させるために自ら戦場に踏みとどまって討ち死にされたのか。立派な父上だな。その勇気、まさしく王に相応しい」

「うんっ！　父上も、国防長官も、武功を重ねてきた将軍たちも、平民の殿方たちも──私たち若いエルフを無事にエッダの森へ避難させるために、最後の最後まで城郭に籠もって果敢に徹底抗戦して──そして全滅したんだよ……」

「そうか。お前は、幼くしてお市《いち》殿や淀君の如き落城の憂き目に遭っていたのか。それなのに気丈なのだな」

「私も幼馴染《おさなな じ》みのエレオノーラも逃げながらいっぱい泣いたけれどね、いつまでも泣いていたら私たちを守ってくれた父上たちが哀しむから、もう泣かないってエレオノーラと誓い合ったんだ！　だからね、この話をするのは今日だけだよ？」

「……不老長寿の種族といえど、怪我をすれば普通に死ぬのだな。『治癒の魔術』をもってしても救えないのか」

「うん。致命傷を負っちゃったら、肉体から魂のプネウマが離脱しちゃうからね。そうなったら、どんな魔術でも蘇生《そせい》は無理……あの頃の私はまだ子供で、術を使えなかったしね。だからこの森に来てからは、たくさん学んだよ。いずれまたやって来る魔王軍の攻撃を阻むための『盾の魔術』や、戦場で傷ついた者を癒やす『治癒の魔術』について！」

「薬草を手に入れるために領域を一人で越えるのは不用心だが、その心意気や善《よ》しだな」

「私はどん臭くて戦うのは苦手だから、せめて怪我や病気になって苦しむエルフや人間やいろんな種族を一人でも多く癒やしたいなって思って。薬学もたくさん勉強しました！　だからね、イエヤスの薬造りにもたくさん協力できちゃう！」

「魔王軍から奪回した王都を返還しない人間に恨みはないのか？」

「ないよー。また一緒に魔王軍と戦わなくちゃいけない同志だもの！　ただ、皇国は大陸の北部と南部の中間地点にあたるエッダの森を欲しがっていてねー。立ち退き要請を拒否し続けていたら、今日とうとう斥候部隊と遭遇しちゃったってわけ。でも、きっとなんとかなるよ！　勇者イエヤスも現れてくれたしねっ！」

単に陽気なだけではない。なんという健気な娘なのだ。王都陥落、国を失っての亡命、父王や家臣たちの戦死という悲劇を幼少時に経験しながら、これほどに前向きに生きているとは——家康はセラフィナという少々抜けている若い王女を見直していた。

それに、容姿や性格が似ているわけではないが、セラフィナは炎上する大坂城から落ちてきた孫の千姫をなぜか思いださせる娘だった。老いた家康は、夫を祖父と父に討たれて傷ついた千姫になにもしてやれなかった。せめて良き再婚先を見つけだすので手一杯で、そこで寿命が尽きたのだ。

今度こそは。天涯孤独の召喚者として再び生を得た今世こそは。

俺は、俺自身の心のままに生きたい、この娘を守りたい、家康はそう願っていた。

「……世良鮒。俺は人間たちから追われる立場。魔王軍などという得体の知れぬ連中はともかく、お前を人間から守るくらいのことはできるだろう。お前の護衛役ならば、引き受けてもいい」

「えええ、ほんとおおお？　でも、私は王女だよ？　おお〜？　それって、遠回しに『エルフを魔王軍から守る大将軍職に任命されてやる』って言ってるのよねーっ？　だって～、イエヤスにもあるじゃん、戦場で自ら戦う勇気が！　それはさんざん証明済みっ！」

「俺は、勇気を奮うたびに失敗する男なのだ。若い頃に短気を起こして無謀な負け戦をしたこともあるし、年老いてからも息子が頼りにならぬので自ら老骨に鞭打って最前線に出ねばならなかった。しかも追い詰められて無理矢理に勇気を奮う毎《ごと》に、俺は必ず絶体絶命の危地に陥っていた。武田信玄公や『日本一《ひのもといち》の兵《つわもの》』真《さな》田《だ》が率いる騎馬隊に追いかけられるのは二度と御免だ――俺はな、世良鮒。戦が恐ろしいのだ」

「うんうん。恐れることを知らない者は他人の痛みも理解できない。自分の恐怖心を率直に認められる者こそが大勢の命を守れるほんとうの勇者だって、父上はいつも言っていたよ！　イエヤスはやっぱり勇者なんだよっ！　そりゃ恐れる相手くらい、一人や二人くらいいて当然じゃん？」

「いや、俺がもっとも恐れていた者は、もっと大勢いる。風林火山の武田信玄公。六文銭の真田幸村《ゆきむら》こと信《のぶ》繁《しげ》。太閤秀吉殿下。奥州の独眼竜伊達政宗。上杉《うえすぎ》家の宰相直江兼続《なおえかねつぐ》。虎退治の加藤清正《かとうきよまさ》。豊臣家の重鎮福島《ふくしま》正則《まさのり》。関ヶ原で天下分け目の決戦を挑んできた石田三成と島左近《しまさこん》。関ヶ原で敵中突破をやった鬼島津《おにしまづ》。関ヶ原のどさくさに天下を奪いかけた黒田官兵衛《くろだかんべえ》。あと、ちょっと思いだしてみたところでも宇喜多秀家《うきたひでいえ》、上杉景勝《かげかつ》、真田昌幸《まさゆき》、立花宗茂《たちばなむねしげ》、豊臣秀頼、古田織部《ふるたおりべ》、前《まえ》田利家《だとしいえ》、淀君、北政所《きたのまんどころ》、大久保長安《おおくぼながやす》、今川義元、太原《たいげん》雪斎《せっさい》、明智光秀《あけちみつひで》、伊賀甲賀の地侍たち、それと子供時代に俺を誘拐した人攫い。番外というか別格で織田信長公――まだまだいるな。少し待て、年代順に一から数え直す」

「ちょっとーっ？　天下人なのに、いくら『もっとも恐れている者』がいるのよーぅ！　恐れ過ぎでしょーっ！」

「人間、いくら恐れても恐れ過ぎることはない！『俺を殺せる者がいるか』という油断こそが即、死に繋がるのだ！　事実、俺はあれほど健康に気を配っていながら、大坂城を滅ぼして天下人としての仕事の全てを終えた、ようやく肩の荷が下りたとたった一日だけ油断したばかりに鯛《たい》の天ぷらを食い過ぎて、もともと弱かった胃を壊して死んでしまったのだぞ！　そうとも。あらゆる恐るべき敵から生き延びてきた俺を殺したものは、鯛の天ぷらだったのだ……！　油断であった！　なんと恐ろしい……！」

「イエヤスってばもう、素直じゃないんだから！　私にはわかっちゃう！　内心はエルフ族とともに大将軍として活躍する気まんまんなんだよねっ!?」

「違う！　お前個人の護衛役ならやってやると言っている！　どうしてそうなる？」

「またまたー。私ね、イエヤスがすっごく強い上にとっても優しい勇者様だってわかっちゃったから！　エルフには実戦経験豊富な武人が残っていないから、ちょっと慎重過ぎるけど武芸に秀でたイエヤスが大将軍としてエルフを率いてくれたらとっても助かっちゃう！　いやー、ありがたいなー。よーし、早速宮廷へ行って大将軍叙任式をはじめちゃおう！」

「待てっ、俺の話を聞けーっ！　いいか？　俺は慎重さを見失えば即座に失敗する男だ！　今後は決して俺を煽《あお》るな、常に俺を諫《いさ》めろ世良鮒！　聞いているのかーっ？」

「早く行こうよぅイエヤス～♪　ほら見て、見張りの皆さんが門を開いてくれたから！　宮廷へ行こう、行こう！　伝説の勇者様が召喚されたと聞いたら、みんな驚くよー！　イエヤスが強いという証拠になるスライムを捕まえておいてよかったね！　楽しみっ！」

「なんということだ。ぬっへっほうを持ち帰ったことが、藪蛇《やぶへび》となったか……」

最晩年の老いた自分こそが、もっとも頭脳が冴《さ》え渡《わた》り絶対に失敗しない慎重さを会得した全盛期だったと家康は知っている。

若い頃の家康は血気盛んで無謀過ぎた。三方ヶ原で武田信玄の大軍へ突撃して完璧に粉砕された時などは、身につけつつあった慎重さが完全に吹っ飛んで「信玄を倒して戦国にわが武名を轟《とどろ》かせる！」と生来の蛮勇に憑《つ》かれていた。その結果、家康自身はほうほうので武田騎馬隊から逃げ回る羽目になり、あたら大勢の家臣を失うことになったのだ。

今の自分は二十歳に若返っている。つまり、いつ慎重さを見失って暴走するかわからない暴れ馬。冷静に考えれば、セラフィナに「やれるって！」とけしかけられたからといって、健康のためなら死んでも構わん！　と叫んでぬっへっほうだの未知の翼竜だのと一騎打ちするなど論外ではないか。込み入った事情も知らぬまま、人間の斥候騎兵たちに啖呵《たんか》を切ったのも悪手だった。あそこは「狸親父」らしく下手に出ていればよかったのだ。

「……徳川家の男の身体に流れる蛮勇の血は強過ぎる。こんなに短気では世良鮒を守れるかどうか。若返ってしまったこれからは、もっともっと慎重にならなければ」

「だいじょうぶだいじょうぶ。イエヤスは超強い伝説の勇者様なんだからあ～♪」

セラフィナは天真爛漫過ぎてどうにも捨て置けない。勇者を異教徒と決めつけている人間を敵に回すことなく、セラフィナの護衛役を務められるだろうか。

結局怪しい「女神」のおかげで奇妙な運命に陥ったが、俺はこれでいい、と家康は不思議と自分の新たな境遇に納得していた。前世では天下を統一したが、その代償に瀬名姫も信康も秀頼も守れなかった。孫娘の千姫も不幸にした。それだけが心残りとなっていた。

幼くして父も祖国も失いエッダの森に追い込まれた

セラフィナに、二度目の落城を経験させたくはない――家康は、あれほどの罪と過ちに塗れた前世話を聞かされながら、自分を優しく赦《ゆる》してくれたセラフィナのためにこの新たな生を生きようと誓っていた。

第四話

弓を構えたエルフの衛兵たちが、ただひとつしか設置されていない城門を開いてセラフィナを出迎えた。

「いきなりお姿を消されて心配しておりました、姫様！　国防長官様のご命令で森の中を探索しておりましたが、まさか領域外に出ておられたとは！　その人間の殿方は？」

「この人は、エの世界から召喚された勇者トクガワイエヤス様だよ！　領域外に出て薬草を摘んでいた私が人間の斥候部隊に襲われたところを、助けてくれたのっ！」

「なんと！　ではまさか――その三つ葉葵の御紋は、伝説の勇者殿の証《あかし》なのですか？」

「こ、これは大変なことに！　直ちに姫様と勇者殿を、宮廷へ！　勇者殿の大将軍叙任式を行い、臨時執政官になって頂くか否かを、元老院で協議してもらわねば！」

「なんだ、世良鮒の一任で決定できないのか？　お前には人事権もないのか。俺はてっきり」

「あ、あのねイエヤスぅ？　エルフの王制は王都陥落以来停止していて、今は元老院の貴族議員たちが政治全般を担っているんだー。つまり共和制。いや～、私ってまだ十八だから女王に即位できないんだよねー」

「お前の年齢は十二歳くらいだろう？」

「十八だってばあ！　エルフの法では、二十歳にならないとダメなんだよね。まあ、へっぽこ魔術師の私に女王なんて大役が務まるとも思えないけど……あは、あはははは……」

「人材は重要だぞ。俺は大御所になってからも、人材収集には精を入れたものだ。まして、これほど広大な城塞都市を治めるとなれば、多くの専門職が必要だろう」

「ま、まあね～。でもほら、戦争で多くのエルフ族が倒れたから、人材というかエルフ材が枯渇しちゃって、うーん。常にエルフ材不足なんだよねー。特に将軍や兵士がねー。イエヤスが大将軍職を受けてくれたら助かるなー。ちらっ、ちらっ、ちらっ」

家康は「俺は大将軍とやらにはならんぞ」と呟きな

がらセラフィナとともにスレイプニルに乗り、戦利品のスライムは小舟に分乗させ、見張り兵たちに先導されてエルフ共和自治区の政治の中枢・元老院が設置されている森の宮廷へと案内された。

城壁の向こうには、大自然とエルフの文明とが見事に調和した理想の田園都市があった。

見渡す限りどこまでも続く森林にはいくつもの水路や小川が流れ、森に暮らすエルフたちは小舟でエッダの森の中を自在に往来できる。

街路樹を設けた陸路も整備されていた。高級なローブを纏ったエルフたちが、一角馬を乗りこなし陸路を駆けていく一方で、馭者《ぎょしゃ》が動かしている馬車に乗ってまったりと進んでいるエルフたちもいる。どうやら宮廷へ向かっている元老院の議員らしい。

平民階級のエルフが暮らす住宅街や商業地区は、美しく区画整理された狭い平地部に集まっていて、いずれの地区も清潔そのものだった。エルフが極度に綺麗好きな種族だということが家康にもすぐに理解できた。

（おお、路上に塵《ちり》すら落ちていない。信長公ありし日の安土《あづち》の町の如しだ）

家康は薬、武術のみならず、土木工事好きの都市設計マニアでもある。当初は僻地《へきち》だった江戸を大改造して、世界有数の巨大都市の基盤を造ったほどである。人間の築く都市とはひと味もふた味も違うエルフの城塞都市を、念入りに観察した。

「ねえねえイエヤスぅ。エッダの森って綺麗でしょー？　広大な敷地《しきち》内に七つある丘陵のうち五つは、王家や高名な名門貴族の荘園《しょうえん》として管理されているんだよ！　荘園といっても最低限の建物を建てているだけでね、後は森を保全しているか、一部を菜園や乗馬場として活用しているかで、ほぼ自然な状態を保っているんだよ！」

「うむ。まるで太閤殿下が築いた大坂城の城下町を思い起こさせる立派な町並みだが、驚くべきは緑の多さだ」

「最大の丘陵は、あそこ！　巨大な神木・宇宙トネリコを擁するエルフの聖地なんだー！　残るひとつの丘陵は、元老院が政務を遂行するための宮廷として活用されてるんだよっ！」

エッダの森の中心部にある目を疑わんばかりの巨木が、何よりも家康の興味を引いた。

「あれが、エッダの森の心臓ともいうべき生命の樹《き》。魔術の杖の原料にも用いられる、樹齢数億年と呼ばれる神木・宇宙トネリコなんだよー。真下の旧地下神殿跡に根を下ろしていてね、大地と大気のプネウマがあの神木に凝縮されているの。だからその枝を杖として魔術の補助に利用させてもらうわけ！　貴重で神聖な大木だからね、魔術に通じた術士でなければ神木から杖を切りだすことはできないんだよ！」

もしやあの大木は伝説の蘭奢待《らんじゃたい》なのではないか？　密かに切り取れぬだろうかと家康は思った。

「成る程。えるふたちは森を尊重しながら、慎《つつ》ましく自然の中に溶け込んで生きている。それなのに高度な文化を発達させているとは。俺たち人間の領主ならば、まず森を伐採して川を埋め立て、平地を広げていくことを考えるが――」

「人間は繁殖力旺盛だもんね！　エルフは孤高の種族だからぁ、なかなか結婚しなくて滅多に子供を産まないので数が少ないの。それに、広大な森のおかげで狩猟でだいたいの食糧を得られるから、耕作地も最低限で済むんだよ？」

「ふむ。森のそこかしこに屹立《きつりつ》している苔《こけ》むした巨岩は、奥三河を思い起こさせる。あの巨岩から流れる滝の美しいこと――浄土と呼ぶに相応しい都市だな、世良鮒」

「ありがとうっ！　もっとも、前の戦争でごっそり兵士が倒れちゃった後、一向に数が回復しないので人間に押されっぱなしなんだけどねー。人間は、自然を開発すればいくらでも人口を養えるとばかりにぽんぽん子供を産むから！」

「えるふに比べれば人間は老いるからな、質より量で行くしかないのだろうな」

「それもそうだねー、何事も善《よ》し悪《あ》しだねー。私たちエルフが戦争を忌み嫌うのは、一度負けたらなかなか回復できないからかもね？」

「いかんな。戦で損なわれた人口を早急に回復しなければ、衰退する一方だぞ？」

「エルフは純粋だから生涯に一度しか恋に落ちないんだよー。しかも子供を一人か二人しか産まないから。

その点、人間はどんどん結婚離婚結婚を繰り返して鼠並みに増えるからねー、数じゃ全然敵《かな》わないっ！」

「……俺も十人以上の子供をもうけたから、耳が痛いな」

「ぐえーっ？　なにそれぇ？　奥さんとの哀しき話はなんだったのーっ？　あーっ、わかった！　人間名物の『側室』という奴を集めまくったんだね！　サイテーー！」

「……仕方ないだろう。俺は一国の大名だったのだぞ？　戦に勝って国を守ることと同等に、子供を増やして徳川家の血筋を守ることも君主としての務め。まして将来有望な嫡男を死なせてしまったのだから、閨《ねや》で体力を消耗して寿命が縮もうとも、必死で子供を増やさざるを得なかった。子作りの義務さえなければ、俺はあと二十年は生きられたのに……」

「ふーん。そっかー。まあいいや！　宮廷前に到着しちゃったから、その話はまた後にしてあげるっ！　まずはイエヤスを勇者様に相応しい大将軍職に叙任しないとねっ！　って、ちょっとーっ？　どうして宮廷の衛兵たちが『盾の魔術』を発動して玄関を塞いでいるのーっ？　入れなさいよぅ～！」

意外な事態が起きた。

セラフィナと家康は、宮廷で開かれている元老院に参加を許されなかったのだ。

宮廷の玄関口に集まり密集隊形を築いた衛兵たちが、一斉に壁を展開して二人の入室を阻んだのである。

「世良鮒？　お前は王女ではなかったのか。早速衛兵たちに反乱されているぞ」

「あーん！　イエヤスが私を見る目つきが冷た～い！　私はまだ王女で、女王に即位してないから兵権を持ってないのー！　宮廷を守る衛兵たちは国防長官の指揮下にあるのー！　エレオノーラ！　エレオノーラ、どこー？　なんでこんな意地悪するのよーう？」

「……なんというはしたない。無断で領域外にお一人で飛び出すだなんて、二度とこのような危険な真似は許しませんわよセラフィナ様。案の定、このような怪しげな者を拾ってきて。懲罰室送りものですわよ」

エルフの森を守る国防長官エレオノーラが、セラフィナの前に歩み出てきた。

セラフィナよりやや年上でまだうら若い女性だが、

背筋が凍りつくような美貌と冷たい眼差しの持ち主だった。「氷のエルフ」という言葉が、家康の脳裏に自然に浮かびあがる。

「エレオノーラの監視が窮屈だから、外に出たくなるんじゃん！　私は捕虜じゃないんだからー！」

「……あなたの子供っぽさには全く困りましたわね。今後は監視役の数を三倍に増やしますわよ」

「えええええっ!?　そんなあああ？　ますます外に飛び出したくなっちゃうよぅ？」

「エルフ王家直系の血を引くお方は、もうあなた一人なのですよ？　それなのに、あなたはまるでご自分のお立場がわかってないようですから。当然の罰ですわ」

「ごごごめんなさいっ！　反省してますっ！　でもでも、これからはイエヤスを連れて行くから安心だよっ！　イエヤスはスライムもワイバーンも単騎で撃破しちゃう剛の者、伝説の勇者様なんだから！」

「……その者は人間でしょう？　われらエルフ族に王都を返還せず、エッダの森から立ち退かせて森を破壊し無粋な街道を築こうとしている連中の仲間ですわ。あなたは誰彼なしに相手を信じ過ぎるのです、セラフィナ様」

「イエヤスはほんとに信用できるんだってばあ！　大将軍職に叙任させて、お願いっ！」

「大将軍職とは魔王軍を撃退するまでの有事限定職とはいえ、兵権、行政権、人事権に加えて立法権の一部すら掌握する臨時執政官にして一種の独裁官。エルフ以外の種族を任命することは憚《はばか》られますわ」

どちらが王女かわからん、まだ二十歳くらいだろうになんという高貴な女性。氷のように冷たい美貌の持ち主だが、その瞳は炎のように燃えているかのように家康には思えた。

「セラフィナ様お一人ならば通しましょう。ですが、甲冑と剣で武装した人間の剣士を元老院に入れるわけにはいきませんわ。即刻逮捕して入牢《にゅうろう》を申しつけます！　衛兵たち！」

「待ってよエレオノーラ！　イエヤスはエルフ族に伝わる伝説の勇者様だって言ってるでしょっ！」

「お人好し過ぎますわね。その者が本物の伝説の勇者だという証拠はありますの？」

「あるある！　三つ葉葵の御紋入りの印籠を持ってる

んだから！　人間たちも『勇者の証だーっ』て震えあがってたよ～？」

「……そんなものは、預言や伝説にまつわる知識を手に入れれば誰でも偽造できますわ」

陽気でオーバーアクション気味で表情がころころと変わるセラフィナとは対照的に、国防長官エレオノーラは気品溢れる優雅さと氷のような無感情をもって王女に相対していた。

家康は「そうか、成る程」と合点した。

「よくわかった世良鮒。この高貴な娘のほうが王女で、お前は影武者を務めている村娘なのだな？　大人しく白状しろ、今ならばまだ許すぞ？」

「ちーがーうー！　王女は私っ！　そりゃエレオノーラは代々国防長官を務めるエルフ族最高の名門のご令嬢で、エルフ族一の資産家だよ？　慎ましい小さな荘園しか持たない王家なんかよりもずっと家格は高いよっ！」

「そのような裏事情は知らんが、見た目にも威厳の差がありありでな」

「ふえぇぇぇん。わかってるよう、エレオノーラのほうが王女らしいことくらい！　背も高いし美人だしオトナだしプロポーション最高だしねっ！　どーせ私は長身が基本のエルフ族らしくないからあ！　エルフの娘にしては背も低いし胸も薄いしお尻も小さいしねっ！　お子さま体型って奴？」

「ダメですよセラフィナ様。卑屈過ぎますわ、人間の前ではしたないですよ。エルフ族の王女らしく誇り高く振る舞いなさいといつも言っていますのに。それに、あなたは誰よりも天真爛漫で愛らしいですわよ？」

「言い方に心が籠もってなーいー！」

「あら失礼。これは妾《わらわ》の地ですわ。真心を籠めて伝えているつもりですのよ？」

「かわいいのと美人なのは違うのーっ！　かわいさで勝負したら、そのへんの野良猫のほうがよほどかわいいじゃん！　大陸一の美女と誉れ高きエレオノーラ・アフォカス様には、持たざる者の気持ちがわからないのよ～ぅ！」

「……はあ、なにを言いだすのかと思えば……今日はいつもより荒れていますわね。そのイエヤスという男のせいですか？　それほどにイエヤスを大将軍に叙任したいのですか？」

「待て、阿呆滓家《アフォカス》だと？　誇り高きえるふ族最高の名門が、阿呆滓？　ぷっ……うわーっはははははは！」

「ちょっ？　突然なんですのっあなたは？　わわわ妾の栄誉ある家名のどこがおかしいのですかっ？」

「おっと、しまった。俺としたことが、つい人前で大笑してしまった。これほど受けたのは古田織部のふざけた茶会に出席した時以来。失礼」

日頃自らの感情を抑制している家康は、滅多に大笑などしない実に面白みのない男だが、稀《まれ》にツボに入ると三河武士の素が出て笑い転げることがある。

武辺ばかりが悪目立ちする三河武士にも芸はある。家康の宴会芸はあじか（ザル）を売る商人になりきって「本物と見分けがつかない、家康殿はやはり影武者と入れ替わっていたのだ」と噂《うわさ》を立てられるほど堂に入っている「あじか売り踊り」だし、家老の酒井忠次《さかいただつぐ》は一度も滑ったことのない「海老《えび》すくい踊り」という珍妙な踊りを得意としていた。日頃は実直な顔をした忠次がわざわざ手ずから拵《こしら》えた海老のかぶり物を着て必死の形相で踊るのだから、笑いの沸点が低い戦国時代の武士たちに受けないはずがなかった。

この時、家康が不意に大笑した理由は、高貴で美麗な名門貴族令嬢の家名がアフォカス家——アホカス家——阿呆滓家——要は駄洒落《だじゃれ》に聞こえて受けたのだ。

家康に悪気はないのだが、日頃冷静なエレオノーラは激しく動揺して激怒した。

「よよよよくもあなた、妾の家名を嘲笑しましたわね？　妾が寛大にあなたを許そうとも、アフォカス家歴代の当主たちの魂が許しませんわよ？　セラフィナ様？　このイエヤスという人間を勇者を詐称する詐欺師として即刻逮捕し、裁判にかけますわね！」

「待って待って～！　イエヤスはちょっと変わってるだけだから一っ！　ちょっとというか、浅黄色の下着を愛用したりとか、かなり変わってるけど！　変人奇人の類い？」

「せ、セラフィナ様？　なぜこの男の下着の色などを知っているのです？　まさか、誇り高きエルフ王女が人間の殿方と？　そそそんなこと、絶対に許されませんわよ!?」

「違う違う、誤解だってば！　んもう、持ち前の無愛想さ、じゃなかった慎重さはどこに消えたのようイエヤス〜！　エレオノーラが激怒してんじゃんっ！」

「……こほん。俺としたことが、不意打ちを食らってつい。すまん、謝罪する。だが、なぜそう世良鮒に突っかかるのだ阿呆滓？　二人は幼馴染みだと聞いたが」

「セラフィナ様に突っかかっているのではありませんわ。妾は、人間が信用できないのです。人間は欲が深く、己のために好き勝手に自然を破壊し、その心と言葉には常に表裏がありますから。われらエルフ族が王都を失い多くの同胞を失い今またエッダの森からも追われようとしているのは、人間が私欲に塗れた種族だからですわ」

「ふむ。わが身を省みれば、誤解とも言い切れんな。えるふは、それほどに人間に苦汁をなめさせられてきたのか」

「ええ。妾だけではありませんわ、この森に暮らす全てのエルフが人間のために――」

だが俺は異世界から来た人間だ、よければ話を聞こう、と家康は頷いていた。

「……妾は、代々国防長官を務める裕福な名門貴族アフォカス家の令嬢。セラフィナ様は私財を溜《た》め込まずに清貧を貫いてきた王家ユリ家の王女ですの。ユリ家の国王は代々、自然を愛し清貧とともに生きるという家訓を守り、王権を乱用して私欲を満たすことなく、常に元老院を尊重し、貴族と平民の調整役という役割を見事に果たしてきましたわ」

「ほう。阿呆滓家は、よくぞ王権を奪取しなかったものだ。見事な宰相の家系ではないか」

「そーいえば、イエヤスは以前の主家から天下を簒奪《さんだつ》したんだっけ〜？」

「人聞きの悪いことを言うな世良鮒、少々違う。俺は十年以上豊臣家の臣従を待ったのだ」

主家簒奪？　やっぱり腹黒い狸みたいな人間ですわね、とエレオノーラは躊躇った。だがセラフィナがなぜか家康に懐いているので、対話を続けることにした。

「……エルフ族にも政治闘争はありますわ。エルフ貴族たちは長らく、『アフォカス派』と『王家派』に分裂しておりましたの。ですが、大厄災戦争がはじまりエルフの王国が存続の危機に陥ったことで、両派閥はむしろ強く結束しましたのよ」

「エレオノーラのお父さまが頑張って奔走してくれた結果なんだよ、イエヤスぅ！」

「ええ。国防長官を務めていた妾の父上が、国王陛下を自らの荘園に招いて歴史的な和解会談を実現し、両家の対立を解消しましたの。その証として、お互いの一人娘だった妾とセラフィナ様を義姉妹として一緒に養育することにしたのですわ。父上は、幼い妾に『これからは実の姉妹としてともに暮らすように。どのような時も二人で力を合わせて試練を耐え凌ぐのだよ。お前は今日から王女の姉だ、私のかわいいエレオノーラ。姉は妹を守るものなのだ』とご教示くださりましたわ」

「荘園で引き合わされた私たちは、季節ごとにアフォカス家とユリ家の荘園に仲良く移り住みながら、姉妹としてすくすくと育ったんだー！　二歳年上のエレオノーラが姉でぇ、私が妹！　エレオノーラは花をこよなく愛していてねー、私を自分で育てた花壇にたびたび招待して様々な美しい花とその育て方について親切に教えてくれたんだよー！」

「だが、その王都は魔王軍の攻撃を受けて陥落してしまったというわけだな」

「ええ。強悍《きょうかん》な魔王軍の侵攻がついに王都に及ぶに至り、父上は起死回生の打開策を打ち出しましたの。エルフ王都に魔王軍主力を引きつけて籠城戦に持ち込み、不敗の伝説を築いた『常勝将軍』ワールシュタット騎士団長率いるヘルマン騎士団が迂回《うかい》奇襲を決行し、背後から魔王軍を一気に叩くという策を。百年近い戦争が、やっと終わるはずでしたの」

戦争において、奇策は大勝利かしからずんば全滅。エルフ王都が魔王軍主力の猛攻を受けている間に、ヘルマン騎士団の奇襲部隊を率いて夜間行軍中だったワールシュタットは突如として魔王軍の伏兵に襲われ、敢えなく討ち取られてしまったのだという。

「情報がどこからか漏れていたのか、それとも魔王軍に有能な軍師がいたのか、あるいは単なる不幸な偶然だったのかはわかりませんわ。ですがさしものヘルマン騎士団も、『常勝将軍』の突然の討ち死にに衝撃を受けて大壊乱しましたの。死を覚悟した父上は、『私のかわいいエレオノーラ。セラフィナ様をお守りしてエッダの森まで落ちのびなさい』と優しい笑みを浮かべて、妾に別離を告げましたの――」

『敗戦と亡国の責任は今回の作戦を立てた私にある。王と、そして国家と運命をともにする、それが名誉あるアフォカス家当主が最後に果たすべき崇高な義務なのですよ――お前は私のようにはならないでおくれ、エレオノーラ。軍を率いる仕事は、優しいお前には似合いませんよ』

それが、エレオノーラの父タレーランが娘に残した最後の言葉となったという。

国王も国防長官タレーランも元老院の老いた貴族たちや平民のエルフたちも、「援軍来たらず」と悟るや否や、自ら王都に留《とど》まって魔王軍を引きつけ続ける道を選び、働き盛りのエルフ族や未来ある若いエルフ族たちをエッダの森へと逃がしたのだった。

そう、エレオノーラやセラフィナたちを。

「イエヤスぅ。私は森へ逃げる旅の途中で一度、心が折れかけたんだよ。なんだか胸騒ぎを覚えてね、ふと背後を振り返ると同時に王都の方角から凄まじい黒煙が吹き上がる光景を見ちゃって、父上たちが討ち死にしちゃったと悟って泣き崩れちゃったの」

「本城が落城する光景を見てしまった子供なら当然だ。乱世の定めとはいえ気の毒にな」

「でもね！　エレオノーラが、そんな私を救ってくれたんだよ？　『妾のかわいいセラフィナ。だいじょうぶよ。妾はここにいるわ。絶対にあなたを独りぼっちにはしないと誓うわ。永遠にあなたとともにいると。ずっとずっと、妾があなたを守るから。だから今だけは父上たちのためにともに泣きましょう。そして、涙が涸《か》れるまで泣きはらしたら胸を張ってエルフの故郷の森へ向かいましょう――』そう言って私をぎゅっと抱きしめてくれたんだー！　私とエレオノーラが『明日からはもう泣かない』と誓ったのは、この時だよ！」

「ま、待ってくださいセラフィナ様。妾の物真似はやめてくださる？　しかもその言葉は……よ、余人に聞かれたくはありませんわ!?」

二人は分かちがたい親友であり姉妹なのだな、だが人間とエルフの関係はいつ拗《こじ》れたのだ？　と家康は首を傾げた。

「魔王軍の撤退後ですわ。人間陣営の態度が一転しましたの。魔王軍から奪回したエルフ王都を新たな人間の王国の新王都とし、エルフの旧領を奪ってしまいましたの。セラフィナ様は『人間の騎士団だって行軍中に団長を討たれたんだし、北部に軍事国家を据えて次の戦争に備えなくちゃ。仕方ないんだよ』と決して人間を恨みませんでしたけれど」

善くも悪くもセラフィナらしい脳天気さだと家康は頷いた。ある意味超人的とも言える。

「ですが、妾は王都を返還しない人間の裏切りをどうしても許せませんの！　国防長官の座を父上から受け継いだ者として！　なのに、妾は攻撃系魔術の素養がなく、植物系統の魔術に特化した体質の持ち主でしたの。そんな自分が国防軍のトップに立っている限り、王都奪還はままならない。それが口惜《くちお》しくて――」

「ま、魔術の才能は生まれつきのものなんだから仕方ないよぅ、エレオノーラぁ。また魔王軍が攻めてきたら人間とも仲直りできるってば。ね？」

「……この通り、セラフィナ様はお優し過ぎます。このままではエルフはいずれ増長した人間に滅ぼされます。故に妾はもう笑わない。喜怒哀楽を捨て、私心を捨てよう。冷血の国防長官としてセラフィナ様を守り抜くために――このエッダの森を難攻不落の城塞都市とするために、全てのエルフに憎まれても構わない。妾はそう覚悟したのですわ」

「うぇ〜ん。そうお堅いことを言わずに〜。ほらほら笑って、笑ってエレオノーラぁ？」

「セラフィナ様？　あなたがどうにも頼りないから、妾が盾となるしかありませんの！」

「それは感謝してるけどね〜。人間族との外交を断ったのはともかく、エッダの森にドワーフもダークエルフも入れない完全鎖国体制はどうかと思うなあ〜？」

「誰が人間側の間者かもわかりませんもの、異種族の入国禁止処置は仕方ありませんの！」

亡き父が亡国の責任を背負っているという負い目と、武の才能がない自分がセラフィナとエルフ族を守らなければならないという過酷な重圧が、いつしかエレオノーラを高貴で優雅だがどこか非情さを感じさせる「氷のエルフ」に変貌させたのだと家康は合点した。

「成る程。主君への忠義心と情愛故に、非情の宰相となる道を選ばれたか。豊臣家を守るために自ら憎まれ役を引き受け続けていた石田治部少《じぶしょう》を思いだすな。王都陥落以来、そなたは世良鮒の庇護者《ひごしゃ》たらんと生きてきたのだな。健気だな」

石田三成は豊臣家への忠義心が強過ぎて、秀吉の死後に諸将から「次の天下人」と目されていた家康を排除しようと関ヶ原の合戦を起こした。だが彼は優秀な能吏だったが哀しいかな軍才がなく、家康率いる東軍に敗れ去った。

だが、あの者の忠義心はまさに武士の鑑《かがみ》であった。エレオノーラもまた、治部少に匹敵する熱い忠義心を持った能吏であろう。家康は（真の才能を発揮する機会さえ彼女に与えられればな）とエレオノーラのために祈った。

「そ、そのような世辞を言っても無駄ですわよイエヤス様？　それほどご自分が伝説の勇者だと言い張るのでしたら、エルフ族に伝わる魔弓ヨウカハイネンを見事に引いて、空を飛ぶ鳥を射貫《いぬ》いてご覧なさいませ」

「ダメだよーエレオノーラ？　あの弓は膨大な大気のプネウマを一気に吸収して矢に籠めるから、射手の身体に酷く負荷がかかるんでしょ？　下手したら心臓が止まって死んじゃうって。だから、長らく使用禁止にされて……王都陥落の際にも誰も使えなかったのにぃ」

「ええ、妾は国防長官ですもの。魔弓の危険性は知っていますわ。ですがセラフィナ様？　選ばれし伝説の勇者ならば魔弓を引けるとも言い伝えられていますでしょう？」

「ふえええ。そ、そうだっけ〜？」

「衛兵、宝物庫からヨウカハイネンを！　一撃で鳥を撃ち落とせればあなたを勇者と認め、元老院に通してさしあげますわよイエヤス様？」

「「了解致しました！」」


待つこと十数分。

大勢の衛兵たちが踏ん張りながら運んできた実物のヨウカハイネンを一見した家康は、

「これほど巨大な弓を実戦で用いられる武士は、鎮西《ちんぜい》八郎為朝《はちろうためとも》公くらいではないのか？」

と思わず額から冷や汗を流していた。和弓はもともと全長約七尺（約二メートル）超えという大弓だが、この弓のサイズは三メートルを軽く超えている。

「ひえ〜っ!?　なにこれっ、ほんとに弓なのぅ？　デカ過ぎないっ？」

生まれてはじめて実物を間近に見たセラフィナも、口をぽかんと開いている。

衛兵たちが十人がかりで担いできたヨウカハイネンと呼ばれるその強弓は、とても並の人間が操れるものではなかった。日本の和弓とは多少形状が異なるが、長弓の一種であり、日置流《へきりゅう》弓術の達人である家康ならば引けないことはない——ただし、桁外れの重量を誇る巨弓であることを度外視すれば、だ。

「弓を引くだけで危険なのに、鳥を一撃で射ろなんて無茶だよう？　ねえねえエレオノーラ、イエヤスはエの世界から来た人間なの。だからエルフに対してどんな罪も過失も犯していないの。それどころか私を救ってくれたんだから！　もっと寛大になって……お願い！　昔の優しかったエレオノーラに戻って！」

「……もう子供時代には戻れませんわ、セラフィナ様。あなたはエルフの王女にして、いずれは女王となり全てのエルフを導くお方。そして妾は国防長官。人間の圧力に屈することなく、セラフィナ様とエルフ族を死守すべき立場にある者。アフォカス家を継いだ者として、二度と失敗は許されませんわ。妾は、自らの使命を果たすために感情も私心も全て捨てましたの」

「エレオノーラ？　私、もう絶対に後ろを振り向いて立ち止まったりしないから！　だから……！　ぐすっ……」

「王女ならば愚図らないでくださいまし。その話はこの勇者問題を解決してから語りましょうセラフィナ様。さあイエヤス様、この魔弓で大空を飛ぶ鳥を射られまして？」

家康は慎重な男である。引いただけで健康に害があるという怪しげな魔弓に、迂闊に触れるべきではない。ここは腹が痛い臍がかゆいと駄々をこねてでも断るべきだった。

だが、かつては姉妹以上に親しかったセラフィナとエレオノーラの間にかくも壁ができてしまっている姿を見ているうちに、家康の心中に理不尽な怒りと哀しみの感情が湧き上がってきた。

「えっだの森を囲む大河と城壁はまるで、大坂城の堀と城壁だ。太閤秀吉殿下を失った後、難攻不落の防衛施設となった大坂城に籠もった淀君と秀頼の母子は、現実社会から自らを隔離してしまい、既に徳川の世が来ているという事実を認められなかった。俺が豊臣家を大坂城に閉じ込めている堀を埋め立てて裸城にしても、なお。だから滅びた……」

エッダの森もまた、エルフたちにとっては現実社会から己を隔離する巨大な牢獄《ろうごく》になっている。このままではセラフィナとエレオノーラもいずれ同じ運命を辿る。家康の目には、今のエレオノーラがまるで秀頼を大坂城から出そうとしなかった淀君のように見えた。どうやら彼女は、石田三成の才覚と淀君の強過ぎる情愛とを兼ね備えている女性らしい。

（エレオノーラは妹分のセラフィナを愛するあまり、己の感情ごとセラフィナをエッダの森に閉じ込めて現実社会から庇い続けているのだ。セラフィナを領域外に出そうとしないのも、その情愛故だ）

だが、家康は知っている。どこの世界にも落ちない城などはないと。

（エッダの森とて、守勢籠城に固執すればいずれは必ず落ちる。そうなる前に、二人の間の壁を破壊せねばなるまい。愛深き故に過保護に走った淀君とその淀君に逆らえなかった秀頼の如き関係に、二人を陥らせてはならぬ）

セラフィナの心は、過去に立ち止まってはいない。だからこそ領域外に飛び出したのだ。凍りついているのは、エレオノーラの心だ。妹分のセラフィナを愛するあまり、守りたいと思い詰めるあまり、二人分の重荷を一人で背負っているためだろう。

淀君もそうだった。若い秀頼は、決して徳川家に遺恨を抱いてはいなかった。家康が両家融和のために送り込んだ息子の忠輝《ただてる》と密かに義兄弟の契りを結んでいたほどだ。家康の孫・千姫との夫婦仲も良好だった。母親の淀君が、「徳川家は必ず秀頼を害する」とかたくなに思い込んでいたことが、豊臣家滅亡の悲劇を生んだのだ。

時として、深過ぎる情が判断を誤らせ庇護すべき者を不幸に落とすこともあるのだ。家康もまた徳川家を守らねばならないという重荷を下ろせず、ついに淀君も秀頼も救えなかった。だが今こそ家康は理解できた。エレオノーラの心情が、わがことのように。前世ではできなかったことだ。なにも背負わぬ流浪の身だからこそ見えることもあるらしい。

「――承知した、国防長官殿。この勇者徳川家康、この魔弓で見事に鳥を撃ち落としてご覧に入れる！　ただし！　成功した暁には世良鮒の護衛官を務めさせて頂く。決して約束を違《たが》えられぬよう」

「承知。妾は約束は必ず守りますわ、アフォカス家の誇りと名誉にかけて」

「……阿呆滓家……何度聞いても、ひょうげておる……ぷっ……」

「ですから、妾の家名を笑わないでくださいまし！　魔弓を射れば、大量に流れ込むプネウマの衝撃で心臓が止まるかもしれませんわよ。ほんとうにやりますの？」

「げえ？　イエヤスぅ？　もうちょっとこう慎重に……今回は私、煽ってないよぅ？　どうどう。落ち着いて～ほらほら～猫じゃらしで鼻先をこちょこちょしてあげるからさ～」

「えーい。世良鮒は静かに見ていろ！　気が抜けるっ！　武術は見世物ではないが、戦国日本を武の力で統一した征夷大将軍の強弓を、特別にえるふの諸君にご覧に入れよう！　三方ヶ原で敗走した時には、俺は追っ手たちをわが弓矢で撃ち倒して逃げ切ったのだ！」

相変わらず逃げた話ばっかりだねーとセラフィナが家康を心配しながらますます気が抜けるような言葉をかけてきたが、つがえた鏃《やじり》に集中している家康の耳にはもはや届かない。

空を飛ぶ大鳥たちの群れが、見えた！　速い！　果たして、射貫けるか。

弦を引き絞るだけで五体に衝撃が走り、骨という骨が砕けそうになった。

（これが、大気のプネウマを極限まで濃縮した弓の力なのか？　なんという危険な武具！　放てるのは一矢だけだ、連射すれば俺の身体は確実に壊れる！）

家康は目を閉じ、鳥の群れが放つ気配のみを心眼で感じ取りながら青天へ向けて矢を放っていた。

「南無八幡大菩薩《なむはちまんだいぼさつ》！　鎮西八郎為朝公よ、俺に力を与え給《たま》え！」

永遠に続くかのような沈黙の時間が、突如として終わった。

魔弓から受ける激しい電流の如き衝撃に全身を震わ

せながら渾身《こんしん》の力を振るって矢を放ち終えた家康の耳に、「わあっ」と大歓声が飛び込んできた。

目を開くと、つい先刻まで群れを成して青空を飛んでいた無数の鳥たちが、一斉に家康の足下へと落下していたのだ。

「ふむ。俺が射た鳥は一羽《わ》だったはずだが……」

「なんでこんなにいっぱい落ちてくるのよう？　ぐえ～っ!?　頭に直撃したあ!?」

セラフィナが巻き添えを食らって倒れたが、存外に石頭らしくダメージは少ない。

この伝説的な光景を目の当たりにした衛兵たちは、「勇者しか引けぬ魔弓を引いて、見事に飛ぶ鳥を射貫いた！」「しかも、衝撃波で大量の鳥をことごとく撃ち落とすとは！　さすがは魔弓！」「ではこの人間の武人は、ほんとうに伝説の勇者なのか!?」と口々に叫んでいた。彼らは家康へ向けていた壁を一斉に解除し、元老院へと至る玄関口を家康の前に開いたのだった。

エレオノーラは「しっかりなさいまし」とセラフィナを抱き起こしながら、

「まさか？　ヨウカハイネンで矢を射て生きているだなんて？　では、彼こそが真の勇者？　人間が、なぜ、どうして……？」

と、信じられぬものを見る視線で家康を凝視している。

「阿呆淬よ。俺にもよくわからぬが、前世で死んだ直後に高次世界の『女神』とやらに勇者にされてしまったのだ。魔王から世良鮒を守るのが、俺の使命らしい」

「……イエヤス様、あなたの勇気と卓越した弓術に妾は負けましたわ。『女神』とは何者なのか腑《ふ》に落ちませんが、認めましょう。あなたこそエルフの伝説に言い伝えられてきた、魔王を倒す勇者であると。天下の孤児・セラフィナ様を、どうかよろしくお願いします」

エレオノーラは気高いながらも潔い。家康に深々と頭を下げてきた。王都から森へとセラフィナを導いた経験が彼女を強くしたのだろう。若いが淀君よりもずっと大人だ、と家康は彼女に敬意を抱いた。

と同時に、死の病に憑かれて病み衰えた太閤豊臣秀吉から「天下の孤児秀頼をどうかよろしく頼み候」と涙ながらに頼まれた前世での記憶を不意に思いだし、

（あの日の約束を破ることになり申し訳ありませんで

した、太閤殿下）と心中で秀吉に詫《わ》びていた。

かくなる上はこの異世界での第二の人生で、せめてセラフィナを守り抜いてみせよう、徳川家という重荷から解放された今の俺ならばできると家康が頷くと――。

「やったあああぁ！　凄いじゃんイエヤスっ！　目と鼻と口と耳からどばーっと血が流れてるけど、ほーんと頑丈だねっ！　魔弓が集める大地のプネウマを身体に吸収し過ぎて爆発しちゃうかと思った！　ほらほら、大将軍叙任式を開始するよー？」

「目と鼻と口と耳から出血だとっ？　な、な、なんということだああ！」

セラフィナに指摘されてはじめて、家康は自分があちこちから出血していることに気づいた。痛みはないが、やはり魔弓を用いると身体にダメージを負うらしい。自分の血を見るのが何よりも苦手な家康は一瞬脱《だっ》糞《ぷん》……いや失神しそうになったが、慌てて万病円を飲んでからくも踏みとどまった。

「俺は二度とこんな危険な弓は持たんぞ世良鮒！『治癒の魔術』とやらで俺の身体を治せ！　あと、重ねて大将軍にはならんと言っている！　異世界の異種族を率いる経験も知識も俺にはない、お前の護衛役で精一杯だ！」

「うんうん。イエヤスってば奥ゆかしいんだからあ〜。私はエルフ王女だからあ、私の護衛役すなわち救国の勇者だもんね！　私のために命懸けで魔弓まで引いてくれたくせにい。エレオノーラたちに気を配って表向き遠慮しているんだね、ほーんと慎重だね〜♪」

セラフィナは歓《よろこ》びのあまり、家康が見たことのない妙なリズムとステップで小躍りしている。

「違うっ！　俺は本気で言っているのだ！　聞いているのか、変な踊りを踊るなーっ！」

セラフィナに背中を押されて元老院議会に引き入れられながらも、家康はなお執拗《しつよう》に「大将軍叙任だけは遠慮する」と繰り返した。見知らぬ異世界でいきなり異種族から征夷大将軍に任命されるのも同然ではないか。しかも魔王討伐という嫌過ぎる使命を押しつけられる。エルフ族はエッダの森に孤立し、人間とは敵対。他の異種族との交流も絶えている。いくら家康でも、こんな状況で強大な魔王軍に勝てるはずがない。大損である。

だが、国防長官エレオノーラは、

「あなたが真の勇者だと判明した以上、妾はアフォカス家の誇りと名誉にかけて、あなたにエルフ族を守護する大将軍職に就いて頂きます。この世界に来られたばかりで右も左もわからぬのでしたら、妾も全力で補佐しますわ」

と、丁重に家康を遇した。さすがはエルフ族の歴代国防長官を務めてきた名門の令嬢、なんとも潔い。何よりも、今日が初対面のはずなのに家康が心からセラフィナを案じていることがエレオノーラには伝わったのだ。

「ただし、あなたが人間であることは紛れもない事実ですわ。武辺者の衛兵たちはあなたの精妙な弓術に魅入られましたが、元老院議員たちや平民たちの支持をあなたが得られるかどうかは別問題ですわよ。まずは演説の力で元老院に己を認めさせなさいませ」

「阿呆淬。演説と言われても、俺はこの世界の情勢もえるふの文化風習常識もよく知らん。演説のために三年ほど修行時間を頂きたい。まずは最初の一年でこの世界で生き抜くための下地を耕し、二年目に種を蒔《ま》き、三年目に花を開かせる」

「おお〜イエヤスってば堅実なんだからあ〜。エレオノーラの花の育て方と同じだね〜!」

「さ、三年ですって? あなたはなにを言っていますの? 通訳が必要なわけでもあるまいし、エルフ族はいつ人間に攻められるかわからない危機的状況ですのよ? 今すぐに演説なさい!」

「……この世界の言葉を修得してしまっているのが運の尽きか……これも勇者職特典か」

突如出現した「勇者」に対する元老院議員たちの意見は、当然ながら四分五裂した。

家康も、臨時職ながら独裁官に近い大将軍職への叙任は避けたかった。確実なエルフ防衛戦略を練りだすまで、可能な限り言を左右にして引き延ばしたいところだ。

家康は、関ヶ原の合戦に勝利して天下人になっていながら、征夷大将軍就任を渋ったほどに慎重な男。セラフィナとエッダの森は守るとしても、人間の皇国と完全に敵対する立場に回るのは早急に過ぎる。むしろ人間であるという自らの立場を活《い》かして、エルフと人間の和睦を図れまいか。

エレオノーラとセラフィナによって演説台に上らされた家康は、「人間だと?」「エルフを救う勇者がどうして人間なのか」とどよめく元老院議員たちを前に、

(エルフ族は誇り高き種族。右も左もわからぬよそ者の俺が、彼らに果たしてなにを言えばよいのか。こんな時、謀将の本多正信《ほんだまさのぶ》や智恵袋役の天海がいてくれれば)

と困惑し、爪を噛んでいた。

家康の頭脳の冴えは戦国武将の中でも屈指なのだが、秀吉のように即興で天才的なアイデアを閃く才人ではなく、熟考を重ねて慎重に結論を導くタイプ。しかも三河武士らしく口下手なので、アドリブが苦手なのである。

だが、魔弓を引いておきながら開口一番「俺は大将軍にはならん!」と元老院で宣言すれば、今度こそ「無責任ですわ!」と激怒したエレオノーラに逮捕されるかもしれない。

(とにかく、気の利いた演説を……ええい! 元老院の議員たちの心を揺さぶる名演説を……ええい! 文化も種族も全く異なる面々を相手に、いきなりそんな演説文句を閃くはずがない!)

壇上で緊張して固まっている家康に、元老院議員たちがざわつきはじめた。

はじめねば。とりあえずは無難に挨拶から——そろそろ日が暮れてきた。ならばこれだ。

「どうもこんばんは、徳川家康です」

平民の挨拶だそれは! と一斉に野次が飛んできた。知るか、と家康は腹を立てた。

だが、ここはとりあえず彼らの警戒心を解かなければならない。武人の台頭を警戒するのは貴族の常だ。家康も京の朝廷相手にさんざん苦労してきたので手慣れている。

「さて、手短に自己紹介しよう。俺は前世で乱世日本を統一して徳川幕府を開いた覇王だ。しかし、乱暴な武人ではないので安心して頂きたい。座右の銘は『忍耐』。我慢強さと慎重さには定評がある。天下統一まで、じっくりと七十五年かけたからな」

七十五年？　気が長過ぎる！　人間の平均寿命を超えている高齢ではないか！　この世界の人間たちはいつ森に侵攻してくるかわからんのだぞと議員たちはいよいよざわめく。

「ううむ。逆効果だったか。えるふは寿命が長いので、俺の悠長さ、いや、慎重さは喜ばれると思ったのだが……」

「イエヤス殿。貴殿がヨウカハイネンを射た勇者だとは認めましょう。だが、異世界から来た異邦人にわれらエルフを導く大将軍職が務まるのですかな？」

議会の最前席に陣取った小太りの議員が、家康に質問を投げかけてきた。

「この世界での知識と経験が不足していることは認める。王女の世良鮒様や阿呆滓殿、そして元老院の諸君からいろいろとご教示を賜りたい。俺は学ぶことにかけては執拗でな。武術の修行を続ける一方、自ら古今東西の医学書を収集して自分で薬の調合をやれる名医にまでなった男だ。一国を統治するための帝王学も、当然学んでいる」

どうして天下人がわざわざ薬を調合したりするのだ、と議員たちは困惑した。

「薬を甘く見るでない！　俺は、健康のためならば死をも厭《いと》わんのだ！　諸君は『治癒の魔術』という医学魔術を持っているが、俺の製薬技術と組み合わせればさらに強化できる！」

そこに突っ込んだら怒るくらいに薬好きなのか、と議員たちはいよいよ不安に。

痩せた女性議員が家康に問いかけてきた。

「イエヤス殿、あなたの帝王学の極意は？　手短にお願いします」

「『無理をしない』。『家臣に寛容』。『無用な戦はしない』。俺は冒険よりも安全を重視する男だ。俺が開いた幕府も、この方針に沿って日本を平和に統治していることだろう」

「われらが想像する『勇者』とは真逆の温厚なお方のようですね。そこは安心致しました。ですが横暴を極める人間族や、いずれ侵攻してくる魔王と臆せず戦えるでしょうか？」

「俺には、ぬっへっほうや翼竜と一騎打ちして倒し、魔弓を引く程度の武力がある。いざとなれば自ら軍を率いて最前線で戦う男だ。ただ、戦争は俺にとっても兵や民にとっても危機を招く害でしかない。故に、できるだけ戦を避ける道を選ぼうとぎりぎりまで努力する。それだけのことよ」

「……なんとも、英雄らしさや果断さに欠けるお方ですね……どうにも心配です」

「うむ。勇者の力は持っていても、エルフ族の命運を託すには少々頼りない」

「覇気がないというか、顔立ちも平べったいし、別段大柄でもないし、この世界で戦う人間族の将兵と比べると見劣りがするのう」

「そうじゃな。同じ人間の武人でも、まさしく『戦場の英雄』であった常勝将軍ワールシュタットや、知略を駆使して魔王軍を暗黒大陸に撤退させて新たな国を築いた華々しいヴォルフガング一世と比べると……」

「なんとも地味の一言に尽きますね。人物に面白みがない」

地味。面白みがない。家康は前世でもさんざん織田信長や豊臣秀吉と比べられて、その言葉をかけられ続けてきた。どうやらエルフ貴族は派手好みらしい。議員たちの豪奢《ごうしゃ》な衣服や身に帯びた装飾品、そして元老院のあちこちのテーブルに積み上げられた美食の数々を見ればだいたいわかる。

「地味とはなんだ地味とは。今は戦時下である、豪奢な趣味道楽に耽《ふけ》っている時ではないのだ！　議員諸君は贅沢に暮らしているようだが、えっだの森の国庫は潤沢なのか？」

家康は、珍しく切れた。日本に続いて異世界でもまた信長公や太閤殿下と比べられて「つまらん奴だ」と言われ続けるのかと思うと、情けないやら哀しいやら。

「……さ、さあ？　国庫のことは、国防長官に任せておりますので……」

「確か、国庫はほとんど空っぽだと聞いていますが」

「詳細はエレオノーラ殿しか知りませんので……」

なんと。財政破綻寸前だというのに議員たちにはまるで危機感がない。これぞまさしく貴族だ。十年も森に籠もっているうちに、みな現実感を喪失してしまったのだろうか？

「やむを得ん！　俺は勇者として新たな政策を提案したい！　えっだの森の財政を立て直すべく、質素倹約からはじめるべし！」

家康が爪を噛みながら突然そう宣言したので、えええっ？　と議員たちがどよめいた。

この地味な勇者は、やたらと慎重で温厚なのに、突然切れる癖があるらしい！

「わが政策案はこうだ。今後、白い下着の着用を禁止する！　亡命中だというのにえるふの衣装は贅沢過ぎる！」

「ちょ、ちょっとお待ちください？　下着に白以外の色などあるのでしょうか？」

「俺を見習って黄色い下着を着ければよい。汚れが目立たぬので長く保つ」

「ひいっ？　冗談はおやめくださいっ？　われらエルフは清潔を何よりも重んじる高貴な種族です、そんなものを身に帯びたら屈辱で死んでしまいますっ!?」

「下着が黄色いくらいで死ぬはずがなかろう。この元老院に並ぶ豪華な食事も気がかりである。同じえるふ族でも、平民はもっと困窮しているはず。以後は美食趣味も禁止し、主食は玄米とすべし！　俺は玄米と野菜と味噌汁《みそしる》に少しの焼き魚という質素な食事を続けて長生きしたのだ、美食など健康に悪い！」

「ゲンマイとかミソってなんですかっ？　そんなものはこの世界にはありません！」

「米がなくとも、似たような穀物はあるはず。味噌がないのなら、開発すればよい」

「美食を奪われたら、森から出られぬわれらエルフ貴族はなにを楽しみに生きていけばいいのです？」

「肉は？　肉はどうするのです？　魚だけではあまりにも寂し過ぎます！」

「俺が捕獲したぬっへっほうから、無限にすらいむ肉を採取できる。すらいむ牧場を築いて、すらいむ肉をえるふの国民食とする。それで大幅に食費を節約できる」

「「冗談も休み休み言って頂きたい！　スライムなんか食べられるかあああ〜っ！」」

家康の吝嗇《りんしょく》な「生活改革案」は、贅沢に慣れた元老院議員たちを青ざめさせた。

高貴・優雅・美食というエルフ文化の基本的な価値観を田舎臭い三河流に改めるという致命的な選択ミスである。

ついには「こんな貧乏くさい勇者がいるか！」と大ブーイングが巻き起こった。

吝嗇な家康と豪奢なエルフ貴族とは、まさしく水と油の如き関係らしい。

見かねたセラフィナとエレオノーラが、壇上に上って孤立した家康を慌てて庇った。

「ちょっとちょっとイエヤスぅ～！　演説が下手ぁ！　黄色い下着とスライム肉を貴族たちに押しつけちゃダメだってば～！　私は、スライム肉はイケると思うけどね～」

「セラフィナ様はなんでもぺろりと食べてしまいますから。スライム肉を食べろだなんて、並のエルフ貴族には耐えがたい屈辱ですわよ、イエヤス様」

「しかし、国庫が破綻寸前だと……ならば倹約しかあるまい。そもそも王都陥落の際に多くの人材が失われたため、今の貴族たちは阿呆滓に面倒ごとを押しつけているではないか。一芸に秀でた人材を収集してしかるべき役職に付けねば、えっだの森は立て直せんぞ」

「そ、そう言われましても、平民階級からの人材育成は前例がなくてそう簡単には……」

「かつてともに魔王軍と戦っていた異種族がいるだろう。彼らのうちの優れた者を政権に招けばよい」

「「エルフ貴族の職業は代々世襲制なのだ！　同じエルフ族の平民ならまだしも、異種族を政権に入れるなど冗談ではない！」」

「うええええ。それっていい考えだなーと思うけれど、貴族議員さんたちは違うみたい！　火に油を注いでるよぅ、イエヤスぅ～」

このままでは元老院議会が「イエヤスをエッダの森から追放する」と決議しかねない。

この時、一通の書状が森にもたらされていなければ、家康はどうなったかわからない。あるいは、追放勇者ルートを辿ることになったかもしれない。

だが、そうはならなかった。

「ヘルマン騎士団の外交使節団から、書状が届きました！　直ちに勇者を皇国に護送し裁判にかけたいと、勇者様の身柄引き渡しを要求してきました！　断れば、エッダの森に外交使節団が直接交渉に訪れると！　如何《いかが》致しますか？」

門を守備していた見張り番が、息を切らしながら元老院に飛び込んでそう報告したのである。

元老院は騒然となった。もはや下着問題とかスライム肉問題で騒いでいる場合ではない。

「王女を救いし勇者の身柄を渡せとは、なんという無理難題。誇り高きエルフが容易に呑めるはずもない」

「まあ実際、引き取ってもらえるならば助かるが、一応は王女の大恩人だからな……」

「これはただの口実だ。イエヤス殿の引き渡しを断れば、待ってましたとばかりに使節団が乗り込んできてエッダの森からの即時退去を命じるつもりだろう。それが真の目的だ」

「左様。今までわれらは、人間族から何度も森からの退去を要請されたが全て断ってきた。今回突っぱねても、彼らは執拗にやってくる。外交使節団をどうにか誤魔化しても」

「いよいよ騎士団のみならず、ヴォルフガング一世率いる人間族最強の軍事国家、アンガーミュラー王国の大軍が攻め込んでくるだろう」

「あの王国は、建国以来僅か十年のうちに次々と勢力を拡大しているからな」

「いくらエッダの森が天然の要害とはいえ、かの王国が乗り出せば彼我の戦力差はあまりにも違い過ぎる……」

「大軍で森を包囲されて干し殺されれば、たちまち飢餓地獄だ。王国軍は、物量にものを言わせた包囲戦術を得意とするという」

「……イエヤス殿に『スライム肉を食って乗り切れ』と言われたら儂《わし》は自決する……」

「ダメだよーみんなー！　イエヤスを引き渡すなんて絶対ダメー！　ああっでも断ったらこれ幸いと立ち退きを迫られちゃう！　どうしよう、どうしようエレオノーラぁ〜」

「断腸の思いですが、妾は国防長官として常にセラフィナ様の身の安全を最優先致しますわ。やむを得ません、イエヤス様を引き渡して森への侵攻の口実を与えない選択を……」

「ダメだよう！　イエヤスを素直に引き渡したって、どーせまた立ち退きを迫られるに決まってるじゃんっ！　こういう時に唯々諾々と譲歩すればするほど相手の要求ってどんどんエスカレートするんだよ？

エレオノーラの私への躾《しつ》けっぷりだって常にそうじゃん！」

「……セラフィナ様？　あなたは妾をそういうふうに見ていたのですか。少しばかり傷つきましたわ？」

どうする家康。どうやってこの窮地を脱する？

「ううむ。困った、なにも思い浮かばん……」

「あーん。せかせかと爪を噛んでる場合じゃないよぅイエヤスぅ～！」

だが、そんな家康に救いの手を差し伸べてきた者がいた。

元老院名誉顧問にしてエルフ族最長老。エルフ族の寿命百年を突破してなお肉体を老いさせながらも生き続けている「エルフの生き字引」、老賢者ターヴェッティが、杖を突きながら元老院に久方ぶりに出席したのだった。

無論、「勇者現る」という一報を聞いて老体に鞭打ち駆けつけてきたのだ。

「あーっ、長老様～っ？　腰痛で寝込んでたんでしょ？　お身体はだいじょうぶ～？」

だいじょうぶですじゃ、と長老はセラフィナに微笑《ほほえ》んだ。「老いたエルフ」をはじめて見た家康は（人間の老人よりも干からびておるな）と少々驚いた。

「イエヤス様。儂はエルフ族の長老ターヴェッティ・ワイナミョイネン。エルフ族の伝説は、ワイナミョイネン家当主が口伝で伝えておるものでしてな。見たところ、エの世界より召喚されたその日に異種族から大将軍になれと勧められ、さらには騎士団から出頭せよと迫られてずいぶんと迷われておられるご様子。召喚初日より苦労なされますのう」

「俺は生まれつき苦労には慣れている、田淵《ターベッティ》殿。だが、老いぬえるふにも老人がいるとは」

「左様、儂は百五十年を生きながらえております。王都陥落の折にはわが王よりセラフィナ様たちを託され、恥を忍んで王都からエッダの森への亡命の旅を指揮致しましたわい」

エルフは不老長寿の種族で、肉体の全盛期を迎えた後、寿命を迎えるまで老化しない。

だが「大賢者」ターヴェッティは、エルフ族に伝わる伝説を完璧に暗唱し語り継ぐという大任を担ったワイナミョイネン家に伝わる「智恵の魔術」を会得しているため、百年を超えてなお生き続けることができる例外的な存在なのだった。

王に殉じることを許されず、最長老でありながら王都から落ちのびねばならなかったことを、ターヴェッティは誇り高きエルフの一員として恥じていたが、セラフィナやエレオノーラたち幼い未来のエルフたちを守るという使命のために敢えて生き延びるという辛い道を選び取ったのである。

百数十年を生き抜き「大厄災戦争」の全てをその目で見てきたターヴェッティの智恵とカリスマ性なくして、王都から脱出したエルフ族の亡命成功は有り得なかった。

「うむ。田淵殿、そなたの智恵は信頼できる。前世でも俺は、老賢者の経験に裏打ちされた智恵を尊重してきた。本多正信、南光坊天海、金地院崇伝たち賢者集団なくして、俺の天下統一は有り得なかった」

「ほっほっほっ。勇者殿に一目で信頼して頂けるとは、老いてよかったですわい」

「そなたが醸し出す雰囲気は、寂れた湿地帯だった江戸を徳川の都として大改造した天海にどことなく似ておる。田淵殿？　人間から出頭を求められた俺は、どうすればよい？」

「イエヤス様。『勇者は異教徒で人間の敵』というモンドラゴン皇国の預言書解釈は、教皇以外の権威を決して認めぬ教団に都合よく改竄されたもの。別世界から来た異教徒の勇者に活躍されては、皇国は面目を失いますからな。今あなたが皇国に行けば、即座に殺されましょうぞ」

「それでは、人間の教団の預言書よりもえるふの伝説のほうが本来の歴史に近いと？」

「左様。エルフは自然を愛し、嘘や詐術を好みませぬ故。人間の如く、ただひとつの神のみを奉ずる強固な信仰によって種族を束ねるという便利な道も選びませなんだ。今なお、神木、大気、大地、森、水、生物にあまねく満ちているプネウマを神なる生命の力として奉じ続ける素朴で古めかしい種族でございますよ。ちと贅沢癖がありますがのう」

「ならば、えるふはあくまで勇者を受け入れると？

だが俺は、魔王がどういう者なのかも知らない門外漢だ。この世界の歴史も地理も勢力関係も飲み込めていない」

「左様なものは、聡明《そうめい》なあなたならばすぐに覚えられましょう。ともあれ、混乱している元老院から一旦離れて、地下の旧神殿跡にご案内致しましょう――そこで密かにお伝えしたいことがございます」


古代の火山活動の名残で、エッダの森の地下には大空洞がある。かつてはプネウマが強かったため、古代のエルフ族が儀式神殿として利用していたという。

しかし、地上へと芽を出して成長した巨木・宇宙トネリコが大空洞のプネウマを吸収して以来、宇宙トネリコの森が儀式に用いられる聖地となった。以後、大空洞は貴重な文化遺産「地下神殿跡」として保存され封印されており、誰も立ち入れない。

その大空洞に、「神殿跡に通じる間道を知る者は儂一人。間諜《かんちょう》も決して入り込めませぬ」とターヴェッティは家康を連れて行ったのである。

神木・宇宙トネリコが屹立している丘陵の側面に流れる滝の向こう側に、地下神殿跡へと連なる秘密の通路が隠されていたのだ。


「エッダの森の岩盤は容易には崩れませぬが、柔らかくて掘りやすいのですじゃ。エルフは自然を荒らすことを嫌いますが、その気になればいくつもの地下道を掘ることが可能でしょうな。足下にはくれぐれもご注意くだされ」

「ほう。まさしく自然の驚異、とてつもない規模の鍾《しょう》乳洞《にゅうどう》だな。青く輝く地底湖が美しい」

狭く険しい地下通路を潜《くぐ》り抜《ぬ》けて、ようやく目的地に到着した家康は息を呑んだ。

家康に同行し、はじめて「地下神殿跡」を訪れたセラフィナとエレオノーラも啞然《あぜん》とした。想像以上に巨大な地下空洞だ。しかも、完全な形で古代神殿遺跡が保存されている。

「田淵殿、ここなら人目を気にせずなんでも語らえるな。魔王軍について教えて頂きたい」

「おびただしい黒魔力・カタラを消耗するオークの魔王グレンデルは、三十年活動しては三十年休息する体質なのですじゃ。故に大厄災戦争は、三十年の第一次戦争・三十年の休止期・三十年の第二次戦争と続きました。ですが実は、エルフの伝説に『勇者現れる時、魔王もまた目覚める』と伝わっておりましてのう……これは儂だけが知っている秘中の秘ですじゃ」

「ぐえーっ？　ということは、勇者イエヤスが召喚されたから、魔王ももうすぐ目覚めるってことなの、長老様ぁ〜？　たたたたったた、大変だあああ〜⁉」

「そんな？　前回の停戦以来、今年で十年ですから、あと二十年は眠っているはずでしたのに。破滅の時が目の前に迫っているということですの？　王都陥落戦で大打撃を負ったエルフ軍は、全軍をかき集めても四千から五千が限度。しかも名だたる将軍や魔術師の多くは既に戦死して、実戦経験のない新兵が大多数ですのよ？」

　セラフィナもエレオノーラも、衝撃の事実を打ち明けられて血相を変えた。

「どうしよう、どうしようエレオノーラぁ〜？　人間族だけでもいっぱいいっぱいなのにさあ〜？　元老院の議員さんたちの智恵でなんとかできるぅ？」

「セラフィナ様。いくら智恵を振り絞っても、国庫はほぼ空っぽですの。それに、肝心の兵が足りないのでは……エルフ族が多産な種族でしたら、十年で回復できていたのですが」

　ターヴェッティは（お二人の伝説の解釈が正解かはともかく）と微笑みながら家康に提案してきた。

　家康は（ターヴェッティ殿にまんまと追い込まれたな）と苦笑しながら、長老の言葉を聞いた。

「兵士の数も重要ですが、戦においては実戦経験の有無が決定的な差となりましょう。それはイエヤス様もよくご存じのはず。困難な任務であることは承知しておりますが、軍を率いる大将軍職に就いて頂けませんかな？」

　ターヴェッティはうっすらと目に涙を浮かべていた。

　関ヶ原決戦の直前、西軍が立ち上がれば即座に攻め落とされる伏見城《ふしみじょう》に残していく幼馴染みの忠臣鳥居元忠《とりいもとただ》の手を握り「徳川のために死んでくれるか」と涙ながらに頭を下げた時の胸の痛みを、久方ぶりに家康は思いだしていた。

　今の家康には、あの夜に家康の命令を快諾した元忠の気持ちがよくわかった。困ったことに、それほど家康はセラフィナを生かしたいらしい。

「……わかった。幼い世良鼾たちを森まで導いた田淵殿の誠意を信じよう。俺は、えっだの森を守るために、謹んで大将軍職をお請けする」

やったあああ！　とセラフィナが跳びはねた。歓喜の踊りを踊っている。

「ほっほっほっ。この話を告げれば必ず受けて頂けると思っておりましたわ」

「ただし、ひとまずは人間との争いを治めるまでの期間限定としてもらいたい」

「慎重ですな。魔王軍と戦って勝利する自信はありませぬか」

「相手も知らぬうちに確約はできない。俺には卓越した将器などない。俺が真の勇者ならば、戦国日本を五十年で統一できていた。四十九年の生涯を戦い続けて強敵をことごとく倒し一代で日本をほぼ平定した信長公や、その信長公の遺志を継いで驚くべき速度で日本の統一を達成した太閤殿下こそが勇者だった――俺は健康を追求した結果、たまたま他の武将よりも長く生き延びたため、年の功で天下が勝手に転がり込んできたに過ぎん」

「この老いたターヴェッティの耳には、前世で天下統一を果たしながらも左様な謙虚な言葉を本気で口にしておられるイエヤス様こそが誠の勇者であるかのように聞こえますがのう。それに――この話は長くなります故、平穏な時に二人きりでゆっくりお伝えしたいのですが、あなたとセラフィナ様の出会いは偶然ではないでしょう。イエヤス様は、この世界に満ちるプネウマによって導かれたのでしょうな」

俺は現実主義者。ぷねうまだの「女神」だのといった怪力乱神を語らずだと家康は興味なさげに答えていた。だが、ターヴェッティの言葉は妙に心に染み込んでくる。

「長老様の言葉は相変わらずふがふがしててわかりづらいけど、イエヤスぅ？　いよいよ大将軍になってくれるんだねー？　ありがとーっ！　騎士団も、イエヤスが正式に大将軍に叙任されれば身柄引き渡しを諦めるよねっ？」

「そう簡単にはいかないだろうが、牛歩となって一歩ずつ確実に慎重に前へ進んでいく。それが俺の流儀だ」

「……はあ。なんとも中途半端ですわね、イエヤス様。魔王軍撃破こそが勇者の使命であるはずですわ。あなたは武人でありながら慎重過ぎて、妾も元老院議員も全幅の信頼を置きかねますわ。書状での引き渡し通告を拒否すれば、騎士団は外交使節団を送り込んできますのよ。無論、使節団との交渉が決裂すれば開戦。どう申し開きするのです？　まさか、使者を門前払いするなどという非礼な真似に及ぶおつもりですの？」

「阿呆滓よ。その件については俺に考えがある。夜も更けたし、今宵《こよい》はもう休もう。明朝俺は元老院に戻り、議員たちに大将軍就任と人間に対する外交方針を告げる。今日のように騒乱状態にならぬよう、彼らへの根回しをよろしく頼むぞ」

「……承知致しましたわ。貴族たちは夜になると街の酒場で議論に耽りますの。妾が根回しをしておきますわ。ですが、あなたはどこに泊まられますの？　宮廷には一応、貴人用の寝室がありますけれど？」

「ふむ、宮廷で寝るのはどうも落ち着かんな。もっと気安く眠れる宿はないか？」

「街には宿屋もございますが、人間が送り込んだ刺客や反人間主義派のエルフに襲われる可能性もございますわ。危険なのでお勧めはできませんわね。大至急、安全な土地を選んでイエヤス様の屋敷《やしき》を建設致しますわ」

「それは有り難い。だが、屋敷ができあがるまで俺はどこで寝泊まりすればよい？　さすがに太閤殿下のように一夜では建てられまい」

「だったらイエヤスぅ、しばらくの間、王家の荘園に建ってる私の家に泊まるといいよー！　狭くて散らかってるけどさー、イエヤスの寝室くらいなら準備できちゃうからっ！　私の家ならばぁ、エルフは絶対に攻めてこないって！　なにしろ私ってば王女様だからねーっ！」

「ちょ。セラフィナ様っ？　いけません！　若い男女がひとつ屋根の下でなんて、そんな？　別の意味で危険ですわよっ？」

「問題ない阿呆滓。俺は外見は若いが、中身は田淵殿くらいの年寄りだ。だいたい、このお子さま相手に妙な気を起こす男などおらんだろう。俺の前世で世良鮒に近づけてはならん男は、前田利家殿くらいだ」

「私はお子さまじゃないもーん！　それじゃあ安心安全なユリ家へ行こう、行こう〜！」

「ちょっとお待ちくださいセラフィナ様？　そのマエダトシイエって誰ですのっ？」

「あ、いや。それは……前田殿は四歳の幼女に一目惚《ひとめぼ》れして、相手が十二歳になるや否や結婚し、即座に手を付けて子供を産ませたという稀代《きたい》の変人でな……しかも『俺の妻は全身がお餅のようにつるつるで最高だ』など面妖な自慢をしまくっておった。さしもの信長公も『子供に子供を産ませるとは、なにを考えているのだ』と激怒されておられた……」

「ちょ。人間って十二歳で子供産めるのおお？　人間の結婚適齢期は十五、六じゃなかった？　ヘンタイだよおおおお〜！」

「あ、あ、あああ？　やはり人間は信用なりませんわ、なんという凄まじい色欲……！　セラフィナ様、いけませんわ！　イエヤス様を家に泊めるなど、とんでもない！」

「……俺にはそういう趣味も気力もないので安心してくれ……中身は七十過ぎだぞ……」

第五話

　エッダの森に七つある丘陵のひとつが、王家所有の荘園。セラフィナの屋敷はその荘園内に慎ましくぽつんと建っていた。木々に覆われた、木造の小さな家である。

　食事を取り、くつろぐための大部屋も、まるで質素そのもので飾り気がない。吝嗇家の家康の性分にはよく合っていた。

　ちなみに厩《うまや》にはスレイプニルと、そして捕獲したスライムを隣り合わせで泊まらせている。明らかに一角馬とスライムは相性が悪いらしく、互いに激しく呻《うな》り合っている。家康は、早急にスライム牧場の用地を手に入れねばなるまいと思った。

「ユリ家のお屋敷にようこそ～！　はいはいイエヤスぅ、履き物は脱いで、内履きに履き替えてね～？　適当に座って、座って！」

「ほう。畳敷きではないだろうとは思っていたが、南蛮椅子を用いるのか。だが南蛮人と違って履き物を脱ぐ習慣があるとは。えるふは日本人並みに清潔好きなのだな」

「えー、当たり前じゃん？　エルフは土足で家に上がり込んだりしないよー！」

「えるふのそういう綺麗好きなところは、俺の性格に合っているな」

「黄色いふんどしを穿《は》いてるイエヤスが、綺麗好きなの～？」

「色と清潔さは関係なかろう。だが世良鮒、ここはほんとうに王家の屋敷なのか？　狭いとは聞いていたが、思ったよりも狭いぞ」

「ほっとけ～！　確かに広さはアフォカス家の屋敷の十分の一以下だけどさっ！　下手したら百分の一ぃ？　お風呂は左手の通路の向こうで、イエヤスの寝室は右手の奥の部屋ね！　物置部屋だからいよいよ狭いけれど、文句言わない！」

「……物置部屋に寝かされる勇者か……やむを得んな。阿呆淬に『絶対に世良鮒様と同じ部屋で眠らないように。そのような無礼を働けば問答無用で死罪ですわよ』と執拗に脅されたからな。秀頼を大坂城から追い出そうとは何事かと逆上した淀君のような恐ろしい形相だった。前田殿の話などしなければよかった……」

「エレオノーラは過保護なんだよ～。まあ、クドゥク族みたいに十二歳くらいで成長が止まる異種族もいるしねー。人間で十二歳出産は珍しいというか、聞いたことないけどね！」

「ほう。えるふも十八前後で老化が止まると聞いているが、そんなに早く成長が止まる種族が？　この世界にはいろいろな異種族がいるものだな。どうやって子供を作るのだろう。みな前田殿のような趣味の持ち主ばかりなのだろうか……」

「いやいや、そういうヘンタイさん団体の種族じゃないよ？　外見と中身の年齢って、種族によって違うからねー。エルフは十五から二十で成長が止まるけど、結婚適齢期はもっとず～っと先なんだー。超晩婚なの。まあそういう意味では、私は確かに子供だねっ！」

悪いがお前の身体は明らかに十五歳にも達していない、実はクドゥク族ではないのかと家康は疑った。

「え～、違うよー！　私の身体はまだ成長するよ、きっと！　二年後にはねえ、エレオノーラみたいな八頭身の美人さんになるんだー！」

「哀しい夢だな。現実を見ろ。全てはそこからはじまるのだぞ」

「んも～！　まだわかんないじゃん、イエヤスってば悲観的なんだからぁ！」

ぐぅ、とセラフィナのお腹が鳴った。

「ほらほら、私の胃袋が栄養を求めてるっ！　成長期はまだまだ続いてるよー！」

「確かに堅苦しい宮廷から離れたせいか、急に腹が空いたな」

「そだねー。うちには料理人とかいないからぁ、お腹が空いたなら台所でお料理を作っちゃう？　イエヤスはお肉を焼くのが上手だもんね！　スライム肉、焼いちゃう？　いくら削っても再生するから、い～っぱい食べられるよ～！」

スライム肉は昼にさんざん食べた、夜は粗食で済ませたいと家康は固辞した。

「肉食は身体によいが、何事もほどほどが一番なのだ」

「そっかー。そだねー、それじゃーエルフ族の郷土料理をお勧めするよ！　お野菜とキノコが中心だからぁ、イエヤスの健康志向にもぴったりだと思うよ～？」

「だが、米も味噌もないのだろう？　この世界の食材のことは、俺にはまるでわからん」

「だったら私に作らせて！　イエヤスに助けてもらったお礼だよ！　これでもけっこうお料理は得意なんだー！　お掃除は苦手なんだけどねー。どんどん散らかっちゃう」

「うむ。明らかに掃除中に思い出の品物を見つけて夢中になり、当初の目的を忘れる性格だな」

「ほっとけー！　その通りだけどさっ！　いいから夕食を作ろう作ろう！　イエヤスにも、この世界のエルフ料理について教えてあげる～！」

「うむ、医食同源。食事こそは運動、調薬と並ぶ健康のための必須技能だ。よろしく頼む」


セラフィナに案内された厨房《ちゅうぼう》もなかなか狭かった。

家康の大好物は、故居岡崎の名物・八丁《はっちょう》味噌《みそ》と、堅い玄米である。

だが当然ながらいずれも厨房にはない。「じゃじゃーん！」とセラフィナがどや顔で紹介してくる食材は、家康の世界の食材とは微妙に違う奇妙なものばかりだった。このまま永遠に味噌と玄米を食えないのかと思うと、家康は手が震えてきた。禁断症状であろう。

「コメはないけれどねー、全粒麦『ケラケラ』を粒のまんまで炊き上げたものがエルフ族の主食なんだよ！あと、人間族にとって毒になる食材はないから安心してねっ！」

「ふむ。けらけらとは、妖怪のような名前だな。麦と言っても、俺が食してきた麦とは形も大きさも全然違うな。一粒一粒の紋様が、まるで笑っているように見える……」

「そうそう。かわいいでしょっ？　時々『食べないで～』って涙目で訴えられてるような気分になっちゃうけどねっ！」

「珍妙な見た目はともかく、茶色い穀物は総じて健康によい」

「練ってパンにすることもあるけれど、ま、どういう調理法を選ぶかはその時の気分次第だねっ！　ちゃっちゃと炊いちゃうから、お野菜でも切りながら待ってて～♪」

「うむ。ところで大豆はないだろうか。大豆さえあれば、味噌を造ることができるのだが」

「うーん、ダイズはないなあ。ねえねえ、そんなにミソが恋しいの～？　どんな料理～？　見た目はどんな感じ～？」

「有り体に言えば、糞《くそ》のような感じだ。茶色くてどろっとしていて、そして味は苦い」

ぐえっ、とセラフィナはヘンな悲鳴を上げた。

「ウン●じゃん！　それ、ウン●じゃんっ！　イエヤスの世界の人間さんって、やっぱりヘンタイさん揃いなんじゃんっ!?」

「ち、違う！　確かに見た目には似ているが、全然違う！　味噌は、大豆を発酵させて作る万能食にして主要な栄養源なのだぞ？　特に戦場では役に立つ。焼き味噌を湯漬けに入れるだけで、戦場飯のできあがりなのだ！」

「ホントにぃ～？」

「それに、戦場で恐怖のあまり脱糞してしまった姿を家臣に見つかって笑いものにされた時に『違う、これは焼き味噌だ』と言い張れるしな」

「ぐえーっ？　やっぱウン●モドキなんじゃんっ!?」

「い、今のは、た、喩《たと》え話《ばなし》だ（大嘘）！　子供か、お前は!?」

「私はそこまでお子さまじゃないもん！　イエヤスがミソの話ばかりするからでしょっ！」

「わが魂の八丁味噌を愚弄するでない。俺は必ず、いつか本物の八丁味噌をこの世界で製造してみせる。そして、異世界の料理史に名を遺《のこ》すのだ！」

「……勇者として名を遺してくんない？　ほーんと、ヘンな勇者様なんだから～」

八丁味噌は、家康にとって絶対に欠かせない長寿の秘訣《ひけつ》、最高の健康食品である。

健康マニアの家康は、穀物も全粒のものしか口にしない。裕福な若い武士たちが白米ばかりを好んで食べる中、家康は天下人にもかかわらず終生かたくなに玄米や麦飯を食べ続けた。周囲からは「吝嗇」「ケチ」と囁かれたが、家康は脱穀していない穀物こそが身体によいと知っていたのだ。しかも安上がりなのである。

むしろ他の武士たちがなぜ高価なのに栄養価が低い白米などを食べたがるのか、なぜ白米が高価なのか、現実主義者の家康は生涯理解できなかった。もっともそういう「白米ブーム」に便乗してせっせと米を売り買いし、米相場で荒稼ぎしてもいたのだが。

家康死後の江戸で白米食が主流となり、ビタミン不足による脚気《かっけ》が流行して「江戸煩い」と呼ばれるようになるなど、さしもの家康にも完全に想定外だった。

「世良鮒。俺が好む八丁味噌は大豆から作るが、この異世界でもけらけら麦を大豆の代替品として用いれば、味噌が造れるかもしれん。試してみたいのだが」

「ふええ、ほんとー？　ケラケラ麦からもミソを造れるの～？」

「俺が知っている麦よりも、大豆に近そうだからな。だが、発酵熟成に一年近くかかるのが味噌造りの問題でな……完成まで何年かかるか、わからん」

「あー！　食べ物の発酵なら、エルフの得意技だよっ！　エルフなら誰でも使える初歩的な魔術を使えば、一晩で完成しちゃうよ！」

「おお……それは、素晴らしい……！　えるふ族とは、なんと偉大な種族なのだ！」

「そっかなー？　獣の乳を発酵させて美味しくするのに便利だけどー。エルフは寿命が長いから、あんまり重宝してる感じはしなーい」

「人間は寿命が短いのだ。味噌を一晩で完成させられるのならば、それはなによりも貴重な術だぞ！」

「そうなんだ？　ピンと来ないけどぉ、そんなに褒められるとなんだか嬉《うれ》しいよっ！」

僅か数ヶ月の開発期間で味噌を食えるかもしれないという希望を家康は抱いた。味噌中毒の家康がエルフ族のもとを離れられなくなった決定的な理由になったと言っていい。

「味噌の開発と同時に、漢方薬の調合に用いる代替物の選別も頼むぞ。俺の医学知識はそのままでは異世界に転用できんからな。瓜二《うりふた》つのキノコに食べられるものと毒入りがあるように、漢方の原材料の選別は実に危険かつ重要な作業なのだ」

「『治癒の魔術』でもいろいろな薬草を用いるから、そっちのほうは自信あるけどね！」

「俺の持病の腹痛を止める万病円、毎日飲む万能薬の八味地黄丸、そして万一毒に中った時に用いる強力な解毒剤の紫雪《しせつ》。最低でもこの三つの常備薬は造らねばならん」

「ふーん。解毒剤のシセツ～？　ねえねえ？　私の『治癒の魔術』と組み合わせれば、もしかして魔術でも解毒できない強力な猛毒にも対応できるかな～？」

「おそらくな。もっとも、紫雪の調合には莫大《ばくだい》な黄金が必要でな……国庫が空っぽのえるふ族に調達を頼むのは無理だな」

「イエヤスってばほんっと、健康にしか興味ないんだから～。まあいいや！　家にいる時くらい、外のことは忘れて生活を楽しまないとねっ！」

「……お前は領域外に出てもなお、外のことを忘れっぱなしだったではないか」

「うっさいわねー！　長老様の腰痛を治すための冒険だったんだよっ！　あーっ！　結局、長老様のための薬草を採取してない～！　だいじょうぶかなあ。長老様、今頃寝込んでないかな～？」

「まだ万病円が残っているから、田淵殿に明日お分けしよう。貴重な薬なので一粒たりとも無駄にはできんが、田淵殿はこの世界の歴史に通じたお方だからな」

おおー。イエヤスほどのケチが長老様には薬のプレゼントも惜しまないんだね！　とセラフィナは驚いた。

だが、「三粒まで。三粒までだ。いや、やっぱり二粒……」と家康が指を折って数えはじめた姿を見て「やっぱりドケチじゃん。イエヤスってハズレ勇者なのかなあ～」とげんなりするのだった。


夕食を食べた後、家康は「エルフ風呂」に案内されて入浴し、疲れを癒やした。

お風呂好きのセラフィナは「ごゆっくり！　私は、魔術で薪を燃やしてお湯を沸《わ》かすからねー！　イエヤスがあがったら、お湯を張り替えちゃって私も一番風呂だー！」と屋外に出て薪を運びながら気合いを入れている。

「ほう、お前は炎の魔術も使えるのか？」

「……薪にちっちゃな火を点《とも》す程度ならね……ぐっすん」

火打ち石を使ったほうが早いのではないかと家康は首を傾げつつ、風呂を馳走《ちそう》してもらったのだった。

戦国日本で風呂と言えば蒸し風呂だが、大河の中州島で水がたっぷりあるエッダの森では、浴槽に浸《つ》かる温泉タイプの風呂が一般的である。しかも、一人ずつお湯を張り替えても全く問題ないという恵まれた水資源があった。

「屋敷は狭いが風呂場は存外に広い。熱海《あたみ》温泉を思いだすな。うむ、極楽、極楽……って、熱っ!? 熱っ!? 世良鮒、火加減がおかしいではないかー！ 俺を煮殺す気かっ!?」

「えー？ 私にとってはこれくらいの火加減がちょうどいいんだけどぉ？」

「俺には熱過ぎるわーっ！ 文化の違いとは恐ろしいものだな、用心せねば……」

エルフが好む風呂の水温は、摂氏五十度から六十度ほどだ。いくら忍耐強いとはいえ、人間の家康には耐えられない熱さである。さすがは不老長寿のエルフ、やはり体質に違いがあるらしい。

四苦八苦しながらどうにか入浴を終えた家康は、今度は屋外に出てセラフィナのために風呂釜を焚《た》く係を務めさせられた。

「ぐぇ～、ぬるいーっ！ 水みたいっ！ イエヤスぅ、もっと熱くしてよぅ！」

浴室の窓の隙間から、セラフィナが凍えながら叫ぶ声が漏れてきたが、家康は壁越しに「ぬるめの湯に長く浸かるほうが健康によいのだ。高温の湯は心の臓に負担をかけていかん」と自らの温泉健康法をとくとくとセラフィナに語り、頑として湯の温度を四十度以上にはあげなかった。

「ほんとにぃ？ イエヤスってば、四六時中健康のことしか考えてないよねーっ！」

「健康のためならば命も賭すからな、俺は。異世界漢方薬の開発研究助手よ、期待しておるぞ」

「ふえぇぇ。いつの間にかヘンな役職名を付けられてるぅ～？」

「……うん？ 庭に、朝鮮人参《ちょうせんにんじん》にそっくりな食物が自生している。言うまでもないが人参こそは多くの漢方薬に用いる必須生薬！ 早速抜いておくか。いや待て、異世界の植物だぞ。なにか危険が伴う可能性も……だ、だが、薬師として人参は欲しい、どうしても！」

セラフィナがぬるいお湯を諦めて入浴して「ふぃ～、いつもよりも長く入れそう」とひとごこちついている間に、庭で手持ち無沙汰になった家康は人参状の雑草を発見し、「健康のために！」と引き抜いた。

その途端、抜かれた人参の根っこが「ヒイイイイイイイイッ！」と悲鳴を上げていた。面妖な？　まるで人間のような姿をした不気味な根だが、よもや植物が叫ぶとは!?

「ぐはっ？　み、耳が、耳があああああっ!?　ぅおおおおおおっ、脳が揺さぶられて立っていられん……お、おおお、幻が見える……！　ま、幻の前田利家殿が『後家好きの内府殿も、お餅のように肌がつるつるの幼い生娘の魅力に気づかれよ、こっちにこーい』と手招きしておるわ……」

「あ〜っ!?　まさか耳栓もせずにマンドラゴラの悲鳴を聞いちゃったの〜っ!?　マンドラゴラを抜いたら頭がアレになっちゃうんだよ、イエヤスぅ！　わわわ私は壁を隔てたお風呂場にいたから直撃を受けずに助かったけどぉ！　今すぐ『治癒の魔術』をかけてあげるからね、待っててっ！」

マンドラゴラの根を引き抜くと、悲鳴を上げる。その悲鳴を直接聞いた者は、衝撃波で脳をやられてしまう。異世界においては常識中の常識だが、家康にとっては未体験。一応抜く際に用心はしておいたが、悲鳴は想定外。まさかこんな植物が実在するとは。

芝の上に倒れ込んだ家康は、バスタオル一枚で濡《ぬ》れた身体をくるんで慌てて飛び出してきたセラフィナの姿を微《かす》かに目に留めながら、

「おお、お餅だ……これが、お餅のようなつるつるすべすべの肌か……ふへ。ふへへへへ。前田殿よ、ともに参りましょうぞ、見果てぬ幼女道へ……ぶくぶくぶく……」

と、意味不明の妄言を吐いていた。うぇえ〜かなり脳がやられてる、間に合うかな？　とセラフィナが『治癒の魔術』を家康の頭にかけて、間一髪で家康の理性は蘇った。

家康は正気に戻ると同時に澄ました顔で、

「世良鮒よ、乙女があられもない姿で殿方の前に出てくるでない。俺が前田利家殿のようなねじ曲がった趣味の持ち主だったらなんとする？」

と懇々と説教をはじめたので、セラフィナは「知るかーっ！　お礼くらい言えーっ！　風邪ひきそうだから、お風呂に入り直すっ！　薪係をちゃんとやってよ

ね！　そのへんの植物を勝手に採取しないっ！　薬の原料集めは私と一緒じゃないとやっちゃダメ！」ときつく家康を叱りつけて、再び風呂場に戻っていったのだった。

こってり叱られた家康は（ここでは獣のみならず植物までもが奇妙だ。異世界に俺の常識は通じぬな。これは、セラフィナなしには生薬も集められん）と頭を掻《か》いていた。

（今まで以上に慎重にならねば、異世界では容易に生き残れぬらしい）

かくして、家康とセラフィナの入浴タイムは大騒ぎのうちに終わった。

お風呂上がりのセラフィナは「あ〜ぬるいお風呂も案外よかった〜！　それじゃあね、イエヤスぅ！　勝手にマンドラゴラを抜いちゃダメだよー？　あれを抜く時にはコツがいるんだから！　おっやすみー！」と自分の寝室に飛び込んで、三秒で熟睡。

一方、家康は散らかった物置部屋を几帳面《きちょうめん》に片付けて塵ひとつない綺麗な寝室に改装する作業に時間を要したため、結局数時間しか眠れなかった。

「……ううむ、味噌が恋しい……」

夜が明けた。

セラフィナとともに軽い朝食を取った後、セラフィナを背負いスレイプニルに跨《また》がって「鷹狩りに向いている狩り場がいくつもあるな。健康のためには鷹狩りが欠かせないのだ」と狩り場候補地を物色しつつ宮廷に再び登城した家康は、「腰が痛くて昨夜は眠れませんでしたわい」と苦笑いするターヴェッティの部屋を訪ねると「ま、万病円をどうぞ」と己の心の吝嗇と戦いながら薬を振る舞い、自らの後見人として遇して隣に侍《はべ》ってもらうことを頼んだ。

ターヴェッティは「承知しましたじゃ」と快諾。そこに、一晩がかりで貴族たちを懐柔していたエレオノーラが「ああ、セラフィナ様？　ご無事でしたかっ？　イエヤス様が狼《おおかみ》と化しませんでしたっ？」と突進してきたので、家康は付け焼き刃ながらもエレオノーラからあれこれとエルフ貴族のマナーを教わることにした。

セラフィナが相手では、食べ物や風呂の話ばかりになってしまうのだ。

かくして準備を整えた家康は、ターヴェッティを連れて元老院に再び出席。

「元老院議員諸君、一晩熟考して決断した。事態は風雲急を告げている。俺は謹んで大将軍職叙任を請け、一命を賭してえっだの森を守り抜く」

と、議員たちに堂々と告げていた。

既に家康はエルフ貴族を怒らせないためのマナーを修得している。このため、前日とは打って変わって議員たちは家康を好意的に受け入れた。それに、なんといってもあの大賢者ターヴェッティが体調不良を押してまで家康を後押ししているのだ。昨夜は地下宮殿跡で二人が重大な話をしたと、貴族の間でも噂になっている。ターヴェッティが、渋る家康を説得して大将軍職就任を認めさせたという。エレオノーラの工作が効いているのだ。

「ただし、俺はえっだの森の終身独裁者になるつもりはない。対人間族問題が解決するまでの期間限定職としてもらう。魔王軍については、しかるべき時が来れば再び考える」

セラフィナを敬愛している元老院議員たちの半ばは、家康の謙虚さを「ご自分が人間である故に遠慮しておられるのだ」と好意的に解釈した。家康がセラフィナの護衛役にこだわるのも、それほどに王女を案じておられるからだろうと。なにしろ、家康は人間の斥候隊からセラフィナを守り抜き、スライムやワイバーンを単独で倒した剛の者だという。弱体化したエルフ軍を率いる能力を持つ唯一の存在といっていい。

しかし、エレオノーラに忠義を誓ってきたアフォカス派の貴族たちは違った。期間限定とはいえ、兵権が国防長官から謎の人間に移譲されるのみならず、人事権や立法権など多くの権限を異種族の人間が握ることになる。またしても「人間による裏切り」によって、最後に残されたエッダの森までもが陥落するのではないか——家康がもしも皇国の間者だったら？　今は皇国に追われエルフ陣営に身を寄せていても、やはり人間は人間としてしか生きられないと考えを変えたら？　王都陥落以来味わってきた苦難の記憶が、彼らに様々な疑念を抱かせたのである。

何よりも――彼らが忠誠を誓うエレオノーラが、家康を完全に信用していいのかどうかをまだ決めかねているようだ。目の下に隈《くま》ができているし、なにやらそわそわしている。

（ほんとうに昨夜、セラフィナ様とイエヤス様の間でなにもなかったのかしら？　セラフィナ様の瞳を見た感じでは、何事も起きなかったみたいだけれど……セラフィナ様は嘘がつけないから……でも。もしもマエダトシイエとかいう変態男と同じ趣味をイエヤス様が隠し持っていたら……ああ、妾はセラフィナ様が心配で一睡もできませんでしたわ……）

と、エレオノーラは乙女らしくセラフィナの身を案じているのだが、エレオノーラの外面は「冷血の国防長官」である。貴族たちには彼女の心情までは伝わらないのであった。晩婚なエルフには、前田利家のような生粋のロリコン男の存在など想像すらできないということもある。

家康を巡る元老院議員たちの思惑が真っ二つに割れる中、家康はヘルマン騎士団が送ってくる外交使節団を迎え入れて「接待」すると宣言した。

これが、エルフと契約した大将軍としての初仕事である。

その大将軍家康の最初の命令はしかし、高貴なエルフたちを啞然とさせるものだった――。

「今は人間と争っている場合ではない。魔王軍に備えるために急いで人間と和を成すべき時！　外交使節団を受け入れ、土下座する勢いで徹底的に接待する！　えるふの誇りなど全て捨てよ！　人間に頭を下げているのではなく、命に頭を下げていると思うのだ！　よいか、土下座はタダでもできるのだぞ！　なにを成し遂げるにも、まずは生き延びてこそ！　耐えるのだ、どこまでも耐えて忍んでひたすら使節団を接待するのだ！」

まさかの全面土下座外交っ？　大将軍の初仕事がそれっ？　とセラフィナが呆れ、エルフ史上そんな恥を知らない外交など前代未聞ですわ！　大人しく森から退去しろと言われればその通りにしろと仰いますの？　とエレオノーラが激昂して家康に詰め寄った。

「違うぞ阿呆滓よ。俺は自分が助かりたい一心で言っているのではない！　森のえるふ全員を守るために敵えて言っているのだ！　そもそも外交とは化かし合い。お前たちは真っ正直で裏表がなさすぎる」

「もしかしてあなた、前世では『狸親父』とか呼ばれてませんでした？」

「呼ばれていたが、それがどうした」

「ほんとうに狸と呼ばれていましたのっ!?」

「使者に対して礼はとことん尽くすが、相手の無茶な要求を呑んではならん！　俺の身柄も引き渡さず、えっだの森からの立ち退き要求も丁重にお断りするのだ！　卑屈なまでにこれでもかと礼を尽くせば、相手も怒るに怒れん！　しかして窮地を凌ぎ、時を稼ぐ！　これが、徳川家康流の外交術よ！」

「えー？　つまりニコニコ笑顔で『お断りします』と連呼し続けるってこと～？」

「うむ。そういうことだ、世良鮒」

「それは慇懃《いんぎん》無礼《ぶれい》ですわ。かえって外交使節団に対して失礼ではありません？」

「無礼なのは向こうなのだから気にすることはない。見ていよ阿呆滓、世良鮒。まずはこの俺自身が率先して人としての誇りを捨て、土下座接待に徹してみせようではないか！」

「ちょっとちょっと～イエヤスぅ～、そんなに簡単に人としての誇りを捨てないでよ～ぅ？　イエヤスはもう正式にエッダの森を統べる大将軍なんだからさー？」

「……はあ。やはり、慎重というよりも小心な殿方ですのね……昨夜のセラフィナ様は安全でしたのね、安心致しました……はっ？　まさか妾も接待要員を務めさせられますの？　アフォカス家歴代の当主たちに顔向けできませんわ!?」

「当然、やってもらう。阿呆滓家当主ならばこそ、強烈な接待力を発揮できるはずだ」

「そんなあぁっ？　横暴ですわっ!?」

家康には、気難しい信長を領国に迎えてこれでもかと大接待した経験がある。

信長は猜疑心《さいぎしん》が強く、謀叛を企んだ家康の妻子の処分を要請してきたほどの男だ。もしも接待に失敗して怒らせれば（妻子処断の件で余に恨みを抱くか）と疑われてどんな目に遭うかわからない。家康は、エルフ並みに気位が高い三河武士たちに「誇りを捨ててくれ」と頼んで回り、無骨な彼らを文字通り「信長公の奴隷」の如き接待奉仕軍団と成し、膨大な予算を投じた前代未聞の接待を敢行して見事に信長を満足させたのだった。

なにしろ信長を渡河させる際に、頑固な三河武士たちを河の上流に人柱の如くこれでもかと放り込んで河の水流を弱めさせるという、卑屈というレベルを超越した壮絶な接待ぶりをやってのけたのだ。

今、そんな慎重勇者・家康の真骨頂――柔と見せかけて剛、弱腰と見せかけて決して屈服しない二枚腰の外交力が、異世界で試されようとしていた。

（この世界の人間に果たして通じるか？　外交使節団の長は如何なる者か？　異世界に茶道や能はあるのか？　代替となる数寄文化は？　接待前に是非とも知っておきたい）

だが、今の家康は服部半蔵率いる伊賀甲賀忍者のような便利な諜報《ちょうほう》組織を持たない。ターヴェッティやエレオノーラから主立った使者の人となりや、この世界の人間との外交における常識をごく手短に教わり、後は臨機応変に対応する他はなかった。

「俺は、昨日異世界に来たばかりだ。付け焼き刃では間に合わん。接待の大筋は俺が決めるが、細々とした実務指揮は阿呆滓に任せる」

「な、なぜですの？　妾は国防長官であって、接待要員ではありませんわ」

「多くの家臣団を率いてきた俺の眼力を信じろ。優雅で高貴なそなたには、武官よりも外交官の才能があると見た。その無愛想さを改めて笑みを浮かべれば、だがな」

「が、外交官の才が妾に？　ですが、経験がありませんわよ？」

「俺にもこの世界ではそんなものはない。頼むぞ」

「ねえねえイエヤス、私はー？　むふー。私も頑張ってお手伝いするよー？」

「……世良鮒はお茶汲みか踊り子でもやっていろ。お前はちと騒がし過ぎる」

「ちょっとーっ？　これでも王女なんですけどーっ？　あーっ！　エレオノーラと私の見た目の女子力の差がそのまま接待力の差だと思ってるんでしょーっ！　んもう、私をとことんお子さま扱いしてっ！」

ええい騒がしい、完全にお子さまではないかとぼやきながら、足りない部分は前世での経験と相手の顔色を読むわが眼力で補うしかないと家康は覚悟を決めた。

「イエヤス様。今までにはなかったことですが、此度《こたび》は当代のヘルマン騎士団長ご自身が使節団を率いて来るそうですじゃ。かの『常勝将軍』ワールシュタット殿のお子さまであらせられ、団長となってからは決して笑顔を見せぬ生真面目で強情なお方故、細心の注意を払われますよう」

ターヴェッティが、そう告げてきた。ふむ、加藤清正の如き忠義一徹の猛将であろうか。ならばよし、むしろ無骨者ほど接待しやすいものだと家康は安堵した。

だが――。

第六話

「私がヘルマン騎士団団長、バウティスタ・フォン・キルヒアイスだ。イエヤス殿、エレオノーラ殿、今日は皇国を統べるグナイゼナウ枢機卿猊下とアンガーミュラー国王陛下の連署の書状を持参した――余計な接待など騎士の私には不要。早急に返答頂きたい」

「まあ、お若いのにお役目大儀ですこと。近頃は皇国と王国の間にいろいろと軋轢《あつれき》が生じていると伺いますが、団長殿が双方の間に立って調整されておられるとか」

「軋轢などない、エレオノーラ殿。陛下は、大陸北部を統べる王に封じられて以後も皇国に忠誠を誓っておられる」

エッダの森にある七つの丘のうち、もっとも眺望がよく手入れが行き届いているエレオノーラの美麗な荘園に騎士団長率いる使節団を招いた家康は、

（まさか、騎士団長がうら若い女性だとは!?　ぬかった！　俺はおおかた加藤清正のような無骨な男だとばかり……やはり文化が違う！）

と内心動揺していた。

バウティスタ・フォン・キルヒアイスは、先の大戦で不運の戦死を遂げた「常勝将軍」ワールシュタットの唯一の実子。ワールシュタットには男子の後継者がいなかったため、彼女が騎士団を引き継いだのだ。人間であることは、尖っていない耳を見ればわかる。東洋人とは似ても似つかないが、くっきりとした目鼻立ちや女性離れした長身はオランダ人に似ていなくもない。何よりも、南蛮絵画のように鮮明な二重瞼《ふたえまぶた》と鷹のように鋭い視線の持ち主だった。

戦国時代の日本にも、稀に女城主は存在した。家康に忠誠を誓い息子の井伊直政《いいなおまさ》を家康に推挙した井伊直虎《なおとら》などだ。だが、バウティスタのように全身を甲冑で纏い騎士団を率いる本物の女武人には家康は出会ったことがない。

陣中に気心が知れた女性がいてくれないと安心できない心配性の家康は、側室に甲冑を着せて戦場に連れて来ていたものだが、それは将兵たちの目を憚ってのことで、もちろん側室に戦闘させたことなどはない。

「書状の内容は単純なものだ。異教徒の疑いがあるイエヤス殿を皇国に差し出すか、さもなくばエッダの森からエルフ族が即時退去するか。今日この場でご返答頂く」

「まあまあ、バウティスタ殿？　まだ陽が落ちるまで時間がございますわ。どうぞエルフ族の名物料理をご堪能《たんのう》くださいませ。こちらはエッダの森でしか獲《と》れない希少な川魚を、妾の荘園で育てたキエロの花弁に包んで蒸したもの。王侯貴族の宴会だけで提供される貴重な料理ですの。そして、こちらの茶は年に数日しか咲かないオルヴォッキの花弁を一年間にわたり魔術でじっくりと熟成発酵させた――」

「これはエレオノーラ殿の心尽くしの接待、痛み入る。さすがはエルフ族随一の歴史を持つ名門貴族。しかし！　異教徒の容疑をかけられているイエヤス殿は、いったいなんのつもりでそのような無礼な格好をしている!?　私を若い娘と侮って愚弄しているのか？」

「いえ、これは……俺はあくまでも、三河流のもてなしを……愚弄するつもりはない」

世界は違えど、武人の笑うツボは共通のはず。加藤清正や福島正則のような荒武者ならば、わが宿老・酒井忠次の持ち芸だった必殺の「海老すくい踊り」を披露すれば虚を突かれて大笑いさせられるはず。

家康はそう確信し、急遽制作させた海老の着ぐるみを全身に着込み、腕の鋏《はさみ》をぶらりと垂らしながらエレオノーラの隣に猫背気味に立って、騎士団長が荘園に準備された宴会場に到着すると同時に滑稽な海老すくい踊りをはじめる手筈《てはず》だった。

だが、いざ現れた騎士団長は若い女性で、かつ険しい表情を崩さない生真面目な騎士だったのである。なぜ正装していない、そのバカみたいな格好はなんだ、ふざけているのかと白い目で家康を睨《にら》んでいる。

（滑ったあああ！　若い女性同士、感性が合うエレオノーラに全てを託すべきだった！）

吝嗇な家康の趣味は常に実用第一で、猿楽だけは踊り好きの信長や秀吉に合わせて修得したが、茶の湯のような数寄の文化は「無駄な上に銭がかかる」と断じてさほど興味を持たなかった。お祭り好きの秀吉から芸を要求されて困った時には、三河伝来の田舎芸・あじか売り踊りや海老すくい踊りを演じて「日頃は生真面目な家康殿の必死な形相、誠に滑稽」と笑いを取って（というか笑われることで）乗り切ってきた。

だが、田舎芸一本の家康は高貴な女性を接待することを不得手とする。もしも淀君を笑わせることができていれば、家康は大坂城を攻め滅ぼさなくても済んだだろう。

「ちょ、ちょっとイエヤス〜？　滑ってるじゃんっ！　なに、なんなのその怪人みたいな格好？　なんで海老？　私が華麗に踊るから機嫌を直してくださいねっ騎士団長殿！　どーもー、エルフ王女のセラフィナちゃんでーすっ！」

「世良鮒こそ、その未開の蛮族のようなはしたない格好はなんだーっ？　なぜ獣のかぶり物を被《かぶ》っている？　嫁入り前の娘が臍を出すな！　鼻からぶらさげた輪っかはなんだ？」

「ふっふっふー。これはね〜、荒ぶる山の民ドワーフ族の民族衣装を私なりに独自解釈した踊り子専用衣装だよ、はしたなくないもん！　見て見てイエヤスゥ、荒ぶる野生の踊り！　ウラ！　ウラウラウラ！　ベッカンベーー！」

「……酒井忠次の田舎芸と大差ないな……お前、今のままでは嫁にいけんぞ」

「うっさいわねー！　原始の衝動を全身で表現してるんじゃん！　まさに踊る芸術！」

「せ、セラフィナ様？　その独創的過ぎるお姿はドワーフでもなんでもありませんわ！　ドワーフに怒られますわよ？　妾はセラフィナ様の教育を誤ったようです。森に閉じ込めるのではなく、積極的に外界に送りだして様々な異種族と交流させるべきでしたわ……」

エレオノーラが自分のこめかみを押さえながらため息をついた。エッダの森に亡命して以来、籠城策を徹底してきたエルフは異種族とほとんど交流していないのだ。

セラフィナの（本物のドワーフが見たら「全然違う」と憤慨必至の）自己解釈したドワーフ姿はともかく、騎士団長バウティスタは海老の着ぐるみを着てのこのこと顔を出した家康に激怒していた。

「異教徒の容疑をかけられている指名手配者が、なんという非礼！　海老踊りなど無用、イエヤス殿！　私はモンドラゴン皇国を統べる教団への信仰に魂を捧《ささ》げた修道騎士だ！　人間でありながら異教徒となり、恥も外聞もなく異種族のもとに逃げ込む貴殿を捨ててはおけない！」

「暴痴州殿《バウティスタ》。俺は異世界から来たばかりなのだ、いきなり異教徒呼ばわりされても困る。俺は、皇国や教団とやらの存在すら知らなかったぞ？」

「それは詭弁《きべん》だ！　枢機卿猊下が主張する『聖マスカリン預言書』の解釈によれば……」

「だから、そのような預言書の存在も俺は知らなかったのだ」

「では、どうやって異世界からわれらの世界に来た？『目覚めたらいつの間にか勇者として召喚されていた』などと安直なことは言うまいな？」

「『女神』を自称する胡散臭い女に拉致され、無理矢理にこの世界へ送られたのだ」

「モンドラゴン皇国は、龍神を唯一神として信奉している。そのような怪しい異教の女神の存在など認められない。その言、証明できるのか？　女神を呼び出してみよ！」

「……俺をこの世界に放りだした後、連絡が途絶えているのだ。どうやら、あやつは直接この世界には干渉できんらしい」

家康は言を左右に、のらりくらりとバウティスタの鋭い舌鋒《ぜっぽう》を躱《かわ》し続けた。

「……もういい、何日議論しても終わりがない。古来、武人と武人は剣で語り合うもの！　言い訳は無用。今この場で、剣で手合わせを願おうイエヤス殿！　まずは勇者としての実力を示してみせよ！」

「うぅむ。容姿は乙女でも、中身はやっぱり福島正則の類いであったか……」

「私に勝てば、逮捕せず見逃すと誓う。ただし、私に負ければ問答無用で捕縛する！」

ふえええええ～この騎士様は目つきが怖いよ～ずっと怒ってるぅとセラフィナが半泣きに。確かにセラフィナとバウティスタは水と油。家康はつい笑みを浮かべていた。

「おお～イエヤスってば、余裕の笑み？　わかったー！　勝算があるんだねっ？　さっすが～無敵の勇者様なんだからあ～！　その勝負、エルフ王女セラフィナ様が請けたー！」

「待て、世良鮒！　勝手に一騎打ちを請けるなーっ！　俺をなんだと思っているのだ、お前はっ？」

「そ、そうですわセラフィナ様？　もしもイエヤス様が敗れたらどうなされるのです？」

「だいじょうぶだいじょうぶ！　スライムもワイバーンも倒しちゃうイエヤスだもの！　騎士団長にだって勝てるって！　私は、イエヤスの剣捌きをこの目で見てるもんねー！」

よもや王女に逆らって逃げたりはしないだろうな、とバウティスタがじりじりと逃げ腰になって後ずさる家康を睨んできた。ええい、どうにでもなれ、と家康は開き直った。

「……直ちに海老の着ぐるみを脱いで甲冑に着替える、しばし待ってくれ」

「さっさと着替えろ！　って、乙女の前で下着姿になるなあっ！　なんだその黄色い下着は？　下劣！　下品！　粗野！　きききき貴様、偽勇者だなっ？　異教徒とはいえ仮にも勇者たる者が、そんな汚れた下着など穿くはずがない！」

「武士どもを束ねているのに、男の下着姿は見慣れていないのか？　複雑なものだな、騎士団長という役職は。これは最初から浅黄色に染めたふんどしだ、汚れてはいない。なにも問題ない」

「問題大ありだっ！　黄色い下着などあるかーっ！　どういう趣味だ？」

「うむう、わが倹約の美徳はこの世界の人間にも通じぬか。金陀美仏胴具足をもてーい！」

セラフィナが「あわわ。勝負は宴会の後でいいじゃん？　ほらほら騎士団長殿、一緒にドワーフ踊りを踊ろうよう？　エレオノーラが準備したお料理が冷めちゃうよ？　笑顔、笑顔！」と接待しようとすればするほど、バウティスタは「誇りはないのか王女よ。それが無茶な要求を持ってきた使者に対する態度か？　エルフ族には付き合いきれない」と憤慨し、ますます家康への闘志を燃やす。

「やむを得ません。イエヤス様に勝って頂かねば交渉が進みませんわ」ととうとう折れたエレオノーラが宴会場を急遽闘技場へと模様替えさせて、一本勝負が開始された。

家康はしかし、試合開始直前にエレオノーラから「セラフィナ様は知らないことなのですが、実は……」と驚愕《きょうがく》の事実を告げられて「なんだとお？　それを先に言えーっ！」と癇癪《かんしゃく》を爆発させそうになった。

この世界での剣士の試合に、竹刀や刃引き刀での勝負はない。互いに真剣を使用する。分厚い甲冑を着込んでいるとはいえ、命を賭した勝負だというのだ。

（しまった。エレオノーラは、セラフィナに軍事絡みの知識を与えずに平和を愛する王女として育てておったのだな。迂闊であった……！）

家康は、己の慎重さがまだまだ完成に程遠いことを悔いた。

「ぐえ～っ？　うっそだ～？　ごめんねぇイエヤスぅ、潔く降参しようよぅ！」

「もう遅い、世良鮒。騎士団長は最初から俺との一騎打ちで片を付けるつもりだったのだ。どのみち避けられぬ勝負よ」

一騎打ち、開始。

黄金の金陀美仏胴具足を着用した家康が（文化が違い過ぎる、異世界にはもう懲り懲りだ）とぼやきながら神剣ソハヤノツルキを八相に構えれば、騎士団長バウティスタは純白の甲冑に身を包み、細いが槍の如く長い独特の両手剣を家康へ向けて、刺突の体勢に入っていた。

家康は、女剣士と真剣で戦った経験がない。気が引けるし、そもそも外交の使者を傷つけてはまずい。だが、剣を構えたバウティスタを前にした瞬間、家康は震えた。

この者は恐ろしく強い！　少しでも油断すれば、この女騎士が構えている細長い剣はわが顔面を、あるいは首元を一撃で貫くだろうと察知した。しかも、バウティスタが会得している剣術は日本流の剣術とは全く異なるものだ。

「……南蛮剣術によく似ているな。鉄砲は使わないのか、この世界の騎士とやらは」

「鉄砲ならば、ある。だが殺傷力が高過ぎる鉄砲はこの十年、皇国の勅命によって使用を禁じられている。教皇聖下は戦争と流血を好まれない慈悲深きお方だからな――」

「鉄砲を封じたか。成る程、天下太平の世ならば火器の制限は平和を維持する上で有効。かつて俺も大坂城攻めを終えた後、最新鋭の南蛮大砲を門外不出の品として封印した。だが、十年も兵器の進化を妨げてしまって、来たるべき魔王軍に勝てるのか？」

「剣があれば撃破できる！　ヘルマン騎士団はたとえ全滅しようとも、最後の一兵まで聖下のために戦う修道騎士の軍団だ！　貴様はこの場で私が倒し、皇国へ引きずっていく！」

電光石火の速度で、バウティスタが家康の右太股《ふともも》めがけて突きを叩き込んできた。

（突きは戦場においては、斬撃よりも遥かに殺傷力の高い実戦向きの技！）

家康は冷や汗を流しながらも、その初太刀を紙一重のバックステップでかろうじて避けた。重心を後ろ足に置いて、受けの姿勢に徹していたことが幸いした。

バウティスタは若いにもかかわらず実戦経験豊富で技量も高い一流の剣士だが、闘気が溢れ過ぎていて、目を見れば家康には次の動作が（おおよそだが）読める。家康が前世で七十五年を生き抜いた百戦錬磨の老将だということを彼女は知らなかった。

「わが必殺の刺突を初見で避けただとっ？　貴様、ほんとうに異世界から来たばかりなのか？」

「戦闘経験だけはあるのでな。戦において、最新鋭の武器を調達し進化させることは絶対に不可欠。まして、共闘すべきえるふを森から追い出そうなど愚の骨頂。えるふの魔術は実戦にて有効故。人間の力だけで魔王軍に勝つつもりなのか、貴公は？」

「それが聖下のご意志ならば従うしかない！　わが父ワールシュタットはあれほどの武功を重ねながら、枢機卿たちから『勇将でしたのに異種族に頼るとは信仰心が足りませんでした。それ故に武運を失われた』と侮られる恥辱を受けた！　私は父の過ちを繰り返さない、必ずや使命を果たす！　逃げるばかりでは一騎打ちは終わらないぞ。撃ち込んでこいイエヤス！」

「……峰打ちで貴公を倒す方法を今、思案している。しかし得物の間合いが違い過ぎる故、なかなかに難しい。わが剣はこの通り短いのでな」

「峰打ち？　刃で私を斬らずに勝てると？　貴様……この私を侮るかっ!?　無礼な！」

バウティスタは栄光あるヘルマン騎士団団長として、

かつての盟友エルフ族を攻めたくはなかった。だが、今ここで外交使節団という大役を断れば、彼女は皇国からその信仰心を疑われ、騎士団長失格の烙印《らくいん》を押される。騎士団の存続も危うくなるだろう――何よりも、エルフと人間の武力衝突をなんとしても避けるという意志を持った者、つまり自分が外交の使者として動かねば、枢機卿の思う壺となってしまう。

「騎士団は、父が私に遺してくれた組織。守らねばならない。そしてエルフは父の同志。エルフとの全面戦争を回避するために、私は一命を賭してこの大任を引き受けた。誇り高きエルフが勇者を引き渡す可能性はない。ならば私自らが一騎打ちを受諾させて勇者を直接倒し、聖都へと連行するしかない。敗れれば死ぬことになるかもしれないが、悔いはない！」

グナイゼナウ枢機卿からの命令を受けたバウティスタは死を覚悟して、今回の任務に臨んだのである。凄まじい気迫で家康を一方的に攻撃し続けた。家康はひたすらバウティスタの剣を躱すので精一杯。セラフィナが「うわあああん、もう見ていられないよぅ～！イエヤスの代わりに私を捕虜にして、お願い！」と思わず涙目になるほどの苦戦ぶりだ。

「そなたは父君の戦死後、苦しい立場に置かれているのだな暴痴州殿。いよいよ女城主・井伊直虎を思い起こさせる。そなたは見事な武士だ。できれば、俺の家臣に迎えたい」

「はあ、はあ、はあ……また躱されたっ？　いつまでわが剣を躱し続けるつもりだ、イエヤス？　貴様の体力はいったいどうなっている？　私が小娘だから攻撃しないというのか？　ワールシュタットの娘としてこの上なき恥辱だ！」

「……ここで俺が一騎打ちに応じてお前を殺せば、えるふと開戦する大義名分ができる。そなたは最初から死を覚悟で乗り込み、敢えて俺に勝負を挑んできたのだろう」

「それは少し違う！　仮に私が負ければそうなる。だが、あくまでも私は騎士として勝つために一騎打ちを挑んだのだ！　貴様を倒して皇国に引き渡せば、エルフも抵抗を諦め、戦争をせずとも森を接収できる！」

「成る程、まさにもののふだな。これほどの強敵を峰打ちで倒す方法を考えるためには時間が必要だ――しかも困ったことに今なお、その方法を俺は閃かないでいる」

「まだ待ちに徹するのか？　ならばこれ以上、言葉で語る必要はない！　命中すれば殺してしまうので秘していたかったが、ワールシュタット流奥義『三段刺突』で貴様を倒す！」

この世界の剣士が修得する流派はおおむね「突き」に特化している。得物の外見は長剣なのだが、その剣術体系は半ば槍術《そうじゅつ》なのである。バウティスタという一流の剣士との立ち合いによって、家康はその真理を会得していた。

だが、バウティスタが繰り出してきた奥義は、家康が予測もしていなかった攻撃だった。

バウティスタが着込んでいた純白の鎧《よろい》が一瞬にしてはじけ飛んだ。薄着一枚を着込んだ姿となったバウティスタが、目にも留まらぬ速度で家康の頸《くび》へ剣先を突き入れてくる。

文字通り裸にも等しい姿となって守りを捨てた、捨て身の一撃である。

家康は（いきなり身軽になった？　速い！　躱しても剣先が伸びてくる！　まるで一本の剣先が三本に見える！）と驚嘆した。

エレオノーラもセラフィナも（避けられない！）と思わず目を瞑《つぶ》っていた。

しかし、奥山流、柳生新陰流、一刀流を会得し、あらゆる剣術を体験してきた家康は、この種の「捨て身の剣」すら経験済みだった。「初太刀が全て、二の太刀要らず」の薩摩示現流《さつまじげんりゅう》である。守りを捨て、突きではなく上段からの高速斬撃によって敵の胴を断ち割るという恐るべき殺人剣であった。

（示現流の太刀も恐ろしいが、この奥義はさらに恐ろしい。自らの身を死地に晒《さら》しながらの相打ち覚悟の高速突き！　急所への刺突が決まれば致命傷。運良く命を取り留めても、もはや継戦不能！）

受けられるか。柳生新陰流の極意をこの切所で繰り出せるか家康。

如何に身体を捌こうとも決して躱せぬ必殺の剣を止める唯一の方法、それは。

「――無刀――！」

柳生石舟斎《せきしゅうさい》が家康自身との立ち合いで披露した

「真剣白刃取り」の奥義のみである。

二十歳全盛期の肉体、そして異世界のプネウマを多く含む濃い大気が家康に味方した。

家康は剣を捨てると同時に、自らの両掌《りょうてのひら》を合掌の形に合わせ、頸へ届く寸前だったバウティスタの必殺の剣を挟み込むや否や、「なんだとっ？」と驚きに目を見開いた彼女の身体を絶妙な体重移動によって「ぐるん」と回転させ、あっという間に剣をもぎ取っていた――。

おおおおお、と使節団及びエルフ接待団の面々が驚きの声を上げげた。

「しょ、勝負ありですわ！　バウティスタ殿、それまでですわ！」

止めるなら今しかないと即座に判断したエレオノーラが判定を下し、家康とバウティスタの一騎打ちは決着した。

バウティスタは「いったいなにをされたのだ、私は？」と芝の上に尻餅をつきながら、思わず家康を見上げていた。なんという胆力、なんという精妙な剣技。これが勇者の実力だというのか。太陽を背負いながら屹立する家康の姿が、一瞬、バウティスタの目には亡きワールシュタットに見えた。それほどに大きい。

家康が「最後の一撃には胃が痛くなった。二度と一騎打ちには応じんぞ」と囁きながらバウティスタに手を差し伸べた。

その手を握りながら立ち上がったバウティスタは、「さんざん受けに回っていたのは、私の剣筋を見極める意図もあったのか。私の敗《ま》けだ。これでもうイエヤス殿を連行するとは言えなくなったな」

と呟き、しかしながら「エッダの森からの退去要求」の撤回には決して肯《がえ》んじなかった。

家康に敗れたあげく手ぶらで帰還すれば、先代騎士団長の戦死に次ぐヘルマン騎士団の不面目。バウティスタは皇国に逮捕されかねない。家康にもそれはわかっていた。

「あくまでもエッダの森からの退去を求める。ただし即時退去は難しいだろうから、わが権限をもって半年の猶予を与える。移住先の斡旋《あっせん》も騎士団が行いたい。これは、私をもてなしてくれたエルフ族と、全力で私と立ち合ってくれたイエヤス殿への好意だと受け取って頂いて構わない」

というバウティスタの申し出を、家康とエレオノーラは爽やかな笑顔で承諾し、使節団を丁重に送りだしたのである。

「結局ニコニコ笑いながら嘘ついて追い返してるじゃーん！　半年後に森から退去するつもりなんてイエヤスにはないんでしょー？　エレオノーラまでイエヤスみたいになっちゃってさー！」

使節団が去った後、バカがつくほど正直者のセラフィナは宴会場の後片付けを手伝いながら「良心が。良心が咎《とが》めるううう〜。あのワールシュタット騎士団長の娘さんを騙《だま》したみたいで……」と頭を抱えていた。

「バウティスタ殿もこちらの返事は方便に過ぎないと承知の上でしたのよ、セラフィナ様。イエヤス様はバウティスタ殿から一本取りましたが、エルフに森からの退去を要求するという本来の使命は果たさせることで交渉を一勝一敗とし、彼女の面子《めんつ》を守ったのです。それ故、バウティスタ殿は半年の猶予期間を与えるという形で礼を返してくださいました。その半年の間、互いに戦争を回避する努力をしようということです。イエヤス様の接待は、妾たちエルフだけではできない絶妙の外交術でしたわ」

「えーっ？　いつそんな約束を交わしたの〜っ？　エレオノーラまで狸になってきてるーっ！」

「イエヤス様とバウティスタ殿が握手した際、二人は視線だけで言葉を交わし合ったそうですわ。初対面であれほど呼吸を合わせるのは難しいのですが、真剣で立ち合った武人同士だからこそ可能になったのでしょう」

「そんなあああ？　でもでもエレオノーラはどうしてわかったのよう？　私だけ置いて行かれてるっ？　これが……疎外感っ……！　ううっ、今までお世話になりました。次期女王にはエレオノーラ、イエヤスと目と目で通じ合えるあなたが……」

「待て待て世良鮒、風呂敷《ふろしき》を広げて家出の準備をするな。阿呆滓には、絶妙に相手の心の動きを察知する才覚があるということだ。やはり阿呆滓は外交官に向いている。えっだの森の正式な外交官は誰だ？　即刻、配置換えを命じたい」

「実はその〜……うちに正式な外交官はいないんだよ

ー。前の王都陥落の時に外交官を代々担当してきた一族が、ええと、全滅しちゃったから。エルフってね、あらゆる役職が世襲制なんだよねー。とことん貴族主義だからね～」

家康はこのセラフィナの言葉に衝撃を受けた。

ではこの十年、エルフは森に籠もったまままあらゆる外交を放棄していたというのか？　将軍や兵士だけでなく、外交官まで払底していたのか？　しかもその理由が「血統が絶えたから」とは!?

「なんということだ!?　そのような脆弱《ぜいじゃく》な体制で十年も森に籠城できていたのは、つまりは人間側が本気で森を攻めてこなかったからに過ぎないではないか！」

勇者が出現するまでは、バウティスタがヘルマン騎士団の政治力を駆使して手心を加えてくれていたのかもしれないと家康はようやく気づいた。

「妾もあれこれと人事改革を試みてきましたが、エルフの貴族主義意識は根強く、国防長官の権限ではどうにもなりませんでしたわ」

「だが今は、えるふ政権の人事権は俺にあるのだったな？　直ちに阿呆滓を外交官に任命する！　同時に政府要職の世襲制を一時停止する！　掴《つか》み取《と》った半年のうちに様々な人材を雇い入れて、人間の軍が押し寄せても籠城し得る防衛体制を構築する！　この森を、容易に攻め落とせない鉄壁の城塞都市に改造するのだ」

「平民大採用ってこと？　人材難だし、いいと思うけれど、どうかなー。政権の要職につくのは貴族の義務というのがエルフの掟《おきて》だから、平民を鍛え上げて取り立てるにしても半年じゃ育成が間に合わないと思うんだけど……」

「ええ。下級役人職でしたら、平民に門戸を開くことには賛成です。ですが要職を任せられる逸材を平民層から輩出させるには、様々な改革を断行してなお十年以上かかるかと」

「だから、種族の垣根を越えればよい。様々な異種族から急いで優れた人材を集める！　しかも異種族の人材を要職に据えれば、種族間の友好関係を深められて再び『異種族連合』を構築できる。一石二鳥だ。田淵殿と阿呆滓に、人材の推挙を頼む！」

「おおー。それは思い切ったねー！　それしかないと私も思うけど、元老院がすっごく嫌がりそう」

「よいか世良鮒よ、天然の要害や軍備だけでは国は守れん。お前も一国の王女ならば心してこの言葉を胸に刻め。『人は城、人は石垣、人は堀』である！」

「おおー、なんだか凄い名言だね！」とセラフィナが瞳を輝かせ、エレオノーラが「心に染み入るお言葉。人材推挙も元老院の説得も、長老様と妾とで頑張りますわ」と頷く。

「なんだかイケる気がしてきたー！　いよっ！　さすが天下人、さすが勇者！　イエヤスのこと、ちょっと尊敬しちゃいそう！　今のは含蓄のある名言だね～うんうん！」

「いや、俺の言葉ではない。甲斐の虎・武田信玄公の言葉だ」

「パクリかいっ！　それだけどや顔で言い放っておいて、パクリなんかいっ！」

「世良鮒よ、俺に独創性はない！　わが智恵の全ては、先人の模倣だ。難攻不落の大坂城を落とす方法も、城を築いた太閤殿下から教わった策をそのまま真似したに過ぎん！」

「しかも居直ってるっ!?」

「阿呆淬よ。直ちに必要な人材は、えるふとは真逆の経済感覚に優れた才覚ある商人、土木工事や鉱山開発の技術者集団、そして情報収集能力や秘密工作に長《た》けた忍者だ。商人は銭と兵糧と武具を調達するために不可欠。技術者集団は森の要塞化と籠城のために雇用。忍者は、情報戦に勝利するためにどうしても欲しい」

「そこは武人をかき集めるところじゃないの～？　イエヤスって変わってるよね～？」

「もちろん武人も欲しいが、俺自らが最前線で指揮官を務めるから、後回しで構わん」

「……商人でしたら、ダークエルフ族ですわね。われらエルフとは昔から不倶戴天《ふぐたいてん》の不仲ですので、手を握るのは難しいですわ。技術者集団ならば、山に籠もっているドワーフギルド。こちらもまた、自然を尊ぶエルフとはあまり関係がよろしくなくて……ニンジャとやらは、そうですわね、かつて大厄災戦争で諜報工作員として活躍していたクドゥク族が適任かと。ですがクドゥク族は国を魔王軍に滅ぼされて以来各地に散っているので、こちらから会いに行くのは難しいですわ」

「むう。それは課題山積だな。だが、なんとしても異種族の人材を登用して、異種族連合を築きたい。人間軍の侵攻にも魔王軍の侵略にも耐え抜くには、それしかあるまい」

バウティスタの思い詰め方から見るに、半年後の王国軍侵攻はもはや不可避。勝負はこの半年！　異種族からどれほどの人材を収集して守りを固められるかだ。時間が足りない。

推挙はエレオノーラとターヴェッティ殿に任せるとして、異種族への先入観もしがらみもない俺自らが各地に直接出向いて雇い入れるしかないな、と家康は渋々「人材収集旅行」を決断していた。

「妾は、セラフィナ様に外の世界をお見せしたいと強く願うようになりましたわ。異種族の土地へ向かう際はセラフィナ様をお連れください。イエヤス様が一緒ならば安心ですわ」

「おおー、ありがとうエレオノーラぁ！　私もそう言いたくてうずうずしてたんだー！」

「……こほん。あなたの間違いだらけのドワーフ衣装を見て危惧したのです。今のセラフィナ様のままでは、とても国際外交の場にはお出しできないと」

「本物を見たことがないんだからしょうがないじゃーん！　いいよ、ドワーフの土地も訪問してくるから！　ねえイエヤス、断るとは言わないよねー？　連れて行って、お願い！」

「……やむを得んな。薬草探しを手伝うのなら許可する。ただし皇国に気取られぬよう、身分を隠してのお忍びの旅になるぞ。旅費は極限まで切り詰めるからな」

「ぶー。相変わらずケチなんだからぁ～」

「もうひとつ。阿呆滓も旅先案内人として同行してくれ。おっちょこちょいの世良鮒とお上りさんの俺だけでは、旅の途中で迷子になりかねん」

「わ、妾もですか？　ですが、エッダの森の留守居役も必要ですわよ？」

「長旅にはしない。留守居役は、田淵殿に委ねれば問題ないだろう」

こうして、家康一行の人材収集旅行がはじまった――。

第七話

「それでは諸君、異種族人材収集の旅に出るとする。田淵殿と阿呆滓の推挙した人材をどうにか説得してえっだの森に迎え入れ、鉄壁の籠城態勢を整えると同時に、人間軍に容易に攻められない異種族連合を作り上げるのだ」

「わ〜い！　十年ぶりの旅行だ〜！　私が旅先を案内してあげるねっ！　ねえねえエレオノーラぁ、なにから食べるぅ？」

「んもう。食い倒れの旅ではありませんのよセラフィナ様。治安が悪い地域は極力避けて参りましょう、イエヤス様」

「うむ。阿呆滓、よろしく頼むぞ」

家康はしがない薬商人の衣装を着て愛馬スレイプニルに乗り、第一の目的地・自由都市ザーレへと向かった。もう一頭の一角馬にはこちらも商人姿のエレオノーラとセラフィナが二人乗りして、地理に不案内な家康を先導しながらザーレへ連なる街道を駆けた。

雄大なローレライ山脈の北部を流れる二大大河、レイン河とダーナウ河に沿ってまっすぐ西へと進み、大陸西端の海沿いまで出れば、そこがザーレだった。一行は街道を急ぎに急いで駆けたが、それでも到着するまで片道二週間を費やす長旅となった。

「おおー！　西の海だー！　私、生まれてはじめて西の海を見るよ！　東の海と違って、ずいぶん穏やかなんだね？　港に帆を張った船がたくさん行き交いしているー！」

「ありし日の堺《さかい》を思い起こさせるな。強大な財力によって皇国や王国の支配を拒んでいる自治都市か」

「セラフィナ様、イエヤス様。ジュドー大陸では現在、どこの国家にも属さない六つの自由都市が互いに交易都市同盟を結んで栄えていますの。ザーレはその中でも最大の規模を誇る自由都市で、多種多様な異種族が渾然《こんぜん》と暮らす水上都市ですわ。海に繋がる港町ですので、海上交易によって大陸中から莫大な富と情報が流れ込む商人の都市なのです」

「エッダの森は港に繋がっていないから、新鮮だね！

この港から船に乗ればぁ、北の暗黒大陸や南のスラの島にも行けるのかなあ？　一度行ってみたいねーイエヤス！」

「……俺は、そんな寝た子を起こすような真似はせんぞ。いの一番にこの町に来た目的は、本物の腕利き商人を宰相として雇い入れるためだ。人間軍の侵攻を防ぐためにも、来たるべき魔王戦のためにも、えるふ共和国政府の財政を立て直さねばならん。えるふは正直者で潔癖だが、財政に疎過ぎる――国庫はほとんど空っぽなのだぞ」

「うえーんエレオノーラ、とんがり耳が痛いよーう」

「……ですがイエヤス様。白羽の矢を立てたザーレの商人はダークエルフ族ですわ。エルフ族とは祖先を同じくしますが、白魔術のみを用いるエルフと黒魔術にのめり込んで掟を破ったダークエルフは不倶戴天の仇《きゅう》敵《てき》同士。果たしてエルフに仕えてくれるかどうか」

「人間の俺が勇者職に就いているのだ、問題ない。そもそも白魔術と黒魔術はどう違う？　おおかたカトリックとプロテスタントのようなものだろう？　俺に言わせれば、どちらも似たようなものだ」

「かとりっくは存じませんが、世界に満ちるプネウマは本来清純なもの。この清純なプネウマの魔力を用いるエルフ魔術が白魔術。黒魔術は、プネウマが様々な穢《けが》れに汚染されて生じた黒魔力『カタラ』を用いる邪道の術ですの」

「そうそう、イエヤス～。暗黒大陸は高濃度の黒魔力で満ち満ちているんだってー！　私たちにとっては猛毒なんだよ。だから、こっちからは迂闊に乗り込めないんだよ～」

「黒魔術には、黒魔力に感染させて相手の心を操る外《げ》法《ほう》の術があるそうですわ。エの世界から来たイエヤス様は黒魔力に耐性がありませんから、注意してくださいまし」

「な、なんだと？　根《ね》来《ごろ》衆《しゅう》の如き催眠の術を用いる者がいるのか？　それは厄介だな……解毒剤・紫雪調合のための素材集めを急がねばならんな」

「確か、すっごい量の黄金が必要なんだっけ？　高価なお薬なんだね～」

「うむ。かつて俺は、本多弥《や》八《はち》郎《ろう》正信に命じて唐国から渡ってきた紫雪が保管されている奈良の正《しょう》倉《そう》院《いん》宝物庫を二度も調べたのだが、結局現物は残っていなくてな。薬学書を調べ漁《あさ》ってどうにか自前で再現できたが、恐ろしい量の黄金を溶かしてしまった」

「残念ながら、体内深くにまで浸《し》み込んでしまった黒魔力は如何なる薬をもってしても解毒できませんわ、イエヤス様。白魔術ですら通じないのです」

「なんだと？　単純な毒とは違うのだな……今後は、より慎重に行動せねばならんな」

心を操る魔術か。魔術とはセラフィナが用いる護身術や治療術だとばかり思っていた。そんな剣呑な術があるとはと家康は馬上で爪を噛んでいた。これから訪ねる相手がそのような術を使う者でなければいいのだが。


急いで目的の商人の屋敷へ押しかけたいところだったが、流れの薬商人に扮《ふん》した家康一行はザーレの安宿を取り、海に面した一室で足を伸ばしてまずは旅の疲れを癒やした。

セラフィナは「お腹空いたねー！　早速夕食を食べちゃおう！」と宿の女将《おかみ》が運んできた魚料理をぱくついている。東の海やエッダの森周辺の河川で獲れる白身魚とは違う種類の、赤身が多い生魚の切り身だ。

「なにこれ？　脂っこいけど、美味し～い！　しかも生でも美味しいなんて！　この真っ黒い魚醤《ぎょしょう》によく合う！　ほらほら、イエヤスも遠慮せずに食べなよう」

「うむ。しばらく世良鮒の様子を観察して、体調に異変がなければ俺も食べることにする」

「うえええええん。相変わらず私を毒味役扱いっ？　酷いっ!?」

家康は、旅の道中でセラフィナのガイドに従って採取した薬草や菌類といった生薬を薬研《やげん》を用いて粉砕し、急な癪《しゃく》（痛み）に効く万病円をせっせと調合している。万病円の次は、日々愛飲する常備薬・八味地黄丸の調合にかからねばならない。

「世良鮒。薬ができあがったら飲んでみろ。代替薬草が有効かそれとも毒かを調べる」

「そりゃ薬草を指定したのは私だけどさーっ！　平然と人体実験しないでよーっ！」

「イエヤス様、これから訪問する商人の似姿をご覧ください。この長髪の男がザーレ随一の豪商、ファウストゥス・デ・キリコです」

「桐子《キリコ》か。やはり南蛮人風に彫りが深い美男子だな。だが、色白なえるふの支族なのに髪も肌も黒いのはなぜだ？」

「きっとお化粧してるんだよ！　ねえねえ知ってる、イエヤス？　この世界のお化粧文化にはねー、美白至上主義と漆黒至上主義の二大流派があってねー？　他にも青色至上主義とかー」

「違いますセラフィナ様。ダークエルフは生まれた時にはエルフ同様に白い肌と金髪を持っていますが、黒魔術にのめり込むと体内に黒魔力が蓄積されるので、体色もオークのように黒化しやすくなるのです。察するにこの男は、ただの商人にあらず。かなり黒魔術に熟達しています。危険ですわ」

「ふむ。四十歳ほどに見えるが、えるふは十八歳前後で老化が止まるのでは？」

「黒魔術を用いる代償として老いるのです。ただし、寿命はエルフとさほど変わりません」

なんて恐ろしい。美容の大敵！　絶対に黒魔術覚えたくない……とセラフィナは震えた。


「ファウストゥスは、六大自由都市のギルドをまたにかけて武具や兵糧の市場で荒稼ぎしているあこぎな男です。若い頃は戦争難民の独り者でしたが、裸一貫からザーレ随一の豪商にまで成り上がったそうです」

「ほう、無一文から一代で豪商に……たいした男だな」

「財政を立て直す能力はありますが、守銭奴という噂ですわ。結婚適齢期なのに、家族を養うと銭が減るという理由で独身を貫き贅沢三昧《ぜいたくざんまい》。長年の友人からも容赦なく銭を取り立てますの。銭のためなら簡単に仲間を裏切るので人望が薄く、ザーレの商人たちから蛇蝎《だかつ》のように嫌われており、四方敵だらけですが……ほんとうにこの男を宰相に？」

「俺たちは既にこの町への移動で二週間を使っているし、潔癖なえるふ族に財政運営や謀略の才覚がないことは痛感している。その両方を持ち合わせている桐子は採用したい」

「一歩間違えれば、猛毒となり得る者ですわよ？」

「毒になる人物であればこそ、最高の妙薬になるのだ。本多正信も謀叛の前歴があり徳川家臣団に忌み嫌われていたが、わが参謀として無類の悪智恵を発揮してくれたものだ」

「おーっ？　私、大発見しちゃった！　エルフやダークエルフも『人物』って言うんだねー、言葉って不思議だねっ！」

「異種族が多過ぎるので、いちいち種族毎に呼び分けないのではないか？」

「そーいえばイエヤスって人間なのに、エルフもダークエルフも全然異種族扱いしないよね、心が広いねー！　いよっ！　さすが天下人、さすが勇者！」

「日本人にオランダ人とイギリス人の見分けがつくか？　俺の目にはこの世界の住民はみな天狗に見える。人間族は、南蛮人か紅毛人に似た天狗。えるふは、耳が尖った天狗。ちなみに天狗とは、日本の山に棲《す》み着いている妖怪の名だ」

「ちょっとーっ！　今まで私たちを妖怪扱いしてたのーっ⁉　失礼ねーっ？　うっ……？　お、お腹が……？」

痛い痛い、赤身魚が美味し過ぎてうっかり食べ過ぎたー！　とセラフィナがお腹を抱えて転がりはじめたので、家康は「全く騒がしい。今完成したばかりの、新処方の万病円を試せ」とセラフィナの口の中に調合したての丸薬を放り投げておいた。

「だから私の身体で人体実験しないでよ、んがんぐ……あれ？　魔術詠唱も使わずに一発で腹痛が止まっちゃった？　この新薬、プネウマ濃度が強いよ！　もしかして元の薬より強力なんじゃないイエヤス？　私の薬草の見立てがよかったんだねー、ふっふっふ！」

「せ、セラフィナ様……仮にもエルフ王女が、食べ過ぎとははしたないですわよ……はあ」

「私の治癒の魔術にこの薬を組み合わせれば、今までより強力な治療が可能になるよエレオノーラ！　私ってば、イエヤスと組めばエルフ族一の治癒魔術師になれるんじゃ？」

「ふむ、新処方の万病円はえるふの腹痛に大いに効能あり、と。幸先良し。腹痛が治ったら、桐子の屋敷に出かけるぞ」

家康たちは夕食を終えると、ファウストゥスの豪邸へと馬を飛ばした。町の者ならば誰でも知っている贅の限りを尽くした屋敷で、全面ガラス作りの地下室からは海底を泳ぐ魚たちを直接眺めることができるという。既に日も暮れていたが、迷子になる心配はなかった。なにしろファウストゥス邸は無数のかがり火で深夜もライトアップされている宮殿の如き大邸宅なのだから、見失うはずもない。

一見客とは容易に会わないファウストゥスだったが、「エルフ貴族最高名門アフォカス家の当主」が来たと告げられては、門を開いて家康たちを通すしかなかった。

おそらくファウストゥスの趣味なのだろう。無尽蔵の歴史遺産コレクションが壁を覆い尽くしている広い応接間に通されたセラフィナは「あーっ！　これから出てくる豪華な接待料理を食べられないよう？　宿屋でお腹いっぱいになっちゃったー！」と頭を抱えた。

「イエヤスもエレオノーラも腹八分目で止めていたのは、このためだったんだねー！　二人で三人分食べられるもんねっ！　イエヤスの狡猾な罠に引っかかった～！」

「こほん、セラフィナ様？　違いますわよ」

「万が一料理が出てこなかったらなんとする。腹が減っては交渉もできぬのだぞ」

「さすがに、なにも出てこないとは考えられませんが……イエヤス様は慎重過ぎますわ」

待たされること数十分。

痩せた長身の身体の上から漆黒のガウンを纏った大商人ファウストゥス・デ・キリコが、ようやく家康一行の前に姿を現した。なぜか小判に似た金貨を詰め込んだ鞄《かばん》を両手に抱えている。いつも黄金を持ち歩いていますの？　しゅ、守銭奴を超えていますわ？　とエレオノーラは白目を剝《む》きそうになった。

「おやおや。守銭奴とは、貧乏な者の僻《ひが》みは恐ろしいですねえ。異世界から流れ着いてきた一文無しの人間と引きこもりのエルフ族が、わたくしになんの御用です？　大口商売の取り引きなどできる方々とは思えませんがねぇ」

ファウストゥスは、けんもほろろの態度で家康たちに接してきた。

椅子に座ると同時に、早速手持ちの金貨の個数を数えはじめている。そして。

「ああっ、足りないイイイッ？　十度も数え直したのに、やはり一枚足りませんねえ！　クキアアアアアッ!?」

　たった一枚の金貨が足りないという理由で、ファウストゥスは別人のように取り乱し、奇声を発しながら文字通り地団駄を踏みはじめた。

「使用人の誰かがくすねたに違いありますまい。命よりも大切な銭を、よくも……！　なんとしても犯人を見つけだして銭を回収せねば、客人と話す気にもなれませんよ！　誰です、誰がいったいわたくしの財産を横領しようと企んでいるのです？　恐ろしい……！」

　いやいや落としただけじゃん？　守銭奴過ぎておっかな～いとファウストゥスの常軌を逸した守銭奴ぶりに怯えたセラフィナは、思わず家康の背中に隠れていた。

　しかも、セラフィナが期待していた豪華料理などは出さず、ぶぶ漬けのようなケラケラ粥《がゆ》と沢庵《たくあん》に似た漬物だけを使用人に命じて家康一行に突き出してきたことに、

「まあ？　これは早く帰れというダークエルフ特有の隠喩ですわ、失礼な！」

　とマナーにうるさいエレオノーラは憤慨した。

「いえいえ、隠喩ではなく直喩でございますよ。それに、あなた方にとってはこれでも高級品」

「桐子よ。俺はこの世界の人間ではない。異世界から召喚された勇者でな。魔王と戦うのが俺の使命らしいのだが、今は故あってえるふ族と人間の争いを調停するためにえっだの森で大将軍職を務めておる」

「ほう、それで？　エルフは王都落城以来、十年も森に籠もって孤立しておりますからねぇ。しかも商業を卑しんでいる連中ですから、もはや国庫は干からびているはず。わたくしを稼がせることがあなた方にできますか？　わたくしは、銭のためにしか動きません」

「うむ。そこで、えっだの森の国庫を潤すべく、そなたに財政を一任したいのだ。短期間に国庫を黄金で潤せる才覚は、大陸広しといえどもそなたにしかないというのでな」

「これは異な事を。は、は、は……元手がなければ、わたくしとてどうにもなりませんよ？」

「元手はな、全額そなたから借用するつもりだ。俺を信用して、投資してくれぬか」

ファウストゥスもたいがいだけれど、イエヤスの図々《ずうずう》しさも凄いよねーとセラフィナがエレオノーラの耳元にそっと囁いた。

「はあっ？　じょ、冗談ではございませんよ厚かましい！　なぜわたくしがエルフ族などのために出資せねばならぬのです？　わが一族を追放した連中のためだなんて冗談ではございません。絶対に御免被りますね！　さあ、早くケラケラ粥を食べてお帰り頂けますか？」

「俺はえるふ族だけではない異種族連合を築こうとしているのだ。人間軍が森に攻めて来るまで半年しかない。だあくえるふのそなたが真っ先に仕官してくれれば、幸先良しなのだがな」

「ハン。何度乞われてもお断り致します。時間の無駄でしかありませんよ？　時は金なりです、他をお当たりくださいまし。そうそう。今ならばダークエルフ商人にも、あなた方に尻尾を振る者がいるやもしれません。なにしろ、わたくしは先日、口八丁で荒稼ぎ致しましたからねえ。連中は尻に火が付いて困っているはず。ふ、ふ、ふ……」

うわ～邪悪な笑顔～きっと悪いことをして稼いだんでしょーとセラフィナ。

ええ、その通りですとファウストゥスは居直った。

「皇国の意を受けて、ヴォルフガング一世の王国軍がエッダの森を攻めるか、それとも平和が保たれるか。大量の武器と兵糧を調達して商機を窺《うかが》っていたこの街の商人たちの意見は長らく二分しておりましてね。そこでわたくしは、エルフのもとに勇者が訪れヘルマン騎士団長と会見したという情報を上手く操作して『平和路線で確定した』というデマを市場に流し、二束三文で彼らから武器と兵糧を買い占めたというわけです。ふ、ふ、ふ」

「こ、このザーレで？　じょ、情報の入手が早いですわね？　しかもそれを操作して買い占めに走るだなんて、卑劣な……それでは、その武器と兵糧は今、あなたのお手元に？」

「いいえいいえ。アフォカス家ご当主様、甘いですよ。わたくしが買い占めた物資は全て、既にヴォルフガング一世率いる王国軍に高値で売却済みでございます。エルフと人間が半年後に開戦するという情報を真っ先に手に入れたわたくしは、巨万の富を一夜にして手に入れたのですよ、ははははっ！　これが商売というものでございます」

「うっげ〜外道〜！　ザーレの商人仲間を騙してるんじゃん？　どうなっても知らないよ〜？」

「そうですわ。そのような機密を妾たちに話してしまってもよいのですか？」

「ええ、ええ。このファウストゥスにとって、銭は命より大事なものでございますれば。わたくしがエッダの森の情報をいち早く摑んだ『物証』は、既に隠滅済み。街の裁判所の連中もとっくに買収済みですので、仮に告訴されて逮捕されようがわたくしが法律で裁かれることは絶対にございませんとも。命は金で買えるのですよ、はははは！」

「ひええ〜。世の中っておっかないんだね〜エレオノーラぁ〜。エッダの森は平和だねぇ」

イエヤス様が「仮にも武士の棟梁《とうりょう》たるこの俺が、こんな外道と組めるか！」と怒りだしたら人材登用計画が頓挫しますわとエレオノーラは戦々恐々。

だが、家康の反応は常識あるエレオノーラの想定とは全く違った。


ファウストゥスが哄笑《こうしょう》すればする毎に家康はその目をらんらんと輝かせ、

「桐子よ。そなたこそはまさしく本多正信の智謀《ちぼう》と大久保長安の銭稼ぎの才覚を兼ね備えた男！　これほどに信用できる者はいない。なんとしてもわが片腕となってくれぬか！」

とファウストゥスを絶賛しはじめたのだった。セラフィナとエレオノーラは「狸の腹芸だよね」「ですわね」と顔を見合わせたが、家康は「違う、本気だ」と断言した。

「こやつは、潤沢な銭さえ支払えば無尽蔵の才を発揮してくれる。銭すなわち忠誠心なのだ。そういう意味で実にわかりやすく、『金の切れ目が縁の切れ目』という安全安心な関係を築いていられる！　妙な大義名分を唱えていつ主君の寝首を掻きに来るかわからん明智光秀よりよほど信頼できるのだ！」

「アケチって誰だっけ〜？　なんというか、イエヤスってやっぱり変わってるよね〜」

「この俺も、銭と黄金に目がない吝嗇家なのでな。溜め込んだ銭の一枚一枚を自ら紐《ひも》に通して番号を振り分け、蔵にきっちりと保管していたものよ。いつ何時誰に銭を貸しても、完璧に管理できるようにな。管理を怠れば、取り立てられなくなってしまう」

「うええええ。い、イエヤスぅ？　セイイタイショーグンって、天下人じゃなかったの？　それはもはや金貸し業者の所業じゃん？」

「ええい、三河武士のようなことを言うな世良鮒。魔術の如き才覚で黄金を生みだしてくれる者がどれほど重宝するか。戦も平和も、銭なしでは手に入れられんのだぞ？」

「は、はあ。それはその、確かに社会の一面かもしれませんけれど……げ、元老院議員たちの前でそのような発言は慎んで頂きますわよ、イエヤス様？」

「なんと言われましても、わたくしはエルフなどとは絶対に手を組みませんとも。さあ、お帰りください皆さま。あなた方が文無しだとよくわかった以上、二度目の対面は有り得ませんよ？　時間を無駄にするということは、銭を無駄にするということですからねえ」


その後も交渉は難航した。


ファウストゥスは「どうしても手持ちの金貨が一枚足りません」と執拗に金貨の数を数え直すことに必死で、家康の話を半ば聞き流し続けた。

「先祖の代から、エルフ族は嫌いでしてね」

「わたくしに全額出資しろとは、常軌を逸した厚かましさです」

「ヴォルフガング一世率いる王国軍の武器と兵糧は実に潤沢。わたくし自身が売ったのですから間違いありません。エルフは勝てますまい。皆さんに投資しても銭を溶かすだけです」

という三つの理由で、ファウストゥスは家康と手を組むことを断固として拒否。

深夜に至り、家康一行はついにファウストゥス邸から追い払われてしまった。

宿屋への帰還の途中、セラフィナは涙声で家康の腕を引っ張ってきた。

「どーしよう、どーしようイエヤスぅ〜？　自分で出資しろって言われて『承知しました』と頷くよーな相手じゃないじゃん！　明日訪ねても門前払いだよーう？」

「ザーレにはまだまだ商人がおりますわ。二番目の候補者を訪ねますか、イエヤス様？」

「他の商人はみな、桐子に一杯食わされて焦げ付いているのだろう？　商人としての才覚が違い過ぎる。えっだの森の財政問題を解決できる者は、桐子しかおらぬ」

「確かに、ザーレからいち早くエッダの森の最新情報を入手した才覚は驚きの一言ですが」

「お互いに大陸の西と東の端だもんねー！　どーやって情報を摑んでるのかなあ？」

「なんらかの特殊な手段を用いているのでしょうが、物証は隠滅済みと言っていましたし、今からでは調べようがありませんわね……エッダの森に彼の間者が入り込んでいたのでしょうか？　しかし、森の警備は完璧なはず……」

「明日は俺の腹案をもっと具体的に説いてみよう。今のえるふは窮乏しているが、われらと手を組み異種族連合を成せば、長い目で見ればどれほどの巨利が桐子のもとに転がり込むかを説明し続ければ、俺と同等に銭に執着がある男。いずれは食いついてくるはずだ」

「何日かかるかわからないよ？　ザーレで半年使っちゃったら時間切れじゃん？」

「明日のことは明日心配すればいいのだ世良鮒。今夜は熟睡して、旅の疲れを取ることに専念……うっ、うっかり明日の心配をしてしまって腹が……ま、万病円を……」

「ダメじゃん！　もう胃痛になってんじゃん！　ホントにだいじょうぶなのかなあ～？」

「失敬な。心労が重なるとすぐに痛むが、俺の胃腸はそこまでやわではないぞ世良鮒。真に危険なのは、戦場で騎馬隊に襲われた時くらいだ。三方ヶ原や真田の六文銭を思いだすと、どうしても反射的に便意が」

「ぐえー！　やっぱ危険なんじゃん！　よーし、今夜は徹夜でマンビョウエンを増産しようっ！」


そして翌朝。

「……うぇえ～、眠いよう～。誰が徹夜でマンビョウエンを造ろうなんて言いだしたのさあ～」

「セラフィナ様ご自身ではないですか。ふあ……あら。妾としたことが、馬上であくびだなんて。はしたない姿を見せてしまいましたわ」

「まずはどうやって再び会見してもらうかだ。この三つ葉葵の印籠は、そこいらの商人や足軽兵が相手ならば威厳ある勇者の証として効きそうだが、強固な意志を持つ者や、銭にしか価値を認めない桐子のような偏屈者には通用すまいな」

「え〜、それじゃあどうやってもう一度会ぅのさ〜イエヤスぅ〜？」

「それを今、思案している。だが俺は深謀遠慮と忍耐の男。臨機応変の智恵を閃く才はなくてな。十年もあれば桐子を家臣にできる自信があるのだが……俺のもとを去って一向一揆に奔《はし》った本多正信を帰参させるまで、それくらいの時間を俺はじっと待った」

「いやいや気が長過ぎるよう？　完全に時間切れじゃんっ!?」

「ま、まさか十年間、ファウストゥス邸の門の前にテントを張って暮らすとか言いだしませんわよね？　エッダの森がなくなってしまいますわ？」

「阿呆淬よ。人生には我慢が必要なのだぞ。ずっとざあれの海で釣りをして好機を待つのも乙なものかもしれんぞ。えるふは寿命が長いのだし」

「絶対に、お断り致しますわ！　それは、体の良い亡命ではありませんかっ！」

家康一行は、馬上で騒ぎながらファウストゥス邸へと向かっていた。

ところが。

いざ再びファウストゥスの屋敷の門前まで馬を進めてみると、意外な事態が起きていた。

「も、燃えてるっ？　ファウストゥスの屋敷が大炎上っ？　どういうことぉ、エレオノーラ〜？　まさか人間が攻めてきたとか？」

「いえ、自由都市は非武装中立地帯です。人間至上主義を唱える人間たちといえど、自由都市に兵を入れることはありません。武器や兵糧の交易路を握っていますから。となれば」

「……桐子に一杯食わされた商人たちが、法によっても桐子は裁けないと絶望して桐子の屋敷を襲ったのだな。直接、銭や財宝を差し押さえるつもりだ。最後の手段というわけか」

家康の言葉通りだった。

鉄製の門が勢いよく開くと同時に、ファウストゥスが「いやはや。智恵比べで敗れた腹いせが襲撃とは、商人ではなく山賊の所業。愚か者は度しがたいですね」と呟きながら黒い寝具姿のままで飛び出してきた。額からは黒い血を流している。

「待て、ファウストゥス！　よくも俺たちを謀ったな！　騎士団長とエルフの和平が成り、王国軍はエッダの森を攻めないと会見で決まったという情報が真っ赤な嘘だったとは！」

「ヘルマン騎士団あがりの王はエルフを救いたい、今までそうしてきたように今回も皇国の要請を蹴って不戦を貫くと貴様は確約し、王の書状の写しまでわれらに見せた！」

「あれは巧妙に偽造した偽書だったのだな！　われらが巨額を投じてかき集めていた武器兵糧を二束三文で買い占め、王国軍に高値で売りさばくとは！　『仲間を売ってはならない』という商人の掟を破った貴様は、われらの手で処分する！」

「今すぐ、われらが被った巨額の損失を現物で補填しろ！　さもなくば――」

血相を変えた男たちが、手に得物を持ってファウストゥスを追いかけてきた。総勢は五十人ほどだ。ファウストゥスに詐欺同然の手口で多額の資産を奪われた商人と、その奉公人たち、そして様々な種族から成る臨時雇われの傭兵である。

ザーレに正規の軍人はいない。傭兵が治安を維持しているのだ。その傭兵たちを、破産寸前の商人たちはなけなしの銭を投じて雇ったのだろう。この場にいない大勢の傭兵たちも「見て見ぬ振りをするように」と銭を渡されて言い含められているらしいと家康は察した。

裁判に訴え出ても、ファウストゥスは無罪を勝ち取る。裁判所は、既にファウストゥスが買収済みである。そもそも今回の兵器売却事件は、大陸の各地に張り巡らせた独自の情報網を通じて「今度こそ王国はエルフの森を攻める」という裏情報をいち早く摑み、来たるべき戦争に便乗して稼ごうと企んだファウストゥスと、自由都市から割安価格で大量の武器兵糧を調達したかった王国軍とが組んで行った狡猾な陰謀なのだ。

　並の商人ならば、ギルドからつるし上げられるであろうこんな危機は犯さない。だが、ファウストゥスは銭のためなら命も惜しまない筋金入りの守銭奴だった。そうでなければ、裸一貫の戦争難民からこれほどの豪商には成り上がれない。

　商人たちは、旅の商人に化けていた家康一行を別の都市から来た商売仲間だと思い込み、ファウストゥスのやり口を訴えた。私刑以外にこの悪智恵の働く男を罰する方法はないと。

「野蛮な行為ではありますがお見逃しください、旅の商人殿！」

「ファウストゥスの詐欺的なやり口は今にはじまったことではないのです。もはやこの男を捨て置けません！　これ以上ザーレにこの男をのさばらせておけば、ザーレの商人たちはみな破産してしまいます！」

　しかしそのファウストゥスは額から流血しながらも「おや、また来ていたのですか。イエヤス殿」ととまるで悪びれない。

「商売とは互いの命を賭けた戦争です。今回は、誰よりも早く和睦交渉決裂という情報を握って王国軍に自分を売り込んだわたくしの勝ちなのです。騙されるほうが愚かなのですよ。暴力に訴えるしか手がないのならば、戦士に転職しては如何です？　ははははっ！」

　と、地面の上に正座したまま商売仇《しょうばいがたき》たちを罵っている。

　家康の目には、その挙動も言葉遣いも、どこかしら優雅に見えた。武士よりも度胸がある。実に狡猾ではあるが品性下劣な男ではない、豪胆な男だと家康は頷いていた。

「阿呆滓。世良鮒。この男を救いだしてなんとしても宰相に迎えたいが、商人たちは興奮している。どうする？　神剣ソハヤノツルキを用いて戦うことはできぬ。自由都市内で商人を襲うのは御法度なのだろう？」

「……そうですわね。見たところ商人は全員ダークエルフ、傭兵の中にも人間族はおりません。彼らはモンドラゴン教団の教えを信仰していませんから、勇者が魔王を倒すと信じています。イエヤス様が魔王を打ち倒す伝説の勇者だと明かせば……」

「それだよエレオノーラ！　勇者様の絶大なご威光に

ひれ伏すかもだよねーっ！　イエヤスの印籠、ちょっと借りるよ〜！」

セラフィィナは颯爽と三つ葉葵の印籠を掲げて、商人たちと傭兵たちを一喝した。

「ドオオーン！　この紋所が目に入らぬかーっ！　控え、控え！　控えおろーう！　このお方をどなたと心得る！　薬造りが趣味のケチ臭い旅商人とは仮の姿！　エの世界より召喚されし伝説の勇者様、トクガワイエヤス様にあらせられるぞー！　エルフ族を率いて魔王を討ち滅ぼす大将軍におわす！　頭が高い、控えおろーう！　あと、ついでに私はエルフ王女セラフィナちゃんだからっ！　私にもひれ伏せ、控えおろーう！」

「……その自己紹介は不必要どころかダークエルフには逆効果ですわ、セラフィナ様」

そ、その三つ葉葵はっ？　と商人たちと傭兵たちが一斉に家康から三歩後ずさり、震えながら土下座していた。歴戦のいくさ人家康が全身から発する闘気、そして鞘から抜かれた神剣ソハヤノツルキが放つ神秘的な輝きが、セラフィナの言葉を裏打ちしている。

彼らは「お噂はかねがね！　恐れ入りましてございます！　お見苦しいところをお見せ致しました！」と必死の形相で家康に弁明した。

「桐子には通じぬとわかってはいたが、勇者の印籠がこれほど絶大な威光を持つとは。えるふとは大違いではないか。特に世良鮒、お前だ。俺の扱いが悪過ぎる」

「それはだって、私たちエルフは大陸一高貴で気高い種族だからぁ効きが弱いんじゃん？」

「お前が？　高貴？」

「イエヤスには審美眼がないんだよぅ！　はいはい、喧嘩《けんか》はこれでおしまいねっ！　いくら悔しくても、私刑で解決なんてダメだよ〜？　ここは、勇者様が公平なお裁きを下しちゃう！」

「いえ、ですが、ファウストゥスは……」

「喧嘩両成敗である。桐子はこの俺自身がえっだの森へ連行して厳正に裁く故、諸君は鉾《ほこ》を収めるよう。桐子に被った損失の半値分の資産を、桐子の屋敷から持ち去るがいい」

「「誠ですか？　半分を回収してよろしいのですか？それで破産は免れます！」」

「半値だぞ。残りの資産は、桐子ともどもえっだの森へ運び込んで没収する。えるふの軍事費に充てて人間との戦に備えるのだ。われらは、ともに桐子に被害を受けた間柄。損害の補塡は互いに折半するということで、今回は手打ちにしてくれ――」

破産を回避できた商人たちは「寛大で公平なお裁き、恐れ入りましてございます！」「どうか今後はわれらザーレの商人ギルドと昵懇《じっこん》に！」「エルフは商業を生業とするダークエルフの敵ですが、エの世界より来たりし勇者様にでしたら、いくらでも助力させて頂きます！」と家康の言葉に従うことを我先に誓った。

だが、彼らがファウストゥス邸に資産押収へと向かってなお、ファウストゥスは地面に座ったまま動かない。媚《こ》びぬ男だ、と家康はいよいよファウストゥスを気に入った。

「フン。勇者であろうともわたくしの資産を全て没収する権利が、なぜあなたに？　わたくしの資産は一から十までわたくしのものでございますよ」

「桐子よ、資産の全額維持は諦めよ。今後交易で世話になるあの者たちを鎮めねば、貴殿をわが宰相として迎えづらいのでな。ただし、残った資産は没収しない。お前に返す」

「ほう。わたくしの資産全額分け取り話は、連中を喜ばせるための嘘でしたか」

「そうだ。連中を怒らせぬように巧妙に形を変えて、密かにお前の手許《てもと》に戻す」

「ふふふ。どうやらタダで返してくれるわけではなさそうですねえ。抜け目のないお方だ」

「うむ、お前をえっだの森に宰相として雇い入れる契約金のつもりだ。良ければ、その銭を元手に破綻寸前のえるふ族の財政を急ぎ立て直し、俺が計画しているえっだの森改造計画に必要な巨額の予算を捻出してもらいたい。森を、人間や魔王軍の猛攻を凌ぐ難攻不落の要塞となすのだ」

結局、ファウストゥスに自腹を割いてエッダの森の財政再建に用いろと家康は頼んでいるのだった。破滅寸前の窮地を家康に救われたファウストゥスとしても、全財産を没収されるよりはずっとマシな誘いである。投資に成功すればさらなる利を得られる。

しかし――。

「……わたくしを、エルフ族の宰相に？　冗談もほどほどにして頂きたい。わたくしはダークエルフ族でございます。エルフ族は長年にわたる不倶戴天の敵であり、銭稼ぎを生業とするダークエルフ商人を軽蔑している者ども。なぜわたくしが協力せねばならぬのですか？」

なおも全く家康に屈しようとしないファウストゥスめがけて、セラフィナは印籠を翳《かざ》して「えー、なんでまるっきり効かないのょう？　控え、控えおろーう！」と何度も騒いだが、勇者の威光など全然信じていないこの男には予想通り全く通じない。

わたくしが頭を下げる相手は「銭」のみです、とじりじり近くに寄ってくるセラフィナを迷惑そうに手で追い払いながら、ファウストゥスは奇妙な動物を見るような目でセラフィナを睨んだ。

「わたくしは、禁断の黒魔術にどっぷりと手を染めてまで銭を稼いできたのです。わたくしの情報網がなぜどこよりも速く、かつ広範囲にわたるのか？　ええ、そうです。黒魔術を用いているからですよ」

ぐえーっ!?　噂には聞いていたけれど、ホントに本物の黒魔術師さんだったのぅ～？　はじめて出会っちゃった～とセラフィナは震えあがった。

「わたくしはエッダの森の宰相となっても、銭を稼ぐために堂々と黒魔術を使い続けますよ？　そんなわたくしを宰相に据えられますか、イエヤス様？」

「無論だ。しかしそれほどに銭に執着するのはなぜだ、桐子よ？」

「……誰にも語ったことはございませんが、わが資産を半分保護して頂いた以上、礼として話すしかありますまい。あなたは、わたくしの扱い方を心得ておられるらしい」

ファウストゥスは言葉少なに、自分の半生について述懐した。

「デ・キリコ家はもともと、魔術を探求するエルフ族の高名な貴族だったのです。勤勉な代々のデ・キリコ家当主たちは、防衛に重きを置く白魔術には限界があると気づき、攻撃力を重視した黒魔力を利用する黒魔術を探求するようになっていったのですよ」

「ふえええ。私、デ・キリコ家って聞いたことがないよ～？　それっていつの話～？」

「百五十年前に、黒魔術使いであることが発覚しましてね。以来エルフ族から追放されてダークエルフ族となったデ・キリコ家は、各地を流浪しながら細々と生きてきたのです」

「長老様が生まれた頃の話ですわね。おそらく黒魔術を使った罪で、エルフ族の記録から抹消されてしまったのですわ。長老様が伝説の語《かた》り部《べ》となった時代ならばそんなことには」

「フン、どうでしょうかねえ。黒魔術の探求はなおも続けられましたが、黒魔術の研究と実験には膨大な銭がかかります。しかも、ひとつ処《ところ》に定住すればいつまた黒魔術師だと知れて弾圧されるかもしれません。デ・キリコ家のダークエルフたちは何代にもわたり、定住地も持てない厳しい流浪生活を続けるしかなかったのですよ」

「……そんな中、あの大厄災戦争が勃発したのですわね？　それで戦争難民に……？」

「左様。魔王軍のオークたちは全身を黒魔力で満たした怪物で、白魔術を駆使するエルフや新兵器を開発して操る人間をもってしても容易には食い止められませんでした。デ・キリコ家の予感は正しかったというわけです」

先見的過ぎるのも諸刃《もろは》の剣《つるぎ》だからな、何事も時間が必要だと家康は頷いた。

「いよいよ黒魔術を極めねばならない。わたくしの父は戦火を避けて各地を転々としながら、『知識の魔術』の完成を急ぎました」

「ち、『知識の魔術』？　私、聞いたことがないよー？」

「妾もですわ。ほんとうに新しい魔術体系を研究しておられたのですわね」

「黒魔力を注入して使い魔となした特殊な蜥蜴《とかげ》たちを端末として利用し、各地の情報を一手に集めるという先進的な魔術です。黒魔術にありがちな攻撃系の魔術ではなく、情報戦に勝利するための魔術ですよ」

「情報戦を制する者が戦いに勝つ」という原理を見出《みいだ》したデ・キリコ家は、いわば大陸全土をカバーするGPS機能を、魔術によって構築しようとしていたのだ。

セラフィナが「ふええ。話が難しくてわかんないよぅ！」と頭を抱える。

当時の元老院議員たちもそのような反応だったそう

です、つまりバカ揃いでしたとファウストゥス。

「ふえええ。私はバカじゃないもーん！　そっちが頭が良すぎるだけなんだからぁ〜！」

「まあ一理あるな。俺の世界では、戦場における情報の値打ちを最初に理解し得た者は織田信長公であった。それ故に信長公は今川義元公を討ち、一代で天下をほぼ統一なされた」

「ですが、運命の日が来ました。デ・キリコ家が身を寄せていた難民の集落地が、魔王軍に襲撃されたのです。魔王軍は占領をせず、ひたすら奪うのみ。父は幼いわたくしと妹のフーケを集落から逃がすために馬車に乗せ、自身は……」

「お父上は、激戦の果てに戦死したのですわね……ご立派なお方ですわ……」

「私たちのお父上と同じ運命を選んだんだね。エルフもダークエルフも同じだね、エレオノーラぁ」

「フン、美談にしないでください。無駄死にですよ。デ・キリコ家にもっと銭があれば、父は『知識の魔術』を完成させられていました。集落地を襲われる前に魔王軍の動きを摑んで、家族とともに安全に脱出できていたのです。父は貧困故に命を落としたのですよ」

「あ、あのさ。妹さんは……？　あなたはずっと、ザーレで一人暮らしだって……」

「わたくしと妹を乗せた馬車もまた、魔王軍に追いつかれましてね。わたくしは、大量の財宝や黄金があれば、馬車から投げ捨てて魔王軍のオークどもに『お宝を拾え』と漁らせて足止めできるのにと歯ぎしりしましたよ。連中は金銀財宝に対して強欲なので。ただ——オークたちは、動いている相手を追うという習性をも持っております」

いずれかが馬車に居残り走らせ続けて囮になれば、いずれかは馬車から飛び降りて命だけは助かる。究極の選択だな、と家康はどこか遠い目で青空を見上げた。信康を失った日のことを思いだしているのだろう。

「当然、妹さんを救うために囮になろうとしたんだよね？　どうして生き延びたの？」

「妹が不意を突いてわたくしを馬車から突き落としたからですよ。『お父さんの黒魔術を完成させられるのはお兄ちゃんだけ。お兄ちゃんは誰よりも頭がいいから。だから、お兄ちゃんが生き延びて。ダークエルフ族は計算が得意だもの、結論はひとつよ』と……それが、妹の最後の言葉でした」

「……そ、そんなぁ……そんなことって？　うえええええん！」

「妾が同じ立場でも、同じ道を選んだかもしれませんわ。ですが、お辛かったでしょうね。心中、お察し致しますわ……」

「いえ、辛くはありませんでしたよ。妹の選択は正解でした。ただ、わたくしは悔しかったのです。黒魔術完成に必要な銭さえあれば。『知識の魔術』さえ完成していれば。せめて、オークを足止めするために馬車から放り投げられる銭があれば。わたくしは大地に頭を打ち付けながらオークたちを呪い、妹を救えなかった自分の無力と貧困を呪ったのです」

嘘だよ。イエヤスが死んだお子さんと奥さんのことを回想している時くらい辛そうじゃん、とセラフィナは気丈なファウストゥスのために涙を流していた。

「わたくしは、銭こそが力であり正義だというこの世の真理を悟り、直ちに己の生きる道を定めました。誰よりも銭を稼いで『知識の魔術』を完成させる。そのためならば、どんな悪にだってなる。誰だって裏切る。処刑されようが構わない。新しい家族も要らない。妻《めと》も娶らない。わたくしの家族はもう、死んでしまったのだから。銭は命よりも重いのです。銭があれば、わたくしの家族は命を失わずとも済んだのです――」

家康は、幼くして人質に出され、人攫いに誘拐されて売り飛ばされた自らの前世を思い起こしていた。主君の家康を今川家の人質にされた三河の家臣団は今川家の圧政を受け、食うにも困る有様《ありさま》で自ら田畑を耕しながら、いつか若き家康が三河岡崎城に戻ってきた時のために、健気にも銭を必死で溜め込んでいたのだった。

家康が十余年ぶりに岡崎城に帰還を果たした時、泣きながら出迎えてきた老家臣団がその隠し銭を家康に見せて「どうかご安心くだされ、この銭はみな若殿のものでございます。来たるべき時にご随意にお使いくださ い」と微笑んでくれたその時から、家康は銭ほど有り難いものはないという確固とした信念を感謝の心とともに生涯抱き続けたのである。

「……生き延びたわたくしは、ザーレの町で小さな古物商屋をはじめました。あらゆる卑劣な手を用いて銭を稼ぎ、『知識の魔術』の完成まで二十年をかけました。皮肉にも大戦は終結してしまい、オークどもへの復讐《ふくしゅう》にわが魔術と財力を用いる機会は逸しましたがね」

「だが桐子よ、魔王軍はまたやってくる」

「ええ。わたくしは可能な限り情報と銭をこの手に蓄積し、いずれ魔王に復讐を果たしたいのです。ですから対エルフ戦に向かう人間の王国に武器兵糧を売りさばこうとも、なにも感じません。わたくしは妹を救わなかった神などは絶対に信じない。銭だけが正義なのです。何人たりとも、わたくしを止めることはできない」

セラフィナもエレオノーラも、黒魔術は邪悪なものだと信じていた。しかし、デ・キリコ家が探求していた「知識の魔術」をもしもエルフ軍が手にしていれば、ワールシュタットが伏兵に討たれることも王都が陥落することもなかっただろう。

「……うう、ごめんなさい。私、ダークエルフの黒魔術って攻撃系の危険な術だと思い込んでいたよぅ……」

「よいのです王女様。事実、デ・キリコ家も当初は攻撃系の黒魔術を研究していたのです。完成すれば大陸全土が崩壊するようなものをです。『知識の魔術』の可能性に気づいたのは、その研究の最中のことでした。情報を制する者が商業においては相場を制し、政治においては外交戦を制し、戦争においては索敵活動を制することができると。当時の元老院にはいくらこの理屈を説いても通じませんでしたがね」

「長老様やイエヤス様が当時エルフの元老院にいれば、デ・キリコ家を追放することはなかったでしょうに。アフォカス家当主として過ちを詫びますわ。申し訳ございません」

「しかし桐子よ、白魔術で代替できなかったのか？」

「ええ。遠隔通信が可能な特殊な蜥蜴を生みだして自在に使役するためには、強力な黒魔力がどうしても必要だったのです。生物の魂を縛り操る真似は、白魔力プネウマにはできませんのでねえ。黒魔力カタラを用いねばならなかったのです」

ええ～それってやっぱ邪悪な魔術っぽいよね？　とセラフィナは家康の背中に隠れた。

「桐子よ。それほどの術を持ちながら、同じ町の商人たちに襲われることを察知できなかったのはなぜだ？　銭を惜しんだのか？」

「ふふ。二週間前に、ザーレの街に配置していた蜥蜴の使い魔を全て街の外へ放ってしまっていましたのでね。『物証』は既に隠蔽したと申しましたでしょう、イエヤス様」

「成る程。直接屋敷を襲撃される危機を承知の上で、よくも使い魔を街から出してしまえたものだ。豪胆な男だな。だが、百五十年も昔のことでエルフを憎むのはお前らしくない」

「確かに、逆恨みかもしれませんねぇ。今やエルフも王都を落とされて苦境に陥っておりますし。ですが白魔術と黒魔術の対立問題は、エルフの根幹に関わることですから……」

「意味がない！　魔術に黒も白も茶色も黄色もない！　役に立つかどうかが術の値打ちの全てよ！　お前の黒魔術についてごちゃごちゃ言う者がいれば、この俺が黙らせる！」

「……ほう……確かに黄色い魔術など、見たことも聞いたこともありません」

黄色い下着ならあるけどねー、とセラフィナ。

「桐子よ。俺は名家好きではあるが、人材には唯才《ゆいざい》のみを求める実利主義者だ。謀叛人の本多正信や、三浦按針《ウィリアム・アダムズ》や耶揚子《ヤン・ヨーステン》といった海外から来たイギリス人やオランダ人を高級官僚として重用した日本人の為政者は、この俺しかおるまい。全ては、海外交易と技術革新のためよ」

「異種族であろうとも、才能に応じて公平に扱って頂けると？」

「無論だ。俺と組めば、今まで以上に稼げるぞ――えっだの森政権の御用商人として、あらゆる異種族を相手に手広くかつ大きな商売ができる。どうだ？」

エレオノーラは「イエヤス様はまさしく清濁併せ呑むお方ですわ」と感嘆した。正邪にこだわる潔癖なエルフとは確かに違う。エルフとダークエルフの長年の対立そのものを家康は「意味がない」と一刀両断したのだ。

　だが、ファウストゥスは劇薬だ。森に入れれば、あらゆるエルフ要人の情報を一手に握ってしまうだろう。家康がこの男を御せるかどうかに、エルフの命運がかかっていた。

「桐子よ、えるふとの因縁を忘れろとは言わない。だが、しばし俺と世良鮒のためにお前の力と頭脳を貸してくれ。森の財政を立て直し、森を改造する予算を築き、そして」

「人間陣営の諜報及び戦場での索敵にも、わが魔術は活用できましょう。イエヤス様」

「うむ。お前がわが片腕となってくれれば、森の守りは盤石となる。俺は、えるふとはなんの縁もないえの世界の人間だ。だが、無性に世良鮒や阿呆滓が気がかりでな。俺をこの世界に送り込んだ『女神』とは関係ない。前世で似たような者を見知っているためだろう。どうにも捨てておけないのだ――」

「……成る程。イエヤス様も、前世で守りたい者を守れなかった敗北者とお見受けしました。わたくしと同じ、死ぬべき時に死に損ねた廃れ者の匂いが致しますよ。ならばこそ、わたくしが忠誠を誓うに値するお方かもしれませぬね。ふ、ふ、ふ……」

えー匂いだけでそんなことわかっちゃうの？　なんかいろいろイエヤスの秘密とか暴かれて後々やばくなりそうじゃない？　イエヤスぅ、もうちょっと慎重にさあ？　とセラフィナは危険過ぎるファウストゥスの宰相就任を躊躇ったが、家康は「この男の他に、俺が必要とする額の予算を捻出できる者はいない」と断言していた。

「よろしい、契約致しましょう。ですが、イエヤス様？　あなたがわたくしが仕えるに値しない男だと見切れば、わたくしは躊躇せずに裏切りますよ。わが望みは、あくまでも魔王への復讐ですからねぇ」

「それでいい。わが莫逆《ばくぎゃく》の友・本多正信は、一向一揆衆を率いて俺に弓を引いた。それほどの気骨と信念の持ち主でなければ、乱世の宰相は務まらん」

「では早速、豪邸と大勢の使用人を要求致します。そして賄賂を取ることを許可して頂く。さらには国庫に入る収入の数割をわたくしの個人資産として中抜きすることも」

「ぎゃあああ～！　いきなり汚職公認要求？　イエヤス以上の守銭奴だあああ～！」

「お、お待ちください！　こんな傍若無人な要求を認めては、イエヤス様も汚職仲間だと思われてしまいますわ!?」

「構わん。好きなだけ不正でも賄賂でも中抜きでもやるがよい。国庫を潤せられればそれでいいのだ。ただし桐子よ。お前の死後に、お前が墓場に溜め込んだ財産は俺が押収するからな。不正を尽くした天下の番頭大久保長安の違法蓄財は、そういう形で死後没収してやったわ」

「は、は、は。その没収した財産はどこへ消えたのです？　イエヤス様の懐に、ですね？」

「当然であろう。全部、本来は俺の銭だ」

「いやはや。生きている者から財産を没収せずに相手が死ぬまで待つとは、凄まじい守銭奴ですねえ！　あなたとは気が合いそうです。わたくしのほうが長生きすればそれで済むことですし」

「さて、それはどうかな。俺は長寿と健康のためならば命も捨てる男だぞ？」

「ふ、ふ、ふ。銭も健康も欲しいと仰る？　わたくしの上手を行く生き汚さですねえ」

「そう褒めるな、臍がかゆくなるわ。はっはっはっ！」

イエヤスぅ、別に褒められてないと思うよ～？　とセラフィナが突っ込みを入れるが、人質・誘拐・また人質という苦難続きだった幼少期にはじまり、青年期には信長の無茶振りと武田信玄の騎馬隊に振り回され、七十を過ぎてなお戦場で真田幸村の六文銭から逃げ惑っていた家康にとって「生き汚い」と言われることは褒め言葉なのである。

生きることへの飽くなき執念と忍耐力こそが、独創的な天才性を持たない家康の最大の武器なのだ。

「さて、帰路では森の改造工事を発注する相手を訪ねるとするか！　桐子もともに参れ！」

家康は、セラフィナたちにそう告げていた。

第八話

ローレライ山脈の北麓に敷かれた山道を、家康一行は西から東へと進んでいた。エッダの森への帰路を辿りつつ、人間との接触を拒んで山中のいずこかに隠れ住んでいるという伝説のドワーフの長を探す旅をも兼ねている。

「イエヤス様。ドワーフはギルド単位で山岳地帯に暮らす非定住種族で、国家を持たず、異種族から鉱山開発や鍛冶工房といった仕事を請け負いながらも決して平地に定住しようとしない自由民ですわ。習性なのか仕事なのか、すぐにあちこちに穴を掘るので、エッダの森には入れないようにしていたのですが……」

「身体は小柄で、人間の子供くらいの身長しかないんだよー。ドワーフの中に混じれば、私も巨人だねっ！」

「やれやれ。山を神聖なものとして保全するエルフ族と、大自然を天からの恵みと信じて山から山を渡り歩いて鉱脈を探し穴を掘り続けるドワーフ族とは、完全に水と油でございます。それ故に両種族は古代より不仲。大厄災戦争で共闘した時期もありましたがねえ」

「鉱山開発」という特技を持つ技能職集団を、家康が捨て置くはずがない。

「俺は江戸に幕府を開いて息子の秀忠に将軍職を譲った後、自ら駿府城に籠もり、海外貿易と鉱山開発による金銀採掘に精を入れ、この両者をつなぎ合わせることで莫大な私財を築きあげたのだ。山の民の有能さと希少さはよく知っている」

「ほほう、実に興味深い。両者をつなぎ合わせるとはどういう意味ですか、イエヤス様」

「俺は、大久保長安という猿楽師出身の怪しげな男を鉱山開発者として大抜擢した。長安は鉱山から得られる産出金銀量を一気に増産した。その金銀を海外交易に注《つ》ぎ込むことで、資産を増やしたのだ。長安は実は切支丹で、最新の製錬法・アマルガム法を知っていたのでな」

「理解致しました。今回はダークエルフとドワーフを組ませることで巨利を得るというわけですな」

セラフィナが「うーんうーん」と頭を抱える。

「その頃のイエヤスはもう六十を過ぎてたんでしょ

ー？　なんで私財を溜め込むのさぁ？」

「老後資金だ」

「いやいや、人間で六十ってもう老後っしょー。いったいなにに使うつもりだったのさ～？」

「イエヤス様は様々な薬を自ら調合されておられますわね。まさか、不死の霊薬を開発して永遠に生きるつもりだったのですか？」

「人間に永遠の生は無理だが、百までは生きられる算段だったのだ阿呆滓よ。返す返すも、鯛の天ぷらが命取りだった……結局、莫大な蓄財を使うことなく死んでしまった。まあ、今思えば別に使い道もなかったのだが」

　やっぱり吝嗇家の趣味なんじゃん！　貯蓄のための貯蓄じゃん！　とセラフィナは首を傾げたが、「いくら溜め込んでも溜め込んでも安心できぬのだ、それが銭というものだ」と家康は悠然と受け流した。完全に貯蓄中毒だねーとセラフィナ。

「桐子の資産を充てるだけでは、森の改造工事や軍備拡充に必要な予算は捻出できん。桐子得意の詐欺的な投機も、人間の王国軍を相手に商売できんのでは手間がかかるしな。故に優れた鉱山開発集団を登用し、ぶろんけん山に眠る黄金を産出する」

「エッダの森の背後を守る霊山・ブロンケン山を開発しますの？　はあ……またしても元老院がうるさく騒ぎそうですわ……」

「鍛冶技術も持っているのならば武器の生産も依頼できるし、鉱山を掘り進める技術はそのまま要塞の改造工事に役立つ。一石三鳥だ」

　エレオノーラが「この者がお勧めです」と資料を渡してきた。

「イエヤス様のお眼鏡にかなうドワーフは、ゾーイ・イルマリネン。十八歳の女性です。天才的な鉱脈師で、武具の製造にも長けている異能の才人。何よりも穴を掘る速度が他のドワーフギルドとは桁違いです。彼女は自らのギルドを率い、この広大な山脈のどこかで穴を掘って金を採掘しているはずなのですが、ドワーフは金を掘り尽くすと次の鉱脈へ移動するので探すのは大変かと思いますわ。彼女は偏屈な人間嫌いとして有名ですし……」

「憎威《ゾーイ》か。人間嫌いならばむしろ、えるふのために仕事を請けてくれるのではないか？」

「ですが元来エルフとは対立しがちな種族ですし、イエヤス様ご自身が人間ですから」

「そうなんだよー。ドワーフってば山にボコボコ穴ばっかり開けてー。モグラみたいなんだからー。ほんとに山に踏み入って探すの？　何年かかるかわからないよー？　スライムとかワイバーンが突然襲ってくるかもしれないしぃ」

「ふ、ふ、ふ。王女様、問題ありませんとも。ローレライ山脈の各地に、わたくし、使い魔の蜥蜴を配置しております。山中に紛れれば、野生の蜥蜴と全く見分けがつきません。故に緑が少ない都市部よりも、山岳地帯や森林地帯のほうが容易に情報を探索できるのです。ゾーイ殿のギルドの現在位置も特定可能ですとも」

肩に使い魔の蜥蜴を一匹乗せたファウストゥスは、馬上で水晶球を抱きながら、黒魔術の呪文を詠唱した。水晶球の中に、山脈の立体地図が浮かびあがる。ドワーフのギルド拠点が、輝く点としていくつも表示された。その中にゾーイのギルドもあった。

「ほえ～、すっごい。それが『知識の魔術』？　現地の蜥蜴たちが水晶球に情報を送ってくるの？　だったら人間陣営の情報も漁り放題じゃん！」

「人間は都市に住みますし用心深いですから、容易く蜥蜴を要所に潜入させることはできません。とりわけ皇国や王国の都は警備が厳重ですので、まず潜入は無理かと。ただし今後はイエヤス様のお智恵もお借りして、少しずつ蜥蜴を増やして網を広げていくつもりです。ちなみに使い魔の蜥蜴を一匹追加するだけで、これだけの費用がかかりますよ」

「……ぐえっ、高っ⁉　なんという守銭奴？　こんな金額支払えないようイエヤス～？」

「桐子の資産を元手に憎威に大規模投資して、大金脈を発見させればよい。それで銭を数十倍、数百倍に増やせる。ともかく戦争には銭がかかる。皇国が銃火器を封印している今、鉄砲や大砲の流通量も限られている。どわあふの技術力、なんとしても欲しい」

家康一行は、ファウストゥスが示す険しい山道を登って、ゾーイのギルドが籠もる横穴へと向かった。

道中、家康は皇国が武器の進化を止めてしまっている理由を考えたが、どうにもわからなかった。なぜなら、魔王軍はまた攻めて来るのだ。

（天下太平の世が訪れたわけでもないのに、非合理な真似をする教団だな。戦争は兵器の能力を飛躍的に進化させる。為政者として銃火器の進化と普及を恐れたのかもしれんが……魔王を討ち滅ぼさない限り、兵器の改良と増産は止められないはずだ）

家康自身も、大坂の陣を終えた後、最新鋭の大砲技術を封印して火器の進化を止めたが、それは天下太平の世が訪れたからである。事情が全く違う。

「おや？　世良鮒よ、右手の林に咲き誇っているあの青い花は、鳥兜《とりかぶと》にそっくりではないか！」

「ええ、トリカブト～？　あれは、アコニタムっていう花だよ？」

「イエヤス様、アコニタムは猛毒を含んでいるのですわ。古代のエルフは鏃にアコニタムの毒を塗って毒矢として放っていたといいます。迂闊に摘んだりしないほうが……」

「毒の花か！　間違いない、鳥兜と同系列の貴重な植物だ！　世良鮒、俺が八味地黄丸に用いていた附子とは、鳥兜の根のことなのだ！　代替植物よりも、これを直接用いたほうが良い薬ができそうだ。できるだけ摘んでおこう。世良鮒も阿呆滓も一緒に摘んでくれ」

「ぐぇ～。アコニタムって、エッダの森では栽培を禁止されている猛毒植物じゃ～ん。薬と毒は紙一重とは言うけどさ～、あっぶないな～」

「健康のためならば、俺は命を賭すのだ」

「ふう。イエヤス様の薬調合への飽くなき執念だけは呆れますわね……摘んでおきますか」

「かたじけない。これでさらに効く常備薬を調合できるようになった！」

そんな（家康だけに）嬉しいサプライズも起きた中、鬱蒼《うっそう》とした山道を家康一行がゆるゆると馬で進み、そろそろゾーイが籠もっているダンジョンの横穴に到着するだろうと思われた時だった。

「イエヤス！　なに、ぼんやりしてるのよぅ？　危ないっ！　『盾の魔術』発動っ！」

横穴の奥でなにかが光ったと家康が気づいた瞬間、家康の脚めがけて銃弾が飛んできていた。一発、二発、三発。三連弾。全て正確に一点だけを狙い、見事に命中させていた。

隣を進んでいたセラフィナが新調した杖を慌てて翳し、銃弾を弾き飛ばしていなければ、家康は腿《もも》を貫かれていただろう。頭を狙わなかったのは、あくまで警告ということか。

「みぎゃーっ！　こっち来るなー！　来るなーっ！　オレの縄張りに入るんじゃねー、人間！　オレは人間が大嫌いなんだ、人間の仕事なんか請けねー！　次は頭を撃つぞー！」

洞窟の奥から、盛りのついた雌猫のような叫び声が鳴り響いてきた。

「やれやれ。ドワーフギルドが棲み着いているダンジョンの中にまでは、さすがにわが蜥蜴も入り込んでいませんのでね。見つかれば餌にされてしまい大赤字ですから。あしからず」

「遠距離からいきなり銃を三丁持ち替えながら撃ってきましたわ。恐ろしい腕前ですわ？　イエヤス様、いったん退かれますか？」

「いや、むしろますます憎威を雇いたくなった。敵対勢力に刺客として雇われたら厄介だ。それに王国の軍勢は、騎馬兵が主体なのだったな阿呆滓？」

「はい。ヴォルフガング一世は兵を損じない包囲戦術を最上手としますが、野戦では騎馬兵を縦横に動かして敵軍の虚を突く機動戦術を得意としていますわ」

「ならば、籠城するには多くの鉄砲が必要だ。聞け、洞窟の中に籠もるどわあふたちよ！　俺の名は徳川家康！　魔王軍を倒すためにえの世界から召喚された勇者だ！　今はえるふの森を人間軍から守るために人材を集めている！　顔を出せ、仕事を発注したい！」

「うっせー！　人間とエルフの連合軍とか、ドワーフ的に最悪じゃねーか！　誰が請けるかってんだ！　バカ、バーカ！」

「……年頃の娘のはずなのに、まるきり野人だな。世良鮒？　どわあふは勇者をどう思っている？」

「わかんな～い。山の至るところに神々が満ちていると信じているから、山の恵みの金銀を掘っても感謝の儀式を行えば祟《たた》られないって感じかな？」

「要は、えるふよりもさらに素朴な種族ということだな」

「セラフィナ様が想像しておられるドワーフの種族衣

装は、大間違いですけれどもね？」

「イエヤスが人間じゃなきゃあ、『稀人《まれびと》』として歓迎してくれたかもしれないけど～」

「やはり、山の民か。山本勘助《やまもとかんすけ》や大久保長安を思いだすな。ならば、交渉の余地はある」

「そうだー！　勇者の印籠が効くかもよっ！　控え、控え、控えおろーう！　この紋所が目に入らぬかー！　勇者様の御前である！　頭が高い、控えおろーう！」

セラフィナは颯爽と三つ葉葵の御紋の印籠を繰り出して、ダンジョンの中に籠もるドワーフたちを一喝した。ちょっと～これを掲げて決め台詞を叫んでいる間は壁を張れないじゃん！　撃たれたくないよー撃たれたくないよーと気づいて涙目になりながら。

「……ケッ。んだよその勇者の証は。そんなもの出してこられちゃ、顔を出すしかねーじゃねーか。ニセモノだったら許さねえかんな。あー、眩《まぶ》しい。三ヶ月ぶりに日の光を浴びちまった。おうおう、オレがこのギルドを仕切るゾーイ様だ！　印籠なんかじゃ納得しねえ！　てめーが本物の勇者だという証拠を見せやがれ、イエヤス！」


多数のドワーフを引き連れて、自家製の鉄砲を担いだゾーイがダンジョンから家康一行の前へと出てきた。

ドワーフは小柄な種族だが、ゾーイだけは背が高い。約百八十センチという、人間の女性でも滅多に見ない高身長。頭が小さく、八頭身。口は悪いが、片目を隠してしまっているぼさぼさの髪の毛と、獣の皮からあつらえた粗野な一張羅をなんとかすれば、一国の王女にも匹敵する美少女だった。

「……がーん？　なに、この子？　私より胸が大きい、腰が細い、脚が長いっ？　うそーっ、まさか私ってドワーフの女の子よりもドワーフ体型だったのーっ？　はっ？　そうだわ！　きっと生まれた時にドワーフの赤ちゃんと王家の赤ちゃんが密かに取り替えられて……私は実はドワーフの娘だったんだわー！　エルフの王女じゃなかったのねー！　よよよ……さようならエレオノーラ、自分探しの旅に出るので止めないで～！」

「ま、待ってくださいセラフィナ様。あなたはまだ成長期ですから。二年もすれば私のようなエルフの女性らしい体型に」

「そんな見え透いた慰めの言葉はやめてーっ！　ます

ます自分が惨めになるーっ！」

「……なにゴチャゴチャ言ってんだよ、そこのちびっこ娘。オレの身長の話をするんじゃねー、ハンマーで ど頭カチ割るぞドラァ！　むしろオレと身長を交換しろやぁ！」

エレオノーラがギャン泣き寸前のセラフィナを押しとどめる中。

ゾーイは、「オランダ人の娘よりも背が高いな」と感心する家康に「うっせー！　二度と身長の話をすんなオラア！」と怒鳴りながら、自分が高身長に育った理由を語った。

「オレぁ母親はドワーフだけどよ、父親は人間なんだよ！　二人はヘルマン騎士団の傭兵として大厄災戦争に従軍しているうちに、恋に落ちてデキちまったんだってよ！　だからオレは、半ドワーフ半人間だ！　親父から遺伝したんだよ、この背の高さは！　親父はオレよりもずっとデカかった、巨人族の末裔《まつえい》かと思ったぜ！　ただし、オレの顔は母親似だかんな！」

「ほう。異種族間の子か――この世界では有り得るのか、世良鮒？」

「エルフは純血統主義だから、異種族と結婚することはまずないけれどー。他の種族間では割とあるよ？　十年前まで、異種族は一緒に戦場で戦っていたからねー。はっ？　ということは、私の実のお母さんは……ドワーフだったんだああ？　さようならエレオノーラ、今から瞼の母を求めて旅に出ますから止めないでー！　待ってて、お母さ～んっ！」

「あなたは紛れもなく先の国王陛下とお妃様《きさき》のご実子ですから！　イエヤス様とゾーイ殿の交渉が進まないのでお静かに、セラフィナ様！」

ドワーフって言うほどチビじゃねーだろおめーは、全くキャンキャンうるさい娘だ、とゾーイがこめかみに青筋を立てながらセラフィナを睨みつけた。すいません、と縮こまるセラフィナ。血筋など異種族の前には無意味。高身長、体格差、プロポーションの格差こそパワー。抗《あらが》えない。

「事情は承知した憎威。どわあふとして生きる道を選んだのはなぜだ？」

「ああ？　んなことまで、てめーに教える必要ねーだろ。穴を掘って金脈を探してる時と、山ん中でご禁制の鉄砲を密造してぶっ放している時が一番幸せなんだよ、オレは」

「その鉱山師と兵器生産の能力を、半年後に人間軍に攻められるえるふの森防衛のために用いたいのだ。新たな金脈を掘り当ててくれれば、あとはこちらにいるだあくえるふの商人桐子が、どんどん資産を増やす。恩賞も中抜きも思いのままに許すぞ」

「はあ？　ダークエルフとエルフを一緒くたにしてんのか、てめえ？　ヘンな奴だなー」

「さらに俺は、えるふの森を大改造して難攻不落となすために新たな土木工事の計画を練っている。お前たちの穴掘り能力を最大限に活かせるぞ。地下を好きなだけ掘り放題だ」

「……ほ、掘り放題……？　マジかよ。に、任期はいつまでだ？」

「俺の慎重極まる計画通りに改造工事を進めれば、千年。もっとも、まずは突貫工事で半年後の籠城戦に必要な最低限の改造を優先する。だが、完璧を期した要塞都市を完成させるには、工事は千年続くだろう」

「はあ？　千年？　そんなべらぼーな予算、おめーに支払えるわけねーだろーが！」

うげー千年も工事するってどんだけ鉄壁にしたいのよ、いくらなんでも慎重過ぎるでしょとセラフィナが呆れた。

「幕府開設後、江戸そっちのけで駿府に銭を溜め込み続けた俺の利殖術を信じろ。人間の皇国は、異種族との対立が足枷《あしかせ》となって、自由な利殖活動を行えていないと見た。無限に銭を稼いでくれる銃火器の封印なども悪手の見本よ」

「まあ、異種族を亜人扱いする人間族と一蓮托生《いちれんたくしょう》の大商売をしようなどという偏屈者は、わたくしのようなはぐれ者くらいですからねえ」

「うむ。故に自由都市のだあくえるふ商人が幅を利かせているのだ。この大陸で俺と桐子とお前が組めば、桁外れの蓄財が可能になり、千年間どわあふを雇える財力も手に入る。ただし、半年後の人間軍の攻勢を凌げればだがな」

「それじゃあ千年、ダンジョン掘り放題……話十分の一としても百年。オレの一生分。マジかよ」

ゾーイは一瞬、家康の言葉に乗せられかけた。

終戦後、皇国が異種族との共闘路線を捨てて極端な「人間主義」を再び掲げたため、ドワーフギルドの経営は年々苦しくなっている。人間からの仕事の直接発注は減り、しかも人間以外の異種族がことごとく衰退し続けているため、大規模な仕事の発注は滅多にない。

さりとてダークエルフ商人に仲介を依頼すれば、足下を見られて膨大な手数料を奪われる。近年では、ギルド同士が鉱脈を奪い合って衝突するという問題も増えていた。

「……おっかさんから引き継いだギルドだ。オレの代になって仲間たちを飢えさせたくはねえ。半人間にはドワーフギルドの運営は無理だったとは言われたくねーしな。だがイエヤスさん、あんたが真の勇者だという証拠を見せてくれなきゃな！　鉄砲は扱えるか？」

「当然だ。えの世界では、鉄砲こそが戦の主力兵器だった。俺は稲富流《いなとみりゅう》砲術の達人でな、生涯鉄砲撃ちの稽古を続けていた」

「ふーん。だったら、仕留めてみな。この山にいる『主《ぬし》』をよ。あいつは、至近距離から急所を撃ち抜かねえと倒せねえ。食い殺されるのがオチだと思うぜ？おめーがあいつを仕留めりゃあ、おめーを真の勇者と認めて百年でも千年でも仕事を請けてやんよ！」

山の主か。エの世界ならば熊か猪《いのしし》だろうが、ぬっへっほうや翼竜が跋扈《ばっこ》するこの異世界ではどんな怪物か想像もできん、と家康は迷った。エレオノーラたちにさりげなく「正体を教えろ」と視線で補佐を求めたが、エルフ族にはローレライ山脈の奥深くまで踏み入った経験はなく、知らないらしい。

だが、山中に多くの蜥蜴を配置しているファウストゥスだけは、主の正体を知っていた。

「見ればわかりますよ、なにしろ大きいですからね。ちなみに急所は額にあります」

急所の位置がわかっただけでも僥倖《ぎょうこう》だろう。

「おおー、やったじゃーん！　弱点判明だよイエヤス、これで勝てる勝てるぅ！」

楽観的なセラフィナがまたまた安請け合いをはじめたと呟きつつも家康は、

（俺は慎重な男。迂闊にこの異世界の猛獣と戦わないと決めたが、ゾーイのギルドを雇い入れねばエッダの森は危うい。急所の位置さえ判明すれば、あとはわが

稲富流砲術を用いて撃ち抜けばよかろう）

と決断していた。

「ほーん、本気でやんのか？　おめー、意外と度胸あんじゃん！　それじゃ、さらに山の奥へ入るぜー。崖から落ちたら死ぬから、馬から下りておけよー。あと、主を誘《おび》き出《だ》す餌が必要だな。猛獣の肉が一番いいんだけどよー。ギルド暮らしも楽じゃなくて、生憎《あいにく》干し肉を食い尽くしちまっててさ！」

「……旅の道中で食べるために持参した、ぬっへっほうの干し肉がある。世良鮒が厳選した薬草を染み込ませてあるので、百日間は腐らない。獣への餌に使うのは惜しいが、一枚だけなら……一枚だけなら……くううっ。これも憎威を雇うための代償……」

「主」を相手にする自分の命より、干しスライム肉一枚を家康は惜しんでいた。

「イエヤスってばそんなにもったいないなら出さなきゃいーのに。そもそもスライムはいくら肉片を削ってもすぐ再生するんだから、ケチる意味ないじゃん？」

セラフィナにまた呆れられた。吝嗇が身を守るということを幼いお前はまだ理解できぬのだと家康はうそぶいた。

「おおっ、なんだそりゃあああっ？　その匂い……くんかくんか。それスライムかっ？　おめースライム食ってんのかっ？　あれって食えるの？　なんかすっげー美味しそうだから、オレにも一枚くれよ！　道案内の手間賃だ！」

「……う、うむ。は、半分だけなら……一気に二枚も失うのは惜し過ぎる……もったいない……頼む憎威、半分だけで我慢してくれ。武士の情けだ」

「こら待てやぁオッサン！　千年オレたちを雇う男が、なんで干し肉如きでそんなケチ臭ぇんだよっ？　やっぱてめー、偽勇者なんだろーっ？」

「一括で千年分を払ったら、胃が破れて血を吐いて死んでしまうではないか。しかし千年に分けての割支払いならば、俺が感じる痛みは千分の一。かつ寿命を逆算すれば、俺が支払いを目の当たりにする期間はおおよそ百年分で済むから、かろうじて耐えられる」

「はあ〜、なに言ってんだ？　隙あり、一枚もーらいっ！　うっ……うめーっ？　なんだこれっ、あの超気持ち悪いスライムがこんなに美味だったなんて！

ギルドの仲間たちにも食わせてやりてえから、ドーンと百枚くれやあイエヤスの旦那！」

「百枚っ？　ぐはっ……胃が、胃が……！　絶対に断る！　なにゆえ俺がそんな大盤振る舞いを？　切腹して死んだほうがましだっ！」

「んだよう、ケチな狸親父だなあ。んじゃ、仕事は請けねえからなーっ！」

「ま、待て。どうだろう憎威。一日一枚ずつ、百日分割で頼む……それで、俺が一日に感じる胃の痛みを百分の一に軽減できる」

「だーっ！　おめー、ほんとに勇者なんだろーなっ？　死んでも責任取れねーぜ？　ドワーフ族の伝承じゃあ、『主』を倒せる者は伝説の勇者だけだって言われてるんだぜ？」

エレオノーラとセラフィナは「どこまでも吝嗇ですわね」「ほんとうにドケチだね」と顔を見合わせたが、商人のファウストゥスだけは「ああ。この見苦しいまでの吝嗇さ、この浅ましき富への執念。イエヤス様の感性は、銭の値打ちを知らぬ凡百の王侯貴族とは全く違う――わたくしと同じ守銭奴の匂いが致します。よき主君に巡り会えました」と家康の吝嗇ぶりに甚《いた》く感服している。

類は友を呼ぶとはこのことですわね……と、エレオノーラは思った。


一行が山の奥へ奥へと進むこと、およそ一時間。

どんどん山道は険峻《けんしゅん》となり、一同は蔦《つた》を用いて険しい崖を降り、小川が流れる沢に到達。

そこでようやく、スライム肉の香りに釣られてきた「主」と邂逅《かいこう》した。

「……グオ……グオオオオオオッ!!」

それは、信じがたいほどに長く太い二本の犬歯を持った、巨大な虎だった。サーベルタイガーの一種で古代に繁殖したスミロドンに近いが、遥かに大きい。その体高は十メートルを優に超えていた。この世界では名はない。ドワーフたちから「主」とだけ呼ばれている。まさしく、ローレライ山脈の王者に相応しい巨獣だった。

人間如きが縄張りに入ってきたことに猛《たけ》り狂《くる》う「主」と相対しながら、（やはり猛獣と戦ってはならなかった）と家康は膝を突いて鉄砲を構えつつ、三度も同じ過ちをやらかしてしまった自分の若さを悔いた。七十五年生きて身につけた慎重さも、二十歳の肉体ではどうしても制御しきれなくなり、セラフィナに「行けるって！」と煽られる毎についつい蛮勇を奮ってしまう。

それに――逃げたくとも今さら逃げられない。背後では、セラフィナが失禁しかねない勢いで怯え、エレオノーラに抱きついていた。ドワーフのダンジョンに仲間を置いてくるのも心配だったので連れてきたが、全員で来るのではなかった、迂闊だった、と家康は引き金に指をかけながら悔いた。

だが、ゾーイから渡された鉄砲の意外なまでの高性能ぶりを、すぐに家康は悟った。

（ふむ。この銃、種子島と構造はほぼ同じだが、長筒部分が軽量でしかも重心が安定している。各部品に僅かな狂いもない。完成度は種子島より遥かに高い。使えるぞ）

達人故に、武具を手にしただけで理解できることもあるのだ。

「グオオオオオオッ！」

「ギャ――――――？　いやあああ？　なにこれ、なにこれええっ？　嘘おおおっ、こんな怪物がジュドー大陸にいただなんてええっ？　死にたくない、食べられる、死にたくないっ！　うわ、めっちゃ俊足ッ？　馬も置いてきちゃったし、逃げられないようエレオノーラぁ？　今度生まれ変わってきたら、また姉妹になってくれる？　愛していたわーっ！」

「セラフィナ様、お静かに！　あなたのそのカン高い悲鳴は、イエヤス様の集中力を乱します！　妾がこの周辺の樹木を急成長させて、足止めしますわ！『解放の魔術』！」

「ダメじゃーん！　この一帯は河川敷《かせんじき》で、草が生えてないじゃーん！『盾の魔術』！　って、プネウマが薄くて私のポンコツ技術じゃ壁が張れない？　高度が高過ぎるんだあ！」

「成る程、蜥蜴から送られてくる映像と実物は大違い。この怪物は智恵深く、そして桁外れに強い――おそらく数百年を生きた猛虎族の生き残りでございます、イエヤス様。猛虎族の急所は額。恐ろしく頑強な頭蓋骨を持ちますが、夜間のみに用いる『第三の目』を格納している額の部分だけは薄いのです。銃弾が額を貫き脳まで到達すれば――」

あわわ、こんな時は穴だ、穴を掘って隠れるんだ！ と足下に高速で鶴嘴《つるはし》を振り下ろしていたゾーイも、「オレの早掘り技でも間に合わねえ」と悟って鶴嘴を手放し、鉄砲に持ち替えていた。

「だーっ！ こんな至近距離から『主』に突進されるなんて、オレにも経験ねーっ！ ほんとに勝てるのかよ、イエヤス？ オレも加勢するぜ！ このままじゃ全滅しちまう！」

「憎威、加勢は無用！ この獣は、われらが逃げ場のない崖下の死地に降りるまで待っていた。想像以上に利口だ！ 最初の一撃を外せばもう二度と額には当てられん！ 機会は一度、俺が仕留める！ 南無八幡大菩薩！」

家康に砲術を伝授した稲富流砲術の達人・稲富祐直《すけなお》は「臆病者」として知られていた。鉄砲の弾が当たっても死なないように、機動性を捨てて戦場で甲冑を二つ重ねて着込んだこともある。朝鮮に攻め入った時には、虎を鉄砲で狩る「虎狩り」に参加したが、稲富の放った銃弾は虎に命中せず、いよいよ失笑を買った。

関ヶ原の合戦でも、主君細川忠興《ほそかわただおき》の妻ガラシャが人質に取られることを拒否して家臣たちに自分を介錯させた後、殉死すべき稲富は切腹せずに逃げだした。

愛妻家の細川忠興は、当然激怒した。

他家への仕官も禁じられた稲富は路上で餓死する他はなくなったが、この男の砲術の神髄は「敵を殺す」ことではなく「どんな手を用いても生き延びる」ことにあると、戦国でただ一人稲富流砲術を正しく評価していた者がいた――そう、慎重なる男。生き延びるためにあらゆる武術を修行していた男。

徳川家康である。

「稲富は虎を撃てなかったのではない。敢えて虎を撃たずに死の目前まで相手を見極めるという命懸けの実地訓練を行ったのだ、虎を相手に。どれほど周囲に笑われようとも、砲術を完成させるために恥を被ったのだ」

家康は絶体絶命の死地に追い詰められた今、稲富流の極意を思い起こしていた。走馬灯のように、稲富祐直と過ごした修行の日々を回想しながら。

「あの男が、細川家から追われることを承知の上で炎上する細川邸から逃げたのも、己の砲術を完成させんがため。あの、生き延びて術を極めんとする武芸者としての性が、なんとしても生き延びて天寿を全うせんとする俺にぴったりであった。そして稲富は、俺に仕官することでついに完成させた。目を閉じて気配を察知し、相手の急所を撃ち抜く『無明《むみょう》打ち』を――――！」

実戦で用いたことはない秘奥義。今こそ用いる時、と家康は小さく頷いた。ちなみに胃腸のほうはもう危機的状態である。

「ぎりぎりまで敵が迫ってくる恐怖に耐えるのだ。目を閉じることでより長く耐えられる。距離が縮まれば、命中率は高まる――――！」

家康は目を閉じながら、「主」の額を最短距離で撃ち抜くために敢えて耐えた。確実に当てられる距離に「主」が迫るまで、超人的な胆力を発揮して待った。

セラフィナが「嘘っ？　なんで撃たないのっ？　撃ってイエヤスううう！　頭から囓られちゃうよう！」と叫ぶ。

「慌てるな。肉眼よりも、気配。考えるよりも、感じる。これが稲富流砲術の神髄よ」

家康がかっと目を見開いた時には既に、鼻先まで迫っていた「主」の額を家康自身が放った銃弾が轟音《ごうおん》一閃《いっせん》、見事に撃ち抜いていた。

「主」の巨体が、家康の目前でどさりと崩れ落ちた。既に事切れている。

さすがにこれほどの強敵に手加減はできなかった、許せ、と家康は合掌していた。

「ぐえ～っ!?　どどどうやったのイエヤスっ？　頭を囓られる寸前だったよねっ？　目を閉じていたのに、いつ撃ったのっ!?」

「魔弓ヨウカハイネンを撃った時も目を閉じていましたが……素晴らしい神技でしたわ！」

「マジでっ？　うおおおおっ、一撃で『主』を倒したあああっ？　すっげえええええっ？　おめー、本物の勇者じゃんっ！　おめーの仕事、請け負ったーっ！」

「…………………」

「あんだよ？　おめー、『主』を倒したのに落ち着いてんなーっ！　イエヤスの旦那！　オレぁ、あんたの

糞度胸《くそどきょう》が気に入った！　砲術の弟子にしてくれよー
う！　あ、山を下りるのは少し後にしてくれっか？
『主』を山の神のもとへ返す儀式を仲間たちで開くか
らさあ！　要は、宴会だーっ！」
なんという恐ろしい時間であったか。いかん、腹が
猛烈に痛い。今迂闊に立ち上がったら確実に漏らす。
どこかに厠《かわや》はないかと、家康は脂汗を流しながら内心
呟いていた。

夜が更けた。
星空の下、「主」の最上部位の肉を祭壇に供えて山
の神に捧げながら、ドワーフたちが焼いた「主」の肉
を食べて酒を飲み歌い踊る、儀式という名の宴《うたげ》。
家康に懐いたゾーイが、はじめて人間に自分の過去
を語っていた。なぜ人間嫌いになり、山中深くに横穴
を掘ってドワーフの仲間とともに巣ごもりしたのかを。
「親父のデニスは人間で、とある村の猟師だったんだ
けどさ、巨人のような鋼の肉体と鉄砲の腕を買われて
傭兵部隊に参戦したんだ。おっかさんのカチャはギル
ドの長を務めるドワーフで、魔王軍への義憤から塹壕《ざんごう》
や城塞を建てる建築技能集団を率いて同じ傭兵部隊に」
「母上は鉄砲の鋳造が得意で、父上は鉄砲の名手。鉄
砲話が好きな二人は、倍ほどもある身長差にもかかわ
らず、気が合ったのだな。そして戦場で二人は恋に落
ち、そなたが生まれたわけか」
「ああ。でもよー。戦争が終わったら人間の皇国が掌
返してよー。『人間主義』がどうとか言いだして、人
間と異種族の共存は教義が許さないと宣言。人間族の
町や村に異端審問官を派遣して、異種族を狩りはじめ
たんだ。糞野郎どもだぜ、全く」
「憎威、それでそなたは幼くして父上と別れ、山中の
母上のもとで育てられたのか」
「まあなー。山暮らしのほうが性に合ってたしさ。た
だ……一度だけ人間の村に行っちまった」
異端審問官に見つかったら危険ではないのか？　と
家康。
「まあな。でも、おっかさんが急な病に倒れて危篤に
陥ったからなー。オレは親父が暮らす村へはじめて駆
け込んだんだ。おっかさんはもう助からねえけど、せ
めて親父がおっかさんに最後に顔を見せてくれたら

と……すげえ会いたがっていたからよ」

「そうか。ご両親を会わせることはできたのか？」

「できなかったよ。『俺ぁ、百発百中を誇るヘルマン傭兵デニス様だぜ！　ドワーフのガキなんぞ持った覚えはねえ。ドワーフの妻なんぞもいねえ。帰れ糞ガキ！　二度とたかってくるんじゃねえぞ、俺ん家には財産なんかこれっぽっちもねえんだ！　山に籠もって穴でも掘ってやがれ！』って怒鳴られて、殴り飛ばされて村から追い出されちまった」

ゾーイは、「山に戻ったら、おっかさんは息を引き取っちまっていた。最悪だったぜ」と哀しげに頭を抱えていた。

「オレは叫んだぜ。人間なんて大嫌いだ、バカヤロー！　二度と人間の里には戻らねえ、オレはドワーフだ。ドワーフとして誇り高く生きてやる、山ん中に穴を掘りまくって大陸中の金銀を掘り尽くしてやるんだ、もう人間とは絶対に顔を合わせねえ！　ってな」

母カチャは最後まで、人里へ下りていったゾーイになにか言い残そうとしていたが、どうしても聞き取れなかったのだという。


ゾーイは「オレぁ半分人間だからよ、一人で新しいギルドを造るさ」と遠慮したが、仲間たちに「お前は立派なドワーフだ！　カチャの姉御にそっくりじゃねえか！」と推薦されてギルド長の地位を継ぐと、カチャの葬儀を盛大に行った。以後、ゾーイは若くして天才鉱山師としての才覚を現していった。

「でもよー。皮肉にもオレの身体は親父似で、身長は見ての通りどんどん伸びちまって、ドワーフには見えなくなっちまった。鉄砲を撃つ才能も親父譲りだしよ。忌々しいぜ！」

身長の話はセラフィナには言わぬほうがいいぞ、泣いて羨ましがる、と家康はこっそりと忠告した。

「そういうわけでオレは人間が嫌いなんだよ。結局両親の死に目に一度も会ってねえ親不孝者さ。親父には今でも糞ムカついてんぜ。ほら、『主』の股肉《ももにく》だ。食えよ旦那」

「……憎威よ、お前はまだ若い。お前の父は、お前を救うために敢えてお前を殴り飛ばし罵倒したのだ。気が短いお前が村を巡回している異端審問官とやりあえば、お前は大変な目に遭っていただろうからな――父親の愛情が、お前を守ったのだ」

「ハア？　マジかよ？　だったら他に言い方あんだろ。ガチで殴らなくてもいいだろ」

「全てはお前が異端審問官に目をつけられぬための芝居だ。真の愛情と確固とした勇気があれば、わが子を救うためならば親はなんだってやるものだ。お前の母親の遺言も、想像はつく。お前の父を許してやれと言いたかったのだろう。お前が里でどういう経験をするか、お前の母は痛いほどわかっていたのだ。

「……イエヤスの旦那は、オレより少しばかり年上なだけだろ？　なんでいい歳した大人の考えてることがわかんだよ？」

「わかるとも。こう見えて、俺はえの世界ではずいぶんと長生きしたからな」

「ドワーフの考えてることもわかるのかよ？」

「山の民とは付き合いが長い。俺の一族も、下克上に乗じて武士に成り杲《おお》せてはいたが、もともとは奥三河の山奥から里へ下りてきた山の民だ。俺が生まれた奥三河の鳳来寺山《ほうらいじさん》から望む風景は、このあたりによく似ている。山や森を見ると心が落ち着くのだ」

「はーん。変わった人間だなぁ、あんた」

「よいか憎威。俺よりもお前の父親のほうがずっと勇敢な男なのだ。俺は、異端審問官よりも恐ろしい信長公から妻子を守れず、二人とも死なせてしまった。母親がはじめた謀叛の企みに巻き込まれながらも母を庇う息子を、殴り飛ばす勇気を持てなかったからだ」

「……妻が息子を巻き込んで夫から謀叛しようとすんのかよ。すげーな、エの世界の人間たちは」

「うむ。しかしお前の父親は、全力でお前を殴り飛ばすことで妻と子を守り抜いたのだ。見事な男だ。俺の家臣に欲しかった」

「……マジかよ。そっか。そうだったのか……オレは、そんな親父の気持ちを汲み取れないまま、ずっと一人で恨んでいたのか……親不孝だな……オレってバカだよな……ぐすっ」

「お前もいずれ夫を持ち子を持てばわかる時が来る。鉱山開発も重要だが、えるふの森を人間軍から守り抜くための改造工事は、穴掘りを得意とするお前のぎるどでなければ間に合わん。頼むぞ」

おおおオレは結婚とか出産とかそーゆーガラじゃね

ーよっ！　とゾーイは真っ赤になって慌てた。思わず焼き肉を通した串を手から落とし、家康が「もったいない！」と青ざめながらその串を受け止めていた。

「鉱山開発、改造工事に加えて余裕があれば鉄砲の生産も請け負ってもらう。半年でどれほど準備できるかが勝負になる。俺の予想では、人間軍の攻撃に耐え抜くうちに、いずれ暗黒大陸で魔王軍が再始動したという情報が飛び込んでくるだろう。それまで耐久できれば、再び人間と異種族の連合はなる。俺はその時を待ち続ける。忍の一字で」

「人間との再連合は気に食わねーが、オレは師匠に乗るぜ！　あんたはガチでマジの勇者だ。イエヤス師匠なら『人間主義』なんぞを掲げる皇国の鼻っ柱を折って、いろんな異種族が一緒に暮らせる世を取り戻してくれるよな！　よーし、やるぜーオレはっ！」

家康の手を摑んで振り回し、盛り上がるゾーイ。その二人の微笑ましいやりとりを背後からじ～っと無言で眺めていたセラフィナは、エレオノーラの耳元に呟いていた。

「……ちょっとちょっと。イエヤスって高貴な女性より、庶民的な女の子のほうが趣味らしいんだよ～。最初の奥さんが気位が高くて苦労したからだって。わ、私は別に焼き餅とか焼いたりしてないけどぉ、なんとなーく誇り高きエルフの王女として屈辱じゃん？」

「くす。あの目は、完全に孫を観る翁《おきな》の眼差《みざ》しですよセラフィナ様。まあ、今のところセラフィナ様もイエヤス様にとっては孫、あるいは孫以下のなにかでしょうけれども」

「どういう意味よーっ！　孫以下ってなにがあるのよーっ!?　赤ちゃん？　私ってば赤ちゃんなの？」

「まあ、良ければ赤ちゃん。悪ければキャンキャンとうるさい愛玩動物といったところですわね。あまりにアレなので、保護欲をうっかりかき立てられてしまうのですわ」

「それはエレオノーラ、あなた個人の感想よねーっ!?」

「なにを騒いでいる世良鮒。早く『主』の肉を食え。焦げると堅くなるぞ、ほら」

「わかってるわよー。あーん。あむっ！　ふはぁ～、スライムとはまた違った堅い赤身が嚙み応え抜群で、美味し～い！」

「口で直接食いつくな。きちんと手を使え。犬か、お前は」

「……やっぱり愛玩動物扱いされていますわ。餌付けされている……」

気づけば、三度も猛獣と自ら戦ってしまった、俺ほど慎重な男がこういう危険を三度も冒したのは手練れの「護衛役」が不在だからだと家康は「主」の肉を齧りながら反省した。

「阿呆淬よ。いつ人間側の刺客が俺を襲うかもしれん。服部半蔵や柳生宗矩の如き強者を常に侍らせておきたい。その者が、蜥蜴にはできない高度な諜報活動を行える集団を束ねていればなお望ましい。そう、やはり俺には『忍者』が必要だ」

「既に長老様も推挙されておられますが、かつて大厄災戦争で暗殺や諜報を生業としてきた呪われた種族、クドゥク族しか適任者はおりませんわね。外見は人間によく似ていますが童顔早熟で、十二歳程度で成長が止まります。その小柄さと恐ろしい敏捷さを活かし、人間の子供に化けてどこへでも侵入し、各家系毎に遺伝修得した謎めいた技を用いて実にいい仕事をいたしますの」

「うむ、明らかに忍者の類いだな。だが、どこにいるのかわからぬのだったな」

「ふ、ふ、ふ。連中はかつては小さな王国を持っていましたが、エルフ同様に大厄災戦争で魔王軍に王都を奪われ、今は四分五裂してそれぞれ流浪の民となっております。皇国から『毒使い』『悪魔の種族』と忌み嫌われて定住地を得られぬ彼らは、銭さえ払えば容易に雇用できるでしょう。ですが、迂闊に関わるといつ寝首を掻かれるかわからない危険な連中ですよ？」

「……桐子よ。雇った者に寝首を掻かれることを恐れるくらいなら、そもそもお前を雇わん。如何なる異種族、如何なる外様《とざま》であれ、俺は自分の一族郎党同様に扱い使いこなしてみせる。個人的な武術などよりも、人心掌握こそが俺の最大の武器だ」

「ほう。将に将たる者だと自ら仰る？　その秘訣は？」

「『われ素知らぬ顔をすればみな郎党の如く働けり』。才覚さえあれば、よそ者であろうがどんな過去を持とうがどんな野心を抱こうが、一切見て見ぬふりをする。さすれば、後ろ暗い立場の者はいよいよ才覚を発揮して熱心に働くというものだ」

「ふ、ふ、ふ。素知らぬ顔ですか！　イエヤス様はなかなかの腹黒でございますな。さすがはわが主君、はははは！　ならば、わたくしも遠慮なく賄賂を取ってたっぷり稼がせて頂きましょう。いやはや、実に奇々怪々な政権になって参りましたねえ」

「えの世界でもそうだった。家臣でありながら一向一揆に奔って俺に弓を引いた本多正信。甲斐の猿楽師だった大久保長安。その正体は本能寺《ほんのうじ》で織田信長を討った明智光秀と噂される怪僧、南光坊天海。服部半蔵に率いさせた伊賀甲賀忍者。大和《やまと》の柳生荘で剣の道を追求しながらも裏柳生という忍びの一面も持っていた柳生一族。日本に漂着したイギリス人の三浦按針。大久保彦左《ひこざ》たち古い三河家臣団は、俺が妖怪の親玉になってしまったと嘆いていたものよ。昨日のことのように思いだすな」

　武力だけでは天下の統一とその維持は難しいと悟った後年の家康は、一芸に秀でた奇人怪人を続々と手許に集め、駿府を中心に妖怪百鬼夜行の如き外様軍団を結成した。

　江戸の幕閣たちが老いた家康を「大御所様」と呼びその死の瞬間まで恐れ続けたのは、家康が人材を用いる基準が通常の大名とは全く違っていたからだった。

　もっとも、このような「唯才人事」は宣教師から譲られた黒人のヤスケを武士として取り立てたことをはじめ、なにもかもが八方破れだった信長の模倣なのだが、模倣元を徹底して模倣し、ついにはオリジナルを超えてしまう執拗さが家康にはあった。

「ふむ、実に合理的ですな。あらゆる異種族があなたのもとに集えば、十二分に人間に対抗し得ます。ですが、エルフ族との間で軋轢が生まれなければよいのですがね」

「やむを得ん桐子。なにしろ異世界では、俺には生まれながらの郎党がいない。しかも、人間の皇国は俺を異教徒扱いし裁判にかけようとしている。故に全ての異種族がわが郎党だ。だが、なにを成すにもやはり忍者が欲しい――俺が命を落とせばそこで終わりだからな。そう何度も今日のような僥倖は続かない」

「ふ、ふ、ふ。クドゥク族を郎党の如く働かせる自信がおありですか？」

「直接会ってみねばわからん。反骨の相の持ち主ならば、俺にも使えん」

セラフィナは（クドゥク族って毒使いとか呪われた殺し屋一族とか言われているけど、ほんとに雇うつもりなのかなー？　森が大騒ぎになりそうだけど）とほかほかの肉を囓りながら目映い星空を眺めていた。

「おーい王女サン、オレのおごりだ。イエヤスの旦那は肉の食い過ぎは胃に悪いから、野菜と川魚が欲しいってよ！　というわけで余った肉を食えよ〜もっと食えオラッ！」

「もぐもぐ。まだ呑み込んでないから、ちょっと待って〜！　エルフって小食だしい。ドワーフはいくらでも食べられるんだね、胃袋とかどうなってるの〜？」

「あははっ！　オレたちは食い溜めできるんだよ、真冬の極寒期はダンジョンに巣ごもりして半冬眠すっからなー！」

「ふえ〜。冬眠！　なんだか面白そう。私もやってみたいなあ〜木の実とか集めるの？」

「王女サンはエルフらしからぬ気さくな奴だな、気に入った！　肩を組んで踊ろうぜー！　って、そこの目つきの悪い氷のエルフ？　あんだよ。なにか言いたいのか、ああ？」

「……いえ別に。セラフィナ様と肩を組んで踊る資格を持つ者は幼馴染みの妾だけですわとか、その泥に汚れた手でセラフィナ様に触れないでくださいませんか不潔ですわ、だなんて考えておりませんわよ？」

「言ってんじゃねーか！　言ってんじゃねーか！」

「あら失礼。セラフィナ様のことになると、妾はどうにも口が軽くなってしまいますの」


一ヶ月に及ぶ旅行を終え、商人ファウストゥスとゾーイ率いるドワーフギルドを加えてエッダの森に帰還した家康一行は、「えええ、橋を渡れない？」と声を上げていた。

森に入る吊り橋の前に、約二百人のクドゥク族が、キャンプ地を構えていたのである。

彼らはファウストゥスが各地に放っている使い魔の監視すらすり抜けて、一晩のうちにエッダの森の入り口に集結していた。理由は「仕官願」である。家康が異種族から人材を漁っていると知って、家康の帰還にタイミングを合わせて駆けつけてきたのだ。

「ふえええ。あっちから来てくれたおかげで、探す手間が省けたねぇイエヤスぅ！」

「うむ。各地に散っている同族の間で、情報を共有しているのだろうな」

「ほほう。わたくしのように黒魔術を用いるわけでもあるまいに、どのようにして？」

「クドゥク族には、一角馬よりも速く走る能力を継承している者もいるそうですわ。そういう者を伝達係に用いて、連絡を取り合っているのでしょうね」

その事実だけで、家康はクドゥク族の「忍者集団」としての能力を認めていた。

第九話

「……勇者様。ぼ、僕はクドゥク族の王子イヴァン・ストリボーグと申します。先の大戦で国が滅びて以来、一族を率いて大陸を流浪してきました。異種族を集結させて人間と戦おうとしておられるとのお噂を伺い、仕官願に参りました」

クドゥク族は黒髪黒目を特徴とする種族で、人間から派生した比較的新しい種族だという。一見すると人間とほぼ見分けがつかないが、子供時代に成長が止まるために「子供だけの種族」と呼ばれている。年齢を重ねれば生殖能力を得られるが、外見は十二歳前後のまま老いない。

(……十二歳のまま老いぬとは、驚いたな。前田利家殿がおられたら、「死ぬまで肌がお餅のようにすべすべなのか!?」と泣いて喜んだであろうな)

テント内に家康一行を招いた亡国の王子イヴァンは、見た目は十歳ほどの見目麗しい少年だが、実年齢は十八歳だという。クドゥク族としても早めに成長が止まったらしい。クドゥク族の民族衣装である褐色のローブに小柄な身体を包んでいるその姿のせいか、夜間でも視力が利く「夜目」の持ち主だからか、彼らは「砂漠のスカベンジャー」とも「闇の暗殺ギルド」とも言われている。また、「行く先々で災いを招く一族」という悪名も。

「ちょっと〜っ？　暗殺ギルドのボスだと聞いていたのに、星の王子様みたいに美しい！　かわいい！　なにこれ、この世の生き物なの？　ほっぺたぷにぷにしていい？」

「……あ、いえ、それはちょっと……僕、子供じゃないです……」

イヴァンは、無表情で感情の起伏に乏しい少年だった。常になにかに怯えていて、触られるのが苦手らしく、人との距離が近いセラフィナに絡まれて困惑している。

「セラフィナ様、はしたないですわよ。暗殺の民と恐れられるクドゥク族を森へ受け入れることに元老院議員たちは大反対しているそうですが、どうしますのイエヤス様？」

「射番《イヴァン》は、小姓時代の井伊万千代《まんちよ》によく似ている。万千代は関ヶ原で銃創を負って若死にしたが、徳川四天王最年少の武辺者であった。射番よ。そなた、武芸は嗜《たしな》むのか？」

「……は、はい……僕たちは小柄さと敏捷さが売りですから。暗殺、諜報活動、要人護衛が得意分野です……個人個人が、それぞれの家系に遺伝する異能力を持っているんです」

予め家康はエレオノーラからクドゥク族についてのレクチャーを受けていた。

大厄災戦争では、それまで「われらの異能力は他の種族に恐怖と疑惑を生む。決して歴史に介入するまい」と誓い慎ましく目立たずに暮らしていたクドゥク族も、大陸諸種族の危機を前に立ち上がったという。

このためクドゥク族は魔王軍の大攻勢を受けて本国を失陥し「流軍」となったが、ヘルマン騎士団長ワールシュタットに騎士団付きの傭兵部隊として雇われ、神出鬼没を誇るゲリラ戦のエキスパートとして大いに活躍した。

だが、クドゥク族が大陸支配を窺っているという内容の「偽書」が大陸に流布されたため、騎士団との契約は打ち切られた。以後、「人間主義」を掲げた皇国はクドゥク族の弾圧を開始した。彼らの圧倒的に高い暗殺技術と諜報技術を恐れたのだ。

四分五裂したクドゥク族の中核グループは、幼い王子イヴァンのもと、その場限りの汚れ仕事を請けつつ各地を転々としてきたのである。

種族を問わずエッダの森に人材を集める勇者家康の登場は、そんなクドゥク族にとって渡りに船と言っていい。

「……言葉よりも、実戦でお見せするのが早いかと。体術を少々、お見せします。勇者様」

「うむ。そなたの特技を披露してみせよ。俺は忍びに目がなくてな。是非とも見てみたい」

「僕の身体能力はエルフやドワーフをも凌駕します。手加減はできませんので、ご注意を」

「俺もさんざん鍛えているし、『女神』から勇者特典を貰《もら》っているので、並の人間よりも遥かに強い。心配はない」

エレオノーラが「もしも刺客でしたら危険過ぎます

わ」と家康に忠告したが、セラフィナは「こんなにかわいいイヴァンちゃんが刺客なわけないじゃん、だいじょうぶだいじょうぶ！　頑張ってイヴァンちゃん～！　イエヤスに認められたら採用だよっ！」とあくまでも前向きなのだった。いつも通りのセラフィナだなと家康は苦笑した。

「それでは、参ります――――！」

「おっ!?」

「「消えた!?」」

文字通り、一瞬のうちにイヴァンの姿が消え失《う》せた。

エレオノーラたちの目は、イヴァンの動きを全く追えなかった。

セラフィナに至っては「あれえっ？　イヴァンちゃんは一歩も動いてないじゃん？　どうしてみんな、消えたって騒ぐの？　あーっ、もしかして残像っ？」と残像を実体だと思い込んでいる始末。

誰もイヴァンの動きを捉えられなかったのも無理はない。

家康の正面に跪《ひざまず》いていたはずのイヴァンの身体は、予備動作もなく瞬時に家康の背後に回っていたのである。まさしく衆人たちの虚を突いた動きだった。

「なんとっ？　恐るべき瞬発力と加速力！　伊賀甲賀にもこれほどの者はいなかった！」

動体視力と気配探知に優れた家康だけは、かろうじてイヴァンの動きに反応した。

身体を後方へと捻ってそのまま「三戦立《さんちんだ》ち」の姿勢を取り、背後に迫るイヴァンの攻撃を避けようとした。

だが、その時にはもう家康の顎へとイヴァンが掌を突きあげてきた。

「速いッ!?　まるで、真田忍群を率いて大坂で俺を追い回した猿飛佐助《さるとびさすけ》……！」

家康の脳裏には、「徳川家康最後の戦い」となった大坂夏の陣の惨憺《さんたん》たる記憶が蘇っていた。

大坂城の堀を埋め尽くして大軍で押し囲み、圧勝確定だったはずの決戦場で、「歴戦の勇者たちはみな死んだ。こたびの戦は、孫のようなひよっこばかりよ」と余裕綽々《ゆうしゃくしゃく》だった七十四歳の総大将・徳川家康は、生涯の天敵だった真田一族の将・真田幸村率いる赤備え騎馬隊の猛攻を受け、家康を守っていた若い旗本たちは「真田が出たああ！」と悲鳴を上げて家康を放置して逃亡。

　これだから若僧は信用ならぬ！　と激しい胃痛と恐怖に襲われた家康は、慌てて本陣を捨てた。恥も外聞も忘れて、「待てっ、この古狸め！　まだ生き足りぬか！　真田の六文銭これにあり！」と執拗に追撃してくる真田軍から必死で逃走し、からくも一命を取り留めたのだが、最後の最後まで恐るべき健脚で家康を追ってきた真田忍びこそが、超高速で駆ける「猿飛」の術を用いる韋駄天《いだてん》の佐助だったのだ。

「勇者様、口を動かして舌を噛み切らぬよう！」

「……むうっ……！」

　死の間合いに入ったイヴァンと家康は、素手同士で数度、互いを打ち合った。イヴァンは掌底で、家康は拳で。お互いに急所への一撃を狙うが、ともに近接戦の達人同士。家康の攻撃をイヴァンは己の堅い肘を用いてピンポイントでガードし、家康は「これが琉球《りゅうきゅう》王より伝授されし琉球手の奥義、マワシウケである！」と掌で円を描きながらイヴァンの攻撃を風の如く受け流して捌いた。

　はははは速くてお互いになにをやっているのか全然わかんないっ？　二人の間だけで時間が加速している ぅ？　とセラフィナは啞然となった。格闘術も驚異的だが、その速度にほぼ追いついている家康も並大抵の武術家ではない。

　ほうさすがは勇者、これでわたくしを超える吝嗇家でなければ大英雄ですのに惜しい、とファウストゥスは家康の文武両道に秀でた多芸ぶりに感心している。

　喧嘩に目がないゾーイなどは、「うひゃあああ、すげえええええっ！　やれっ、やっちまええ〜！」と興奮して鼻血を流していた。

「……勇者様。これより奥義をお見せ致します。あなたならば防げましょう。必殺の暗器を用います、失礼します……！」

「ま、待てっ！　暗器だとっ!?　いかん、腹具合が限界に……！」

　顎をしたたか掌底で打たれそうになった家康は、即座に片手でイヴァンの細腕を摑んで強引に制止した。

　そのイヴァンの掌の中には小さな純銀造りの球体が握りしめられていた。

　球体の中央には、鋭い棘《とげ》のような金属棒の先端部分が露出している。

「服部半蔵並みの反射速度！　見事な体術だ射番。手に握っているそれはなんだ？」

「……これは、ストリボーグ家の男子に伝わる一子相伝の暗器スヴァントです、勇者様。僕がスヴァントを握りしめると、先端の針が長々と伸びて相手の急所を貫き絶命させます。主に心臓または延髄に用います。細いのでほとんど傷口も目立ちませんから、急死したように偽装できます。咄嗟の格闘時には、このように相手の喉や顔面にスヴァントを向けて針を打ち込むこともあります。予め針に毒を塗っておけば、急所を外しても殺せます……」

ひいいいえええええ～!?　今掌を握りしめたらイエヤスの額に毒針ぶすりってこと？　とセラフィナは椅子から転げ落ちてエレオノーラの脚にしがみついていた。

「……ど、毒は塗っていません……勇者様を相手に、握ったりもしませんよ……」

「こわっ！　こんなあどけない子供のような美少年が、イエヤスを殺そうと思えば殺せる凄腕《すごうで》暗殺者だったなんてー？　ああでも、淡々と自分の必殺技を説明しながらも照れて頬を赤らめちゃって、しかもちょっと涙目？　かわいいっ！」

エレオノーラが「こんな暗器の存在は初耳ですわ」とスヴァントをまじまじと凝視している。イヴァンが過酷な流浪生活を続けながら生き延びてこられた秘密は、この暗器なのだろう。

「……こ、これはストリボーグ家の始祖様が、当時懇意にしていたドワーフの技術者に作らせたものと伝わっています。この針の材質と加工法が独特で、現代の技術ではもう作れないそうです……」

「ならば、これは門外不出の武具なのだろう。忍者は、己の命綱となる秘術を決して他言しないものだ。俺たちに教えてもいいのか？」

「……は、はい。忠誠心の証として……イエヤス様やエルフ族を暗殺する意思は僕たちにはない、クドゥク族は再独立の夢を果たすために異種族連合に参加したいだけだと信じて頂くために敢えてお見せしました。て、手荒い真似をして、すみません……」

「よくわかった射番。俺はお前たちのような忍者集団を求めていたのだ、全員採用する」

「……ぜ、全員ですか？　あ、ありがとうございます……！」

　さっすがイエヤス、いよっ太っ腹～とセラフィナは喜んで飛び上がったが、元老院の反応を想像したエレオノーラは気が気でなかった。

「阿呆滓。くどく族を森の中へ収容し、居住区を用意してやれ。元老院とは相当に揉《も》めるだろうが、お前の外交手腕でどうにか根回ししてくれ。そのためならば貴族を集めて贅沢な宴会をいくら開いてもいい、今回は倹約しろとは言わん」

「し、知りませんわよイエヤス様？　ダークエルフとドワーフギルドを連れ帰っただけでも一大事ですのに、よりによってクドゥク族まで。社交家の妾にも限界はありますのよ」

「わかっている。だが射番は俺の護衛役として最適の逸材だ、なんとかしてくれ。射番にはわが小姓役を命じる——二十四時間俺のもとから離れず、暗殺者から俺を護衛するように」

「……は、はいっ！　仰せのままに。あ、あのう……い、いいのですか？」

「うむ。お前の手練れぶりは既に堪能したし、お前はこの場で俺を殺そうと思えば殺せたが、やらなかった。しかも暗殺用の秘術も公開した。信用するに足る」

「……あ……ありがとう、ご、ございます……お、お勤め、頑張ります……」

「へえー。慎重なイエヤスにしては全身暗殺者みたいなイヴァンちゃんをあっさり採用するのねー。あー、わかったー！　イヴァンがとびっきりかわいいからでしょー！　小姓のなんとかマンチョに似てるって言ってたよねー！　うーん、怪しいっ！」

「世良鮒、お前はなにを言っているのだ……」

「イエヤスってばマエダトシイエよりも凄いヘンタイさんかもしれないじゃん？　私の寝所に忍び込んでこないのも、男の子にしか興味がないからなんだー！　そうに違いなーい！」

「男だろうが女だろうが、俺は子供に興味はない！　というわけで、今宵から射番は世良鮒の屋敷に俺の護衛役として同居させることにする。これでいよいよ安全だ」

「ぐえーっ？　ちょっとーっ!?　乙女の屋敷に美少年

を連れ込むとか、無神経過ぎてサイテーッ！　すっごく楽しそうだけどーっ！」

「お前は怒っているのか喜んでいるのか、どっちなのだ」

「……セラフィナ様の家での三人暮らしは、少々手狭ですわよ？　一刻も早くイエヤス様専用の屋敷を準備しなければ……貴族はみな、イエヤス様の吝嗇ぶりを知っているので用地を貸してくれず……なかなか候補地が見つかりませんの。はあ……」


家康はイヴァンを連れてセラフィナの屋敷に帰り、イヴァン用の新たな寝室を確保した。

エレオノーラは「暴発寸前の貴族たちを宥《なだ》めて参りますわ」と宮廷が建つ丘陵の麓に広がる夜の街へと出払い、気が早いゾーイは「それじゃー森での最初の穴掘り開始だー！　一晩で掘りまくって、ねぐらにするぞー！」と家康から渡された施行計画書及び仕事道具一式を抱え、ドワーフギルドの面々を連れて意気揚々と森の中へと乗り込んでいった。

家康は賓客としてダークエルフのファウストゥスを晩餐《ばんさん》へと招き、「なんで私が晩餐の調理をぉ～？　王女とは名ばかり、うちは生活かつかつだから料理人とかいないんですぅ！　そりゃ確かに私はお料理が得意ですけどー！　急に晩餐会を開かれても食材が足りないよう！」と泣き顔で厨房に立ったセラフィナが「イエヤスも手伝ってよう」と急遽手料理を調達することに。

幸運にも、まだ牧場用地を確保できず、厩に飼っていたスライムの肉が役に立った。

「ふえ～。なんとかできた～！　晩餐会やるならもっと早く言ってよね、無茶ぶりするんだから～。今夜はスライムパーティだー！」

かくして、種族の異なる四人は小さなテーブルを囲んで、夕食を取った。

だが向かい合ったファウストゥスとイヴァンは互いに、

（クドゥク族が人間を嫌うのは当然ですが、イエヤス様もまた人間。話が上手過ぎて、まだ信用ならないですねえ）

（……守銭奴と悪名高いダークエルフ商人がどうしてイエヤス様のもとに？　先日、人間の王国軍に大量の兵器を売ったばかりでは？）

と互いを警戒し、言葉を交わさない。

家康は家康で、こういう時にはっきりとものを言わない。晩餐の空気を読むよりも、健康第一主義のイエヤスにとっては目の前の食事のほうが大事なのである。

家康は、故居岡崎の八丁味噌に似せて造った代用味噌の試作品を、ケラケラの上に箸で載せて淡々と食べ続けていた。

「ふむ。なかなかの出来だが、まだまだ食感を似せただけだな。本物の味噌の風味には程遠い。さらなる研《けん》鑽《さん》が必要だ」

ミソにしか興味がないんかーい！　空気を読んで場を和ませんかい！　とセラフィナは家康に腹を立てた。だが今はとにかく、会話。この冷え切った空気を変えなくては。

「ねえねえイエヤス？　そう言えば小姓ってなにー？　イエヤスってもしかして、美少年趣味の持ち主だったのー？　人間男性軍人の約半分がそうだって聞いたことはあるけれど、信じられない！　いーやー！　私ってばイエヤスにとって男の子以下だったのねーっ！」

「なにを騒いでいる世良鮒。俺にそんな無駄な趣味はない。男に奔っても子供は作れないのだぞ、限りある体力を消耗するばかりではないか。俺がそんな命の無駄遣いをするはずがあるか、もったいない」

「それって性癖を否定しているわけじゃないですよねーっ？　自分の性癖まで吝嗇倹約の精神で抑圧しているだけじゃないのーっ？」

「だから、俺は男には興味がない。小姓趣味に目覚めさせようと美少年を家臣団から紹介されるや否や、舌なめずりをしながら『そなたに姉か妹はいるか』と小姓候補の美少年に姉妹を紹介してくれと言いだした太閤殿下ほど女好きでもなかったがな……」

「へえ〜？　それじゃエの世界では何人の側室を迎えたのよーう？　正直に言いなさいよーぅ？」

「そんな話をしている場合か。せっかくのすらいむすてきが冷めてしまうではないか」

「イエヤス、曖昧に誤魔化さないっ！　その顔は後ろ暗い隠し事をしている時の顔だー！」

まだ全然結婚適齢期ではないと言いながらも、そういう話に興味津々なのはどこの種族の娘も変わらんな、と家康は観念した。

「……俺は七十五年も生きたからな。通算すれば側室は二十人ほどいただろう。同時に二十人も集めたわけではないぞ」

「ギャー！　なにその人数、サイテー！　エルフはもちろん、恋愛好きな人間たちだって一応は一夫一妻を建前としてるんだよ、そりゃ異教徒扱いされちゃうよ？　ねえねえ、どんな女性が好みだったの～？」

「若い頃の俺は、年上で子持ちの女性を側室にすることにこだわっていた。子作りは国主としての任務。『子を産めるかどうか』が何よりも重要だったから、確実に子を産める女性、つまり経産婦を選ぶことで子作りの効率を重視した。貴重な体力を子作りで消耗したくはなかったのだ」

「うっわ。即物的というか計算尽くというか。イエヤスってそういうところあるよねー。つくづく夢がないねー。どこまでもケチ臭いんだからぁ」

「前半生で迎えた側室は、孫の乳母を務めていた未亡人のお愛《あい》。俺に降伏した穴山梅雪《あなやまばいせつ》殿が人質として差し出してきた奥方のお都摩《つま》。子持ちの未亡人だったお牟《む》須《す》。これまた未亡人で、そこいらの商人以上に商売上手だった阿茶《あちゃ》の局《つぼね》。自分を追い回す悪代官を罰してくれとこの俺に直々に訴え出てきた女傑の子連れ未亡人・於茶阿《おちゃあ》だ」

「ぐえっ？　年下の女の子には興味なかったのっ？　っていうか既婚者が多過ぎない？　なんだか側室というより、女だらけの近衛兵《このえへい》軍団……」

「全ては効率よ。歳を取って体力が衰えてからは、出産経験の有無よりもとにかく若い母胎こそ妊娠確率をあげられると考えた俺は、側室を若い女性に切り替えたぞ」

「出産効率が全てなんかーいっ？　牧場での馬の繁殖作業じゃあるまいし、なんだか乙女としてイラッとしてきたんですけどっ？」

「……全ては限られた時間と体力とで子孫繁栄と長寿を両立するためだったのだ、許せ」

「後年は、具体的に何歳の娘さんを側室に～？　膨らむマエダトシイエ疑惑ぅ！　教えなさいよう！」

「なんで、そんなことまで根掘り葉掘り……他言無用だぞ」

家康は前半生を後家好きとして知られているが、老いてからは突如ロリコンに変貌したと後世疑われている。

老境に入った家康の側室は、前半生とは打って変わってみな若かった。

お梶《かじ》。家康四十八歳の時、十三歳で側室に。
お万《まん》。家康五十二歳の時、十五歳で側室に。
お夏《なつ》。家康五十五歳の時、十七歳で側室に。
お梅《うめ》。家康五十八歳の時、十五歳で側室に。
お六《ろく》。家康六十七歳の時、十三歳で側室に。

現代なら完全に事案である。

あまりにも女性への趣味趣向が変貌しているので「徳川家康影武者説」が囁かれるようになったくらいだが、家康は彼独特の効率主義を頑固に貫いただけである。

「ヒエ〜ッ!?　おかしいでしょ、突然マエダトシイエ化するなんておかしいでしょっ！」

「……だ、だが、老いてなお多くの子を成して徳川家の基盤を固められたのは、わが側室選びの基準が正しかったからだ。子が少ないために家そのものを滅ぼす羽目になった太閤殿下のようにはなりたくなかったのでな……け、決して、前田利家殿化したわけでは……」

「あ〜っ、もういいっ！　ねえイヴァン、お姉さんか妹さんはいる？　イエヤスに紹介しちゃダメよー？　イエヤスってば、幼い女の子を見ると側室にしたがるヘンタイなんだ〜！　クドゥク族の女子は全員危険だよ！　イエヤスが私に色目を使ってこない理由が、よーくわかりましたっ！　十八歳の私はもう年増！　イエヤスのお眼鏡にかなわないんだわっ！」

「いや。今の俺は若返っているから、仮に妻を娶るなら効率重視で経産婦……」

「あんたは、もー黙ってなさーい！」

「……あ、姉はいますけれど、流浪の途中で生き別れに……何年も会っていません……」

「えっ？　そ、そうなの。辛いことを思いださせちゃってごめんね……お姉さんと再会できるといいねっ！　それこそクドゥク族の諜報能力を使って捜索しちゃえばいいのに〜」

「うむ、そうするがいい射番。俺も幼くして母と生き別れになり、無事に再会を果たすまで何年も敵国で人質生活を送ってきたものだ。お前の境遇は、幼い頃の俺にどこか似ていてな。忍耐強そうなところもだ」

「……そ、そうなんですか……僕が……イエヤス様に……似ている……？」

「異議あーり！　子供時代のイエヤスがこんな美少年だったとは思えないんですけどー？　どーせ子供の頃から顔が平べったかったんでしょー？」

「うるさい世良鮒、あくまでも境遇の話をしているのだ。射番よ、今は貴重なくどく族の人員をそちらには割けないが、その時が来ればいくらでも協力するぞ。世良鮒の資産を切り売りしてでもな」

「自分の資産を切り売りしなさいよぅ！」

「異世界に来たばかりの俺に資産はない。今のところはな」

「……あ、ありがとうございます。今回の仕事を終えれば、姉を探すつもりです。今までは、一族を食べさせるための雇われ仕事で手一杯でしたから」

イエヤスがイヴァンに甘いのは、そっか、子供の頃の自分を思いだすからかあ、とセラフィナは思わず目を細めていた。家康も三河という小国の王子に生まれたが、幼くして母親と生き別れになり、自身は織田家、続いて今川家の人質にされた。さらには父親を家臣に暗殺され、三河を今川家に併合されるという悲劇を経験している。

「しかしイエヤス様。クドゥク族と一緒に食事をしてだいじょうぶなのですか？　クドゥク族の暗殺手段は、暗器だけではありますまい。食事に毒を盛られるということもございますよ。この世界には様々な毒物がございましてねぇ。ふ、ふ、ふ」

やばっ！　やっぱりファウストゥスが突っ込んできた！　ダメだわイエヤスの側室の話をもっと続けるべきだった！　せめてもう一人女の子がいてくれれば～助けてエレオノーラ～とセラフィナは頭を抱えた。

「わ、私が一人でこの料理を全部調理しているから、それはないと思うな～♪　イエヤスが全然手伝ってくれないからねっ！　厨房に入るとミソの調合ばっかりして！」

「さて、それはどうでしょう。食卓で振りかける塩の小瓶に、人知れず毒を混ぜているということも」

「桐子よ、確かに誰がいつ毒を盛るかも知れん。だが、俺は薬学博士。紫雪という解毒剤の調合法を知っている。紫雪を飲んで世良鮒に『治癒の魔術』をかけてもらえば、この世界の如何なる毒であろうとも解毒できるようになるだろう」

「左様でしたか。為政者がご自身で薬学を修得するとは、どこまでも慎重なお方ですな」

「ただしこの紫雪を調合するためには、大量の銭が必要でな。ざっと金貨百枚。世良鮒は屋敷を見ればわかるが貧しいし、容易には調達できん。俺に提供してくれぬか、桐子？」

「いちいち一言多いのよぅ、ほっとけー！　元老院も『得体の知れない薬のためになぜ金貨を百枚も？』『嘘に違いない』と了承してくれないのよねー。当たり前だけどさ～」

「紫雪は解毒以外の効能もあり、多くの病人を完治させた正真正銘の秘薬なのだがな。もともと銭を嫌うえるふには、法螺話《ほらばなし》に聞こえるらしい」

イエヤスが度を越したケチだから「着服する口実に違いない」って疑われるんじゃん、自業自得でしょー とセラフィナが唇を尖らせた。

「わたくしを晩餐に呼んだ目的は銭の無心でしたか。ふふふ、仕方ありますまい。わたくしは常に大量の金貨を持ち歩いている男。金貨百枚、ご祝儀としてお貸し致しましょう」

「おお、有り難い！　世良鮒よ、厨房へ参ろう。早速大鍋に金貨百枚を放り込んで、ろおれらい山脈で集めた鉱物とともに煮込むぞ！　これで念願の紫雪が完成する！」

「って、待って待ってイエヤスぅ？　銭を鍋で煮るのぉ～？　高価な薬草を買うための資金じゃないのぉ？　金貨をぐつぐつ煮ることになんの意味がっ？」

「紫雪の調合には、大量の黄金を浸して煮込んだ特別な溶液が必要なのだ。古今東西の薬学書を調べて実物を調合し、実際に大勢の人間を治した俺が保証する。間違いない！」

家康の薬造りへの執念は、天下盗りなどよりもはるかに切羽詰まったものだった。

孫の三代将軍家光《いえみつ》も、危篤に陥って医師に見放されたところを家康に処方された紫雪に救われている。家光は生涯、命の恩人である祖父家康を「神」と信仰し続けたほどである。それ故、家康謹製の紫雪は「素晴らしく効く」という評判が評判を呼んで諸大名が必死でその製法を求めており、加賀藩《かがはん》や水戸藩《みとはん》は、幕末に至るまで家康伝来の紫雪を藩内で製造し続けた。

「いやはや、薬学というよりも錬金術でございますね。ですが、金を煮込むのだから錬金術とは真逆の魔術でしょうか」

ファウストゥスは思わず苦笑していた。

「命より銭を惜しむイエヤス様が、銭を鍋で煮るとは。笑い話ですな、ははははは っ」

「桐子よ。健康とは、命よりも大切な銭よりもさらに貴重なものだぞ」

健康って命のために必要なものなんだから、話がぐるぐる回ってない？　とセラフィナは思った。だが家康は「健康でなければ生きていても辛いではないか」と持論を譲らない。

「俺はまだ無知だった若い頃、息子の信康を救えなかったが、老いてから紫雪を造り孫の家光を救えたことで、多少は肩の荷が下りたのだ」

「そっかぁ。イエヤスって、もしかしてお医者さんが天職なんじゃないかな～」

「天下人という仕事も、戦乱という病を治し、世の乱れを予防し、万民を診る医者のようなものよ。そして医師にしても天下人にしても、いずれにせよ銭が必要なのだ、銭が」

「ちょっとだけしんみりしてたのに、結局そこに話が落ち着くんかいっ！」

「……あ、あのう。クドゥク族の僕が、こうして勇者様やエルフ族の王女様と同じ食卓にいるのは、本来は非礼なので……ぼ、僕はそろそろ寝室に……」

「いいのいいのイヴァン！　宮廷を一歩出たら、身分とか種族とか関係ないって！　私たちは旅の仲間じゃん！　あ～イヴァンとはまだ旅してないけど。だよねーイエヤス？」

「うむ。射番と桐子は、今後互いの情報を共有するように。桐子の魔術と、くどく族の隠密《おんみつ》能力。この両方が揃って、はじめて人間との情報戦を対等に戦える。二人に対立されてはこの俺が困る——よいな桐子？」

「ふふ。わたくしもイヴァン殿を信用したいのはやまやまですがね、なにやらこの少年からは陰謀の匂いがしますからねえ」

「……ぼ、僕は異存ありません……疑惑の目で見られるのは、慣れています。ダークエルフに詐欺まがいの契約書にサインさせられ、大幅に手数料を中抜きされることにも……」

「は、は、は。それは、契約書をまともに読めないあなたに問題があるのでは？」

一触即発。うわーすっごい気まずい。なんとかしようとすればするほど空気が悪くなっていくう～。ダメだわどうすればいいのかしらとセラフィナが助けを求めるように家康に視線を向けたが、家康はそそくさと印籠を取り出して万病円の在庫を確認すると、

「俺は少し庭園を散歩してくる。食った後は運動せねば身体に悪い。それに、圧迫感を覚えた時に襲ってくる胃痛は俺の弱点なのだ」

と言い残し、爪を噛みながら逃げるように庭園へと出て行ってしまった。

後は任せた、なんとかしろとセラフィナに厄介事を押しつけたのである。慎重な家康らしい逃走劇だった。

「あーっ？　ちょっとーっ？　家に押しかけてきて料理を作らせたあげく、調停役まで私に押しつけるのーっ？　少しは私の胃の心配もしなさいよーう？　待ちなさーい!?」


（セラフィナの荘園は狭い。庭園も簡素で質朴。俺の趣味には合っているが、ここを襲撃されればひとたまりもない。ちと不用心かもしれんな。それにしても、世慣れたファウストゥスと大人しいイヴァンがあれほど反目するとは……異種族の常識をもっと教わらねばならんな。やれやれ、胃が痛い）

家康は、エレオノーラがセラフィナに送ってきたという数々の花に囲まれた庭園を散歩しながら、異種族を次々と森に引き入れた家康に反発している保守派の元老院議員たちをどう懐柔するかを思案していた。いくら社交好きの名門貴族の令嬢とはいえ、エレオノーラ一人に任せきりでは難しいだろう。

（イスパニア・ポルトガル人とオランダ・イギリス人も、俺のような日本人にとっては同じ異人にしか見えなかったが、互いを激しく憎悪していた。まして百年の戦乱を経験した異種族同士ともなると……魔王軍が

来ればできそうだが、来てほしくはないしな）

ひとまず人材集めの旅は区切りがついた。これからの五ヶ月は、森の防衛策推進に専念すべきだった。

「ゲロ。ゲロ、ゲロ、ゲロォ……」

家康は、葉っぱの上に止まって鳴いている小動物に目を留めた。蝦蟇《がま》に似ているが、彩りが違う。真っ黒な蛙《かえる》とは珍しい。よく見ると単眼ではないか。

「異世界の生物は、どれもこれもえの世界の生物とは似ているようで微妙に違うな」

ここで、薬マニアの家康の悪癖が出た。

「待てよ？　この生き物は漢方薬に使えるかもしれん！　だが毒を持っている可能性も。しかし、俺は健康のためならば命も賭す男！　安全を期しつつ捕獲してみるか」

と、目の前の蛙に心を奪われたのだ。慎重に、しかし健康への鍵を見つけると抑えきれなくなる好奇心を剝き出しにしながら、家康は黒い単眼の蛙へとゆっくり近づいていった。

しかし、ゆっくりと移動したことが、家康にとってはかえって不運となった。

「ゲロオオ！」

びゅっ、と黒蛙の単眼から液体が放出され、家康の目に命中していた。

すかさず瞼を閉じたが、僅かに液体が眼球へ染み込んだ。家康は慌てて薬を飲んだ。

「しまった！　相手が小動物故に油断があった、不覚！　まさか目から毒を飛ばすとは!?」

腰を抜かして倒れ込んだ家康は顔を覆いながら、

「世良鮒！　目に毒が入った、助けろ！」と叫んでいた。やはり毒だ。早くも全身が痺れはじめる。幸いにも眼球に損傷はないが、致死性の毒かもしれない。いや、きっとそうに違いない！

セラフィナが「一人だけ逃げようったってそうはいかないんだからっ！」と家康を庭園まで追いかけてきたことが幸いした。

「い、イエヤスっ？　だだだだいじょうぶっ？　まーた健康のために命を賭けてとうとう敗れたのっ？　うちの庭園に害獣はいないはずなのに……なによぅ、この黒い単眼蛙はっ？　こんなヘンな生き物、エッダの森にはいないよ～？」

「……いいから『治癒の魔術』を頼む……紫雪を完成させる目処《めど》がついて油断した……ううむ、身体が痺れる……立ち上がれない……俺が死んだら、西国の毛利《もうり》と島津へ向けて俺の遺体を埋葬してくれ……神剣ソハヤノツルキとともに……あと、俺が倒れた後の異種族の扱いについてだが、万全を期すためにまずは桐子と憎威の役職の調整を……それと、俺が死んだ後に神として祀る際の神号の制定についてだが……」

「あああもう、ごちゃごちゃうるさーい、遺言が長過ぎ！　全然元気じゃん！　黙ってて、詠唱の邪魔ーっ！　ちゃっちゃと任せなさいってば！」

「そうか？　どんどん身体がこわばってきているのだが？　たぶんもうすぐ死ぬぞ？」

「へーきへーき！　んー……むにゃむにゃ。はい、詠唱終わりっ！　ほら、たいした毒じゃないじゃん、ちょっとばかり痺れただけじゃん。ちっちゃな蛙が敵から逃げるために飛ばしたただの目くらましだよイエヤス～。ほんとにもう、小心なんだから～」

「……いえ。その蛙は使い魔です、イエヤス様。蛙の全身に黒魔力が注ぎ込まれています。イエヤス様が浴びた液体は、黒魔力入りの血液です……浴びた量が少なく、治療が早かったために今回は奇跡的に助かりましたが、通常の毒よりも遥かに危険なものです。侵食されて感染してしまえば、もう除染は不可能でした」

家康の危機を察知して恐るべき速度で急行してきたイヴァンが、この場から逃げようと跳ねていた黒蛙に「きええええっ！」と声を放ち、金縛り状態に陥らせて布にくるみながら捕獲していた。

「ほう、不動金縛りの術か……さすがは射番。つくづく忍者だな。だが黒魔力とは？　その蛙は、だあくえるふ族が使う黒魔術の使い魔なのか？」

「……黒魔術は、この大陸に住まうダークエルフ族だけが使うわけではありません。暗黒大陸には様々な術を操る黒魔術師がいます。あの大陸は黒魔力が強いですから……かつてクドゥク族は、そんな魔王軍側の黒魔術師たちと暗闘を繰り広げていました。かなりの数を仕留めましたが、まだ生き残りは存在するでしょう……」

「おやおや。これは危機一髪でしたね、イエヤス様。わたくしの使い魔は蜥蜴ですよ、イヴァン殿。蛙は用いません。ですが、使い魔の鑑定はできますとも」

騒ぎを聞き付けたファウストゥスも、庭園へとはせ参じていた。失神している単眼の蛙を手に取って、「蛙鑑定」を行う。掌に載せた単眼蛙の頭に二本の指を翳しながら、右肩の真横に浮かばせている水晶球に分析結果を映し出す。

「この蛙は『アナテマの黒魔術師』の使い魔ですね。体液から感染させられた黒魔力が全身に回ると、イエヤス様は魂を乗っ取られ、思考を術に操られる『生きる屍《しかばね》』にされるところでしたよ。危ない危ない」

「あなてまの術とな？　術士に精神を奪われるのか？」

「少しだけ違います。アナテマの術は、感染させた者の思考を術士が遠隔操作するのではなく、使い魔の黒魔力自体に予め『思考の目的とパターン』を記憶させ、それを対象者の精神に張り付けて自動思考させる、いわば自立型の術ですよ」

「ほう……根来忍者の催眠術よりも高度だな。巧妙な術があったものだ。異世界恐るべし」

「黒魔術耐性が弱い者は、自分が術に感染していることにすら気づかず、術に与えられた思考パターンに誘導されてしまいます。ただし、エルフやダークエルフには個人差こそあれ多少の黒魔術耐性がありますので、感染したことは自覚できます。が、それでも自分の思考を制御することはほぼ不可能となりますな。心とは、実に弱きもの」

「俺はえの世界から来た人間だから黒魔力に耐性はないという。危なかったのだな」

ちょっと待って～！　とセラフィナがファウストゥスに詰め寄る。

「人々の心を支配して操る『アナテマの黒魔術師』は、古代に絶滅したんじゃ？」

「ええ。公式には絶滅したことになっております、セラフィナ様。ですが、百人規模で感染を起こせる『大アナテマ』の使い手は滅びても、一人を感染させる『小アナテマ』ならば使える者がいるのでは？」

「……あ、あなたじゃないんですか？　ファウストゥス様は希少な黒魔術師です……」

「ほう？　それを言うならイヴァン殿。あなたもこの庭園に使い魔を持ち込むことは容易。黒魔術の才能など皆無なセラフィナ様は論外として、有力な容疑者はわたくしかイヴァン殿のどちらかということになりますねえ」

「……い、いえ。クドゥク族は毒殺も暗殺もこなしますが、魔術は使いません……」

「それはおかしいですね。先ほどの、使い魔を硬直させた技。あれは魔術なのでは？」

「……あれは『遠当の術』です。魔術技術ではなく、生まれつき持っている異能力です。触れずに大気のプネウマを操り相手の身体を固定するのですから原理は魔術に近いですが、あくまでも遺伝性の特殊能力です」

「成る程。生まれつきの力……イエヤス様との立ち合いには使いませんでしたね？　さて。いずれを信用なさいますか、イエヤス様？　わたくしか、イヴァン殿か。今ここでお選びを」

あわ、あわわわわあ。とんでもない修羅場があ〜とセラフィナが涙目になって震える中。

「俺は、どちらも信用している。アナテマの黒魔術師とやらは、他にいるのだろう」

と家康は敢えて胸を張って答えていた。苦しい強弁だが、ここが踏ん張りどころである。

「射番。桐子。俺が二人を信じると言っているのだ。互いを疑いの目で見るのはやめて、協力してくれ。いいな？」

「……わ、わかりました、イエヤス様。てっきり僕が疑われるものと……あ、ありがとうございます……」

「全く異種族に寛大なお方だ。危険な者をこそ家臣にしたがる癖がありますな、あなたには。わたくしは、わたくし自身とイヴァン殿をともに拷問にかけて自白を引き出すべきかと思いますけれどもね」

長らく人間に弾圧されてきたイヴァンには、対人間戦を準備中の家康を狙う動機がない。

そもそも、殺すならばいつでもスヴァントで殺せるはずだ。

だがイヴァン自身に動機がなくとも、イヴァンが正体不明の黒幕に雇われて動いた可能性は捨てきれない。その黒幕が、勇者は生かさず殺さず生ける屍にして操ったほうが便利だと企んでいたのかもしれない。

一方のファウストゥスは、ギルド仲間を騙して王国軍に武器兵糧を売りさばいた男だ。王国に太いパイプを持っているし、銭のために自分にさらなる高値をつけた人間側に再び転んだとしても不思議ではない。

　これは偶然かもしれないが、厨房に入るつもりだった家康が急遽庭園に避難したきっかけも、ファウストゥスがイヴァンに突っかかったことだった。

　ただ、ファウストゥスが寝返るにしては少々時期が早すぎる。これほどの策士ならば、もっと家康という勇者の価値を高め、肥え太らせてから土壇場で寝返るはずだ。つまり、家康の参謀を務める自分の価値がもっとも高まった瞬間に。

　ただ、家康を警戒する人間陣営がファウストゥスを引き抜くためにいち早く法外な報酬を提示した可能性もある。あるいは、最初から人間族の間者である可能性も。

「桐子よ。俺は、かつて太閤殿下と小牧長久手《こまきながくて》で戦い勝利したにもかかわらず、総大将の織田信雄《のぶかつ》や宿老の石川数正《いしかわかずまさ》を次々と引き抜かれて、政治的に敗北した苦い経験がある。関ヶ原や大坂の陣では、俺はその太閤殿下の手法を模倣し、調略を用いて勝ったのだ」

「つまり、戦争を強行してエッダの森を武力占拠するよりも、あなたお一人を黒魔術で操ったほうが勝率が高い。そう計算した黒幕がこの事件の背後にいるとお考えで？」

「そういうことだ。実行犯が誰かなどは、些細な問題よ。世良鮒の屋敷は不用心だからな、第三者が使い魔を潜ませた可能性も大きい。それよりも知りたいのは黒幕の正体だ」

「血眼になって実行犯を捜そうとすればわれらの和は乱れ、たちまち疑心暗鬼に。故に、敢えて不問に付すというわけですな」

「うむ。仮に俺の配下に間者が紛れ込んでいるとしても、その者を雇い入れた俺の責任だ。今は、多少の毒であろうとも配下に加えねば俺もえるふも生き延びられん。間者ですら心服させねば、勇者を名乗る資格などはない」

「ならば、このわたくしが間者だったとしても心服させてみせると？　ふ、ふ、ふ。あなたは慎重なのか豪胆なのか、なんとも読めませんねぇ」

「うんうん。イエヤスは異種族全てに寛容なんだよー！　さっすがエの世界の天下人だねっ！　そ、そういうわけでぇ、そろそろ厨房で金貨を煮込まない？」

めざせ黄金スープぅ！」

「待て世良鮒。お前の屋敷が危機管理能力に欠けていることだけははっきりした。ここにいては危険だ、俺は急いでもっと安全な土地に移るぞ。そこに、黒魔力を用いる使い魔の侵入を絶対に許さない堅牢《けんろう》な屋敷を建造する！　どこかにいい土地はないか？」

「げえっ？　私だけダメだしされた？　ひっど〜い！　治療してあげたじゃーん！　あーでも、エレオノーラの荘園のほうがずっと広いし、うちには一人もいない警備員も大勢雇ってるし、あそこにドワーフたちを呼んで頑丈な屋敷を建てさせれば安全かも……」

「そうか。阿呆滓の荘園か。俺としたことが、見落としていた。迂闊であった」

「ヒエッ？　イエヤスの目つきが変わった？　なんでもない、なんでもなーい！　今の言葉は忘れてイエヤスぅ！　ダメー！　エレオノーラの荘園を荒らさないでー！　あの子、この森に入ってから十年をかけて美しい花壇を一生懸命育ててきたんだからー！」

　かくして、お人好しのセラフィナが口を滑らせたばかりに、エレオノーラの荘園は慎重過ぎる勇者家康に
「そのような最高の立地があったとは！　直ちに阿呆滓の荘園を接収して新たな屋敷を建て、その周囲にすらいむ牧場と漢方薬の原料を育てる薬園を開く！　花壇が邪魔になる？　ならば撤去だ！　俺の命を守るために必要な処置だ、やむを得ん！」と目を付けられ、強制的に接収される羽目となったのである。

　しかも荘園を借り上げる期限は「魔王軍を倒す」まで——。

「阿呆滓は今、街に出ていて不在だ。ちょうどいい、今すぐ乗り込んで有無を言わせず接収するぞ」

「……い、いいんでしょうか？　僕は如何なるご命令であれイエヤス様に従いますが……」

「構わないでしょう。今宵は運良く除染に間に合いましたが、もしも黒魔力に完全に侵されれば白魔術による除染は不可能。一貴族の荘園を犠牲にイエヤス様を守れるのならば安いもの。『悪は急げ』と申します」

「ちょっとーっ？　いやーっ、やめてーっ！　エレオノーラと私の友情が、友情が壊れるうううう〜！　うわーん、イヴァンとファウストゥスの仲は取り持ったくせにーっ！」

エレオノーラが所有するアフォカス家の荘園は、エッダの森に複数存在する丘陵荘園の中でも最大の規模を誇っている。

さんざん貴族たちの懐柔に奔走しているうちに、家康に荘園を半ば占拠されてしまったことを知らないエレオノーラは、ギルド仲間たちを引き連れて「構うこたぁねえ。花は全部根っこから引き抜いて更地にしちまえー！　突貫工事すんぞオラオラオラ〜！」と喜々として荘園を破壊しまくっているゾーイの姿を見つけるや否や、失神しそうになった。

「なななんですのこれは？　最悪ですわ！　妾の花壇の半ばが、スライム牧場にされてしまうだなんてっ？　あなた、誰の許可を得ましたのっ？」

「へっへ〜。イエヤスの旦那の仕事だ！　王女サンの屋敷にいつまでもイエヤスの旦那を住ませておいていいのかい？　異種族とはいえ若い男女がひとつ屋根の下。オレの親父とおっかさんのように間違いが起きたらどうなる？」

「……ううっ……それを言われると、妾は反対できませんわ……でも、せめて抜かれた花たちを別の場所に移させて頂けませんことっ？」

「あー。スライムの餌にするから無理だなー。牧場で数を増やさなきゃなんねーんでさ」

「餌っ？　妾が愛《め》でてきた花たちの末路が、餌っ？　妾への慈悲はありませんのっ？」

「オレは花なんて綺麗なだけでなんの役に立つんだと思ってたんだけどよ。イエヤスの旦那によれば、この世界の花弁には意外と栄養あるんだってよー。はっはっはー！」

「……あ、悪夢ですわ……アフォカス家に残された最後の荘園が、スライム牧場に……」

家康とセラフィナたちが、がっくりと膝を突いてうなだれるエレオノーラを励ます。

「ご、ごめんね〜エレオノーラぁ〜。うっかり私が、イエヤスが住む土地ならエレオノーラの荘園がぴったりだって口を滑らせちゃったら、イエヤスがゾーイとつるんで暴走しちゃってぇ〜。なんだか知らないけど、イエヤスって土木工事マニアらしいんだよねー」

「うむ、阿呆滓から借りた荘園は必ず有効に活用してみせる。江戸を日本一の都にするために、洪水を防ぎ水運を活性化するべく利根川《とねがわ》の付け替え工事をやった男だからな俺は」

「おお～。イエヤスにもそんな独創性があるんだねー！」

「無論、甲斐の国を豊かにするために信玄堤を築いた、武田信玄公の治水工事の真似だ」

「え～、そうなの～？　どこまでも人真似なんだからぁ～。ごめんねエレオノーラ～」

「せ、セラフィナ様の責任ではありませんわ。ここまで工事が進んでしまっては仕方ありませんわね……さっさとセラフィナ様の屋敷から引っ越してくださいまし、イエヤス様！」

「済まぬな阿呆滓。謝礼はたっぷりと、牧場で採れたすらいむ肉で支払う。ただ、憎威へ支払う仕事代がかさんでいてな。す、少しばかり割り引いてほしいのだが……」

「スライム肉など要りませんわっ！　エルフ貴族が常食するものではありませんわよっ!?」

「でもでも。見た目はあれだけどぉ、けっこう美味しいんだよ～エレオノーラぁ～。塩とコショウだけでもなかなかイケるんだ～。干し肉にすれば日持ちするしぃ。じゅりりっ」

「せ、セラフィナ様!?　あなたはイエヤス様に餌付けされていますわ！　王女たる者が、スライム肉を好物にするだなんて？　なんたること！　決めましたわ！今宵より新邸で寝てくださいましイエヤス様！　屋根も壁もなくても、問答無用ですわ！」

「いや待て、それはもはや家でもなんでもなかろう阿呆滓よ。さすがに物騒過ぎる」

「……ぼ、僕がなんとかしますイエヤス様。野営暮しには慣れていますし、深夜の護衛役もお任せください。決して使い魔を寄せ付けません」

「おお。頼りにしておるぞ、射番」

「んじゃ、突貫工事で寝室だけでも一夜で形にすんよー。オレたちドワーフに任せろー！」

「やれやれ。わたくしの金貨をお渡しするのは、せめて屋敷に屋根と壁ができてからにしてくださいよイエヤス様。むざむざ泥棒に盗まれてしまっては、わたくし、衝撃のあまり死んでしまいます」

「桐子よ、俺もそんな目に遭ったら胃が破れて死ぬ。その時は守銭奴同士で一蓮托生よ」

「そうでしたね。なにしろ銭は命よりも重いですからねえイエヤス様。ふ、ふ、ふ」

「いや異世界に友ができて俺も心強い。金の切れ目が縁の切れ目だがな、はっはっは！」

「どういう意気投合ぶりですの？　なんなんですの、あなたたちは……はぁ……」


こうして家康はエレオノーラの荘園を接収し、ゾーイに命じて丘陵の中央に自らの屋敷を建てさせ、その周囲にスライム牧場と薬園を開いて自らの屋敷を完全包囲してしまった。

第十話

大陸南部。人間族の頂点に立つモンドラゴン皇国の聖都エレンスゲ、通称「黄金都市」。

モンドラゴン皇国は、一神教のモンドラゴン教を国教とする宗教国家である。騎士団長や領邦国家の当主に封じられている王侯貴族は、皇国への忠誠を示すために自らの家族を聖都の別邸に住まわせ、半年毎に自国から聖都に詣でて家族と再会を果たす。この人質制度は、奇《く》しくも徳川幕府による参勤交代制に似ていた。


この日、ヘルマン騎士団団長バウティスタ・フォン・キルヒアイスは、アンガーミュラー王国初代国王・ヴォルフガング一世と久々に聖都の大教会で再会していた。

「フハハハハハ！　久しぶりだなバウティスタよ！　エルフの森で勇者と一騎打ちをやって負けたと、俺の国でも噂になっているぞ！　相変わらず向こう見ずだな！　相手が、使者を殺《あや》めて開戦の口実をむざむざ作るような愚かな戦士でなくて助かったな！」

「う、うるさい！　人の敗北を笑うな！　相変わらず無礼な男だな！　声が大きい……」

「俺は背が低いのでな、大声を張り上げることで王としての威厳を保っているのだフハハハハ！」

ヴォルフガングは黙っていれば苦み走った美青年なのだが、口を開けば子供っぽい傲岸さが丸出しになる。元はヘルマン騎士団の傭兵隊長として大厄災戦争で活躍した平民の戦士だ。戦後、人間族の盟主たる教皇を頂くモンドラゴン皇国から、新興国家アンガーミュラー王国の初代国王に封じられ、戦乱によって荒廃した大陸北部の平定統治事業を委ねられている。

この成り上がりの若き王は、戦士としては異例なほどに小柄だった。ヴォルフガング自身「俺は平民あがりだからな。貴族様たちとは幼少期に食べてきたものの栄養価が違う」と自嘲している。貴族と平民とに体格差があることは事実だ。

だが、魔王軍を大陸から追い払い、王に即位して十年。今やヴォルフガングは王としての貫禄《かんろく》を重厚に身につけていた。小柄ながらも全身から圧倒的なオーラを放っている。

「た、確かに騎士としては手痛い敗北だったが、正々堂々の立ち合いだった。イエヤス殿には人間への害意はなかった。唐突に異教徒扱いされて困惑しているだけだ。それでもエッダの森を攻めるのかヴォルフガング。亡き父上のご遺志に背くのか？」

「フハハハハ！　お前の顔を立ててあれこれ理由をつけ引き延ばしてきたが、エルフと異教徒の勇者が合流して一大異種族連合を築きつつある以上、やむを得んなあ〜。俺はもう一介の傭兵ではない！　王として大国を統べる身だぞ？　これからのジュドー大陸は俺が統べる。伝説の勇者など、もはや無用なのだ！」

「今日も自信過剰だな。なぜ、勇者イエヤス殿とともに魔王軍と戦おうとは考えない？」

「愚問！　俺は、魔王軍を撤退させた戦争の天才だーっ！　俺以外に魔王軍を殲滅できる武人がいるか!?」

「……まあ、お前が十年前に知略を駆使して魔王軍を撤退させたことは事実だが……」

「そう、事実ッ！　もしも俺が勇者を庇って皇国から破門されれば、いったい誰が魔王軍を打ち払う？　お前には無理だ。お前は強いが騎士道精神に忠実過ぎて、魔王軍を相手にしての虚々実々の陰謀の応酬には対応できん！　どこまでもその手を罪に汚せぬ奴よ！」

「わ、私は父上をお手本として、騎士らしい騎士になろうとしているだけだ！　お前こそ戦となると兵糧攻めとか水攻めとか、いつも狡《ずる》い戦術ばかり用いて……精強な騎馬隊を持ちながら、卑劣だぞ？」

「褒め言葉、有り難し！　卑劣上等！　平民あがりの俺は、戦場に浪漫《ろまん》を夢見る騎士道精神など糞食らえよ！　戦はなぁ〜、勝てばよかろうなのだ！　フハ〜ハハハハ！」

高笑いが耳に響いて頭が痛くなってきた、とバウティスタはこめかみを押さえていた。

「……ヴォルフガング。なぜそれほどの自負心を抱きながら、枢機卿と組んで『人間主義』を掲げる？　父上が築こうとした異種族連合こそが、魔王軍を倒す最善の道のはずだ」

「フン、相変わらず正義感の強い女だな。今と当時とでは情勢が違うのだ、情勢が」

「私には、魔王軍が大陸から撤退した途端に仲間割れしたようにしか見えないのだが？」

「わかったわかった。その話は面倒だからまた後だ、まもなく猊下が到着する！　幼馴染みのよしみでお前呼ばわりを特別に許すが、公の場では『陛下』と呼べよ？」


やがて皇国の実質的な統治者であるクラウス・フォン・グナイゼナウ枢機卿が、二人の前に現れた。

「ふふっ。陛下、騎士団長殿、よくぞ参られました。こうして三人が揃うのも珍しいですね〜。大厄災戦争の折には、三人揃い踏みして魔王軍と戦ったものです。あなた方のおかげで、ボクも今やこの若さで並み居る枢機卿たちを束ねる皇国の守護者。聖下より全権を託された聖都の統治者となれました。まずは礼を言わせて頂きますよ」

「おお、猊下よ！　相変わらず聖人じみた爽やかな笑顔だな、フハハハハ！」

年齢は二十代半ば。男なのか女なのか判然としない中性的な容姿。緋色《ひいろ》の聖服に身を包んだグナイゼナウ枢機卿は、かつて皇国の監察役としてヘルマン騎士団に随軍していた。

陣中でも教団最古の預言書「聖マスカリン預言書」研究に没頭していた敬虔《けいけん》な信仰の徒で、霊性を保つために生涯不犯《ふぼん》を誓い、皇国の頂点に立った今なお禁欲を貫いて異性を一切寄せ付けない。滅多に感情を表さない自制ぶりといい、柔らかな物腰や慈愛に満ちた笑顔といい、筋金入りの聖職者と言っていい。

だが彼は一方では異種族を激しく嫌悪し、先代騎士団長ワールシュタットが「人間主義」を否定して異種族との本格的な連合に奔る様を常に批判していた。

そのワールシュタットの討ち死にとエルフ王都陥落、ヴォルフガングによる騎士団再編成と継戦、そして勝利までを、騎士団に随軍していた枢機卿は監察役としてその目で見てきている。ヴォルフガングが戦争を終結させたため、枢機卿は一躍皇国のトップ——枢機卿団首席に躍り出た。ヴォルフガングも、枢機卿が望む「人間主義」再興路線に賛同し、その見返りとして枢機卿の推薦によって大陸北部を統べる新王国の王に封じられたのだ。

お互いに手を組んで大陸随一の権力を掌握した二人

だが、常にヴォルフガングのほうが「主」で、枢機卿のほうが「家臣」の如く王に諂《へつら》っている。現に今も、王は枢機卿に頭も下げないし、枢機卿は文字通り揉《も》み手《で》をしながらヴォルフガングの機嫌を伺っている。

バウティスタは、

(ヴォルフガングは異種族の扱いが厳し過ぎる。魔王軍に滅ぼされた異種族の王国を復興させず、次々と自分の支配下に置いている。とりわけ、亡国の流民となったクドゥク族や、森に押し込められ今その森をも奪われようとしているエルフ族は哀れ過ぎる)

と、ヴォルフガングの飽くなき権力欲に義憤を感じていた。だが、「全ては教皇聖下のご意志だ」と言われれば、修道騎士団の団長としてはなにも言えない。

「フハハハハ！　猊下の威光は北部にも届いているぞ！　後ほど猊下の邸宅に、王都から運んできた付け届けを運ばせて頂く！　先日猊下から頂いた宝物への返礼である！」

「ああ、あの宝物は贋作《がんさく》だったらしいですねぇ。ボクの眼鏡違いでした」

「いや、まだ偽作と決まったわけではない。どのようなものであれ、使いようはある！　ともあれ、返礼は返礼だ。受け取るがいい！　余は借りを作りたくない男でな！」

「律儀なお方ですね。ボクの邸宅は、陛下の別宅の隣ですから、運搬も容易いでしょう。生涯酒も美食も女色も断ったボクですが、古美術品の蒐集《しゅうしゅう》だけはどうしても止められないんですよ。ボクも昔のように戦場に馬を駆りたいものです、陛下」

「うむ。わが王国の新都ヴォルフガングリオンは、鬱蒼たる森を伐採して『草原の都市』に改造した故、自慢の騎馬兵を縦横に動かせるぞ！　いずれ王都で馬比べでもどうだ？」

「はい、喜んで。エッダの森を接収して南北縦断街道を開通させた暁には是非とも」

王国が築いた新王都は、かつてはエルフ王国の都だった。王都を魔王軍から奪回したヴォルフガングは、王都をエルフに返還せず、自らの新王国の都に改造してしまった。都の名前を変え、広大な森を草原に造り替えたのは、「以後ここは森の民エルフの都ではなく、騎馬兵を縦横に動かす軍事国家アンガーミュラー王国の都である」というヴォルフガングの意思表明だった。

エルフの王都を奪った上、さらにエッダの森までは奪わないだろう、とバウティスタはヴォルフガングの良心を信じていた。しかし、今やその望みは絶たれた。

枢機卿は、異種族を人間の眷属ではない「亜人」だと信じている。「異種族であろうとも改宗すれば人間と同等である」という本来の教団の教義を、枢機卿は「異教を奉ずる異種族は人間にあらず」と拡大解釈し、教団教義の本流にしてしまったのだ。

「それでは跪いてくださいませ。陛下よ、騎士団長殿よ。聖下より正式に『エッダの森を接収せよ』とのお言葉が降《くだ》されました。騎士団長殿がエルフに半年間の猶予を与えたため、出陣は猶予期間が切れる一ヶ月後とします。これはご聖断です。これ以上出兵を一日も延ばせぬこと、ご承知願えますか？」

ヴォルフガングが「フハハハハ！　聖下のご命令、承った！　異教徒の勇者を倒し、エッダの森を破壊して南北を繋げる街道を築いてみせようぞ！」と承諾した。

「ああ、ついにご承諾頂けました！　ありがとうございます。南北縦断街道が開通すれば、北部の王都と南部の聖都間の往復が容易になり、陛下による北部統一事業も一気に進みます。これで陛下は、異種族どもが語り継いでいた伝説の勇者をも超える誠の英雄になられますよ」

バウティスタはしばし返答を躊躇ったが、異教徒の勇者家康を捕縛できなかった彼女に拒否する権利はない。家康を捕縛できていれば、エルフ族は籠城を断念して彼女が準備した代替地に移住したかもしれないのだが――。

「おや、騎士団長殿？　外交交渉で失点していながら、まさか聖下のご聖断を拒絶するというのですか？　不服ならばこの場であなたを破門に処してもよろしいのですよ？」

「……いえ。われらヘルマン騎士団は信仰に魂を捧げた修道騎士団。このバウティスタ・フォン・キルヒアイスも承諾致します、猊下。最小限の犠牲で森の接収を成功させるべく努力します」

「そうですか、そうですか。次こそは勇者を倒してくださいね騎士団長殿。それで戦争は終わり、あなたの失点も帳消しとなります。アンガーミュラー王国が大陸北部平定の任務を押し進めている今、ヘルマン騎士団の存在意義は薄れていますからね」

「……はっ……」

「あなたと騎士団の不遇は、誰の責任でもありませんよ。エルフ族やクドゥク族などを頼りにしたあなたのお父上の不明を呪うことですね。改悛《かいしゅん》して励んでください、騎士団長殿」

かつてワールシュタットと異種族の扱いを巡って対立していた枢機卿は、バウティスタ率いる騎士団に当たりが強い。今やバウティスタは微妙な立場に立たされていた。


枢機卿がヴォルフガングに何度も「どうかよろしくお願いしますね」と頭を下げつつ満足げに立ち去った後、直情的なバウティスタは「フハハハハ！　これでいつ沈むかわからん船旅や西回りの長ったらしい大迂《だいう》回《かい》の旅も終わりだな！」と高笑いするヴォルフガングに思わず抗議した。

「ヴォルフガング。お前は王に即位して以来十年、異種族を弾圧し続けてきたが、魔王軍と戦うためには彼らとの連合が必要だ！　枢機卿は間違っている。彼を説得してエルフ族に手心を加えさせるべきだ！」

「バウティスタよ、俺とてエルフ族を皆殺しにするつもりはない。逃げ場を用意しておかねば、籠城している連中全員が厄介な死兵と化すからなぁ〜。大陸最南端のノイス周辺に、広大な空き地がある。そこをエルフ族に提供してやればいいだろう」

「……砂漠の都市ノイスの周囲は、水源すらない、見渡す限り砂漠が広がる不毛の地だぞ。森の民エルフが生きていけるはずがない！　多くのエルフが乾きで倒れていくぞ。私は、緑豊かな森の都市ハグリの近郊を代替地として考えて……」

「いやハグリはダメだ。あの地方は、峻険《しゅんけん》な山脈によって皇国領から隔てられている秘境の地。再び反旗を翻されては厄介だ。よいな、エルフ族はノイスの砂漠に移住させる」

「……ヴォルフガング……！　お前は父上の忠実な片腕ではなかったのか！　よくもこの十年、父上のご遺志を踏みにじり続けて……！」

「相変わらず甘いな、お前は。異種族との連合軍などいざという時に頼りにならんことは、図らずも親父殿が証明してしまった。俺が指揮する統一軍を築きあげねば、強大な魔王軍を滅ぼせん。その俺に立ちはだかってきた厄介な存在が、異教徒の勇者よ」

「イエヤス殿は異教徒ではなく、単にエの世界から来たばかりでモンドラゴンの信仰を知らなかっただけだ」

「だが、人間なのだろう？　亜人どもをかき集めて人間勢力に立ち向かうとは、エの世界の人間はなにを考えているのかわからんなぁ〜。おおかた、いまだに伝説の勇者を崇《あが》める迷信深い異種族どもを誑《たぶら》かし、この世界の人間に取って代わり支配者になるつもりだろう」

「それ以上イエヤス殿を愚弄するな！　あの男は吝嗇だし用心深過ぎるが、エの世界で生涯を賭して一国を統一した英雄だぞ！」

「フン。一騎打ちに敗れて心が折れたか、バウティスタ。それとも自分を倒した勇者に心を奪われでもしたか？　だから、騎士になどなるなと言ったのだ」

「……ぶっ……無礼者……！　これは色恋の話などではないっ！　私を愚弄するな！」

激情に駆られたバウティスタは、思わずヴォルフガングの頰を叩いていた。

「フハハハハ！　相変わらず、気丈な女だ！　親父殿に似てきたな、バウティスタ！」

「……あっ？　す、すまないヴォルフガング。つ、つい……」

「構わん、構わん。俺とお前は兄妹《きょうだい》も同然だ。たまには喧嘩することもあるとも！」

かつて兄とも慕った男が、権力欲の権化になってしまった。父上の理想とは真逆の道を生きる覇王に。バウティスタに対しては昔と変わらない根の優しい男であり続けているのに、なぜ。どうしてだ、いつどこで二人の生き方はすれ違った？

バウティスタは戸惑いながら、ヴォルフガングのもとから走り去っていた。

「バウティスタよ、気に病むことはないぞ！　俺は、正面接戦を避けて搦《から》め手《て》で戦に勝つ智恵者だ。戦はただ一人の犠牲で片付けてみせる、フハハハハ！」

ヴォルフガングが聖都の別宅に帰還したのは、この日の深夜だった。

王都に建てた広大な王宮とは対照的に、聖都のヴォルフガング別邸は手狭だ。家族として留守を守っている妹と王自身の二人で暮らすことを前提に設計されている。使用人の数も存外に少ない。

諸侯別邸エリアに密集する聖職者及び諸侯の別邸は、決して要塞化できないよう、建築基準を設けられているのだ。ただし、要人が集まる地域だけに、セキュリティは厳重である。

全体を高い壁に覆われた諸侯別邸エリアには関門がひとつだけ設けられていて、ここで入念なチェックを受けた関係者以外は容易に立ち入れない。

「フハハハハ！　わが妹よ、アーデルハイドよ！　兄が戻って来たぞ！　半年ぶりの再会だな！　王都からの贈り物は届いているか？」

「……ようこそ、お兄様。美しい花束とたくさんの縫いぐるみを毎日送ってくださってありがとうございます。故郷の花を久しぶりに観ることができて、感無量です」

この十年、元平民の王という際どい立場を保持し続けるために東奔西走してきたヴォルフガングにとって、別宅で妹と過ごす時間だけが癒やしだった。

アーデルハイドは公称十二歳。誕生日は不明である。名もない田舎村の平民に戸籍などはない。どこか巫女《みこ》のような清廉な雰囲気を湛《たた》えている、愁いを帯びた瞳が印象的な少女だった。

彼女は兄に引き取られて以来、「成り上がりの俺には政敵が多い、外の世界は危険だ。俺が絶対的な権力を握るまでしばし耐えてくれ」という理由でこの屋敷から出たことがない。まだ幼いという理由で社交界にもデビューしていない。しかも王が異常に用心深いため、別邸で働く数少ない使用人も数ヶ月毎に総入れ替えされてしまうので、屋敷内に友人も知人もいない寂しい境遇にあった。兄以外の誰も訪れないその部屋は、兄が送りつけてくる大量の縫いぐるみで溢れている。

「今回は、スライムの縫いぐるみを大量に手に入れたぞ！　俺自らがデザインし、王都の御用商人に売り出させた新製品だ！　アーデルハイド、なかなかキモかわいいとは思わぬか？」

「……え、ええ……まあ……う、うふふ……お兄様の美的感覚は、ど、独特ですのね」

「内部にゲル状の新素材を注入することで、独特のぷにぷにした触り心地を忠実に再現したのだぞ！　握っているだけで癒やされるぞ、フハハハ！」

「……う、うふふ……そ、そうですね……見た目がもう少しかわいければ……あはは……」

ヴォルフガングが妹のために「閃いたぞ！　今回はあれをモデルにせよ！」と命じて御用商人に造らせる縫いぐるみは、絶妙にキモくてブサイクだが全然かわいくないという、実に残念な縫いぐるみばかりであった。当然売れ残るので、王のもとに大量に献上されてくる。鈍感な王はそれを妹のもとにせっせと送りつけるので、アーデルハイドの部屋は売れ残った縫いぐるみたちの哀愁が漂う百鬼夜行の如き状態となっていた。

ほとんど有り難迷惑なのだが、それでも兄の愛情を感じられるアーデルハイドにとってはどれも宝物である。

ただし、アーデルハイドにはごく限られた親しい相手に手紙を送る自由だけは許されていた。「直接会わなければ身の危険はなかろう」とヴォルフガングも黙認しているのだ。

「おお。しばし抱きしめさせてくれ、妹よ！　実はバウティスタに頰を張り飛ばされてしまってな。あれは歳を重ねても相変わらず気が強い奴だ！　フハハハハ！」

「まあ。お兄様がいつもの調子で口を滑らせたのではなくて？」

「フハハハハ！　そうかもしれんなぁ〜！　自覚はないがな！」

田舎村出身の元平民ヴォルフガングは、当初は家族を戦乱で失ったと称していた。

だが終戦直後、幼い妹アーデルハイドが見つかったのである。凱旋《がいせん》将軍となったヴォルフガングが終戦で手が空いた諜報部隊を動かして、行方知れずだった家族を懸命に捜索したのだという。

だが、ヴォルフガングが幼い妹をバウティスタにお披露目する機会は訪れなかった。

新王に即位すると同時に、王としての義務を果たすべく、聖都別邸にアーデルハイドを人質として住まわせねばならなくなったからだ。

「フハハハハ！　愛《いと》しい妹とともに王都で暮らすこともできんとは、全く不便な身分よ！　王になどなるべきではなかったな！　バウティスタに王位を譲りたいところだが、あれは正直者過ぎて為政者には向いておらんのでなぁ〜！　すぐに謀叛を起こされるわ」

「くす。お兄様、今日はずいぶんとお悩みのようですわね。なにが胸につかえているのでしょう？　よろしければ、打ち明けてくださりませんか？」

「……フ。相変わらずお前に隠し事はできんな。実は来月エッダの森を攻めることになった。今まではバウティスタの手前大目に見ていたが、異教徒の勇者が籠もっているのでな……」

「わかります。お優しいお兄様は、心を痛めておられるのですね。幼馴染みのバウティスタ様の願いを無視してかつての同志だったエルフ族を攻めること、異世界から選ばれし勇者を異教徒と断じて倒すこと……どれも、お兄様のご本意ではないのですね？」

「それは少し違うな。親父殿の志に反していることは確かに後ろめたい！　だがな、バウティスタには気の毒だが、異世界から来た勇者は不要なのだ！　俺たち兄妹の未来を摑むためにはな！」

「お兄様。私はこのままの境遇でも充分に幸せです。家族さえ生きていてくれれば」

「そうはいかん！　お前を日の当たる社交界にデビューさせて良縁を見つけるまでは、俺は死んでも死に切れん！　それが兄としての責務である！　故に、俺は勇者に取って代わらねばならんのだ！　この俺が、自らの智謀と才覚をもって魔王軍を滅ぼすのだ！」

「でも、バウティスタ様との距離がますます遠ざかってしまいますよ？」

「……あいつとは、なんだかんだ言って苦楽を共にした幼馴染みだ。あれは時々怒ったり泣いたりするが、俺を裏切ったり見限ったりはするまい」

「家族同然にバウティスタ様を信じておられますのね。くすっ。早くバウティスタ様と結婚なされればよろしいのに」

「ばっ……バカなことを言うな！　社交デビューすらままならぬ妹よりも先に結婚する兄がいるか！　断じて、お前のほうが先でなければならんっ！　だいいちあれは妹分だぞ、親父殿の娘さんだ。俺が言い寄ったりできるか！　それこそ殴られ蹴り飛ばされる！」

「んもう。お兄様ってば、思い込みが激しい人なんですから」

　ソファーに横たわったヴォルフガングは、物静かな妹が淹《い》れる茶を一服しながら、「生き返る思いだ」と傍らに座っている妹の頭をそっと撫でていた。

「お兄様のお優しいお気持ちが、温かいプネウマとなってこの心臓に流れ込んできます。お優しい王として生きられる時が来ることを、いつも祈っています」

「……フン。戦時中に王が腑抜《ふぬ》けては国が滅ぶ。エッダの森は奪うぞ。だが、俺は軍を動かさずに策を用いて森を奪い取るつもりだ。一兵も損じることなく目的を達成してやる」

「策……ですか、お兄様。やはり、勇者様を害されるのですか？」

「うむ！　だが殺すのではないぞ。奴を生きながら無力化して、勇者としての株をとことん下げさせる策を用いてやる！　勇者などただの伝説に過ぎんということを異種族たちに知らしめるには、殺すよりもさんざん生き恥を晒させてやったほうが効果的よ！」

「まあ。暗殺ではないのですね？　その点は安心しました。でも、果たしてお兄様得意の策略が通じるお方でしょうか？　エの世界を統一した真の勇者様なのでしょう？」

「フハハハ、奴は確かに手強《てごわ》い！　既に第一の策は破られた！　だが、奴が甘い相手ではないことはわかっていた！　あのバウティスタを、不殺を貫きながら倒した男だからな！」

「まあ。もう手を打っていましたの？　しかも失敗？　お兄様の策が破られるなんて……それでは、諦めますか？」

「いや。これから繰り出す第二の策は成功する。俺が軍勢を森へ進軍させるよりも早く、勇者をエッダの森から追い落とす！　異種族連合など同床異夢だと森の連中も知るだろう」

「お、お兄様。どうか、残虐な真似はおやめくださいね？　くれぐれも、お願いします」

「わかっている、慎重にことを進める。俺はな、アーデルハイド。時間が惜しいのだ。黒魔力を消耗した魔王は今回もあと二十年は眠ると信じられているが、それこそ信ずるに値せん甘い観測だ。あの怪物は、今日明日にでも目覚めるかもしれんではないか？」

「……はい。エの世界から勇者様が召喚されたことがきっかけとなって、この十年膠着《こうちゃく》していた状況が一気に進展する。そんな予感がします……」

アーデルハイドはこの別邸から外出することができないが、どういうわけか勘が良い。ヴォルフガングも、妹のこういう予知能力にも似た奇妙な「直感」を頼りにしている。

「うむ、お前がそう言うのなら第三次厄災戦争は目前まで近づいているということ！　だがアーデルハイド、お前は俺が守り抜いてみせる。俺は一兵も動かすことなくイエヤスを追い落とし、大陸の覇権をこの手に握る――！　俺が魔王軍を討ち滅ぼした時こそ、俺は真の英雄になれる！」

誰にもう、平民だのなんだのと陰口は叩かせん。お前が堂々と日の光の下を歩ける時が必ず来る、いや俺が実現させるとヴォルフガングは妹の手を握りしめながら「約束」を誓っていた。

「私などのためにご無理をなさらないでね、お兄様。この大陸に平和をもたらすために、王権をお使いになって。それが、王としての……」

「王位など、いつでもバウティスタにくれてやってい い！　俺はな、アーデルハイド。社交界の表舞台に立てないお前の未来を切り開くために戦っているのだ！そのためならば俺は悪鬼にでも修羅にでもなってみせるわ、フハハハハハハ！」

もう何度、お兄様はこの言葉を私に誓ったのかしら、私のためにお兄様はどれほどご無理をなされているのかしら。アーデルハイドは哀しげに瞼を閉じていた。

しかし、ヴォルフガングはいよいよ鋭気りんりん。彼の苛烈にして電撃的な意欲は、幸薄い妹を幸福にしたいという一心から無限の如く湧き上がってくるのである。

「お前の社交界デビューを実現した暁には、お前に相応しき夫を必ず見つけてみせるからな！　もっとも、俺よりも優れた男など大陸にはいないのだがな、ハハハハ！　実の兄と妹が結婚できるはずもないし、さりとて俺に匹敵する英雄も不在！　実に困ったものだ！バウティスタが男だったらよかったのだがなぁ～」

「お、女の子同士で結婚なんて、そんな。いけませんよ？　そもそもバウティスタ様はお兄様の妻になるべきお方かと……」

「お、俺とあいつとはそのような関係ではないぞ!?　や、やめよアーデルハイド！　その、わかっていますよと言いたげな目つきはよせっ！」

「くす。わかっていますよ、お兄様。いつかきっと、バウティスタ様とお会いしたいです」

第十一話

家康によるエッダの森改造工事が、本格化していた。

ゾーイに声をかけられた多数のドワーフギルドが、「やっと不況から脱出できる」「異種族連合再建、万歳！」「仕事だああああ！　掘るぞおおお！」と一斉に山から下りてきて、続々とエッダの森に押しかけてきたのだ。

伝説の勇者の威光、異種族に対しては実に強し（気位の高いエルフ族を除く）！

荘園の改造工事が進んで一応の安全を確保した家康は、新たな屋敷と宮廷を毎日往復して大量の政務をこなしつつ、その合間に「健康のために運動は欠かせない」とエッダの森を散策して鷹狩り（異世界で狩りに用いる鳥は鷹ではないが、家康は鷹と呼んでいる）に興じる日々を過ごした。

鷹狩りは、ただの遊興や趣味の運動ではない。時間効率を重視する家康は、無礼講とも言える鷹狩りの場で、新たに連合に参入した多くのドワーフギルドの長や、勇者に興味を抱くエルフの町長や村長たち、「イヴァン王子のもとで働かせてください」と森を訪れたクドゥク族諸グループのリーダーたち、「ファウストゥスの大商売に乗りたい！　これは勇者ゴールドラッシュ！」と一攫千金《いっかくせんきん》を夢見て各地から押しかけてきたダークエルフ商人たちと毎日面会し、いちいち直接言葉をかけて彼らとの絆《きずな》を深めたのである。

もちろん、鷹狩りの間はイヴァン率いるクドゥク族に結界を張らせて、刺客による暗殺を執拗に警戒したことは言うまでもない。

かくしてエッダの森全域にわたって、人間軍を防ぐための様々な突貫工事が開始され、森は水上の巨大城塞と化しつつあった。

エッダの森の居住者人口は、押し寄せる異種族たちによってたちまち膨れあがった。

家康が着手した改革事業によって、今や異種族が商売や土木工事にいそしむ一大都市となったエッダの森は空前の活況を呈している。十年もの停滞が、嘘のようだった。

エレオノーラは「エッダの森の自然が破壊されまく

りですわ、貴族たちが失神寸前ですわ！」と困惑したが、家康は「時間がなくてな」の一点張り。家康ほどの慎重な男がこれほどことを急《せ》くのは、自身の寿命が尽きたことを悟った大坂城攻めの時以来だった。

そんなある日、鷹狩り兼新規連合参加者たちとの面会を終えた後。

セラフィナが「スライム牧場の経営も軌道に乗ったよ～！　ほらほら、これが宮廷前大通りの商品街に開いた新規ショップでぇ、本日発売の新作スライムバーガー！　なんと、スライムパティ三枚重ねの大ボリューム！　ハンバーガーが好物のドワーフ族に大好評なんだ～！」と家康に差し入れを持ってきた。

「……肉は滋養にいいが、三枚は多過ぎる。一枚で充分だ。代わりに野菜を増やしてくれ」

「鷹狩りで体力使ってるんだから、いーじゃん。ほんっとに節制好きなんだから～」

「まあ、今の若い肉体ならばこれくらい平気だろうがな。鯛の天ぷらのことを思いだすとどうもな……」

「ほらほら。冷めないうちに、食べて食べて～！」

「もぐ……うむ、味噌には及ばぬが、香ばしい焙煎《ばいせん》けらけらのタレが実に美味だ」

「イエヤスのレシピで造ったケラケラタレ、結局茶色くなっちゃったよぅ、うわーん！」

「よかったではないか。タレが緑色や青色だったら食欲が失せるぞ？」

そう？　緑のソースのほうが美味しそうじゃない？　とセラフィナは首を傾げる。

「ねえねえイエヤスぅ。毎日次々と異種族が押しかけてきて、森が溢れちゃいそうだよぅ～。そりゃ土地はいくらでも余ってるけどさぁ、食べ物が足りなくなっちゃわない～？」

「世良鮒よ。人が集まれば物資も銭も集まる。それらが集まれば、交易によっていくらでも食糧を手に入れられる」

「ほんとに～？　エルフって経済とか商業に疎くてさ～。特にこの十年は鎖国してたから」

「どわあふがぶろんけん山の金鉱を掘り出し、国庫を預けた桐子が順調に銭を殖やしている。どわあふの労働者たちという新たな客を相手の新商売も繁盛中だ。

異種族連合経済は上手く回転しているから、案ずることはない」

家康は、江戸幕府を築いた際には巨利を生む南蛮貿易を仕切る権限を独占して巨万の財を築いたが、経済的にも鎖国状態になっていたエッダの森では「まずは信長公を模倣して楽市楽座を実施し、各地から異種族を集めねばどうにもならぬ」と考えている。

いずれエルフ族と他の種族との間で深刻な対立が起きかねないリスクはあるが、先の戦争で大幅に人口を減らしたエルフ族だけでは森を立て直せないと悟ったからだった。

「そっかー。でもね～、これだけ異種族を森に入れると間者が紛れ込んじゃうってエレオノーラが頭を抱えてたよ～？」

「既に紛れ込んでいるではないか。一人だろうが十人だろうが同じよ。射番率いるくどく族の諜報能力と、桐子の黒魔術を併用すれば、間者とてそう容易に動けるものではない」

「おおー。慎重で疑い深いイエヤスも、イヴァンちゃんを信頼してるんだねー！　あれ？　ファウストゥスも男だよね？　やっぱり……やっぱり男が好きなんだあああ、うわあぁ～ん！」

「だから、俺にはそういう趣味はないと言っている！」

「ほんと～？　人間軍の男性兵士の五割が男好きだって噂だよ～？　戦場で生死を共にしているうちにくっついちゃうんだってー！」

「確かに、戦国日本の武士にも衆道趣味があったな。信長公も美童の森乱丸《もりらんまる》がお気に入りだったし、前田利家殿も『若い頃は信長公と閨を共にした』と諸将に自慢しておった」

「ぐぇ～っ、それって自慢になるんですかーっ？　マエダドノってさあ、そーゆー経験がきっかけで、幼女大好きなヘンタイさんになったんじゃないのぉ？」

「知らん。俺は衆道などに興味はない。『井伊万千代の前髪を落とさせずに近場に住まわせて毎晩通っている』などと家臣どもに噂されていたが、あれは新参者へのただの妬みよ」

「そっかぁ。じゃあじゃあ、エルフ大将軍なんだからぁ、お嫁さんも娶らなきゃねっ！　名門貴族のお嬢さんとかどうかなー、立場も安定するしぃ。ああっでもでもエレオノーラはダメだよ？」

「……俺はもう、正妻は娶らないと決めているのでな……戦国日本では、正妻を二人とも不幸にしてしまったからな」

「だいじょうぶだいじょうぶ。今の人生経験豊富なイエヤスならきっと上手くいくって！　あっ、でも、イエヤスの趣味ってマエダトシイエなんだっけー！　わわわ私はまままだお子ちゃまだからぁ、結婚は早いかなあって！　肌はお餅みたいにぷにぷにだけど！」

「だから俺には、前田利家殿のような趣味もないと言っている！」


セラフィナを連れて狩り場から自宅へと戻る途中、家康は宮廷前の大通りに面した新興商店街を訪問し、行き交う異種族たちに「こんばんは、徳川家康です」と笑顔を振りまいた。

これもまた、近頃の家康の日課である。

「ふむ。これがすらいむばあがあ店の第一号店か。えるふの茶店にしては、ずいぶんとけばけばしいな。南蛮趣味に傾いているというか」

「これは勇者様、王女様。当店の店主は、ダークエルフの拙者が務めております。エルフの町長からは景観を損ねると苦情を言われておりますが、目立たねば客を集められませんので。主な客層はお祭り好きのドワーフですからね。ささ、袖の下をどうぞ」

「そうか、わかった。うむうむ、町長には俺から一言言っておこう。商売に励むがよい」

「ははーっ！　有り難き幸せ！」

普段は無愛想な男だが、庶民の人気取りのためならば好々爺《こうこうや》のような笑みをいくらでも浮かべられるのが家康の狸たるゆえん。しかも小銭も集められる。

「ぶーぶー！　いつもと愛想がちがーうー！　ちゃっかり賄賂貰ってるしー！」

とセラフィナは文句を言ったが、家康は「将軍だ勇者だと威張ってはみても、結局最後に頼れる者も、もっとも恐ろしい相手も、名もなき民たちなのだぞ。俺は若い頃の三河一向一揆で懲りているのだ」と地道などブ板選挙活動の如き商店街散策を止めないのだった。


夜になると、家康は屋敷に戻ってセラフィナとイヴァンと三人で質素な食事を取る。

「さぁさぁ。夕方にスライムバーガーをいっぱい食べたからぁ、今夜は野菜スープがメインディッシュだよ〜！　プルヨたっぷりのエルフ族の種族料理、お母さんの味って奴！」

「こ、このプルヨって、ほんとうに食べてもだいじょうぶなんですかセラフィナ様。ぼ、僕たちクドゥク族は昔から苦手にしてるんですが……」

「ネギの一種だが、日本のネギの十倍はでかいからな。射番が警戒するのも無理はない」

「えっへん！　私は毒成分探知能力に長けてるから問題ないっ！　人間にもクドゥク族にも安心安全の食材しか使っていませんっ！　さあさあ、野山で摘んできたキノコ十種盛りサラダもどうぞ！」

「……さすがにキノコ十種盛りは危険過ぎるだろう世良鮒よ。お前がまず毒味するのだ」

「問題ないって言ってるのにぃ〜。ひょいぱく……グエーッ、痺れるぅぅぅ〜？　キノコ鑑定を間違えたあああ！　舌が痺れて呪文をうみゃく唱へられなひ〜！　イエヤスゥ、解毒剤をちょうだひっ！」

「紫雪はやらんぞ。金貨百枚を煮込んで造った高価な薬なのだ。万病円をやろう」

「ぐえーっ！　ひーどーひー！」

「せ、セラフィナ様。ごめんなさい。シセツはまだ試作段階です。どうぞ、マンビョウエンです」

「ありがとーイヴァンちゃんっ！　持つべきものは弟だよねえ、よよよよよ……」

さんざん三人で騒ぎながら、ひとしきり食事と入浴を終えた後。

家康は隣室のイヴァンに屋敷監視の役目を託してから一人で寝室に入って、ベッドの上でこの世界の歴史書に目を通しつつ、「今日も健康に一歩近づいた」と満足して熟睡する。

「万一の際の治癒係」として日中は家康に侍ることの多いセラフィナは、夕食を取り終えて就寝時間が迫ると、自宅に戻ることになる。

セラフィナを心配するエレオノーラに「妾の荘園を犠牲にしたのですから当然ですわ！」と激しく迫られ、「世良鮒は治癒役として必須だが、えるふ貴族の間で妙な噂を立てられては俺も困るな」と家康も渋々折れたのだった。

「ぐえ〜。いちいち寝るためにお家に帰るなんて面倒臭い〜。イエヤスは小心にも程があるよぅ！　また黒魔力に感染したらどーすんのさ〜」とセラフィナは日が暮れて家康邸を追い出されるたびにお冠なのだが、

「貴族たちは、俺の急進的な改革に不満を溜めているのでな。本来の俺はゆっくりと事を運ぶ男だが、なにぶん今回は時間が足りんのだ」と家康はあくまでも慎重なのだった。


着々と、対人間軍戦に備えた家康の改革事業が進む中。

家康がバウティスタから勝ち取った半年の猶予期限切れまで、残り一ヶ月となった。

宮廷の一室で政務を執っていた家康のもとに、バウティスタからの書状が届いた。森を追われるエルフ族には不毛の砂漠の地しか用意できなかったという。彼女は「力及ばず申し訳ない」と何度も書状内で家康に謝っていた。

「ふむ。えるふは、いよいよ大坂城に籠もる豊臣家同様の立場となったか。職にあぶれた浪人衆を大量に召し抱えているところまで同じだな」

しかし浪人の寄せ集めだった豊臣家の大坂城と違い、エッダの森は歴戦の武人たるこの俺が大将軍として率いている、そこが違うと家康は思ったがわざわざ口にはしない。大坂の陣でも一瞬慢心した結果、決死隊を率いて来た真田幸村に危うく首を獲られかけたのだ。

「落ちない城はないと、いつかイエヤス様は仰いましたわよね。どういたしましょう？」

書状を家康に届けたエレオノーラが当惑する。

「阿呆淬よ。人間陣営とて、魔王軍との決戦の前に無駄に消耗したくはないだろう。籠城戦を耐え抜けば、いずれは暴痴州殿を通して和平を結ぶ機会が訪れるはずだ」

「ヴォルフガング一世の心が和平に傾けば、道は開けるということですわね？」

「うむ。王とて、何年もえっだの森を包囲しているわけにもいかんだろうからな」

ただ王の戦歴を調べれば調べるほど、戦上手で手強い武将という印象が強まっていた。

「王は、俺が得意とする野戦決戦には容易に応じない上に、兵力の消耗を避けながらの攻城戦を得意としている。大規模な包囲網を敷いての兵糧攻めに、巧妙精緻な水攻めなどだ」

「ええ。ヴォルフガング一世は、正々堂々の決戦を美徳とするこの世界の騎士道精神に背く邪道戦術を好んで用いるのですわ」

「さすがは平民から武功だけで王にまで成り上がった戦争の天才だな。太閤殿下を思い起こす……この世界でいまだ戦争を経験していない俺にとっては、実に厄介な相手だ」


「さて。いよいよ軍が攻めてくるとなると、薬を補充しておかんとな。工場も建てたし、民に配布する分は確保できそうだ。だが、俺が自前で持っておく分が不足している」

宮廷での政務を終えた家康は、エレオノーラに貴族懐柔の日課を任せると、セラフィナとイヴァンを呼んで薬園を訪れ、万病円や八味地黄丸の原料に使う薬草を慌てて採取した。万病円が不足すれば、三方ヶ原のような生き恥をまた晒すことに！

駿府時代にも、自家製漢方薬の原料を栽培するために敷地面積四千坪の広大な薬草園「駿府御薬園」を築いた家康だったが、この薬園はさらに広い。

「ねえねえ。エレオノーラから荘園を借り上げた謝礼が干しスライム肉一年分だなんてケチ臭過ぎるでしょイエヤス。ファウストゥスに国庫を預けて相場で荒稼ぎしてるんでしょ？　エレオノーラ、すっごくお冠なんだよー。あの子はお金にはこだわらないけれど、大切な花畑の半ばをスライム牧場と薬園に改装されちゃったんだからさー」

「阿呆滓の機嫌を取るのは世良鮒、幼馴染みのお前の役目だろう。俺は今、自分の身の安全と健康の追求で手一杯なのだ」

「え～？　もうミソのことをあれこれ言わないからさぁ～。イエヤスも手伝ってよぅ」

「それよりこの世界には俺が知らなかった未知の薬草がまだまだある。それらを片っ端から薬園に集めて栽培すれば、さらに完璧な薬を調合できるだろう――射番、このぷおるっかの赤い実は、苦いが山茱萸の代替に使える。いくつか摘んでおいてくれ」

「……はい、イエヤス様」

「そうそう。突然実が爆発することがあるから、摘む際には用心しろよ。全くこの世界には変な植物が多いな」

「心得ています。そういう罠を避けるのは、クドゥク族が得意とするところですから」

「射番。人間軍が来れば、こういう時間も過ごせなくなる。一日でも長生きできるよう、長寿の秘訣を今のうちにいろいろ教えてやろう。姉君との再会を果たすためにもっとも重要なこと、それは生きることだ。わかるな？」

「……はい。あ、ありがとうございます……」

「ちょっとー！　イヴァンばっかり相手にしてー！　やっぱり小姓趣味？　小姓趣味なの？　でもイヴァンはかわいいもんねー、しょうがないかあー。ねえねえイヴァン、私のことをセラフィナお姉ちゃんと呼んで甘えてもいいのよー？　実のお姉さんと再会できるまでは、私がイヴァンのお姉ちゃんになってあげちゃう！」

「……あのぅ……僕とセラフィナ様は同い年ですので……クドゥク族は幼形成熟する種族ですから……僕は未成熟ですけど」

「いいのいいの！　だってほら、私も年齢より幼く見られるしっ！　若さとは実年齢じゃないよ魂だよ！」

「それはお前が子供っぽいというだけなのではないか、世良鮒」

「うっさいわねイエヤス！　ほ～らイヴァンちゃん。じっくり炙った干しスライム肉で固めに炊いたケラケラを巻いた、エルフ謹製焼きおにぎりだよ～。お姉ちゃんが食べさせてあげますからねえ～。おやつの時間でちゅよ～」

「……うう……どうしてセラフィナ様は王女様なのに、こんなに無遠慮に距離を詰めてくるんでしょうか……」

「気にしたら負けだ射番。おにぎりの再現度は高くなってきたが、『盾の魔術』の修行は進んでいるのか世良鮒？　また、『ぷねうまが薄くて壁が張れない』などと土壇場で言われては困るぞ」

「問題ないですよーだ！　長老様にお願いして宇宙トネリコの思いっきり上等な枝から新しい杖も作って頂いたし、そもそもこのエッダの森はプネウマが強いですから！」

「全部他力本願ではないか。お前自身がなにかしら努力した感じがしないのだが？」

「そんなことありませんよーだ！　防衛魔術部隊を再編成して、森全体を壁で覆い尽くす訓練を進めてますよーだ！　持続時間も壁の硬度もどんどんあがってるもん。そもそも私の魔力は『治癒の魔術』に特化していて、『盾の魔術』は杖の補助ありきのオマケなんだから、あんまり無茶な要求しないでよね！」

「……あむ……おにぎり美味しいです、セラフィナ様。イエヤス様の世界では、皆さんこんな美味しいものを食べていたんですね」

「開発中の代用味噌が完成すれば、十倍美味しくなる。世良鮒が、茶黒い味噌を調合したがらないので開発が進まないのだ。なぜ白味噌を調合したがる？　味噌は茶黒く苦くなければ駄目だといつも言っているだろう。いいか、三河名物八丁味噌の神髄とは――」

「茶黒いミソは動物のウ●コみたいなのでイヤなのー！　口に入れるのを躊躇っちゃうっ！　つーか、前世でなにかおかしいとは思わなかったの？　ドロドロネバネバで茶黒くてぷんぷん臭う自称食糧なんてさー、あらゆる意味で食べ物じゃないっしょー！」

「世良鮒！　俺を小心吝嗇とおちょくるのは構わんが、八丁味噌だけはおちょくるな！　三方ヶ原での屈辱を思いだして胃が痛くなるのだ！」

「……ミカタガハラとはなんですかイエヤス様？」

「うむ。かつて日本最強の騎馬軍団を率いる武田信玄公に三方ヶ原で決戦を挑んだ俺は、見るも無惨な大敗北を喫して命からがら浜松城に逃げ帰ったのだ。その時、恐怖のあまり尻から焼き味噌がはみ出していてな……家臣たちに『殿が糞を漏らした』と爆笑されたが、何度でも言う、あれは焼き味噌だ（大嘘）！　よいか射番。戦闘中に空腹が襲えば即、死を招く。戦場に栄養豊富な完全食・焼き味噌を携帯するのは武士の常識……！」

「わーっイヴァン、ミカタガハラの話をイエヤスにさせちゃダメー！　いやあああ！　明らかにそれ、ミソじゃないっしょ！　っていうかミソでも汚いわ！　ねえイエヤスぅ、開発するならやっぱり白ミソでいいじゃん？　私、ダメ。ほんと我慢できない。エルフは潔癖症なんだからさぁ〜」

「……はあ……イエヤス様が胃薬にこだわる理由がわかった気がします……くすっ」

「ひゃあ？　イヴァンちゃんが笑ったあっ？　か、かわいいっ！　まるで森の妖精だわ！　決めた、この子をイエヤスの毒牙にかけさせない！　ねえねえ、今夜はお姉ちゃんが添い寝してあげようかー？」

「……お、同い年ですから。え、遠慮します」

「つれないんだからあー。でもそんなイヴァンちゃんがとってもかわいい！　私ね、こんな弟が欲しかったんだー！」

セラフィナは残された一ヶ月、平和な時間を満喫したいのだ。まもなく森は戦場になるのだから——家康は（決してセラフィナに二度目の落城の悲劇は経験させぬ。千姫に不幸な思いをさせた分、この娘には）と薬草を籠へ集めながら気を引き締めていた。

だが、油断大敵。

いきなり薬園の路上に「ぼこっ」と土が盛り上がり、中から泥まみれのゾーイが顔を出してきた。「ギャーびっくりしたあ！　モグラかよ！」とセラフィナが突っ込みながらイエヤスにしがみつく。

「おーっと、掘るルートを間違えたみたいだな。失敬失敬、あっはっは！　いやー毎日毎晩仲間たちと好きなだけ穴を掘れて、気分はもう最高だあぁ！　この森の土や岩の質は掘りやすくてよ、ガンガン掘れるぜ！　今日はしくじったけど、ご注文の地下道工事は順調に進行してっからなイエヤスの旦那！」

「うむ、憎威よご苦労。頼むぞ」

「……ぐえー。どこをどう掘り散らかしているのよう。間違ってエレオノーラのお屋敷の床下に出口を開通したりしないでよ、ゾーイ？」

「そんなことしてねえよ、イエヤスの旦那の発注通りにやってるからさ。オレたちドワーフに任せておきなって！」

「たった今、ルートを間違えてるじゃん！」

「仕方ないだろー。今はドワーフ総掛かりで本命の地下大工事に全力投入中なんだ。人手、いやドワーフ手不足なんだよ。恒例の宴会はこの大仕事が終わってからだー！」

「憎威、お前が手違いをやらかすとは悪い予感がする。草鞋《わらじ》の緒が切れたような気分だ。今日開通する予定だった地下道の掘り直し、急いでくれぬか？」

「了解了解！　ほーんと、旦那は心配症なんだよなあ。エの世界じゃあ、こんな性格でどうやって長生きしたのかねえ。んじゃなあー！」

げっ、地下大工事ってなに……？　とセラフィナは怯えた。

「ねえねえイエヤスぅ。まさか地下神殿跡に手を付けてるの〜？」

「そのまさかだ。逃げ隠れする際、地下ほど安全な場所はないのだぞ」

「イエヤスって基本的に負け戦前提だよねー。エルフはさー、自然や遺跡を弄《いじ》られることを嫌うんだからさー。異種族をガンガン森に入れている時点で既に怒られてるのに、もし元老院にバレたらやばいじゃん？」

「俺は決して無理をしない慎重な男だが、じっくりと根回しする時間がないのだ。元老院貴族たちは、阿呆淳が懐柔してくれるだろう」

「えー？　エレオノーラってば不憫《ふびん》〜。荘園はイエヤスに魔改造されちゃうし、地下はわけわかんないくらい掘られまくってるし、花壇は半分以上失われちゃうし……お詫びの付け届けが干しスライム肉だけじゃダメだよイエヤス。ミソとか論外。もっとこう、心に響く美しい贈り物をしてあげないとー。エレオノーラってば美しいもの大好きなんだからぁ」

「生憎、俺は全てにおいて実用第一主義でな。美だの芸術だの数寄だのはよくわからん……ふむ、阿呆淳への贈り物か……なにが喜ばれると思う、射番？」

「……ええと……あのお方は日夜職務漬けですから、この薬園にお呼びしてはどうでしょうか？　植物に包まれた環境でセラフィナ様と一緒に過ごされることが、あのお方にとっては何よりもの癒やしになるかと……」

成る程。俺は構わんがなにしろ多忙な娘だからな、今日も貴族たちの懐柔で午後を潰す予定だしな、と家康は困った。あんたが厄介事を全部押しつけてるんじゃんとセラフィナ。

「それに、敢えて呼びつけるとなると接待せねばならず、銭がかさむ……もったいない」

「うっわ、せっこい！」

「……こほん。噂をすれば影と申しますわ、妾の愛らしい花壇の半ばを破壊してスライム牧場に造り替えてくださった勇者様。日々、妾の荘園が冗談のように野蛮な謎施設に改造されていく様を呆然と眺めている気分があなたにわかりますかしら？」

案ずるより産むが易《やす》し。問題のエレオノーラが、予定より早く元老院議員たちとの会食から引き上げて、荘園へ戻って来ていた。さすがのエレオノーラも、（もったいないとは妾をなんだと思っていますの）ともはや我慢の限界といった顔つきである。

さしもの家康もまずいと焦った。淀君が激昂する寸前の雰囲気に似ている。

「これは、阿呆淬。午前の宮廷での職務に午後の貴族懐柔の任務、ご苦労。俺は毎日、阿呆淬に感謝しているぞ。開発中の八丁味噌が完成した暁には一ヶ月……い、いや、一年分を進呈しよう」

「みっ……あんな獣の糞《ふん》みたいな謎の食材、妾は要りませんわっ！」

「おお～エレオノーラ～！　ちょうど誘おうと思ってたところなの！　ねえねえ、スライムバーガーショップの新作焼きおにぎり食べるぅ？　美味しいよ！」

「……ミソっぽいなにかが入っていませんわよねセラフィナ様？　妾はあれがどうにも苦手ですの」

「入ってない入ってない。私ってばぁ、お料理の才能が完全に開花しちゃったみたい！　エルフでも美味しく頂ける白ミソをいずれ開発しちゃうから任せて！」

「白くても茶色くてもミソは嫌ですわ。こほん。今日は、イエヤス様とセラフィナ様にお見せしたい新たな魔術の技をお披露目にきましたの。セラフィナ様と森の防衛にお役に立ちたいと思い、毎晩密かに修練してきたのです」

「えーっ？　でも『解放の魔術』って植物操作の魔術だよね？　あー、わかった！　薬草の成長速度をあげてカンポウヤクの大量生産を可能にしてくれるんだねっ？　やったじゃんイエヤス～」

「その術はもう修得済みですわセラフィナ様。妾はただ花壇で花を愛でていたわけではありません。成長速度と魔力への反応速度が通常の数十倍という新種の樹木を生みだすべく、品種改良を重ねていたのです。イエヤス様が勝手に花壇にドワーフを入れて牧場だの薬園だのに改造したので一時は全滅も危惧しましたが、幸いにも木の種が残っておりましたの」

名付けて銀の樺《かば》と申します、とエレオノーラが種子を大地に放り投げた。そして詠唱。

一瞬のうちに種が芽吹き、天へと連なる大木が一本、生えていた。

さらにエレオノーラが詠唱を続けることで、数々の枝や根をまるで手足のように自在に操れる。根は大地から突如として吹きだして家康の脚を絡め取り、枝は鞭のように伸びてきて家康の腕を縛り付けた。

「おお、なんと素早い。まるで幻術だ。これは、忍術以上に面妖で厄介な術だな」

「木は炎に弱いため『壁』の代用にはなりませんが、万一の際にはこの銀の樺を用いてセラフィナ様をお守り致します。十年をかけてようやく、妾はエルフの白魔術の神髄をある種究めたと申せます」

「おおお、すっごーい!?　エレオノーラってば、んもう水臭いんだからー！　こんな新種新技を開発していたのに、今まで十年も黙ってたのー？」

「ええ。森に人間の間者が紛れ込んでいるかもしれませんから、完成の目処が立つまでは秘匿していたのですわ。け、決して、セラフィナ様がイエヤス様のもとを離れてくれないから急いで護衛用の技を完成させたというわけではありませんからね？　今後は妾がセラフィナ様の護衛役を務めます。イヴァン殿はイエヤス様専門の護衛官ということで」

イエヤス様にセラフィナ様を取られたと焦っていたんですね、とイヴァンが小声で呟いた。エレオノーラが、きっ！　とイヴァンを睨みつける。「すみませんすみません」と震えながらイヴァンはセラフィナの背後に隠れた。

「これは便利だな。まずはこの荘園に、さらにえっだの森の要所に樹林させよう。炎に強い『壁』と組み合わせれば、大幅に森の防御力をあげられる」

「いいえ。手持ちの種子は数少ないのです。当面はセラフィナ様のためにのみ用います」

「わかった阿呆滓。では花壇の面積を拡張するがいい。残り一ヶ月でこの種子を増やせ」

「……これ以上荘園の森林を伐採したくはありませんが、セラフィナ様のためです。やむを得ませんわね……」

「私の荘園も使っていいよーエレオノーラ～！　狭いけどさー、あははははっ。うちはほら、ほとんど原生林だから！　どこをいじられても特に問題ないからねっ？」

「いいですわね。それでは早速、セラフィナ様の屋敷の周辺を銀の樺の森に致します。銀の樺で屋敷の防備を固めますわ」

エレオノーラは「貴族たちの懐柔は今のところ上手くいっていますわ」と家康に淡々と告げた。実際にはかなり苦労していることが、険しい表情から読み取れる。だが、エレオノーラの危惧は貴族よりも、財務長官に就任したファウストゥスに向けられていた。

「……ファウストゥス殿はドワーフギルドに命じて森の奥地に深い洞窟を掘らせ、その洞窟の中で一人きり黙々と仕事に耽っていますが……あまりにも人目を避けるので、禁断の黒魔術を用いているのではないかと森中のエルフが噂していますのよ」

「桐子は実際に黒魔術を用いているのだから仕方あるまい。黒魔術とはいえ、あれは諸国の情報を収集しているだけだ。誰かを呪殺したりするような邪悪な術ではない」

「ですが、稼いだ黄金の一部を洞窟に運び込んで埋めているという噂も……帳簿は彼が作っているので、どれだけ中抜きしているかはわかりませんが」

「中抜き自在と俺が認めているのだ、黙認しろ。国庫が潤えばそれでいい」

「ですが、貴族たちにはイエヤス様がダークエルフと組んで私腹を肥やしているのではないかと誤解されていますわ。エルフは金銭に潔癖ですので」

「案ずるな阿呆滓。俺も桐子から俺への中抜き分を受け取っている。万一の時のためだ。世の中、タダで動くものは地震だけなのだぞ。国庫とは別に、俺個人が自由に使える臍繰りは絶対に必要だからな」

「それでは、誤解ではなく事実ではないですか！　全くもう、あなたもファウストゥス殿も、守銭奴なのですから……貴族たちからあなた方を庇うために毎日奔走している妾の立場も考えてください。黒を白と言いくるめるなんて、嘘が苦手なエルフにとっては拷問のようなものなのですよ？」

「どうどう、エレオノーラ。イエヤスのドケチぶりを今さら怒ってもしょうがないよー。もう長年のエの世界暮らしで守銭奴魂が染みついちゃってるんだからさあ～」

「世良鮒、用心深いと言え。えっだの森が大洪水で水没するかもしれんし、いつ何時俺がえっだの森から追放されるかもしれん。俺は常にそういう不測の事態に備えているのだ」

「大洪水でエッダの森が水没ぅ～？　ないない！　この千年、一度も起こってないよー！　そりゃ森の天然の堀になっているザス河は超激流大河だけどさー、丘陵上にあるエッダの森とは高い段差があるし城壁も建ててるからねっ！　河と繋がる運河の水門も鉄壁だからぁ、仮に運河の水が溢れてもきちんと森の外側に流せるようになってるのっ！」

「ええ、セラフィナ様のお言葉の通りですわ。洪水が起きたとしても、エッダの森を攻めている敵軍側が水に飲まれることになります。そもそもザス河ほど広大な大河ともなれば、人為的に洪水を起こせるものではありませんわ」

「うんうん。この森を聖地として保全してきたのは、エルフの祖先様たちの智恵だねー」

全くエルフたちは楽天的だな、と家康は爪を噛んでいた。

「千年洪水が来ていないということは、そろそろ来てもおかしくないではないか。たとえ十万年洪水が発生していなかったとしても、俺は『十万年も来ていないのなら、いい加減そろそろ来るだろう』と疑ってかかる！」

「うげ～。まーたイエヤスの妙な心配性がはじまったよ～」

「それに、人為的に洪水を起こせないという考えも甘い！　自然に手を入れることを嫌うえるふにはできずとも、自然を自在に加工してのける人間ならば可能かもしれないではないか。たとえば太閤殿下ならば、この森を水没させる大工事を平然とやってのけるだろう」

「ええ～？　そんな工事、終わるまで何年かかるかわかんないじゃん？」

「……俺も万が一の洪水による森の水没を防ぐために、どわあふぎるどに大規模工事を発注したが、なにぶん広大な河なので完成には千年かかる。今はその憎威たちも地下の工事作業で手一杯だし、来月にも攻めて来る人間軍との戦いには到底間に合わんぞ」

「い、イエヤス様は、少々取り越し苦労気味かと……ドワーフギルドと癒着して無意味な工事を発注し、多額の予算を横流ししていると誤解されていますわよ?」

「失敬な。吝嗇な俺が、無意味な仕事など発注するはずがなかろう。銭は命よりも重いのだぞ」

「やっぱり吝嗇なのではないですか！」

「まあまあ！　エレオノーラも一緒に薬園を散策しようよぅ！　私が案内してあげるー！　いきなり爆発したり飛んで嚙みついてくる薬草もあるけどさ、中にはとっても綺麗な花を咲かせる薬草もあるんだよー？」

セラフィナは、エレオノーラの手を取ってはしゃいでいた。彼女は残された一ヶ月を賑《にぎ》やかに、悔いのないように過ごしたかった。家康が来て以来、なにもかもが上手くいっている。人間軍を退けることができれば、再び今日のような平和な日々が戻ってくるだろう。

家康ならば、人間軍との和平も見事にやり遂げてくれるとセラフィナは信じていた。皇国の圧力は厳しいけれど、向こうにはエルフに同情的な騎士バウティスタもいてくれる。

だいじょうぶ。きっと、上手くいく――。

その日の深夜。

洞窟に籠もって黒魔術を用い、あらゆる情報を収集し分析していたファウストゥスは、

「おや。ついに間者の正体を突き止めてしまいましたか。これは面白いことになってきましたよ」

と、中空に浮かぶ大量の水晶球に囲まれながらほくそ笑んでいた。

全ての水晶球は、それぞれ使い魔の蜥蜴と一対一で繫がっている。家康。セラフィナ。エレオノーラ。タ―ヴェッティ。ゾーイ。イヴァン。エッダの森に暮らす主要な要人を、ファウストゥスは蜥蜴を用いて監視させていたのである。

発覚すれば即座に森から退去させられる危険な綱渡りだったが、ファウストゥスは敵陣営よりも味方の陣営により多くの使い魔を配置していた。必ず「間者」がいると確信していたからでもあり、彼自身の個人的な趣向でもあった。

無論、遠距離よりも近距離に配置した使い魔のほうがより精度の高い情報を届けてくれるという技術的な理由もある。使い魔との距離があまりにも遠過ぎると、映像や音声にノイズが入るのだ。

枢機卿やヴォルフガング一世レベルの皇国や王国の要人に至っては、物理的にも魔術的にも常に守りを固めているので、容易に使い魔の侵入を許さない。使い魔の能力をさらに向上させねば、枢機卿や王を直接監視することは難しいだろう。それにそのような難易度の高い仕事は、自らの意思と体術を駆使して如何なる建物にも潜入し、能動的に様々な工作が可能なクドゥク族のほうが向いている。

ただし、ファウストゥスが既に「仲間」として入り込んだエッダの森は別である。彼を怪しむ者はいても、まさか自分たちが監視されているとは思っていない。

(全くエルフは不用心だ。商人たちや野営中の人間軍から情報を盗むよりもずっと容易いですよ)

この夜、ファウストゥスが目を留めた水晶球の中に映し出されていた映像は――。

家康が寝室に入ったことを確認したイヴァンが、隣接する自分の寝室に入った瞬間を捉えたものだった。

ファウストゥスは、そのイヴァンの寝室に覆面を被った未知の男が入り込んでいることに気づき、指を空中で横に振って、水晶球から音声を流させた。

『イヴァンよ、すっかりイエヤスたちに溶け込んでいるな。無愛想なお前がエルフに馴染めるかが気がかりだったが、よくも猫を被り通していられるものだ』

ふむ。聞き覚えのない声。決して表に出てこない隠密ということですか、とファウストゥスは口元だけで笑った。やはり他人の秘密ほど素敵なものはない。

『……ぼ、僕には、そんなつもりは……僕は……その……』

イヴァンは目に涙を浮かべて怯えていた。先刻まで、家康たちと楽しく夕食を取って歓談していたのだ。まるで本物の家族のように。突然残酷な現実に引き戻されて打ちひしがれているのだろう。

わたくしが間者でないことは、わたくし自身が知っている。ならば庭園にあの使い魔を配置した間者はイヴァンしかおりますまい、とファウストゥスにはわかっていた。だが、敢えて泳がせていたのだ。使い魔に家康を襲わせる策を阻止された以上、必ず「首謀者」陣営の者が次の策を命じるためにイヴァンに接触してくるはず。

その時を、この狡猾な男はじっと待っていたのだ。

『前回の使い魔の件は水に流す。陛下も、そう簡単には成功するまいと仰っていた』

例の蛙の使い魔を庭園に持ち込んだ間者がイヴァンだったことが、これで確定した。

(イエヤス様が一人になる寝室ではなく、庭園に放ったということは、イヴァンはおそらくわざと失敗したのでしょう。セラフィナ様と一緒にいる限り、イエヤス様が黒魔力に感染する可能性は低いですしねぇ。「間者仕事をやっているふり」という奴ですか、ふふふ)

しかもあの慎重な勇者は、たとえセラフィナの到着が多少遅れても例の自家製の薬を飲んでいたから、黒魔力の侵食に抵抗し、かなりの時間踏みとどまれただろう。

エの世界から来た人間には黒魔力耐性はないが、家康の自家製の奇妙な薬は、おそらく対黒魔力抵抗の効能を持つ原料を用いている。そのような薬の原料をファウストゥスは寡聞にして知らないが、もしかしたらスライムかもしれなかった。

あの猛獣が持つ異様な再生能力は、明らかにプネウマ成分由来。スライムを摂取すると、体内のプネウマが強化されるのかもしれない。異様な外見と驚異的な再生能力の不気味さ故に、これまで誰もスライム肉を口にしなかったが、家康は前世でスライムを食べ損ねたことを後悔していたという。

だとすれば家康はなんとも運の良い男だが、それも健康と長寿にこだわる異様なまでの執拗さがあってこそはじめて摑めた運といえる。

『次の任務の遂行を指示する——イエヤスをエッダの森から追放させるという策だ。全ては戦争を回避して森を無血接収するためだ、わかるな？　俺は、この匣《はこ》を届けに来た』

『……この封印された匣は、いったい……？　微細な黒魔力を感じます。まさか』

『そうだ、イエヤスは用心深い。もう同じ手は通用すまい。故に陛下は、今回は搦め手で行くと仰っている。この匣を開いた者は、その瞬間にアナテマの術に落ち、術者が予め設定した通りに思考し発言し行動する自動人形となる。渡す相手は……』

ちっ。肝心の「渡す相手」の名前が聞き取れません、とファウストゥスは舌打ちしていた。使者は慎重にも、イヴァンの耳元に小声でターゲットの名を告げたのだ。覆面を被っているので唇も読み取れない。その直後、イヴァンは激しく動揺して大粒の涙を流していた。誰か親しい者をアナテマせよと命じられたのだろう。

『……あのお方を黒魔力に汚染させるのですか？　アナテマに感染した者は、白魔術ではもう治癒できません。僕には無理です。できません。お願いです、この任務だけは……』

『白魔術ではな。だが黒魔術なら除染できる。智恵深い陛下はお前がそう言いだすこともお見通しだ。仕事が終わった後、術に落とした相手にこの薬剤を飲ませろ。それで術が解け、正気に戻る。その時にはもう、イエヤスは失脚しエッダの森から追放されている』

『……それでも無理です。イエヤス様は、呪われたクドゥク族の僕を実の息子のように扱ってくださいました。あのお方を二度も裏切れません。どうか、お許しを……！』

『別に俺は構わんが、二度と姉に会えなくなるぞ。それでいいのなら、寛大にもお前の姉を保護してくださっている陛下を裏切るがいい。呪われたクドゥク族の王子よ』

『……ああ……姉上……わかり、ました……陛下の、仰せの通りに……この仕事が終わったら、姉上をお返しください……そして契約通り、クドゥク族に安住の地を……』

『全ては陛下次第。勇者イエヤスを森から追い落とすという大仕事に成功すれば、陛下もお前の願いを聞き遂げてくださるだろう』

ほう。生き別れの姉は「陛下」のもとに捕らわれていましたか、とファウストゥスは身を乗り出して水晶球に魅入っていた。

「陛下」とは、皇国から「エッダの森接収」を正式に命じられたアンガーミュラー王国のヴォルフガング一世ではないか。

（あの王は「人間主義」を掲げて異種族を弾圧し、とりわけ「暗殺の民」クドゥク族には容赦なく、彼らを流民集団という立場に追いやっていましたが、成る程。それらは全て世間を欺くための「演技」！　実はクドゥク族の王子イヴァンを手駒として操り、各地で様々な謀略仕事を行わせていたというわけですか。さすがにこのからくりには、わたくしも今まで気づきませんでしたよ）

イヴァンはずいぶんと姉に懐いている。たった一人残された家族なのだ。その姉を人質に取られている以上、決して王には逆らえない。まして、仕事の見返りとしていずれクドゥク族に定住地を与えるという契約まで交わしているのならば。

『いいなイヴァン。姉の返還も定住地への解放も、全て陛下のお心次第。この仕事にしくじれば、お前への陛下の心証は大いに悪化する。絶対に成功させろ。もしも正体が発覚したら、急いで森から脱出しろ。戦って死ぬことは陛下が許可していない。クドゥク族を束ねられる者は王子のお前しかいないのだからな。以上だ』

覆面の男が窓から飛び降り、闇の中に音もなく姿を消していた。

室内では、放心してベッドの上に座り込んでしまったイヴァンが小さな顔を掌で覆いながら震えていた。

『……くそっ……ヴォルフガングめ……どうして、クドゥク族はこんな仕打ちを受け続けるんだ……！　姉さんを解放してもらうために、僕は……僕は、王の命令を今度こそ成功させなければ……お許しください、イエヤス様……ううっ……うあああっ……！』

おお、なんという悲劇！

「やはり、首謀者はヴォルフガング一世でしたか。こんな無垢《むく》な子供を人質策でがんじがらめに縛り付けるとは、さすがは騎士らしからぬ策略を駆使して魔王軍を暗黒大陸へ撤退させた男。どこまでも容赦がありませんねえ」

ファウストゥスは、平民から成り上がった若き人間の王の策士ぶりに一種の感動すら覚えていた。実に手強い好敵手！

「厄介なイエヤス様を森から取り除けば、異種族連合は空中分解。エルフはもう抗戦できない。あの戦の名手ヴォルフガング一世ならば、ほとんど戦闘らしい戦闘をせずに森を接収可能でしょう。まさに智将《ちしょう》。王は莫大な戦費を惜しむのか、それとも他に理由が？」

やはり、対魔王軍のために可能な限り余力を残しておきたいといったところでしょうか。

ならば、わたくしもヴォルフガング一世に賛成ですね——魔王軍こそがわたくしたちにとっての真の敵なのですから、とファウストゥスは結論した。

「さて。イヴァンはあの黒魔力を帯びた匣を、何者かに与えるしかありますまい。その者はアナテマされ、術に思考を操作されてイエヤス様を森から追放しようと動くわけです。ここで、わたくしはどうするべきか。直ちにわが主君イエヤス様に真相をご報告するか、誰にも知らせずにイヴァンの工作を密かに阻止するか、それとも——」

それとも、このままなにもせずに情報を握り潰し、謀略が展開するさまをしばらく傍観するか——ですね。

「当然、わたくしが取るべき道は三つめの選択肢でしょう。ああ、他人の秘密を覗き見して情報を握ることの快感。イエヤス様が破滅するか否か、全てはわたくし次第というわけです。そうです、乱世においては情報こそが力。実に震えますねえ。ふ、ふ、ふ……」

ファウストゥスは、自分が摑んだ情報をすぐさま家康に伝えなかった。それどころか、事態の進行をさらに監視すると決めたのである。

エッダの森を揺るがす謀略劇がはじまろうとしていた。

第十二話

宮廷丘陵の南麓に、エルフ貴族たちが暮らす「静かの街」があった。邸宅エリアの向かい側には、サロンをはじめとする貴族の社交場エリアが栄えている。元老院貴族の多くがこの「静かの街」に居住し、夜は社交場でアルコール度数の低い酒を酌み交わしながら政治談義に耽っていた。森に籠もって以来十年、人間の勢力に圧倒された彼らにできることはサロンで酩酊《めいてい》して憂さを晴らすことくらいだった。

エルフは人間と比べると遥かに潔癖で正義感も強い種族だが、十年の逼塞《ひっそく》は彼らを頽廃《たいはい》させていた。家康が倹約令を出してエルフ貴族の贅沢を禁止したのもやむを得ないと言える。

「勇者イエヤスを森に呼び入れて以来、森はドワーフの手でどんどん改造され続けている。われわれエルフは、自然と調和した緑とプネウマ溢れる森林都市でなければ生きられないというのに」

「大通り沿いには仕事帰りのドワーフたちが集まるダークエルフどもの商店街まで誕生して、今や街の景観は目を覆いたくなる惨状だ」

「エレオノーラ様の荘園も、日に日に奇怪な改造を施されている。なんともお労《いたわ》しい」

「聖なるブロンケン山を掘り続けたり、鉄砲を鋳造する工場を稼働させたり、大将軍はやりたい放題ですな」

「軍制度改革も新たな税制も倹約令も厳し過ぎますぞ。彼は、元老院が政治を司《つかさど》りエレオノーラ様が国防長官だった時代の制度を全て変えてしまいました。ドワーフに鉄砲の鋳造まで行わせ、畏れ多くもセラフィナ様に防衛魔術部隊の再編と訓練を命じるとは」

「いつ裏切るかもわからない怪しげなダークエルフに国庫を委ねて、汚職を黙認していることも許しがたい」

「行く先々で不幸をもたらすというクドゥク族に居住地を与えたことも……もしも彼らが蜂起すれば、森は内部から陥落させられます」

「まあ異種族連合策そのものはよいでしょう。われらエルフが単独で人間軍に勝つのは困難ですから。しかし、エルフの扱いが雑過ぎると思いませぬか？　このままでは……」

「……人間との争いを終えれば大将軍職を辞職するとイエヤスは誓っていますが、彼は対人間戦を口実に次々と異種族を森に呼び寄せている。いずれ森に暮らすわれらエルフは少数派に追いやられ、イエヤスが独裁政権を完成させてしまうのでは？」

反家康感情を抱くエルフ貴族たちの中核には、家康の急進的な改革によって要職を失い閑職に回された者が多い。

家康は「戦時中故、血筋家柄で官職を定めない」と大胆な人事改革を実行し、非エルフ族を次々と要職に据えた。国防長官だったエレオノーラは、今や一兵を指揮する権限も持たない家康の秘書扱いだし、かつて政府の最高機関だった元老院も「戦時中」という期限付きとはいえ家康外様内閣の立案を通すためだけに機能している。

「われらの生活はどうなる。貴族としての体裁を保つためには多額の費用がかかる。それなのに要職を奪われて収入が激減した上、その補償がエルフ貴族を愚弄するかの如きスライム肉の詰め合わせ！　なにが『滋養に溢れ、籠城中の飢えを満たしてくれる便利な万能保存食』だ！　なんという吝嗇な。あの男はエッダの森を私物化している！」

「苦情を申し立てたら、そなたたちの生活が無駄に贅沢過ぎるのだとかえって倹約令を強化される始末。薄黄色の下着を着けろとは何事か！　エルフを愚弄しているではないか！」

「怪しいダークエルフの商人とつるんで国庫の黄金を片っ端から危険な投機に注ぎ込んでいるが、万が一にも投機に失敗すればたちまち財政破綻が来るぞ。イエヤスに借り上げられたエレオノーラ様の荘園まで担保に入れられているという噂も……」

「このままではエルフは誇りと森をともに失いましょうぞ！　われらエルフ貴族は今こそ手を携えて団結するべき時です。イエヤスを大将軍職から解任し、セラフィナ様を女王に、エレオノーラ様を宰相に据えて純血エルフによる政権を再建するために——」

「左様。われらは今宵より『王党派』を名乗りましょう！」

「王党派——よいですな。思えばこの十年、王都と王を失った衝撃からわれらはひたすら人間との抗戦を避け、森に籠もって安息を貪っていた。その結果がかかる事態です。イエヤスの台頭を許した今こそ、ようやく目が覚めた思いですぞ。エルフ貴族としての責務を果たさねば」

だが、問題はいくつもあった。まず家康を信任しているエルフ族最長老のターヴェッティは、彼らといえども粗略には扱えない大賢者である。エルフの伝説を全て暗記しているターヴェッティは「エルフの誇りなど大事の前の小事。そなたたちは浅慮過ぎる。伝説の勇者を信じよ。派閥対立など無益じゃ」と彼らを戒めるに違いなかった。

さらには、肝心の王女セラフィナがすっかり家康に懐いていて、子犬のように側《そば》を離れない。セラフィナが家康のもとを離れるのは、夜、自宅に戻って眠る時くらいである。家康は女性に興味がなく、イヴァンにご執心なのだろうとエルフ貴族たちは思い込んでいた。

「……しかし、たとえ王党派に正義があったとしても、イエヤスを支持しておられるセラフィナ様のご意思に反するのでは？」

「セラフィナ様はお優しいお方故、あの人間に謀《たばか》られておられるのです」

「王家の姫君でありながら、イエヤスの料理人にされてこき使われているそうですぞ」

「クドゥク族の者と同じ食卓であのスライム肉を食べさせられているとも伺っています。まるで虐待ではありませんか」

「……スライムバーガーとかいう悪趣味なものを立ち食いしていたという目撃情報も……」

「イエヤスはセラフィナ様をそこまで貶《おとし》めて、『エッダの森の支配者が誰であるか』をわれわれに思い知らせようとしているのです。あの狸め！　卑劣な人間め！」

存外にセラフィナが家康やイヴァンとの新鮮で自由な暮らしを楽しんでいるなどとは、人間や異種族と深く関わった経験がないエルフ貴族たちには想像もできなかった。とりわけ、あのイヴァンが家康の隣にいつも無言で侍っていることが恐ろしくてたまらない。見た目はあどけない子供であっても、訪れた街に厄災を呼ぶ呪われしクドゥク族の王子、アサシンギルドのリーダーではないか！

「セラフィナ様は、エルフ族を守るためにイエヤスからの屈辱的な仕打ちに耐えているのでしょう。勇者以外に森を守れる者はいないと思い込んでおられるのです。われらがこの十年、弱腰だったために……いわば、全てわれらの責任ですな」

「ですから今こそ蜂起です！　プッチ（一揆）を興すのです！　イエヤスからエッダの森の統治権を奪回するのです！」

「しかし大義なきプッチは王家への謀叛、大逆罪となるぞ。王位継承権第一位はセラフィナ様であられる。そのセラフィナ様がイエヤスの隣にいる以上、勝手な真似はできぬ」

「それはイエヤスに強制されてのこと！　あのイヴァンに見張られているのだから、セラフィナ様は逃げようがない！」

「もっとも、夜はご自宅にお戻りになっておられる。つまり夜に蜂起すればあるいは――」

「――セラフィナ様の身柄を押さえ、イエヤスからお守りできるというわけか」

「待て、待て。エレオノーラ様のご同意を得られなければ、プッチは失敗する。われらだけでプッチを強行しても、大義名分は得られんぞ。それでは単なる反乱軍に堕してしまう」

議論百出。エルフ貴族たちの意見はなかなか纏まらなかった。エルフ貴族はみな自己主張が強いのだ。このため、自らの王国を築いて独裁権を手にし、全てを即断即決する軍人王ヴォルフガング一世に対して、エルフ族は常に後手後手を踏んできたと言っていい。


サロンに集って「王党派」を名乗りはじめた貴族たちが、「セラフィナ様に反旗は翻せない、だがイエヤスの急進的改革によってエルフ族の文化と伝統と生活と森の自然とがことごとく破壊されるのは耐えられない」と完全に八方塞がりに陥っていたこの日の夜。

エレオノーラは、彼ら反家康派貴族たちが集結しているサロンへと馬車で移動していた。

いつもと貴族たちの様子が違うと小耳に挟み、なにか胸騒ぎがしてならなかったのだ。

「今夜はセラフィナ様たちと夕食の時間を一緒に過ごした分、ずいぶん遅くなってしまいましたね。調整役は厄介な仕事ですけれど、軍を率いるよりも妾には似合っていますわ」

そのエレオノーラが、サロンに到着して馬車から降りると――。

「……エレオノーラ様、やはりこちらにいらっしゃったのですね。先ほど荘園でお渡しするはずだったお届け物です。セラフィナ様からエレオノーラ様への贈り物です――荘園を借り上げたことと、イエヤス様がスライム肉ばかり送りつけることの償いをしたいというメッセージとともに、友情の証としてこの匣を贈呈すると」

褐色のローブを被ったイヴァンが、エレオノーラ宛ての「匣」を抱いてサロンの玄関正面に立っていたのだった。

「まあイヴァン殿。セラフィナ様が？　あの子はきっと、妾が喜ぶような美しい花を贈ってくださるはず……もしかして薬園で咲いた珍しい花かしら？　楽しみですこと」

「……それでは、僕はこれで。イエヤス様の警護に戻ります……また一緒に薬園を回りましょうね、エレオノーラ様」

「ええ。またね、イヴァン殿。あなたが来てから、セラフィナ様はよく笑うようになりましたわ。ほんとうに感謝しておりますのよ」

「……は、はい……それでは……失礼、します……」

イヴァンの姿は、一瞬のうちに闇に紛れて消えていた。ほんとうに素早い。イエヤス様が言う「ニンジャ」というものなのですわね、とエレオノーラはつい微笑んでいた。

エレオノーラはサロンに通されると、もう待ちきれないとばかりに匣に手をかけていた。

「おお、エレオノーラ様！」

「お聞きください。われらは今宵『王党派』を結成し、森をエルフの手に取り戻そうと決めましてございます。党首は、是非エレオノーラ様に」

「なにを物騒なことを。酔っておられますね？　セラフィナ様がイエヤス様に虐待されているなどという噂は、あなた方の被害妄想です。あのお二人は父と娘の如く仲睦《なかむつ》まじいのですわよ。その証拠に、妾がセラフィナ様から頂いた贈り物をご覧に入れますわ」

サロンに集う貴族たちも「さすがはお優しいセラフィナ様」「イエヤスのもとにあっても、エレオノーラ様とのご友情を忘れてはおりませぬな」と感動し、彼らの家康への怒りはセラフィナの細やかな気配りによって収まる——はずであった。

だが、匣の中身はエレオノーラが期待していたような花瓶でも鉢植えでもなかった。

一匹の単眼蝦蟇と、そして一冊の「文書」だったのだ。

（この文書はいったい？　これは公文書に使用される高級専門用紙——もしや国家機密!?）

文書に一瞬注意力を奪われたエレオノーラは、蝦蟇の単眼が発射してきた体液を唇に浴びてしまった。

きゃっ？　とエレオノーラが小さな悲鳴を上げた時にはもう、蝦蟇は素早く屋外へと飛び出していた。任務を終えた使い魔である。屋外に出るや否や、証拠を消すために自ら融解してしまった。

「だ、だいじょうぶですかエレオノーラ様!?」

「なんと奇怪な蝦蟇。自ら溶けてしまうとは」

「……なんですの、今の蛙は？　ま、まさかセラフィナ様の庭園に出現したという黒魔術の使い魔……？　でも、どうしてあの子がこれを？」

匣の中に残された文書は、家康が作成した「書状」だった。

（唇が痺れますわ。まさかほんとうに……）と震えながらも、「とてつもない文書なのでは」という直感を抱いてその書状の内容を読んだエレオノーラは、声を失っていた。

そこには恐るべき「陰謀計画」について、家康自身の筆でしたためられていた。

家康が膨大な公文書に書き記した花押と寸分違わぬ花押が記されている。誰の目にも家康の自筆だと認められた。しかも、エルフ政府のリーダーのみが使用を認可されている最高級の公文書専門用紙を用いている。そう容易に手に入れられる紙ではない。

「これはいったい？『親愛なるヴォルフガング一世陛下へ、わが真の計画をお伝えします。真エッダ改造計画、第一条。勇者の故郷エの世界では、世界を統治する支配種族は人間である。エルフ族はあらゆる種族のうちの最下層に位置し、人間に家畜として飼われている。異世界でもエルフ族は人間に支配されねばならない』……？」

「『第二条。人間は、龍を唯一神として信奉する先進的な宗教、科学を用いて開発された軍事兵器、ダークエルフ族の商業ネットワーク、クドゥク族の暗殺技術、ドワーフ族の土木技術に冶金技術、そしてエの世界より召喚されし勇者、それらのありとあらゆる『武器』を用いてエルフ族を打倒し、エッダの森と神木を奪い取り、全エルフ族を人間の家畜にする責務を背負っている』!?　こ、これはいったい？」

「『第三条。自然を崇拝し白魔術を乱用するエルフ族こそが、世界文明の正しい発展を阻害し続ける諸悪の根源である。エルフ族がいまだ家畜化されていない異世界は、完全に進化の道程を誤り行き詰まった世界である。エの世界から召喚された勇者は、そのような世界にのみ召喚される。あらゆる智謀と策略を用いて全異種族と秘密裏に結託し、エルフ族から全てを奪い取るために。それが勇者の真の使命』!?」

「『第四条。勇者はまず国防の名目でエルフ族から全権を奪い取り、同じ人間を相手とした八百長戦争を長引かせることでこれを返却せず、エッダの森に速やかに諸種族を移住させて繁殖力に劣るエルフ族を少数種族化してしまう……さらにエルフ貴族の荘園を差し押さえて返却せず、その生活を困窮させる。異種族との結婚を忌避するエルフ族を経済的に干しあげれば、彼らは容易に子を成せぬ状況に陥り、自《おの》ずと家畜の地位に転落する』」

「『第五条。暗黒大陸に現れる魔王の活動は、白魔力が汚染されて生じる黒魔力に連動しており、この黒魔力は大地に充満するプネウマを崇拝するエルフ族が操る白魔術によって発生している。だが、白魔術の力に固執するエルフ族は決して改宗させられない。故にエルフ族を家畜の地位に転落させ、白魔力を操る術を奪い去ることで、黒魔力の増殖を停止させる。その時こそはじめてジュドー大陸に真の平安が訪れる。これが、エの世界を平定した勇者が得た知見である。以上、アンガーミュラー国王ヴォルフガング一世陛下のみにわが真意と真実を開示する。読み終えたら即座に焼却されるよう——大将軍徳川家康、ここに記す』」

　エルフ貴族たちは一挙に酔いが覚めて、恐怖のあまり抱き合って震えていた。

「まさかエルフ族を救ってくれるはずの伝説の勇者が、実はわれらエルフ族を滅ぼすために召喚された刺客だったとは!?」

「ではターヴェッティ様が暗唱しておられるエルフ族の伝説は、真実ではなかったのか？」

「それは有り得ない！　この世界に現存する神話伝説の中で、もっとも原形に近いものが嘘偽りを嫌うわれらエルフ族の伝説だ！　イエヤスが書いている話は実にもっともらしいが、白魔術が黒魔力を生みだすという話は完全に出鱈目《でたらめ》だ。この文書は真っ赤な嘘だ！」

「イエヤスは既に人間陣営との和平に失敗し、半年間の猶予期限も終わろうとしている。もはや勝ち目がないと見て、われらエルフ族を森ごと人間に売ろうと保身を図っているのではないか？」

「このまま異教徒として裁判にかけられ死罪になるよりも、皇国の信仰を受け入れて生き延びようと寝返ったか。そのための手土産が、エッダの森とエルフ族か！」

「イエヤスは確かに吝嗇でなにを考えているかわからん無愛想な男だったが、まさか裏でこのような裏切りを……なんという狸。飛んだ食わせ者だ！」

「待て待て。この『五箇条』、かつて王都が健在だった時代にどこかで聞いたことがあるような内容だが……ううむ。どこで耳にしたのか、思いだせんな」

情報通のファウストゥスに大金を支払って売ってもらった話ですが、イエヤスはエの世界でもこのような「陰謀」をやってのけたといいます、聞かされた時は半信半疑でしたが……と一人の女性貴族が恐る恐る口を開いた。

「イエヤスは、エの世界で覇権を握り、ショーグンという権力の最高位を手に入れた。しかし、かつての主君筋のトヨトミ家を滅ぼさなければ、自らの子孫に権力を移譲できない。しかも覇者になるまで六十年を費やしたイエヤスには寿命が迫っていて、トヨトミ家を臣従させる時間もなかった。そこで、トヨトミ家が平和を祈願して建立した神鐘に刻まれた祝詞に言いがかりをつけたと」

「言いがかり……？」

「『国家安康』『君臣豊楽』という祝詞は実は、イエヤス（家康）の名前を分断して呪詛《じゅそ》し、トヨトミ（豊臣）が『君』つまり主君として楽しむ世が再び来ることを祈った呪文なのだと言い張って、トヨトミ家が籠もる城塞に強引に戦争を仕掛けて攻め落とし、トヨトミ家の一族を滅亡させたのだと……今のイエヤスは、あと十年二十年の寿命さえあればあんな強引な真似はしなかったと、そのことを悔いているとも聞きましたが……」

今も状況は同じだ、と貴族たちは青ざめた。家康が常々「俺は慎重な男。あと十年あれば、このような強硬手段に訴えずとも森を防衛できるものを。貴族たちに恨みを買いたくはないな」と愚痴っていることを彼らはよく知っている。

家康は忍耐強く慎重な男だ。だが同時に、自分に残された時間がもうないと見るや、突如として居直ってどのような悪辣な真似でもやってのける蛮勇の男なのだ――！

「エレオノーラ様！　聡明なセラフィナ様はイエヤスの数々の挙動に不審を抱き、敢えてイエヤスの側に侍りながら、この恐るべき文書を盗み出す機会を窺っておられたのです！」

「この文書をエレオノーラ様に送ったということは、セラフィナ様はご親友のエレオノーラ様に救いを求めておられるのですぞ！」

「お二人の姉妹よりも強い友情だけが、エルフ族を、そしてセラフィナ様をお救いできるのです！　幸い、まだヴォルフガング一世にこの書状は届いておりません。直ちにイエヤスを討つなり、全権を剝奪して森の外へと追放するなりしなければ！」

「誰よりもセラフィナ様が危ないですぞ！　直ちにセラフィナ様の身柄を確保せねば！」

「あなたは名門アフォカス家のご令嬢、代々国防長官を務めてきた武門の家柄ではありませぬか！　どうかセラフィナ様とエルフ族をお救いください、エレオノーラ様！」

書状の内容の要点は明らかな「偽り」だった。エルフ族が白魔術を用いるから黒魔力が生まれるのではない。生命の営みそのもの、すなわち時の歩み自体がプネウマを汚染させ黒魔力を生みだすのである。その証拠に、かの暗黒大陸では大量の黒魔力が自然発生的に湧きいずるのだ。ジュドー大陸での生物の営みとは無関係である。

だが、ヴォルフガング一世がエルフ族をはじめとする異種族に厳しいことを、エルフ貴族たちは思い知っている。「勇者」の虚言を信じるふりをして、エルフ族を奴隷や家畜の地位に貶めてしまうくらいのことはやるだろう。

エレオノーラは、今こそ「この文書は偽書。イエヤス様を陥れるために何者かが捏造《ねつぞう》したものですわ」と文書を破り捨てて、動揺する貴族たちを宥めねばならなかった。

彼女もまた、家康がエの世界で人生の晩年に汚点とも言うべき大坂城攻めを強行したことを知っている。

だが、家康には孫婿の豊臣秀頼を殺すつもりはなく、息子の秀忠が秀頼の助命を断固拒否したことも、家康が一連の顚末《てんまつ》を深く後悔して自分を責めていることも、大坂城に籠もっていた孫の千姫の姿をセラフィナに重ねていることも全て知っていた。

ましてや、今の家康は二十歳に若返っている。「もう寿命がない」と慌てるような年齢ではない。家康が驚異的な粘り腰であらゆる手段を用いて森を防衛し、さらに人間陣営と和平を結ぼうと知略の限りを尽くしていることを、エレオノーラは理解している。

その超人的なまでの忍耐力、精神力、文武両道に精通した万能の達人ぶり、そして種族を問わない実力主義人事の妙と器の大きさを尊敬すらしていた。惜しむらくは苦労し過ぎたために吝嗇なことと、半年しか時間がないということくらいで、もっと時間があれば家康は卓越した政治力を駆使して気難しいエルフ貴族たちを懐柔できていたはずだった。

だが——書状を読み終えたエレオノーラは、アナテマの術に陥っていたのである。今やエレオノーラは魂を縛られ、精神を術に支配されていた。「セラフィナ様からの贈り物です」というイヴァンの愛らしい笑顔と優しい言葉が、彼女の心の隙を突いたのだ。

まさか、あのイヴァンが人間陣営の間者だったなんて！

（……妾は……言うべきことを言おうとしているのに、言えない……それどころか妾の意思に反する言葉を発しようと……思考を強引に操られている!?　これはまさか、アナテマの術？）

黒魔術に耐性を持つエレオノーラは、必死で抵抗した。だが、自分自身の思考を何者かに強引に操作されている強烈な違和感に襲われながら、ついに唇が決壊した。

「……そうですわ！　皆さん、イエヤスが人間側に内通を図ったことはもはや明白ですわ！　直ちにセラフィナ様のお屋敷に兵を派遣し、イエヤスからお守りします！　あのクドゥク族の子供に気取られるよりも早く！　急ぎますわよ！　ああセラフィナ様、どうかご無事でいてください。妾の最愛の親友……」

最後の言葉だけは、強靭な精神力で黒魔力に抗い、エレオノーラ自身の意思で発することができた言葉だった。アナテマの術に陥って思考操作を受け、「家康が謀叛した」という「確信」に憑かれた思考を制御できなくなったエレオノーラは、「家康を即座に逮捕拘束する」という決定的な言葉を必死で呑み込むので精一杯だったのだ。

アナテマの術は白魔術では除染できない。妾はこのまま王党派を率いてプッチを起こし、まもなくイエヤス様を逮捕することになる。エレオノーラは内心で絶望していた。

ここにエレオノーラが党首となり、打倒家康を誓うエルフ貴族たちによる「王党派プッチ」が突如として勃発したのだった。

街の広場に集結した王党派は、勢いのままに王家ユリ家の荘園へと急行した。家康が動くよりも早く、セラフィナの身柄を確保するために。王女セラフィナこそがこのクーデターにおける「玉」であり、プッチの正統性を担保してくれる唯一の存在なのだ。

王党派の兵士たちがセラフィナの屋敷を包囲する中、エレオノーラが「銀の樺！　王女を守り給え！」と屋敷を包み込んでいた銀の樺の枝を急成長させて脱出困難な緑の「囲い」を築き、寝室で熟睡していたセラフィナの身柄を確保した瞬間に、家康は賊将となった。

さらにエッダの森の各地で、家康が人間に内通した証拠を握ったエレオノーラが蜂起したと聞き付けたエルフ族たちが、かつての国旗を翻しながら続々と決起した。貴族のみならず、平民も多数参加している。実にエルフ族の約半数が、一夜にして「王党派プッチ」に身を投じたのである。

狩り場で、街中で、気さくに平民の話を聞いてくれる家康を贔屓するエルフ族も、半数はいた。家康の地回り活動の賜物《たまもの》と言っていい。

だが残る半数のエルフ族は、エルフ族の慣習を無視した家康の急進的な政策に、不自由感と不満を抱いていた。

その鬱憤が、一通の怪文書によって爆発したのだ。

何よりも、エルフ族最高の名門貴族エレオノーラ・アフォカスが党首となったことが、このプッチに説得力を持たせていた。王女セラフィナの身柄を彼らが即座に押さえたことも大きい。

今や「大義名分」は、王党派にあった。

家康が、新鮮な食材の配達に来た鶏卵業者から「王党派プッチ」勃発を知らされて「異世界でもまた一揆か」と絶望し思わず菜箸を落としたのは、なぜかセラフィナが屋敷に顔を出さず「あのサボリ娘め」と自ら厨房に立って、金貨百枚とともに大鍋で煮込んでやっと精製した伝説の解毒剤・紫雪の完成度を確かめていた時だった。


「イエヤスは人間側へ寝返ろうとヴォルフガング一世に内通を申し出る書状を作成していたが、昨夜その書状がエレオノーラの手許に渡り、イエヤス打倒を叫ぶ王党派プッチが勃発した」

という話を聞かされても、家康は全く身に覚えがない。

「なんのことだ」

なにもかもが寝耳に水だったが、「イエヤスはエの世界で主家のトヨトミ家を強引に滅ぼしている」という前世の悪行までが巷《ちまた》に伝わっている以上、容易に弁明はできないだろうと家康は爪を噛みながら狼狽《うろた》えた。

（なぜ、エレオノーラが王党派の党首に？　まさかアナテマの術に落ちたのか？　エレオノーラはアナテマの使い魔を直接見たことがない。不意を突かれたのかもしれん。だが、エレオノーラは常に冷静沈着な娘だ。不用心にも黒魔術に落ちるだろうか？）

気づけば、隣室で寝泊まりしているはずのイヴァンの姿も見えない。

イヴァンが不在だと気づいた瞬間に家康は、昨夜のうちに起きていた事態をおおむね了解していた。自分が今、どれほどの危地に立たされているのかも。

（そうか。イヴァンか。そうか……ヴォルフガング一世の間者だったのか……ファウストゥスはなにをしていた？　傍観を決め込んだのか。俺を試しているのか、それとも、既にヴォルフガング一世側に寝返ったのか？）

なんということだ。まもなくこの屋敷にも一揆軍が押し寄せてくるだろう。

もしもエレオノーラが明智光秀のような冷徹な武人だったら、エレオノーラの荘園内に建てた屋敷で眠っていた俺の命は昨夜のうちに容赦なく絶たれていたと家康は震えあがった。

（エレオノーラは親友セラフィナの身柄を確保することに夢中で、俺の捕縛を後回しにしたのだろうか？　なぜ兵を二手に分けなかった？）

実は、家康がセラフィナとの同居を避けていた理由のひとつがここにあった。

かつて織田信長と嫡子の信忠《のぶただ》は同時に京に泊まったために、本能寺の変が起きた際に明智光秀に親子とども討ち取られたのだ。要人は一族全滅の危機を避けるべく住《す》み処《か》を分散するに限ると家康は学び、秀忠を江戸に、自らを駿府にと、父子別居を選んだのだ。

だが、エレオノーラがアナテマの術に陥っているとすれば、家康捕縛を後回しにしたのは不自然だった。なにを置いてもまずは王女を確保しないと一揆の大義名分は得られないが、家康捕縛という二手目が遅い。なんといっても家康はエレオノーラの荘園の敷地内にいたのだ。

とはいえ、大幅に遅れていた「二手目」も、この時には既に着々と進行していた。

（うん？　この歌声は？　一揆軍が口々にエルフ王国の国歌を歌いながら丘を登ってくる！　いかん。じきにこの屋敷は包囲される！）

家康にとっては不運なことに、ゾーイに発注していた緊急事態用の地下逃走路は、施行ミスのために未開通のままだった。本来ならば昨日開通していたはずなのだが。

（本能寺の地下に抜け穴を掘っていれば、信長公は助かったのだ。以来、俺は駿府城や江戸城に抜け穴を掘らせまくり、絶対に脱出できるように地下を改造し続けたものだ。ええいゾーイめ、あれほど急げと言っておいたのに手つかずのままではないか！）

ここに家康の郎党がいれば、「もはや切腹するのみ」と家康は癇癪を起こしていたかもしれない。

慎重さの仮面が割れた時、家康は蛮勇の男になる。エの世界では、天変地異の如き突然の不運に追い詰められて錯乱し、癇癪を爆発させて切腹しようとしたことが何度もあった。

桶狭間で今川義元が討たれた時。本能寺で織田信長が討たれた時。大坂の陣で真田幸村の赤備えの騎馬隊に急襲され、本陣を捨てて逃げに逃げた時。そのたびに、家康は「もはやこれまで、切腹する」と叫び、家臣たちに諫められて思いとどまってきたものである。

だが、今の屋敷には愛馬スレイプニルしかいない。

「いつもご贔屓して頂いておりますんでお教え致しました」と家康に風雲急を告げた鶏卵業者は、王党派による襲撃を恐れて既に逐電している。さすがに、伊賀越えの逃避行を支援してくれた京の商人・茶屋四郎次郎《ちゃやしろうじろう》のようなわけにはいかなかった。そもそも、エルフ族は銭をばらまいて逃げ切れるような相手ではない。

家康は切腹したいという発作的な衝動に駆られたが、介錯人抜きでの一人切腹は、何時間も血の海の中でもがき苦しむ文字通りの生き地獄である。それに、いよいよセラフィナとエレオノーラの今後が気がかりだった。ここで自分が死ねば、あの二人の運命は――。

イヴァンのことも心配で仕方がなかった。イヴァンは家康に息子あるいは孫のように懐いていた。あれは演技ではなかった。つまり、よほどの事情を抱えているに違いない。

家康は「まだ切腹はできぬ」と決めた。信長公ならば「是非に及ばず」と屋敷に火を放ち潔く天に還《かえ》るところだろうが、俺は信長公のような真の英雄ではない。みっともなく地を這い逃げ惑いながら命を拾い、最後の最後まで不器用に足掻《あが》き続ける男だ。厭離穢土欣求浄土と唱えながら。それが徳川家康という天賦の才を持たない凡夫のありようなのだ。

いや、有り体に言えば切腹すれば腹が痛む。痛みのあまり漏らすかもしれん。かなわん。

「須霊不死竜よ、俺はこたびも逃げるぞ！」

激情を発散するべくしばし無言で壁を殴り続けた後、

冷静さを取り戻した家康は印籠に完成したばかりの紫雪を詰め込み、甲冑を身につけるや否や、寝室の机の上に積み上げていた書類を小脇に抱えてスレイプニルに飛び乗り、文字通り風を食らって屋敷から逃げた。

あとはもう、一揆勢に見とがめられようが追われようが、脇目も振らずに駆けるのみである。恥も外聞も捨てていた。

「えっだの森から出られる門はひとつだけ。無論、既に閉鎖済みであろう。どうにかして逃げ込む先を見つけねば……！」

背後から、次々と矢が飛んでくる。遠距離からの射撃だが、勢いも強く精度も高かった。エルフの弓術は卓越している。直撃すれば甲冑をも貫通する。もはや、懸命に主人を守ろうと坂道を駆けるスレイプニルの規格外の脚力に賭けるしかなかった。

本能寺の変勃発を知って慌てて堺から遁走した伊賀越えの苦難を、家康は思いだしていた。あの時には、伊賀甲賀の忍者たちに顔が利く服部半蔵が自分を救ってくれたものだが——。


だが、森の中に紛れてかろうじて一時的に追っ手の目を逃れ得た途端、馬上の家康は目眩《めまい》に襲われて落馬しかけた。思えばまだ朝食を取っていない。「夜は小食が健康によい」と夕食を常に軽めに取る家康は、朝食抜きで馬を駆ってこのような命懸けの大脱走逃亡を続けているうちに、空腹で体力が尽きてしまったらしい。

「……い、いかん……宮廷へ逃げ込もうと街まで降りてきたが、腹が減って力が出ない。失神しそうだ……胃の中が空っぽなので漏らす恐れがないことだけが不幸中の幸い……」

日頃の家康ならば「さっさと逃げ切るに限る」と半分失神しながらスレイプニルを駆って逃げ続けるところだったが、セラフィナが提供する野菜とキノコ中心のヘルシーなエルフ夕食はあまりに腹に溜まらなさ過ぎた。

「……もはや動けぬ……馬上に踏みとどまるのも困難……お、おう？　天佑《てんゆう》！　すらいむばあがあの茶店がこんな朝から開いている！」

「おや、イエヤスの旦那？　いつもよりもずいぶんと早い時間ですねえ。おかげ様で町長からのクレームも収まりましたよ、有り難いことでございます」

幸い、店長はまだプッチが起きたことに気づいていない。早朝から店を開くために働きづめだったのだろう。

「て、店長よ。俺は腹が減った。大至急、すらいむばあがあを頼む……馬上で喰らう」

「副菜は如何なさいますか？　皮付きの揚げ芋、すり潰し芋、スライム団子の天ぷらなどなど、お好きなものをお選び頂けます」

「副菜の種類などはどうでもよい、早く肉をよこせーっ！　俺は急いでいるのだっ！　あと、天ぷらだけは死んでも食わんっ！　食ったら死ぬからな！」

「そうそう。街の美観を損ねないために、持ち帰りの際にはバーガーを入れる袋の対価を頂くことになりまして。町長からの命令でしてね、へっへっへ。あっ、お会計は先払いとなります、イエヤスの旦那」

なんでもかんでも代金を取ろうとするお前の悪智恵だろうが、と家康は吝嗇家なだけに店長の銭ゲバぶりに憤慨した。そしてこの時に渋々懐に手を入れて、気づいた。

（いかん。持ち合わせがない！　紫雪に夢中で銭を置いて逃げてくるとは、俺も焼きが回ったものよ。だあくえるふはみな、ファウストゥス同様に銭に細かい。どうする？）

ツケで頼むと言っても、相手は俺と同等の守銭奴。長い交渉時間を取られることになるだろう。それでは追っ手に追いつかれてしまう。

家康は、（三方ヶ原で武田騎馬隊から逃げている途中、栄養補給のために茶屋でやったのと同じ手を使おう）と決めた。

「食い逃げ」である。

何食わぬ顔で「済まぬがほんとうに急いでいるのだ、今すぐに調理してくれ。食いながら代金を払おう」と店長に囁いていた。

「なんとも福々しい笑顔でございますな。あなた様は。へいへい、すぐにお持ちしますよ」

この微笑ましい会話の直後、店長は思い知らされる。エの世界を天下統一した伝説の勇者家康が、「かたじけない」とスライムバーガーを受け取るや否や、素知らぬ顔で馬を走らせて平然と食い逃げする男だという衝撃の事実を――。

「待てやあああああ、オラアアアアア！　賄賂を取ったあげく食い逃げとは、それが勇者のやることかあああ！　代金を払っていかんかいいいいっ、食い逃げ野郎がああああああッ！」

血相を変えた店長が包丁を振りかざしながら、スライムバーガーを頬張って逃走を開始した家康が駆るスレイプニルを、徒歩で追いかけてくる。

「お、恐ろしい剛脚ッ!?　一角馬に追いすがってくるとはっ？　思えば三方ヶ原の茶店の婆《ばばあ》も、どこまでも俺を追いかけてきて代金を取り立てた妖怪じみた婆だった！　なんという銭への飽くなき執念！」

「銭に執着しとるのは、食い逃げ犯のおどれやないかーい！　ダークエルフ族を舐《な》めんなあああ、ゴラアアアアアッ！　払うまでは地の果てまでも追ってやるでえええ！」

「い、いかん！　店長の怒鳴り声が街中に響いて――せっかく振り切った一揆軍に見つかってしまっただとーっ!?」

「「見失っていたイエヤスを再び発見！　絶対に逃がすなっ！」」

家康の食い逃げの代償は、高くついたのである。

三方ヶ原で武田信玄軍に大敗して遁走した時も、家康は逃走中に空腹に耐えきれず茶屋に立ち寄って小豆《あずき》餅《もち》を口に頬張り、「時間がない。すぐ逃げねば」と言い張ってそのまま食い逃げした前科がある。家康は、激怒した店主の老婆になんと延々二キロも追いかけられ、後に「銭取《ぜにとり》」と命名された地点でついに捕まって、渋々代金を支払ったという。

たかが餅の代金の支払いをケチったばかりに、家康は「銭を払いな！」と鬼婆《おにばば》と化した老婆に追いすがられ、危うく武田軍に追いつかれそうになったわけだ。

迫り来る武田軍の恐怖により、持病の胃痛が襲いかかり、家康痛恨の焼き味噌脱糞疑惑事件が勃発したのは、その後だった。小銭を惜しんだばかりに鬼婆という新手に追撃されなければ、悲劇的な脱糞事件は避けられたかもしれない。ケチが身を滅ぼすという教訓を、家康は後世に残したのであった――しかも家康は、今も全く懲りていない。吝嗇は、転生しても召喚されても直らないのである。

「まさに絶体絶命！　俺を生かしてくれ、須霊不死竜！　頼むぞ！」

「……ブルル……ルゥ……」

スレイプニルは知能が高い。自分の主人が食い逃げ現行犯になりさがった、というか前世からの常習犯だったことを知って意気消沈しながらも、追われれば逃げるのが一角馬の本能。プッチ軍を振り切るべく凄まじい勢いで加速した。

だが。

「この、食い逃げ野郎がああああああ！　切り刻むぞワレぇ！」

「い、一向に店主を振り切れんだとーっ!?　ええい、だあくえるふは化け物かっ？」

プッチ軍に捕らわれるのが先か、矢で射られるのが先か、それとも店長の出刃包丁で刻まれるのが先か!?

「うおおおっ、空《す》きっ腹《ぱら》にいきなり肉を放り込んだせいか、猛烈な胃痛が襲ってきた……！　ま、万病円を飲まねば……そうだ！　えるふ族は無理でも、葵の御紋の印籠を翳せば店主はわが威光の前にひれ伏すのでは？　控え控え、控えおろう！」

「かーっ、ぺっ！　葵の御紋なんざ知るかボケぇ！　銭や銭や、銭を払えーっ！」

「い、印籠の威光が全く通じぬだとーっ!?　こやつ、それほどに銭への執着が激しいのか？　ああ。俺は、だあくえるふの商魂を舐めていた……！」

家康の七難八苦の逃走劇は、なおも続く。

第十三話

エレオノーラの邸宅が「王党派本部」と定まったのは、クーデター初日の早朝。

この大豪邸から、同じ荘園内に建つ家康の屋敷までは、一角馬の脚で三十分弱もかかる。アフォカス家の荘園がどれほど広大かがわかるだろう。

王党派はエレオノーラの命令に従って、自分の屋敷で熟睡していた王女セラフィナを起こさないように静かにエレオノーラの屋敷まで運び、次期女王を擁する「官軍」となった。

セラフィナを得た王党派は「王政復古」を掲げてから、外様勇者・徳川家康の捕縛作戦を開始したのである。

王党派本部にエレオノーラと幹部貴族たちが集結してから一時間後、ようやく家康捕縛のために一隊が出立していた。王党派蜂起から家康捕縛作戦の開始まで、三時間ほどのタイムラグがあった。この三時間は、アナテマの術に落ちたエレオノーラが強靭な精神力によって思考操作に抵抗したことで稼ぎ出した三時間である。

「反動エルフ王党派首領」として動くようにアナテマの術に操られたエレオノーラは、まるで以前からプッチを準備していたかの如く水際だった指揮を行った。

セラフィナの身柄確保、自らの邸宅を王党派本部と定めての臨時内閣の組閣、有力貴族たちへのプッチ参加の呼びかけ、十八歳のセラフィナを直ちに女王に即位させるための法改正、エッダの森全域の町や村の王党派シンパとの速やかな連携、ファウストゥス逮捕命令、地下に潜っているドワーフたちの捜索命令、クドゥク族集落の監視命令――エレオノーラは三時間のうちにこれだけの仕事をやってのけたのだから、（イエヤスをなぜ後回しにするのか）という疑問を誰もがなかなか彼女に問いただせなかった。

だが、さすがに焦れた王党派貴族たちが「早くイエヤスの捕縛を」「それでこの蜂起は成功致します」とエレオノーラに訴え、エレオノーラはしばらく「…………」と無言で硬直していたものの、最終的に「承知ですわ」と不承不承頷いたのだった。

セラフィナが目を覚ました時には既に、彼女は「王党派本部」の一室に移されていた。

もっと早く気づけ、熟睡するにも程がある、と家康がこの場にいたら呆れ果てていただろう。

「あれ、なになに？　ここってエレオノーラのお屋敷じゃん？　なにがどうなってるの!?」

セラフィナが慌てて一階の大広間に降りてみると、そこはもう「王党派本部」だった。

「セラフィナ様！　王党派プッチは成功目前ですぞ！　今しばらくのご辛抱です、あなた様は本日午後にも女王に即位なされます！」

「セラフィナ新女王陛下、万歳！」

「エッダの森を、エルフの手に取り戻しましょうぞ！」

「人間陣営に内通したイエヤスは捕縛して追放。異種族もことごとく森から退去させますする」

「このお見事な陣頭指揮ぶりをご覧ください。エレオノーラ様は、父君に勝るとも劣らぬご立派な宰相となられましょう！」

「ぐえっ？　イエヤスが人間陣営に内通？　エレオノーラが……王党派を率いてプッチ？　なにそれ〜っ？　エレオノーラ？　これって、いったいどういうこと〜？　昨日、イエヤスと仲良く薬園を散策していたよねっ？　一緒に夕食も食べたよねーっ？」

セラフィナはもう、訳がわからない。なにもかも夢なんじゃないかしらと頰を全力で抓《つね》ってみた。死ぬほど痛かった。思わず「ぐぎゃっ？」とその場に座り込んでいた。

「い、いだだだだ。え、エレオノーラ？　ねえ、いったいなにをしているの〜？　悪い冗談なんだよね〜？　イエヤスが寝返っただなんて、誰が言いだしたのよーう？」

「……セラフィナ様は寝ぼけておられるのですね。証拠ならここに。イエヤスがヴォルフガング一世宛てにしたためた密書ですわ。昨夜、あなたが妾に届けたのですよ？」

「えーっなんのことーっ？　それより、エレオノーラ？　顔色が真っ青だけどぉ？」

セラフィナに向けて書状を差し出してきた手も、ふるふると小刻みに痙攣《けいれん》している。

「うん？　これは……あれぇ？　昔、どこかで読んだ覚えがあるような……」

　密書の内容に、セラフィナは見覚えがあった。王都がまだ栄えていた頃、お父さまが「こんなものが市中に出回っているとは」と激怒して破り捨てていた怪文書に似ているような……でもずっと昔のことだし、「子供が読むものじゃない。魂が穢れるぞ！」と中身をちゃんと読ませてもらえなかった。

「セラフィナ様。イエヤスが異種族を大量に森に引き入れてエルフ族を人間の家畜にしようと企んでいたことは既に明白ですわ。イエヤス本人の花押が書き込まれていますので。今、イエヤスを逮捕すべく兵を派遣しています。ファウストゥスにも逮捕命令を。ドワーフギルドはプッチを警戒して地下に潜伏中。クドゥク族は集落ごと包囲して監視中。イエヤスは孤立無援です——まもなくイエヤスを逮捕できるでしょう。そして、あなた様が新たなエルフの女王になるのですわ」

「ちょ、ちょっと待って～エレオノーラ～！　私、こんな書状知らないよ？　イエヤスがエルフを家畜にするとか、なに言ってんのさ～？　イエヤスは鼻をかむ紙を落っことしても『一瞬しか接地していないから問題ない』と拾い上げて使っちゃうようなドケチだし、橋を渡る時に落馬を恐れて私に自分をおんぶさせるよーな小心者だし、そのくせ一度ブチ切れたら爪を噛みはじめて矢でも鉄砲でも持ってこい！　と暴走する面倒臭い奴だけどぉ」

「全てセラフィナ様の仰る通り。吝嗇で小心でその実凶暴で、まさに生き残るためなら誰だって裏切る男ですわ」

「でもでも！　異種族でありながら私やエレオノーラのことを親身に心配してくれて、半年近くも精一杯頑張ってくれたじゃん！　エッダの森をオオサカジョーのように落城させるのは忍びないって、いつも目を潤ませて言っていたじゃん！」

「……ああ、今になってイエヤスに情が湧いたのですね。それらは全てわれらを油断させるための演技なのですわ、セラフィナ様。人間とは平然と嘘をつける種族なのです」

　ちっがーう！　イエヤスは律儀な人間なんだってばー！　とセラフィナは地団駄を踏んだ。

「だいいち内通すると決めたなら、エッダの森に住み続けるイエヤスじゃないよう！　イエヤスは小心……いや慎重なんだからぁ、裏切ると決めたら真っ先に無言で森から逃げだすに決まってんじゃん！　一緒に旅行したんだから、よくわかってるよねー？　イエヤスはホンノージでノブナガコーが討たれたと知った時にも、『セップクする！』と切れながら身着の身着のままでサカイから一目散に逃げだしたって、よく愚痴ってたじゃん！」

「忍耐強く誠実で律儀な男の演技を何年も続けられる古狸です、あれは。エの世界で旧主トヨトミ家を滅ぼした裏切りの実績が全てを物語っていますわ。妾すらも、昨夜までは騙されていたのです」

やっぱりエレオノーラの挙動が妙だよ。手も唇もずっと小刻みに震えている。もしかして、アナテマの術に落ちて思考を操作されている？　とセラフィナは気づいた。

（王党派の面々はエレオノーラの異変に気づいてない！　いつも通り、感情を押し殺した「氷のエルフ」として職務を淡々と遂行しているように見えているんだぁ！　幼馴染みの私だけが、エレオノーラに起きている異変に気づいている！）

セラフィナは、小声でエレオノーラの耳元に囁いてみた。

「ねえエレオノーラ、アナテマの術に感染してるんでしょ？　白魔術じゃ除染できないから、体内のプネウマを練って必死で抵抗してるんだよね？　正解だったら、右目をぱちりと二度閉じてみて？」

「……せ、セラフィナ様。これは現実なのです。え、エルフ政庁が使用している公文書専門用紙を用いていることからも、この書状は決して偽書ではありません……」

言葉とは裏腹に、エレオノーラは苦しげに二度、右目の瞼を閉じては開いてみせた。

（やっぱり！　アナテマの術に感染している！　かわいそうなエレオノーラ！　イエヤスを無実だと信じたいエレオノーラ自身の本来の心が、「イエヤスは謀叛人だ」と思考を操作してくる術の力に抵抗し続けていて、内面でずっと葛藤しているんだ！　白魔術じゃ対抗できないし、貴族たちに感染を気取られたらエレオノーラまでが危うい立場に！　どうしよう？）

偽書と蝦蟇の使い魔をエレオノーラのもとに届けた者こそが、エレオノーラにアナテマの術をかけた犯人に違いない。

（未知の第三の侵入者でなければ、ファウストゥスかイヴァンちゃんということになるけれど!?　イヴァンちゃんは有り得ないっ！　普通に考えればファウストゥスが犯人であり人間陣営の間者だよねっ？　もともと人間軍相手に商売していた男だしねっ!?）

謎は解けたー！　とセラフィナは拳を握りしめていた。

「ねえねえエレオノーラぁ？　ファウストゥスはどこっ？」

「……彼が籠もっている洞窟に捕り手を向かわせましたが、間一髪で逃しましたわ。ですが、早々に城門を閉じましたから、エッダの森の外には出られません。いまだに森に潜伏しておりますわ。引き続き捜索中ですの」

「えええ？　森から脱出できてないっ？　そんなしくじりをやる男じゃないじゃんっ？」

ってことはイヴァンちゃんが犯人っ？　嘘おおおおっ？

（どうして？　嘘でしょ？　そーだよ、なにかの間違いだって。未知の犯人がいるんだよねー？）

セラフィナは激しく戸惑いながら、エレオノーラに恐る恐る尋ねていた。

「え、エレオノーラぁ……昨夜、夕食を取って別れた後、イヴァンと会わなかった～？」

「ええ、あなたがイエヤスから入手した密書を届けてくれた忠義者は、イヴァンですわ。セラフィナ様から妾への贈り物だと告げて差し出してくれましたのよ」

「ギャー？　イヴァンちゃんが犯人だったなんてえええ！　エレオノーラ！　みんな～！　私はこんな文書知らないからっ！　百歩譲って仮にイエヤスのものだとしても、あの慎重でこすっからいイエヤスがポンコツ娘の私なんかにあっさり盗ませるわけないじゃんっ」

王党派貴族たちは、興奮して頭に血が上ったセラフィナが妙な踊りを踊りながら突然家康を擁護しはじめたので動揺した。

いったいなにがどうなっているというのだろう？

「エレオノーラが怖いからってさぁ〜。夜になると私を屋敷から追い出してさー、同じ屋根の下で寝泊まりしようとすらしないんだよー？　あれっ私っていろんな意味でイエヤスに信用されてない？　くすんくすん……いや、そんなことより！　ほんとうにイエヤスが内通を企んでいたなら、解毒係として重宝する上に、いざという時に人質にできる私と離れるわけないじゃん！　現にこうして王党派に追い詰められてるしぃ！」

セラフィナの必死の訴えに、王党派貴族たちの心が「一理ある」と多少揺らいだ。だが、

「セラフィナ様は、他人を疑うことを知らない純真なお方ですから」

「誠にお優しい。そうです、セラフィナ様は密書を盗んではおりませぬ。全責任はわれらが！」

「セラフィナ様を卑劣な人間どもの陰謀からお守りするのが、われら貴族の使命ですから」

と、結果としてますます王党派としての忠誠心に火を付けてしまう結果に。

「いや、だから、私はこの文書と一切関係ないから！　この文書が本物ならさぁ、クドゥク族のイヴァンがエレオノーラに手渡すわけないでしょー！　だってクドゥク族の立場まで危うくなるじゃん！　そーだよ。思えば、昨夜のイヴァンちゃんの行動はなにもかも不自然だよぅ！　ねえねえイヴァンはどこなの〜、エレオノーラぁ？」

「……行方を眩ませておりますわ。セラフィナ様が知らないということは、イヴァンが自ら書状を発見して、仇敵の人間とは決して相容《あいい》れないと立場を決めたのでしょう。その証として、書状を妾に。故に、クドゥク族は誰も逮捕せず、監視するのみに留めておりますの。イヴァンは必ずやエルフ族のためにもう一働きしてくれるでしょうから」

あー待ってやっぱりなにがどうなっているのかわかんない、私の素直過ぎる頭では理解できないこの状況！　せめてエレオノーラを除染できれば。でも無理！　あーっ！

（だ、だいじょうぶだよ。まだ諦める時じゃないっ！　そう、持ち前の慎重さを発揮してイエヤスが逃げ延びてくれれば……でもさあ、どこに逃げるの〜？　ひとつしかない門を閉ざされてるのなら、もう森からは出

られないよね～？）

完全に行き詰まったセラフィナが「うーあー」としゃがみ込んで頭を抱えていると、家康を捕縛するために行軍していた部隊の兵士数名が、本部へと舞い戻ってきた。

「イエヤスは単騎で屋敷から逃走！　ですが、森から出る唯一の門には向かわず、大通りからほうほうのていで宮廷へと逃げ込みました！」

「イエヤスはもはや袋の鼠、宮廷を攻め落とすのは容易です！」

「しかもきゃつは逃走中に立ち寄ったスライムバーガー店で、無銭飲食という恥を知らない大罪を犯しております！　店長から被害届が！　これだけでも逮捕に値します！」

あーいつも誰かに支払わせているイエヤスらしいわー小銭くらい持ち歩きなさいよねーとセラフィナは嘆息した。

「エレオノーラ？　きっとイヴァンちゃんはやむにやまれぬ事情があって、心ならずも偽書をあなたに渡したんだよ！　私がイヴァンちゃんと話し合ってみるよぅ！」

エレオノーラはしばし無言でセラフィナを見つめていたが、振り絞るように途切れ途切れの言葉を紡ぎだしていた。

「……セラフィナ様は、興奮しておられるご様子ですわ。イエヤスを支持する反王党派勢力がこの本部を襲撃する恐れも。念のため、セラフィナ様を安全な地下室に――」

「「承知致しました。しばし地下室へお連れします、王女様！」」

「待って～エレオノーラぁ～！　うわーん、どーすればいいのー？　みんなー、エレオノーラは実はアナテマの黒魔術に落ちて……って、ダメっ！　こんなことをバラしたら、今度はエレオノーラがどんな目に遭うか……！　打つ手がな～い～！　誰かぁ～！　イエヤスが集めた頼れる旅の仲間たち、誰か事態を収拾してくださあああい！」

昨日まではエルフ政庁として機能していた宮廷は、丘陵の上に立っている。

普段ならば元老院議員たちや内閣の面々が集いエルフ貴族でごった返している宮廷だが、この日は安息日。僅かな近衛兵しか登城していなかった。

近衛兵に選ばれた若いエルフたちは、純粋に要人を警護するという任務のみを遂行し、「党派不干渉」という原則に忠実な面々。それに、王党派から「逆臣イエヤスを捕縛せよ」という伝令が届くよりも一足早く、家康は宮廷に到着した。スライムバーガー店長の手からバーガーをひったくってそのまま遁走した分、間一髪で間に合ったのだ。

家康は、今度ばかりは吝嗇癖のおかげで（銭を払え！　と店長に追われながらも）からくも追撃を振り切って宮廷に飛び込めたわけだ。王党派よりも店長のほうがずっと恐ろしかった、とようやく店長から逃げ切った家康は呟いていた。

家康が飛び込んだ直後、王党派の面々が王国旗を掲げて続々と宮廷へ迫ってきた。

あっという間に数千もの王党派エルフたちが、孤立無援となった宮廷を東西南北から包囲していった。昨日まで救国の勇者だった家康が、一夜にして兵士と民衆に襲われる側に転落したわけである。

「……三河一向一揆を思いだすな。郎党なき異世界でえるふを一人でも傷つけ殺せば、俺の人望は地に落ちその瞬間に命運が尽きる。そもそも多勢に無勢だ、ここは様子見の一手！」

とはいえ、王党派が宮廷に突入してくるまでもうあまり時間はないだろう。

家康は少しでも時間を稼ぐために、宮廷の中でももっとも高い見張り塔を上り、最上部に開けた空中庭園へと出た。

塔の屋上部分全体が、エルフ好みの花壇と人工森林に覆われていた。神木・宇宙トネリコをはじめとする美しいエッダの森全体を見渡せる絶景のスポットだが、「塔から落ちたらどうする。突然の地震で倒壊するということも」と異様に高所を嫌がった家康が危険を冒してここまで上ったのははじめてのことだった。それほどに追い詰められているのだ。

その空中庭園には、不老長寿のエルフでありながら寿命の限界を超え、老いさらばえた長老ターヴェッティがただ一人で佇《たたず》んでいた——。

「ほっほっほ。イエヤス様、よくぞお越しくださいましたのぅ。近頃は、ご多忙なあなたと一対一で話すきっかけがなかなかありませなんだなぁ」

「……これは田淵殿。宮廷におられたか。俺はどうも誰かに塡《は》められたらしい。おそらくは人間の王・房婦玩具《ヴォルフガング》に。ただ、あまりにもわからぬことだらけで、みっともなく逃げて来た次第――かつて俺は『死ねば浄土に行ける』と信じてえの世界を必死に生きてきたが、召喚先の異世界でも惨めに逃げ続けている。浄土などは結局どこにもなかったらしい」

「いいえ。厭離穢土欣求浄土というイエヤス様の願いは成就しておりますよ」

「ほう？」

「穢土とは、われらがエの世界と呼ぶ世界でありましょう。ならば、浄土とはこのジュドー大陸のことを指していると思われます。宇宙には幾層もの世界がございます。ひとつの世界で生を終えた魂は、次の世界へと輪廻《りんね》致します。エの世界で肉体を滅した魂は、みなこの世界に転生してくる定めなのですじゃ」

「……それでは、ここが浄土？　だが、えるふやどわあふたちはみな、この世界に生まれた者たちでは？　エの世界から来た召喚者は、俺以外にはいないぞ」

「確かにわれらはこの世界に赤子として生まれし者ですが、魂はエの世界から来ているのですじゃ。ただ、エの世界の記憶は残っておりませぬ。勇者のあなた様は特別なのです」

「……俺はえの世界で、妻子殺しや主君殺しの大罪を犯した男だ。勇者などではない」

「いえいえ。あなたが勇者に選ばれた理由は、きちんとありますとも。イエヤス様はエの世界で、死後に神として祀られましたな？」

確かにそうだった。家康は、自分が死んだ後に再び日本が戦国乱世に逆行することを危惧し、武力によって築きあげた徳川幕藩体制に一向一揆の如き「信仰」の力を加えて安定させようと画策した。

如何にして血筋では到底朝廷に及ばない徳川家に「信仰」の力を付与するかを巡り、金地院崇伝や南光坊天海といった僧侶たちと協議を重ねた結果、「徳川将軍家に、宗教的な権威を持たせる。家康の死後、久能山に東照社を建立し、朝廷より神号を賜り神として祀るべし」という結論に辿り着いたのだった。

かくして家康は死した後に「東照大権現」という神になり、久能山に続いて日光にも東照社が築かれた。これが後世に伝わる日光東照宮である。

もっとも、家康は徹頭徹尾模倣者だった。独創的なアイデアマンだった豊臣秀吉は、死後も成り上がりの豊臣家が存続できるように朝廷に働きかけ、自らを「豊国大明神《とよくにだいみょうじん》」という神に仕立て上げた。家康は秀吉のこの「自己神格化」を真似たのである。

「成る程。俺の自己神格化の計画は、あくまでも幕府を安定させて長く存続させるための処理に過ぎなかったのだが」

「ところがイエヤス様は死んだ直後高次世界の『女神』に呼ばれて勇者職に任じられ、この世界を救えと命じられて送られましたな？　生前に天下を統一すること、そして神になること。これが、勇者に選ばれる条件ですじゃ」

「……その通りだ、田淵殿。ううむ。まさか、こういう事態になるとは……」

「皮肉なもので、神格化されたことであなたはこの世界に勇者として召喚されたわけですわい」

「もしも自分を神として幕府に祀らせなければ、俺はどうなっていたのだ田淵殿？」

「エの世界での記憶を全て失い、新たに――いえ、今はあなたをこれ以上混乱させている場合ではありませんな。さて、既に宮廷は完全に包囲されております。いまだ王党派に与《くみ》した市民たちは突入を躊躇っておりますが、じきに王党派の本隊が到着しますぞ」

「阿呆滓が率いる本隊か。その中には、新女王として擁立された世良鮒が……生まれながらの郎党を持たない武士はこうなると寂しいものだな。晩年の太閤殿下のご苦悩、今になってよくわかる。故郷を懐かしがる三浦按針も、イギリスへ帰国させてやればよかった」

「エレオノーラ様はアナテマの術に落ちてしまった様子。あの娘は平和をこよなく愛する者。本来、乱暴なプッチなど起こす娘ではありませんからな」

「……どうやら俺の負けだな。えの世界にも帝《みかど》という『玉』がいてな。帝を得た側が官軍で、帝を奪われた側が賊軍とされる。今の俺は賊軍の将。世良鮒の身柄を王党派に押さえられた時点で俺は敗れた。黒魔術師は、俺を殺さずに無力化することを目的にしている。森からは追放されるだろうが、逮捕されても命までは取られるまい」

「ですが、勇者のあなたが森から去れば、誰がエッダの森を守れましょうや？　王党派は、エルフ至上主義者の集団ですぞ。イエヤス様が築いてきた異種族連合による防衛策は、霧散致しましょう」

そうなればヴォルフガング一世の思う壺。セラフィナもエレオノーラもエッダの森から追われるという結末を迎えることになる。しばし熟考する時間を俺に、と家康は祈った。だが。

「た、田淵殿。続々と進軍してくる兵たちが掲げるあの旗を見よ！　あの緑色の大旗は……あの桐紋《きりもん》は、太閤桐によく似ておるが」

「紛れもなくアフォカス家の紋章ですな。エレオノーラ様ご自身が、ついに宮廷へと」

「俺は外様勇者。世良鮒の民である、えるふ族と戦うことはできぬ。どうか世良鮒を補佐してくれ田淵殿よ、俺は出頭する」

そうか。これが「是非に及ばず」という心境であったか、と家康は青空を見上げながら呟いていた。

「信長公も、本能寺から逃げようと思えば逃げられたかもしれない。金ヶ崎《かねがさき》で浅井長政《あざいながまさ》に裏切られて背後を突かれた時には、俺を含む家臣団を全員放りだして、黙って一人で京へと逃げ帰っていった御仁だ。死ねば全てが終わりだ、大将は生き延びなければならないという理屈を誰よりも知っていたはず」

「イエヤス様の慎重さや逃げ足の速さは、エの世界で培われたものなのですなあ」

「うむ。しかしそんな信長公も、『本能寺の変』が起きたと知るや否や同じ京に泊まっていた嫡男の信忠殿を救うために、信忠殿脱出の時間を稼ぐべく、敢えて本能寺に留まって自ら明智光秀軍と戦い続けたのだろうな——既に家督を譲った息子を生かすために」

そのことを今ようやく理解できた、俺は妻子を捨ててまで生き延びようとするような小心者であった故に信長公が理解できなかったが、セラフィナとエレオノーラを前にしてやっとわかった、まさしく是非に及ばずである、と家康は目を潤ませながら頷いていた。

「……信長公は明智光秀に自分の首を渡さぬために、

見事に本能寺ごと炎上してみせた。明智光秀ほどの男が太閤殿下にあっけなく討たれたのは、肝心の信長公の首を見つけられなかったからだ」

太閤殿下は「信長様は生きておられる」と喧伝《けんでん》することで周囲の武将たちことごとくを味方につけ、あるいは親明智派の面々を逡巡させ日和見に追い込んだのだ。もっとも、嫡男の信忠殿が馬鹿正直にも京に留まって討ち死にしたために、信長公が選び取った一世一代の自己犠牲は無駄に終わってしまったのだが――親の心子、知らずか――。

「田淵殿。俺はもう、前世と同じ過ちは繰り返さない。今生では世良鮒を守ると決めたのだ。ここは世良鮒を生かす。一度くらい、そんな爽やかな生き方をしてみたかったのだ」

「……尊い決断ですな。やはりあなたは勇者でございますよ、イエヤス様。これより異種族連合による防衛策は、力及ばずとも儂が守りましょう。ワイナミョイネン家を滅ぼすことになろうとも」

「かたじけない。それでは近衛兵たちを武装解除させて出頭するか。案内を頼む、田淵殿」


家康とターヴェッティが、空中庭園から階下へ降りようと足を進めたその時だった。

「お待ちください、イエヤス様。忠臣ファウストゥスにございます。こたびの危機対応において、あなた様という器の値踏みは完了する。故にヴォルフガング一世とあなたのいずれにお味方するかしばし日和見しておりましたが、既にわが心は決まりましたとも。これよりわたくしがイエヤス様の窮地をお救い致しましょう。無論、わたくしの地位のさらなる昇格と破格の好待遇が絶対条件ですがね。ブロンケン山の金山の管理権を、わたくしに独占させて頂きたい！　ああ、今こそついに最高の値段で主君に自分自身を再び売りつけられる機会が訪れたというわけです。は、は、は――」

事態を把握していながら傍観していたファウストゥスが、忽然《こつぜん》と空中庭園に上ってきたのだった。

この男は家康にとってはイヴァン以上の戦犯だが、「しばし日和見していた」「破格の好待遇で自分をもう一度買え」というふてぶてしい言葉といい、こみ上げてくる笑いを抑えられない表情といい、全く悪びれていない。家康は思わず、無礼者にも程がある、ファウストゥスを袈裟《けさ》斬りにしたいという衝動に駆られたが、忍耐力を発揮して耐えた。

なぜならファウストゥスの背後には、「まさか」と家康が目を疑う者の姿があったのだ。

「うぇえええん、イエヤス～！　エレオノーラがアナテマの術に感染しちゃったの～！　本心ではイエヤスを謀叛人だなんて思ってないの！　エレオノーラを助けて、お願いっ！」

そう。

ファウストゥスはいったいどういう奇手を用いたのか、王党派本部の地下室に軟禁されていたはずのセラフィナを空中庭園に連れてきていたのだった。

「どうやって脱出させた？」と家康はファウストゥスのほうに思わず向き直っていた。セラフィナが家康に抱きつこうと突進してきたが、「少し静かにしていろ」と掌底を顎に浴びせて進撃を止めた。今は興奮しているセラフィナにギャン泣きされている時ではない。

「ぐはっ！」とセラフィナが突っ伏して倒れる。

「ふ、ふ、ふ。今頃になって手ぶらで主のもとにはせ参じれば、わたくしは存外短気なあなた様に首を落とされますからね。ほんの手土産でございますよ」

「オレオレ。オレだよイエヤスの旦那。プッチ勃発とイエヤスの旦那の失脚を知ったオレは、慌ててイエヤスの旦那の屋敷に地下坑道を開通させようとしたんだけれどよ、一足違いで旦那はもう脱出済みだった。ちょっと逃げるのが早すぎんよ～」

「おお、憎威？　そうか。お前が働いてくれたのか!?」

「エルフが異種族を追い出すとすれば、いの一番に狙われるのはやっぱ昔から不仲なドワーフだからよ。あちこちを穴だらけにしてすんげえ怒られてたしさ。ドワーフギルドの面々全員で地下の大空洞に退避して、王党派の異種族狩りから身を隠していたのさ。そこに、どうして隠しルートを知っていたのかわかんねーけど、このダークエルフのオッサンが乗り込んできてよ！」

そう褒められても。わたくしに隠し事は通用しませんよ、とファウストゥスが照れくさそうに笑った。褒めてねーよ！　とゾーイ。

「セラフィナ様はアフォカス邸に連れ去られましたが、ドワーフならば奪回できるとわたくしは知っておりました。イエヤス様がドワーフに命じて、ご自身の屋敷から宮廷へ繋がる逃走用の地下坑道を掘らせた際、用心深くも直進させずにわざわざ大迂回させてアフォカス邸の真下を通るように注文しておりましたから」

「だから、てめーはなんでそんな極秘工事の詳細まで知ってんだよっ？」

「屋敷から宮廷へ至る地下坑道は、イエヤス様の屋敷の真下に開通させるはずの出口を除いてほぼ掘り終えておりましたので、後はアフォカス邸の地下に急遽出口を開通させるだけで、アフォカス邸と宮廷とが地下で繋がったというわけですよ」

「というわけだー！　なんでそんなことまで知ってんだよ、このオッサンはよ？　と不気味だったけどよ～、おかげで王女サンの居場所がわかって、オレたちも助かったよ！」

全てに慎重な家康は、エレオノーラの荘園に建てた自らの屋敷から密かに宮廷内部に通じる「地下坑道」を設けてくれとゾーイに仕事を追加発注していた。

この地下坑道は本来完成している予定だったのだが、昨日ゾーイが工程を誤って、家康の屋敷から少し離れた薬園に出口を貫通させてしまったことは記憶に新しい。

そのため地下坑道の開通が遅れ、家康はスレイプニルに乗って陸路を大脱走しなければならなかったのだが。

なぜ穴掘り名人のゾーイが珍しく掘り進む方角を微妙に間違えたかと言うと、家康自身が「万が一ということもある。念には念を入れて、坑道を曲げて阿呆滓邸の地下を経由させておいてくれ。直進させるより時間も手間もかかるが、何事か異変が起きた際にたまたま俺や世良鮒が阿呆滓邸に招かれている可能性もなくはない。世の中に絶対という言葉はないのだ」とやたらに用心深い注文をつけたからなのだった。

ゾーイは「考えすぎじゃねーの？　急いで最短距離を掘ったほうがいーぜ？」と渋ったが、家康はなにしろ「本能寺の変」を経験している。信長公が本能寺に脱出用の地下坑道を準備してさえいれば生き延びられたと固く信じていた家康は、後に居城となった江戸城に入るや否や、伊賀者・甲賀者・根来者といった忍者や職人たちに命じて、甲州方面へ脱出するための地下坑道を何本も掘らせている。

しかも「出口が一箇所では安心できん」と執拗に何本もの地下坑道を掘らせたため、江戸城の地下はすっかり地下坑道が複雑に入り組む奇怪な迷宮になってしまい、家康の死後はその全貌を把握している者が絶えたほどである。

現代日本で、皇居（江戸城）の真下を地下鉄が通れなくなったのも、家康が江戸城の地下をこれでもかと掘らせまくって迷宮ダンジョン化してしまったためなのだ。

大河の中州島として形成されたエッダの森の岩盤が江戸に匹敵するほど柔らかかったことと、ドワーフギルドが持つ掘削技術が驚くほどに高度だったことが、家康が密かに進めていた「エッダの森の地下坑道工事計画」が半年足らずでほぼ完成した理由だ。

これは、家康がゾーイに「開戦となれば森の命運を決する工事だ。半年で必ず完成させよ」と発注した「本命の改造工事」とはまた別なのだが、ゾーイたちの仕事の速さは異常。

「成る程、そういうことか憎威。手柄だったな。王党派は世良鮒という『玉』を失ったために、この宮廷に突入することを躊躇っているのか。形勢は逆転し、今やこちらが官軍か」

「そういうことさ！　都合よく王女サンが地下室に籠もっていたから、見張りたちに勘づかれる前にさくっと救出できたってわけさ！　しっかし、よくも馬で宮廷まで逃げ切ったなーイエヤスの旦那！」

「逃げるのには慣れている。しかし桐子、なぜ房婦玩具ではなく俺を選んだ？　阿呆滓があなてまの術に落ちている以上、まだこの一揆の決着は見えていないだろうに」

「ふ、ふ、ふ。恐れながらイエヤス様の尋常ではない慎重さ、周到な用心深さを買わせて頂きました。工程が延びることを承知の上で、万一に備えてアフォカス邸の真下に地下坑道を通らせておくとは。あなたが単なる小心者でしたら、完成を優先させて直進ルートを掘らせていたはずです。故にあなた様は小心者ではなく、慎重にして豪胆な御仁」

「だが、射番を俺のもとに間者として潜ませ、見事にあなてまの術の罠を成功せしめた房婦玩具が一枚上手だとは思わんか？　俺は今朝まで、射番が間者だと確信できなかった。射番かお前か、五分五分だろうと。あるいは第三の術士が存在する可能性も疑っていた」

「確かに、ヴォルフガング一世は魔王軍を撃退して一代にして王に成り上がった稀代の英雄。このたびの策略は見事の一言です。まさか犬猿の仲であるはずのクドゥク族の王子と人間の王が裏で繋がっているとは、わたくしも土壇場まで気づきませんでしたからね」

「土壇場とはつまり、昨夜のことだな？」

「御意。今回捏造された偽書は、戦時中に流布された『クドゥク族の世界支配の陰謀を暴く』という偽書の模倣ですよ。ですが、エルフ随一の名門貴族エレオノーラ様をアナテマの術で操っているのですから偽書のレベルはあれで充分。かの王は、自軍を一兵も損ねることなくエッダの森を接収する奇手を炸裂《さくれつ》させたのですよ」

「いだだだだ。女の子に掌底なんて酷いよ〜イエヤスぅ〜」と半泣きになりながらやっと起き上がったセラフィナが顎を押さえながら、

「あ〜っ、今イエヤスに掌底を喰らった衝撃で思いだしたっ！　昔、流行した『クドゥク族の偽書』！　イエヤスの偽書状の元ネタはそれかぁ〜！　子供の頃、な一んか似たような本をちらっと読んだような気がしてたんだー！」

と、声を上げていた。

「田淵殿？　『くどく族の世界支配の陰謀を暴く』とはなんだ？」

「大厄災戦争終盤に現れた、悪名高い歴史的偽書ですじゃ。内容は、『クドゥク族が異種族を家畜化するための計画書』の体裁を取っておりました」

「そうそう、それとほとんど同じものが王党派に渡ったんだよ長老様ぁ！　クドゥク族じゃなくてぇ、イエヤスと人間族が企む陰謀って話に書き換えられてたけどぉ！」

「書物とは実に厄介なものですじゃ。著者は不明ですが、異種族連合を忌み嫌う人間主義派の知識人が、クドゥク族を弾圧するために捏造させ、魔王軍との戦争

で混乱していた大陸各地に密かに配布させたものと考えられておりますのじゃ」

「……ふむ。俺も関ヶ原の合戦の際には調略のために手紙を大量に書きまくったし、強突く張りの伊達政宗には百万石のお墨付きを与えた後で約束を破ってやったが、そのような陰湿な偽書は覚えがないな……無数の異種族が混在する世界特有の謀略か……」

「イエヤス様。セラフィナ様の父君ビルイェル様は『魔王軍に勝つために連合軍を結成した今、クドゥク族とわれらの関係を破綻させようとはあまりにも愚か』と激怒して偽書を即座に禁書に。残る偽書もヘルマン騎士団を率いるワールシュタット様が回収して燃やしたのですが、クドゥク族に対する拭いがたい悪印象は戦後まで残ったのですじゃ」

「ふむ。俺がこの世界で読んできた歴史書に一切記述がなかったのは、歴史から偽書の存在が抹殺されたからであったか」

「大敗北に終わった例のエルフ王都と騎士団の連携作戦直前に、悪評を撒《ま》かれたクドゥク族は離脱せざるを得ませんでな。もしも諜報に長けたクドゥク族が連合から抜けていなければ、ワールシュタット様は魔王軍の突然の奇襲を回避できたはずですじゃ」

「ならば巡り巡って、世良鮒や阿呆滓の父君たちを討ち死にさせた原因でもあるわけか。文章とは、武辺よりも恐ろしいものだな」

「左様。たとえ戦時であろうとも、異種族間に調和をもたらすことは容易ではございません。イエヤス様。エルフ族が伝説伝承を文書化せずにワイナミョイネン家の当主が口伝で伝えているのは、そのような歴史の改竄を避けるためでございます」

家康は（ではヴォルフガング一世はその偽書の写しを持っていて流用したのか、それとも以前読んだものをそらんじていたのか？）と首を傾げた。

「この種の、人々の疑心暗鬼を駆り立てて陰謀論を刷り込むための偽書は、主語つまり『犯人』の名前を入れ替えるだけでよく、あとはほとんどそのまま流用できる性質のものでしてな。陥れたい対象を『陰謀家』と断定しさえすればよいのですから、むしろ内容は紋切り型でいいのですよ」

かつて謀臣たちに悪智恵を出させ、豊臣家が用いた

「国家安康、君臣豊楽」という文章に「徳川家を呪っている」と言いがかりをつけて強引に大坂城を攻めた家康は（因果応報だな）と自嘲せざるを得なかった。

「桐子よ。やはり房婦玩具は俺より上手ではないか。俺は、そんな偽書の存在すら知らなかったのだぞ」

「いえいえ、イエヤス様。ヴォルフガング一世は確かに戦争と策略の天才。しかし、天才肌の英雄は自らの強運と目映い才に目を眩まされがちで、自らの欠点に気づくまでが遅くなりがち。故に足を掬《すく》われて高転びに転ぶものです」

「ふむ。昔、毛利家に仕える安国寺恵瓊《あんこくじえけい》が信長公をそのように評しておったな」

「翻ってあなた様は非凡な天賦の才の持ち主ではありませんが、その事実を自ら深く認識されておられる」

「……認めたくなくても、三河一向一揆やら三方ヶ原やら伊賀越えやらで、己の凡才ぶりはさんざん思い知らされているのでな……」

「それです。それ故に、あなた様には天才特有の欠点がありません。自覚なき凡才は百害あって一理なしですが、己の凡才を自覚した凡才は天才よりも信頼できるのです。無論、あくまでも確率の問題ですがね」

商人ファウストゥスは、イヴァンという凄腕の間者と、人々の記憶から忘れ去られた古い偽書、そして希少なアナテマの術を精緻に組み合わせて家康を陥れたヴォルフガング一世の天才性よりも、「立ち寄る可能性がある場所の下には念のために坑道を通しておく」と用心深く周到に己の生存確率を担保しようとした家康の泥臭いまでの凡才ぶりを評価したのだ。

「さらにはっきり言えば、ヴォルフガング一世のような天才主君のもとではわたくしのような者の出番はありません。せいぜいが政商として銭を生みだすくらい。ですがイエヤス様のもとならば、わたくしは様々な謀略の才を縦横に発揮できましょう。なぜなら、あなたにはその種の才が欠けているからですよ——そのことをご存じのあなた様こそが、わたくしをもっとも高く買ってくださる買い手にして最高の主君。ふ、ふ、ふ……」

「うっわーなんか凄い失敬なことばかり言ってるんですけどーこのダークエルフ。助けてもらっておいてなんだけど、あちこち覗き見してるしさー！　私の屋敷に無断で蜥蜴を入れたら、怒るんだからあ！　こいつにお風呂とか覗かれたらどーすんのよう？　エルフは貞操を重んじるんだからあ。結婚できなくなっちゃう！」

　実は念には念を入れてセラフィナの屋敷の真下に向けて無断で新たな地下坑道を掘り進めさせていることは黙っておこう、と家康は密かに決めた。自分までセラフィナに変態を見る目で見られかねない。

「こほん。乱世ではこのような者こそ信頼できるのだ世良鮒。太平の世では人々を惑わせる害悪にしかならんが、桐子の悪智恵は来たるべき魔王軍との戦いに決して欠かせない。まさしく桐子こそはじゅどお大陸に現れたわが軍師・本多正信の再来よ」

「え――――？　時々出てくる、そのホンダマサノブって誰だっけー？」

「ふ、ふ、ふ。主従の関係は市場と同じでございます。商品として高く評価して頂き、有り難き幸せでございます」

「しかし今回阿呆滓邸から世良鮒を救出できたのは、僥倖に過ぎんぞ？　もしも昨日、俺の屋敷に予定通りに坑道が開通していたら、射番は宮廷へ繋がる地下坑道の存在に気づいただろうから、阿呆滓邸の地下から世良鮒が脱出に成功する可能性も消えていたかもしれん。そもそも、一揆を起こした阿呆滓が即座に俺を捕らえよと命じていれば、俺は今頃」

「あーそれはどうかなー？　エレオノーラは完全に精神を支配されているわけじゃないの。エルフは黒魔術に耐性があるからね。内面ではエレオノーラ自身の心と術に支配された思考とが激しく戦ってるの！　イエヤスをすぐに捕らえなかったのも、私を地下室に移動させたのも、エレオノーラ自身の意思がアナテマの術に必死で逆らった結果だと思うよ～！」

「そうか、では俺は阿呆滓に救われたのか……白魔術では除染できないのだったな？　解毒剤はあるのか？　今朝完成したわが毒消しの秘薬・紫雪ではどうか？」

「黒魔力はいわゆる毒とは違うから、私の『治癒の魔術』と重ねても薬は効かないよぅ」

「おお、そうだったな。だが俺の薬学知識と執念をもってすれば絶対に不可能ということはあるまい。五年間不眠不休で新薬を開発すれば、あるいは」

「そんな時間ないよ～？　黒魔術には黒魔力を解毒する手段があるらしいけどさ～」

「むう。では、もはや黒魔術師になるしかないのか？」

「そだねー。でもでも、十年くらいは修行しないとダメらしいよ～？」

このセラフィナと家康の会話を聞いていたファウストゥスが、すかさず「黒魔術師が処方したアナテマ解毒剤は、イヴァンが持っておりますよ」と微笑んでいた。

「うえええっ？　イヴァンちゃんが!?　どうしてっ？」

「解毒剤を渡さねば、イエヤス様たちに心から懐いているイヴァンを言いなりにはさせられないと、思慮深く疑い深いヴォルフガング一世は考えたのでしょうねぇ。そもそも、イヴァンが心ならずも王の間者を務めている理由は忠誠心などではなく――」

この時、家康とファウストゥスは視線を合わせた。その瞬間にファウストゥスの思考を家康は正確に読み取っていた。そうか。この男は、ただセラフィナを救い出させただけではなかったのだ。次の布石をも既に打ち終えていたのだ――。


「わかった。射番の情報を買おう、桐子。対価はお前の言い値でいい。今すぐお前が掌握している射番にまつわる情報の全てを教えろ。大至急だ」

「ふ、ふ、ふ。仰せのままに。聡明なご主君に仕えられて、わたくしは幸福でございます」

「ちょっとぉ？　どういうこと～？　今は宮廷を包囲している王党派にどう対応するかが最優先……あーっ、もしかしてイヴァンちゃんってばイエヤスを裏切らざるを得なかった自分の立場に絶望して、今頃命を絶ってたりして……どうしよう、どうしようイエヤスぅ？　イヴァンちゃんはいい子だもん、きっとやむにやまれぬ事情があって間者仕事をやらされてるんだよねっ？　かわいそうっ！　うわ～んっ！」

「世良鮒、また掌底を喰らわせるぞ。時間がない、しばらく口をつぐんでいろ」

「ぐえーっ？　なんでっ？　なんで私ってばイエヤスのもとに迷わず駆けつけたのに、掌底を連打されるわけっ？　酷い扱いなんですけどおおおっ？」

家康は騒ぐセラフィナを無視し、「下準備を済ませておくか」と甲冑を脱ぎはじめた。

「ちょっとちょっと、なんで甲冑を脱ぐのっ？　黄色いふんどしは見せないでよねー？」

「下着姿にはならん。ただ、ちと思案があってな」

家康の予測は、すぐに適中した。

そう。

ファウストゥスは、ゾーイに奪回させたセラフィナを「餌」として用い、捨て置けば思い詰めて自決しかねなかったその者を空中庭園まで引き寄せたのだった。

イヴァンである。

第十四話

「……イエヤス様。王党派プッチが解散してしまえば、僕の任務は失敗に終わります。二度の失敗は許されません……セラフィナ様を奪回しに参りました……」

家康の転落を見たくないと姿を隠していたイヴァンがこの事態急変を知り、単身で宮廷に潜入。家康たちの前に立ちはだかったのである。

ファウストゥスは、イヴァンが死を覚悟して空中庭園に乗り込んでくることを承知の上で、セラフィナを家康に再合流させたのだった。

「ふ、ふ、ふ。ついに現れましたね。ここは総掛かりであなたを討ち取っても構わないのですがね、イヴァン。厄介なことに、そのような顚末をイエヤス様は望んでいません。公平に取り引き致しませんか？　イエヤス様とあなたが一対一で決着を付けるのです。あなたが勝てば、セラフィナ様を引き渡しますとも。ですがイエヤス様が勝ったならば、エレオノーラ様を除染する解毒剤を渡して頂きます。どうですか？」

「問答無用で僕を捕らえても、自害されてしまえば解毒剤は手に入らない。だから一騎打ちですか――ですが、なぜイエヤス様ご自身が僕と戦うのです……？」

「当人たってのご希望だそうですよ。他の者にあなたを討ち取らせるのは忍びないそうで」

討ち取られることを覚悟して空中庭園に敢えて釣りだされたイヴァンは、（イエヤス様と戦うだなんて？　どうすればいいんだ僕は）と混乱しながらも、クドゥク族の王子の性で、極めて冷静に彼我の戦力を分析していた。幼い頃より、こういう修羅場で心を静めて思考し肉体を動かし冷徹に戦う訓練を受け続けている。

自分の屋敷の寝室で眠っているところを拉致されたセラフィナは、「盾の魔術」を展開するために必要な杖を持っていない。今の彼女に使える魔術は「治癒の魔術」だけだ。

だが、空中庭園にはエルフ最長老のターヴェッティがいる。既に年老いているので術の持続時間は短いだろうが、恐るべき魔術「矢留《やどめ》の魔術」を用いるという。王都陥落戦の際に、ターヴェッティはその強大な力を駆使してセラフィナたちを王都から無事に脱出させたという。老いたターヴェッティは真に必要な時にしか魔術を使わないため、それが如何なる術であるかは謎に包まれているが、それ故に初見殺しの術士だ。

ドワーフギルドを率いるゾーイもまた手強い相手だった。ドワーフ独特の怪力を持ちながら、並の人間よりも大柄な身体を誇っている。今、ゾーイは掘削用の斧《おの》を肩に担いでいる。戦闘にも用いられる便利な作業道具兼武具。彼我の体力差は圧倒的で、接近戦は避けたい相手だ。

さらに、イヴァンの潜入に気づいた近衛兵たちが、続々と空中庭園へ連なる階段を上ってきている。彼らは、イヴァンの退路を断つつもりだ。

ファウストゥスは戦闘に用いる術を所持していないが、彼には知略がある。イヴァンは、自分が彼の策略によってまんまと家康とセラフィナの前に釣りだされたことを察知していた。彼の、そして家康の目的はエレオノーラの解毒剤を手に入れることだ。

昨夜は事態を傍観していたはずのファウストゥスが、こうして家康側に付いたということは、「勝算あり」と見定めたのだろう。

（ファウストゥスの武器は舌だ。どんな弁舌を用いて僕を揺さぶるかわからない。あるいは既に僕の弱点を見切っていて、イエヤス様に必勝の策を授けているということも）

軽装姿になった家康が「射番よ、お前の運命はこの一戦で決まる。遠慮せずに参られよ」と正面にただ一人で歩み寄ってきた。なぜだ。あの黄金の甲冑を着けていない？

怪物を相手に目を血走らせている時の家康の表情ではない。食卓でともに質素な食事を取り、セラフィナをからかいながら団欒《だんらん》の時間を過ごしていた時の家康がそこにいた。瞳に殺意がない。家康はまだ、イヴァンを見放してはいないのだ。

だが、家康もここで倒れるわけにはいかない。セラフィナをヴォルフガング一世の罠から守り抜くという並々ならぬ決意を胸に抱いて自分に対峙《たいじ》していることも、イヴァンには痛いほどにわかった。

（イエヤス様……申し訳……ありません……！）

イヴァンは「一騎打ち、承知」と頷くと、躊躇なく家康のもとへと駆けていた。

家康がソハヤノツルキを抜刀するよりも早く、遠当の術を発動して家康の腕を止めるために。

イヴァンは家族同然の家康を殺したくはなかったし、王から「殺せば異種族どもは一致団結する。生かしたまま勇者を失墜させるのだ」とも命令されている。家康を殺さずに勝負に勝つためには、有無を言わせず先手を奪い家康の剣を封じる他はない。

イヴァンはスヴァントを握りしめた右の掌を突き出しながら、家康めがけてプネウマの渦を叩きつけ、家康の右腕を縛り付け硬直させた。これがクドゥク族の中でも、特別な才能を生まれ持った者だけが使いこなせる秘術「遠当の術」の全力だ。

クドゥク族が悪魔の種族だと恐れられるのも僕のこんな能力のためだ、とイヴァンは術を発動させながら己自身を呪っていた。

刀の柄《つか》に伸ばした家康の右腕が、硬直する。家康は「うむう」と思わず呻《うめ》いた。まるで自分の右腕がいきなり鉛に変えられたようだった。かつて服部半蔵のもとで、不動金縛りの術を破る修行は積んできた。だがイヴァンが用いる遠当の術は、戦国日本の忍者が用いる同系統の術とはレベルが違った。エの世界よりも圧倒的に濃い大気中のプネウマを直接操っているのだ。気合いでどうにかなるものではない。

利き腕を封じられてしまえば、剣も抜けず、真剣白刃取りも使えない！

イヴァンは「この一瞬で勝負を決するしかない」と唇を嚙みしめながら、家康へ向かって恐るべき速度で突進してくる。

間合いを詰められた。もしも急所にスヴァントの針を刺されれば、家康は絶命する。

「待って、待ってーっ！　イヴァン、やめてええええっ！　イエヤスと話し合ってえええ！　親子同然の二人が戦うなんて、こんなのおかしいよう！　お願いっ！」

セラフィナの泣き声が、イヴァンを僅かに躊躇させた。痺れ薬――神経毒を塗ったスヴァントの針を、家康が踏み出した脚の太股に刺して麻痺《まひ》させると同時に、強烈な足払いを浴びせて家康の身体を転がしねじ伏せ、降伏させる。それがイヴァンが（イエヤス様を殺さずに勝ちを収める）ために閃いた戦術だった。

だが、セラフィナの声に動揺してしまったイヴァンは、目測を誤った。僅かに狙いが逸れた。家康の太股に刺さらなかったスヴァントの針は、軌道を逸れて家康の脇腹へと伸びていた。しかも、家康は黄金の具足を着けていない。もしもこのまま内臓を貫けば致命傷になるかもしれない――！

「……しまっ……もうスヴァントを握って……止められ、な……」

「射番よ、心が乱れているぞ。踏み込みを躊躇ったな。それでは俺を倒すことはできん。生憎刺客に襲われることには、俺は慣れている。なにしろ六歳の頃から綱渡りの人質生活を送ってきたのでな」

家康は片脚を撥ね上げながら、封じられていない左腕の肘をイヴァンが伸ばしてきた右腕へと振り下ろし、膝と肘を用いてイヴァンの右腕を挟み込んで止めていた。

紙一重の距離で、家康はかろうじてスヴァントの針を防ぎきった。

「柳生新陰流の秘奥義。利き腕の自由を失った危地で用いる、片肘と膝を使っての変則無刀取りである――！」

家康はイヴァンの右腕に万力のような圧をかけて固定しつつ、「むんっ！」と叫ぶと同時にイヴァンの小柄な身体を宙に回転させて床の上に叩きつけていた。イヴァンの突進力をそのままイヴァン自身に返したのだ。

家康は電光石火の勢いで、そのままイヴァンの身体を組み伏せる。既に遠当の術は解けていた。脇差で首を掻き切るのも容易い体勢となった。決着は付いた。

しかし、勝者であるはずの家康は（俺との一騎打ちに持ち込まれ、セラフィナに制止され、さらに俺が甲冑を脱いで生身の急所を晒していたことが、イヴァンを躊躇わせたのだ。イヴァンに殺意がなく、敢えて一手間をかけて俺の戦闘能力だけを奪い取りに来た故に、俺はかろうじて勝てただけだ。もしも躊躇なく俺を殺すつもりならば、イヴァンは遠当の術とスヴァントをもっと有効に用いて俺を問答無用で瞬殺できていた）と青ざめ、（また『徳川家康がもっとも恐れた者』が増えた）と震えていた。

家康は、一騎打ちの勝敗など最終的には時の運であると熟知している。生涯を無敗で終えられる兵法者などいない。仮にいたとしても、それは自分よりも格下の相手のみを厳選して勝負するような極度に慎重な兵法者でしか有り得ない。故に、決して勝利に驕《おご》らない。何よりも、イヴァンは如何にして家康を殺さずに鎮圧するかだけを考えていた。その情に勝たせてもらっただけだ。

「……イエヤス様。お見事です。解毒剤は、僕の上着に隠してあります……きっとこうなるだろうと、心のどこかで願っていた気がします……どうか、裏切り者の僕をお手討ちに……」

「ダメよダメダメ！　イエヤスぅ、イヴァンを許してあげるんでしょっ？　そのための一騎打ちでしょっ？　まさか討ち取ったりしないよねっ？」

「静かにしていろ世良鮒。射番、お前の事情は桐子より全て聞いた。お前が抱えているやむにやまれぬ事情を知っていながら、一揆勃発まで傍観していた桐子を恨め」

「……姉上のことを知っていたのですね。誰も恨んではいません。僕は、息子のように自分をかわいがってくださったイエヤス様を裏切りました……自業自得です。僕の亡き後、姉上のことをお願いします。どうか、お裁きを」

「よくぞ言った。それでは、裁きを下す――」

「待って！　待ってイエヤスぅ！　脇差を抜かないで、イヴァンの首を斬らないでっ！　やめてってばーっ！　ダメダメダメーっ！」

※

クドゥク族が治める小国は、エルフの王国よりもさらに北に位置していた。故に王都ハミナは魔王軍に陥落させられ、クドゥク族は亡国の流民集団に落ちてしまった。

しかし人間でありながら戦場を知り尽くした現実主義者のヘルマン騎士団長ワールシュタットは「異種族連合」路線を主張し、枢機卿らの反対を退けてクドゥク族を諜報斥候部隊として雇い入れ、人間軍と同等に扱ってくれたのである。

ワールシュタットとエルフ王がエルフ王都に誘き出した魔王軍を奇襲する作戦を立てた際にも、クドゥク族はワールシュタット率いる奇襲部隊に先行する斥候として活躍するはずだった。

だが、ある日突然『クドゥク族の世界支配の陰謀を暴く』という偽書が大陸各地に出現し、異種族間の反クドゥク族感情が高まったため、クドゥク族はワールシュタットのもとから離脱しなければならなくなった。

流民に逆戻りしたクドゥク族は、大陸各地に散った。

その結果は、既に周知の通りである——。

イヴァンは、二歳年上の姉アナスタシアとともに一族を引き連れて流浪の旅を続けた。

ある日、そんなイヴァンとアナスタシアのもとに、ワールシュタットの遺志を継いで魔王軍を海の向こうに撤退させ、新たな人間の王国を建てたヴォルフガング一世がいきなり訪れ、傍若無人な命令を一方的にイヴァンに下してきたのだ。

「フハハハハ！　クドゥク族にもはや安住の地はない。もしも国家再興を願うのなら、王子よ。人質を余に差し出すのだ！　言うまでもなく、王家ストリボーグ家の者をな！」

「……す、ストリボーグ家の生き残りはもう、僕と姉さんしか……ね、姉さんを人質によこせと言っているんですか……？」

「そうだ！　今後、余はクドゥク族を弾圧して各地を流浪させる。だがそれは芝居だ。貴様を余の秘密工作員として働かせるためのな——余の新王国による大陸北部支配を進めるために、各地に密偵として潜り込み、陰働きをせよ！」

アナスタシアが「イヴァン。だいじょうぶ、王様はお姉ちゃんを殺したり害したりはしないから。私にはまるっとお見通しだから。ね？　だいじょうぶだいじょうぶ——弟と手紙で通信することだけは許可してくださいますね、陛下」と無邪気な笑みを浮かべ、王の要求を呑んだ瞬間に、イヴァンは最愛の姉をヴォルフガング一世に奪い取られていた。

この日からイヴァンは、ヴォルフガング一世のために大陸を流浪する間者として働かなければならなくなった。一族を救うためには、王家の姉弟二人が犠牲になるしかない。

「はははは！　あっけなく選択したものだな、王女よ！　小僧、そういうことだ！」

あまりの運命に絶望したイヴァンを、アナスタシアは優しく励ましていた。

「クドゥク族王家に伝わる預言を思いだして、イヴァン。いつか必ず、イヴァンをこの残酷な運命から救いだしてくれる勇者様が現れるから。だから、だいじょうぶ――きょうだいで仲良く暮らせる時が、きっと来るよ」

そんなヴォルフガング一世が、偽装流浪を続けていたイヴァンに発した新たな任務が、

「エッダの森に逃げ込んだ勇者トクガワイエヤスの信頼を手に入れ、護衛官になれ。奴には郎党がおらず、大急ぎで家臣を収集している。時期を見てさらなる指示を送る」

というものだったのだ。

以後、アナテマの術を用いての策略、そしてプッチの誘発と、イヴァンは二度にわたり王の命令を遂行せざるを得なかった。姉を人質に取られている以上、逆らうことはできない。

家康とセラフィナとの暮らしにささやかな幸せを見出していたイヴァンは、悩みに悩んだ。せめてファウストゥスが早く僕の正体を摑んでイエヤス様に通報してくれればと願った。だがファウストゥスはなぜか動かず、イヴァンはついにエレオノーラにアナテマの術を施すことになった。エレオノーラに匣を渡したイヴァンは、耐えきれずに森の奥へと逃げた。いっそスヴァントを用いて自決しようと思い詰めた。だが、姉から届いていた最新の書状が、イヴァンを思いとどまらせたのだ。

『イヴァン、ほら。あなたはもう、勇者様に出会っているでしょう？　なにもかもお姉ちゃんの言った通りになるからね、だいじょうぶだよ』

※

「射番よ、お前の事情は桐子から聞いている。先ほど銭で情報を買い取った。幼い頃から苦労ばかりで辛い人生を送っていたのだな……偉いぞ、お前は。実に忍耐強い」

取り押さえたイヴァンの首を、家康は斬らなかった。かつて「徳川家」という重荷を背負ってエの世界を

生き抜いた頃の家康ならば、相手が実子であろうとも、事ここに至れば「やむを得ず」と非情の決断を下したかもしれない。親としての情よりも、家と国を束ねる大名としての責務を優先したかもしれない。

事実、家康は不本意にも嫡男信康を死に至らしめて以来、残された自分の息子たちに敢えて冷淡な態度を取り続けた。信康を死なせた件が、ずっと家康の心に癒えない棘として残っていたからである。

最初から子供に情をかけなければ、失う時に傷つくこともない。

家康が新たに儲《もう》けた幼い息子たちを溺愛する好々爺になれたのは、関ヶ原の合戦に勝ち六十歳を過ぎてようやく天下人となってからだった。

だが、今度は徳川家の子供や孫たちの将来を案ずるあまり、太閤秀吉の遺児・秀頼を死に追いやる羽目となった。秀頼は、家康が溺愛してやまない孫娘・千姫の婿だったのだ。

この二つの事件が、家康が前世に残してきた痛恨事となった。

「……イエヤス様？　どうしてですか……？　僕は、最初からイエヤス様を陥れるために接近した間者なのに？」

「射番。お前に俺を殺す気がなかったのと同様、俺にもお前を殺すつもりはなかった。ただ、鬼の服部半蔵が、わが息子信康をどうしても斬れなかった心境を自ら味わうべきだと思ったのだ。半蔵がどれほど懊悩《おうのう》したか、ようやく俺にもわかった。なんというむごい命令を俺は出したのだろうか――」

あの騒動の折、家康は時間を稼ぎ、せめて信康だけでも逃がそうと足掻いた。だが信康は、武田家に内通した自分の母・瀬名（築山殿）を庇い続け、従容として死を選んだ。自分のような今川家の血筋を引く人間が生き延びて徳川家を継いではならない、必ず織田家との間で遺恨となり徳川家を滅ぼすと思い詰めてのことだった。

イヴァンもまた、母親や親武田派の家臣団に担ぎ出された信康同様、本心から家康に反抗したわけではない。実の姉をヴォルフガング一世に人質に取られ、やむを得ず間者働きをさせられていた悲劇の子である。

家康がファウストゥスから知らされた「真相」は、

当初からイヴァンの中に幼い頃の信康の面影を見ていた家康の胸を打つのに充分過ぎた。

「射番。お前とは食卓を囲んでよく昔話をしたものだ。俺は三歳で母と生き別れとなり、六歳で今川家に人質に出された。その途中で攫われて織田家に売り飛ばされるという恐ろしい経験すらした。俺が武士でありながら慎重過ぎるほど慎重な男になったのも、幼い頃に受けた恐怖と苦難の経験がもともとの原因だろう。生母と再会し、今川家から独立を果たすまで、俺は気が遠くなるほど長い長い我慢の時を過ごさねばならなかったからな――」

「……そうでしたね、イエヤス様もまた……」

「だが射番。今川義元公は俺を『家臣として使える人材』と見込んでくれた。故に厳しい任務を割り当てられてはいたが、耐え凌げばいずれ必ず母と再会する機会が訪れると俺は愚直に信じ続けて働いてきた。お前もあの頃の俺と同じだ。房婦玩具は、お前を優秀な間者だと認めているが故に、次々と困難な任務を割り振っているのだ。あの王は度胸があり計算高い男故に、かえって信頼できる。真に恐ろしい者は、なにを考えているのか計算できぬ臆病な愚か者よ」

太閤殿下との戦に「嫌だ、天下などに関わりたくない」と距離を取っていた俺を無理矢理に巻き込んでおきながら、一人で勝手に太閤殿下と和睦して俺を戦場に放りだした織田信雄殿とかな、と家康は内心でつい毒づいていた。

「……はい。イエヤス様がそう仰るのならば、僕は信じます」

「信じよ、お前の姉上は無事だ。お前が今回の任務に失敗しても、房婦玩具は短気を起こして姉上を害したりはしない。必ず再会できる。いや、俺が再会させてみせよう」

家康はイヴァンを採用した際、彼を疑ってはいなかったが、慎重を期して「クドゥク族が現れるところに不吉な厄災が起こる」という噂の真偽を確かめるべく、ファウストゥスに命じてクドゥク族の移動ルート先で起きた事件を丁寧に調べさせていた。結論として、イヴァンが行く先々でなんらかの工作活動を行っている可能性は高いと判明したが、確たる証拠はなにもなく、また「暗殺」を行った形跡は一切なかった。

一度でもイヴァンに暗殺をやらせれば、すぐにクドゥク族を受け入れる先がなくなってしまう。故に暗殺だけは避ける。もしもイヴァンが間者ならば、実に巧妙な使い方だ。

ヴォルフガング一世はただの戦巧者ではなく自分に匹敵するほど用心深い男かもしれないと家康は推察し、イヴァンがもしも間者だとしても直接自分を殺させることはないだろうと早々と結論していたのだった。

ほんとうにイヴァンがもしもヴォルフガング一世の間者だとすれば、イヴァンがなぜ間者になったのかを知りたかった。利に転ぶファウストゥスとは違って、純真なイヴァンが望んで間者仕事をやりたがるとはどうしても思えなかったのだ。

だが、事情を知らねばイヴァンを救うことができない。

そしてこの空中庭園でつい先刻、家康はファウストゥスからイヴァンが王の間者になった事情を、大金を投じてようやく知り得た。ファウストゥスは「土壇場でこれ以上ない高値で売りつける」つもりで、最後まで家康にイヴァンの事情について黙っていたのだ。

実の姉を王に捕らわれている、という秘密について。イヴァンを助命する理由を求めていた家康の足下を見たと言っていい。

純朴なセラフィナは「ちょっと～！　それを最初に教えなさいよう！　サイテーっ！」とファウストゥスを叱ったが、家康はむしろますますファウストゥスを信頼するようになった。「利」さえ与えれば、この者はいくらでも難しい仕事をやってのけると。

「……ほんとうに……僕がこの任務に失敗しても、姉さんは殺されませんか？　ほんとうですか、イエヤス様？」

「射番。お前は阿呆滓をあなてまの術に陥れ、一揆を誘発し、憎威に奪われた世良鮒を奪還するために空中庭園まで乗り込んできた。俺との一騎打ちに敗れこそすれ、与えられた任務を忠実に遂行している。ここでわれらが一芝居打っておけば、房婦玩具はお前の姉を殺さぬ。まだお前は間者として利用できる、まだ姉を救うために働くつもりがあると房婦玩具に信じさせておくのだ。つまり、俺はまだ射番の正体に気づいていないことにする——一騎打ちも、なかった。幸いにもこの空中庭園にいる数名の関係者しか、二人の戦いを目撃していない。お前は、世良鮒を奪回する機会を窺うために、再度俺のもとに何食わぬ顔をして戻ってきた、そして俺はいまだにお前を間者だと思っていないということにする」

「……あ、あ……どうお礼を言っていいのか……僕は……その……く、口下手で……あ、あまり、感情を表に出したことがなくって……」

「わかるぞ。俺も子供の頃はそうだった。十九歳を迎えて今川家の人質という立場から解放されるまで、一度も人前で本心を漏らしたことがない。なにがあっても、くすりとも笑わなかった。ただ爪を噛み、拳でものを殴って耐えていた。だが射番、お前は感情を持たないのではない。感情を殺さなければ生きていけなかったのだ——しかし俺と世良鮒の前では、泣いても笑ってもいいのだぞ。この世界が、たとえ俺が生涯望み続けた浄土とは程遠い乱世なのだとしても、この森だけはせめて浄土にしたいのだ」

「……イエヤス……様……う……う、うわあああ……！」

イヴァンは、家康の首に取りすがって、声を上げて泣いていた。どうして呪われたクドゥク族の王子などにこの勇者様は親切にしてくれるのだろうと、幼い頃から亡国の王子として逆境を生きてきたイヴァンには不思議だった。そう、家康自身もまた幼くして亡国の王子となり、母と別離させられて人質として苦難の少年時代を生きてきた男だったのだ。

「徳川家当主」という重過ぎる責務から解放された家康は、実子のように、いや、実の孫のようにイヴァンを思っていた。孫の家光に接するかの如くイヴァンに接していたのは、亡国の王子イヴァンの境遇がとても他人とは思えなかったからである。

異世界に召喚された家康がこの数ヶ月、ともに過ごしたイヴァンに注いだ愛情は、実の孫に対するものと寸分違わなかったと言っていい。それ故に、イヴァンは「僕の裏切りは死に値する」とまで思い詰めたのだが——。

セラフィナがイヴァンの背中に抱きついて「うぅっ……ぐすっ、ぐすっ……よかったね、よかったねイヴァンちゃん……」ともらい泣きする中、家康はイヴァンが落ち着くのを待ってから再び口を開いた。

「射番。俺に、お前と姉上を再会させる秘策がある。十中八九、成功する」

「……は、はい。ありがとう、ございます……イエヤス様……」

「ほんとにっ？　どういう秘策なの、イエヤスぅ〜？　教えて、教えてっ！」

「世良鮒よ、わからぬのか。日々改良を進めている漢方薬を用いるのだ」

「はあ？」

「漢方薬と粗食と適度な運動を日々重ねて、射番を長生きさせる。房婦玩具は王という立場故に、贅沢な会食やら子孫を増やすための閨房《けいぼう》働きやらで体力を損じていく一方だから、今はどれほど頑強でもあと五十年経てば寿命で死ぬ。つまり射番があと五十年健康を保ち生き続ければ、姉上と晴れて再会できる。俺はこの手を使って、どうやっても勝てない太閤殿下のご寿命が尽きるのを待ち続け、回り持ちで天下を頂いたのだ。乱世ではな、どれほどの栄華を極めても死ねば負けなのだ。長生きした者が勝ちよ」

「五十年も待てるかーっ！　お姉さんのほうに寿命が来ちゃうかもしれないじゃんっ！　それでも勇者かーっ！　慎重過ぎるにも程があるわーっ！」

お前はどうしてそうも忍耐というものを知らんのだ、と家康は呆れ果てて首を横に振っていた。呆れたのはこっちのほうじゃい！　とセラフィナ。イヴァンはあくまでも大真面目に「五十年我慢之策」を唱える家康と、相変わらず家康に全く遠慮せずに言いたい放題のセラフィナの二人にどう反応していいのかわからず、泣きながら笑っていた。

「まあ待て世良鮒よ、他にも射番の姉上を救出する方法はある。桐子と射番が組めば、姉上が監禁されている場所もいずれ特定できるだろう。そう焦るな、必ず機会は訪れる」

「ほんとにぃ〜？　でも、それ以前に目の前のプッチをどーするのよ〜ぅ？」

「……これが、エレオノーラ様に憑いたアナテマの術を除染できる解毒剤です。プッチを解散させるためには、エレオノーラ様の除染が必要です。折を見てお使いください」

「む。そうか、これが……再度の襲撃に備えて、俺が桐子に命じて予め密かに闇市場で入手していたということにしておこう。これを阿呆滓に飲ませればよいのだな？」

ファウストゥスは水晶球を覗き込みながら「王党派の首脳陣は、錦の御旗として担いだセラフィナ様が姿を消したために右往左往しております。せっかく包囲しておきながら宮廷へと乱入できず、これからどうすべきかと互いに意見を言い合って揉めている様子。エルフの元老院にありがちな光景ですねえ」と嗤《わら》っている。

ファウストゥスは、既に王党派の陣営内に使い魔を潜入させていたのだ。野戦陣は、野生動物の姿をした使い魔の接近に弱い。

「儂が陣中におれば、どうにか纏められるのじゃがなぁ」

少し疲れたのうと座り込んで半分眠っていたターヴェッティが、ファウストゥスの言葉に反応してうわごとのように呟く。かなりお疲れらしい、と家康は老いたターヴェッティの身体を案じた。プッチをこれ以上長引かせてはいけない。

「イエヤス様。党首にかけられたアナテマの術を除染すれば、プッチを速やかに終わらせることが可能ですよ。そうそう、イヴァン殿？　イエヤス様とて、あなたの事情を知らなければ、これほど寛大に振る舞うことをご自分に許せたかどうか。これで貸しひとつですよ。ふ、ふ、ふ……」

「……は、はい……あ、ありがとうございます……って、今回の陰謀を知っていたのならば僕を早く止めてくれれば……酷いです……」

「そーだよー！　ファウストゥスってばほんとに守銭奴なんだからあ！　イヴァンちゃんにはあんたに支払う財産とかないから！」

「対価は銭だけとは限りません。こうしてあらゆる相手に貸しを作っておけば、この先なにが起ころうともわたくしは上手く立ち回れるわけですよ。たとえエッダの森が陥落しても」

陥落はないない！　このゾーイ様が突貫工事を進めてっからなー！　イヴァンの姉ちゃんは必ずオレが奪回してやんよー！　とゾーイが胸を張っていた。

周到な家康は既に、人材収集の旅や鷹狩りと並行して、エッダの森内外の地形を細かに観測した上、ヴォルフガング一世の過去の戦歴を詳細に調べ上げ、ヴォルフガング一世が取ってくる戦術を予測している。家康がドワーフギルドに命じた「本命工事」は、「対ヴォルフガング一世防衛戦」の切り札だった。

自らの逃走用の地下坑道工事は、あくまでも心配性の家康が付け足した「余技」である。

その本命工事の全貌は、家康とゾーイ以外は知らない。工事作業に当たっている現場のドワーフたちも、計画の詳細を知らないままに自分の持ち分で仕事を続けているのだ。

もっとも、ファウストゥスは使い魔を用いて家康渾身の「切り札」について勝手に調べ上げているわけだが――その本命工事の内容を知っていたからこそ、今回の戦争は家康が勝つ、とファウストゥスは最終判断を下せたのだ。

「世良鮒。たまには王女らしく活躍しろ。俺が一揆軍の前に顔を出せばかえって彼らは興奮する。お前が彼らに話しかけて、落ち着かせるのだ。阿呆滓とお前、そして俺の三者で和平会議を開くことを宣言しろ」

「えーっ、私がーっ？　だいじょうぶかなあ〜？」

「王女に弓を引けるえるふはいないのだろう？　ならば安全だ。あと、王女は誰も罰しないと明言しておけ。こういう突発的な一揆が厄介になるのは、首謀者たちが『罰される』と領主を恐れた時だ。信長公などは、一向一揆への対応を誤って十年以上も各地の一揆軍との終わらない戦いをやる羽目になったものよ」

「そっかー。イエヤスはプッチには慣れてるんだっけ？」

「うむ。三河一向一揆が起きて家臣の半分が一揆側に付いた時にはな、『俺は怒ってはいない、信仰と忠義の間でみなも揺れていて辛いだろう、俺も自分の家臣と戦うのはほんとうに辛い。誰も罰しないから安心してほしい、全てを水に流して和睦しようではないか』と猫なで声で語りかけてなんとか和睦に持ち込んだものよ。もっとも、三河にあった一向宗の寺は二度と一揆軍の拠点に使えぬよう、後で徹底的に破壊したがな」

「詐欺じゃんっ！　思い切り詐欺じゃんっ！　そーゆーことするから狸とか言われるんだってー！」

「……うむ。どうしても騙しきれなかった男が、三河武士で唯一の智恵者だった本多弥八郎正信でな。結局、十数年も出奔されてしまった。本多平八郎忠勝《へいはちろうただかつ》をはじめ、三河武士たちはみな勇猛だったが、智恵のほうはどうもな……あのしくじりで俺は軍師を失い、前半生での余計な苦労を増やしてしまった。たっぷりと」

「自業自得じゃない？」

「阿呆滓を絶対に出奔させたり隠居させてはならん。阿呆滓の家柄と華やかな外交の才は、郎党がいない俺には決して欠かせぬ。無論世良鮒、お前にとっても——」

頼むぞ世良鮒と家康に肩を叩かれると、セラフィナは「よーし頑張っちゃうぞー！　私とエレオノーラは姉妹以上に姉妹なんだから、任せてっ！」とすっかりその気になって、空中庭園から地上に集結する王党派の面々へと元気よく呼びかけていた。

おおお、セラフィナ様はイエヤスのもとにおられたのか、いつの間に？　と王党派たちが激しく動揺する。

「みんな〜！　私が急にいなくなって驚いた〜？　今はイエヤスと喧嘩している場合じゃないでしょ！　みんなさあ、人間の王に騙されてるんだよ！　イエヤスがエルフを家畜化しようだなんてさあ、私たちに内紛をやらせるための偽書だよ偽書！　白魔術から黒魔力が生まれるなんて大嘘だしさあ。私たちエルフは、燃費悪いし衣食住全てに美を求める贅沢者だし子供はほとんど産まないし異種族の言うことはろくに聞かないし厄介な魔術を操る者もいるし家畜にしようとしても徹底抗戦するし、たとえ鎮圧したって採算が取れずに大赤字確定じゃん？　そのことは、この数ヶ月私と一緒に行動してきたイエヤス自身が思い知ってるからぁ！　私もよく知っているよ、イエヤスがビタ一文でも赤字を出すようなもったいない行動は取れないドケチ男だということを！」

ここでお前が俺を持ち上げずに罵倒してどうする、誰かセラフィナのとんがり耳ぐらいなら射てもいいぞ、と家康は思った。

「そもそも！　落ちた鼻紙を拾って使ったり、白い下着は長持ちしないから浅黄色のふんどししか使わないと言い張るケチ臭いイエヤスが、赤字しか生まない杜《ず》撰《さん》な計画を考えるわけないじゃん？　この慎重過ぎる男の頭の中は、如何に損をせずに安全に銭を稼ぐかでいっぱいなんだよ〜！」

全くもってセラフィナ様の仰せの通りだ……と王党派の幹部たちが口走っていた。

彼らは、家康が異常なほどに経済感覚を発達させた一種の守銭奴だと思い知っている。

家康の改革は、常に倹約、倹約、倹約、健康、粗食、そして倹約。優雅さと美を愛するエルフとは真逆の存在だった。かといって、同じ守銭奴でもダークエルフとも違う。なんというか、みみっちいまでの吝嗇さが先立っていて、商人としての美学のようなものすらないのだ。だからこそ「いくら戦時中とはいえ限度がある」と耐えられなくなってプッチに奔った者が多いのだ。

「あの偽書は、もともとはかつて誰かがクドゥク族を失脚させるために配った偽書なんだよ！　私は、激怒したお父さまが偽書を引き裂いている姿を子供の頃に見たよ！　誰か思いだしてっ！」

このセラフィナの一言が、王党派の中でも比較的年齢を重ねていたエルフには響いたらしい。当時幼かった若いエルフはほとんど記憶にないのだが、三十歳から四十歳くらいのエルフたちには、「かつてそういう忌まわしい偽書があった」という薄い記憶が残っている。そう言えば……と彼らはクドゥク族にまつわる偽書の存在を遅まきながら思いだした。

先のエルフ王ビルイェルが即座に焚書《ふんしょ》したので、彼らもその存在や内容をほとんど忘れていたが、言われてみれば確かに似ている。

では――あれは人間の王ヴォルフガング一世が、家康とエルフを争わせるために森に持ち込んだ偽書だったのか？　人間軍が森へ攻め込むまで、あと一ヶ月。時期的にもぴったり合っている。今ここで王党派プッチと家康派が内戦に突入すれば、エッダの森の防衛などは不可能になるだろう。

「いい？　寛大なるエルフの王女は、誰も罰しない！　私とエレオノーラとイエヤスの三名で、さっそく和平のための会談を開くよ〜！　人間軍からエッダの森を守るために、もう一度団結しなくっちゃ！　ドワーフやクドゥク族も含めてね！」

だが、党首のエレオノーラはなおアナテマの術に落ちている。エルフが得意とする弓を用いて王女を「射殺」させる可能性も微かにあったが、家康は素知らぬ顔でセラフィナをおだてて矢面に立たせていた。

無論、家康に勝算はあった。エレオノーラには黒魔力耐性がある。アナテマの術に落ちているとはいえ、親友のセラフィナを殺害させるような行動には断固抵抗してくれるはずだ。

それに、ヴォルフガング一世の謀略は常に合理的だ。家康を殺すよりもアナテマで操ったり権威を失墜させたほうが効果的だと考えていたのと同様に、今ここで王女を殺してしまうよりも、王女と王党派の分裂を長引かせたほうが有利と、エレオノーラに憑いたアナテマの術が紡ぎだしている思考――いわば「自動思考」は考えるはず。「自動思考」のパターンを決めた者は王に違いないからだ。

「自動思考」が「暗殺」という非常手段に訴える場面は、この一揆扇動策が破れ、エレオノーラに憑いたアナテマの術自身が「除染」の危機に直面した時に限るはずだ。

内心（もしも王が、俺が考えているよりも一段知略に劣る男だったら？）という不安に襲われた家康は思わず爪を噛んでいたが、王党派たちのほうに顔を向けて呼びかけているセラフィナには見えない。見えていたら「ちょっとーっ！　なに焦ってるのよう？　もしかして私ってば、『エルフの盾』にされてるんじゃないのーっ？　やめてよー、杖を持って来てないんだからっ！」と激怒していたことだろう。

王党派幹部たちは大いに揺れた。彼らはそもそもセラフィナを女王にして王政復古を果たすという大義名分のもとに蜂起したのだ。そのセラフィナが、自分たちのもとから離れて家康の側に付いているのだから、これ以上プッチを続けていい道理はない。次々と「今すぐセラフィナ様に詫びを入れて赦しを乞おう」「イエヤスがわれらを罰しないか？」「セラフィナ様は慈悲深いお方。われらを庇ってくださる」と和平論に傾いていった。

ただ――党首でありエルフ族最高の名門貴族であるエレオノーラだけが、なおも和平を認めない。空中庭園から顔を覗かせ、手を振っているセラフィナを無言で凝視している。その内心ではアナテマの術の力と彼女自身の意思とが激しく戦っているのだが、もともと感情を表情に出さないエレオノーラだ。傍目《はため》には全くわからない。

エレオノーラの魂を縛って思考を操作しているアナテマの術はこの時、さらなる分裂劇を引き起こすための「言葉」を準備していた。

王党派がセラフィナを逃がしてしまった時にこそ有効となる「言葉」を。

そう。ここでエレオノーラが「人間側に寝返った王女を廃嫡して、アフォカス家が新王朝を建てる」と宣言してしまえば、事態はもはや「革命」に発展し、事態は完全な泥沼に陥る。王の目論見《もくろみ》通りに。今、エレオノーラはその言葉を口にする寸前でかろうじて耐えていた。アナテマの術に必死で抵抗しているのだ。

王党派幹部の中には（絶対にイエヤスはわれらを許さないだろう）と疑い怯え、もはやアフォカス王朝を建てるしかないと思い詰めている者もいる。エレオノーラの唇が決壊すれば、王党派プッチ軍の中でさらに「アフォカス家派」と「王家派」が分裂し、仲間同士で戦闘がはじまる恐れすらあった。


だが。

（ぐっ……セラフィナ様、申し訳ありません。もう……これ以上無言でいることは……）

抵抗ももはや限界だった。ついに黒魔力の凄まじい圧に押し切られたエレオノーラが「破滅の言葉」を口にしようとしたその時。

「あと！　もう、暗殺とか逮捕とか拘束とかはなしだよ！　こっちにはイエヤスの忠臣イヴァンちゃんが侍っているんだからね！　窮地に追い詰められたイエヤスのもとに真っ先に駆けつけた優れものだよ！　え？　やっぱり宮廷に入るのは嫌？　だったら、こっちからそちらのテントに向かうから！　お茶とお菓子を用意していてね、エレオノーラ〜！」

セラフィナの無邪気な笑顔と陽気な言葉が、「直ちに王女を廃嫡しますわ」という破滅の言葉を口にしかけていたエレオノーラを、かろうじて踏みとどまらせていた。

エレオノーラは（黒魔力に感染した妾はもう止まれない。自害したくとも、自害すらできない……もしも会見の席でイエヤス様やセラフィナ様を毒殺してしまったら）と自分自身を恐れながらも、セラフィナと家康に最後の希望を託して「……承知」と小さく頷いていた。

しかし既にその手には、即効性の毒薬が入った小瓶が握られている。

かつて漫遊旅行中に家康がエレオノーラに命じて摘ませた、アコニタムの根を用いた猛毒である。アコニタムはこの世界でも最強の毒物で、致死量を服用すればセラフィナが得意とする「治癒の魔術」を用いてもほぼ助からない。蘇生率は〇・〇一パーセントだ。

『だがセラフィナもイエヤスと同時に毒殺しなければ、イエヤスを治癒されてしまう可能性が僅かにある。二人まとめて処理するべし。それでイエヤス打倒は成りエルフ族は救われる』と、エレオノーラの魂を縛っているアナテマの自動思考回路は猛スピードで策謀を練り、『会見場で王女とイエヤスを暗殺できなければ我が除染されるだろう。王はイヴァンに暗殺を禁じているが、我には暗殺は可能な限り避けよと命じたのみ。故に使命を完遂するべく、我は自らの存続を優先する』と結論していたのだ――。

「よーし！　大団円まであと一歩だねっ、イエヤスぅ！」

「……いや、ここからが最大の難関だぞ世良鮒……強靭な精神力を持つ阿呆滓ほどの者を操る黒魔力は、実に手強い」

「だいじょうぶだいじょうぶ！　イエヤスは慎重だもんねー、ちゃんと策はあるんでしょ？　一緒に頑張ろうっ！」

事態は家康の読み通りとなったが、今や家康のみならずセラフィナの命もまた危うい。

（セラフィナを同行したくはないが、エレオノーラと二人きりで会見すれば間違いなく俺は死に、アナテマの術に憑かれたエレオノーラが権力を掌握する。セラフィナの命がどうなるかもわからん。異種族連合は崩壊し、エッダの森は落ちる。セラフィナとともに会見に臨み、二人がかりでエレオノーラの除染を完遂するしかない――南無三……！）

会見場で倒れる者は、家康か、セラフィナか、それともエレオノーラか。

運命の会見がはじまろうとしている。もしも二人を救えなければ？　俺は前世では常に誰かを犠牲にして生き延びてきた男ではなかったか？　今また俺はセラフィナを身代わりに用いようとしてはいないか？　そう自問自答せざるを得ない。否応《いやおう》なしに腹が痛み、またしても親指の爪を嚙んでしまう。

（ええい。俺を異世界に放りだしたきり姿を見せぬ厄介な「女神」め。こういう時くらい、助言でもしに下界に降りてこぬか）

そんな家康に、ファウストゥスが何事かを小声で進言してきた。

そのファウストゥスの言葉を信じるか信じないかは、家康次第だった。

「──世良鮒。会見場でなにをなすべきか、予め決めておくぞ──決して慌てるな」

第十五話

宮廷の門を開き、プッチ軍の野営陣内へと馬で向かった家康とセラフィナは、エルフ族たちが固唾を呑んで見守る中、エレオノーラただ一人が待ち受けている会見用のテント内へと招かれていた。

「……ようこそ、セラフィナ様、イエヤス様。アフォカス家の花壇で栽培していたプナアピラの葉を用いた粗茶ですわ。和平について話す前に、お心をお鎮めくださいませ……」

三人分のティーカップを用意してテント内に待ち受けていたエレオノーラの表情は、明らかに平時と違う。使用している茶葉は、ほんとうにプナアピラだけだろうか？

エレオノーラが小刻みに震える手でポットを握り、三人のカップに茶を注いでいく。

家康は（かろうじてエレオノーラ自身の意識も僅かに残っているようだが、アナテマに操られているエレオノーラと話し合っても埒《らち》が明かない。黒魔力を除染しなければ、一揆軍との和解は不可能――）と乾坤一《けんこんいっ》擲《てき》の賭けに出る覚悟を決めた。

「エレオノーラぁ～、お願い。黒魔力に負けないで！　いいいいイエヤス。こここのお茶、どどどど」

治癒の魔術の使い手・セラフィナは、毒物の香りを嗅ぎ分けられる。家康のティーカップにだけ猛毒のアコニタムが塗られていることに気づき、顔面蒼白《がんめんそうはく》となった。

「慌てるなと言っているだろうが世良鮒。手筈通りにやるまでよ。全てはお前の胆力にかかっている、よいな」

「ほんとにいいのイエヤスぅ？　せせせ責任重大過ぎて、ああああ～、うううう～！」

「お前ならばできる。これが、阿呆滓を救う最後の機会だぞ」

家康のその一言で、セラフィナの身体の震えが止まった。平素は頼りにならんがやはり王女だと家康は感心し、セラフィナに己の命を託した。

すなわち。

「阿呆滓よ、この湯呑《ゆの》み茶碗《ちゃわん》をよく見て頂きたい。茶碗に毒が塗られている可能性も、茶の中身に毒が入っている可能性もある。毒などは盛っていないと言うのならば、俺が茶を喫すると同時にそなたも茶を飲むのだ。無毒だと証明してみせよ」

　エレオノーラが「いいえ。御客人のイエヤス様とセラフィナ様の二人がお先に。それがエルフ族の茶会のマナーですから」と突っぱねれば、家康の策は敗れる。アナテマの「自動思考」が完全にエレオノーラを支配していれば、そう言い張るはずだった。

だが、「僅かだがエレオノーラ自身の意識が残っている」と確信した家康は、エレオノーラの強靭な精神力に賭けた。なぜなら彼女はセラフィナの茶に毒を入れていない！　アナテマの「自動思考」に抵抗している何よりの証拠だ！

　故にエレオノーラは最後の気力を振り絞り、「承知」と言うはずだ。

「……毒などは決して……わかりました。妾もイエヤス様とともに飲みましょう――」

　第一関門は突破した。

（さすがは名門アフォカス家の貴族令嬢。感染してから長い時間が経っていように、いまだ術に完全に屈してはいない）

　と感服しながら、家康はごく自然にエレオノーラの視線を自らが持ち上げたティーカップへと誘導していた。それはほんの僅かな時間だったが、エレオノーラの視線が、彼女自身のティーカップから逸れた。その一瞬の隙を衝《つ》いて、セラフィナがエレオノーラの茶にイヴァンから手に入れた「解毒剤」を息を殺しながらそっと投入する。小瓶からほんの数滴垂らすだけで充分だった。

　エレオノーラが自らのティーカップに視線を戻し、指で摑んだ時にはもう、セラフィナは仕事を終えていた。この茶を飲めば、エレオノーラは除染される。エレオノーラが正気を取り戻せば、エルフ王党派プッチを終わらせることができる――ただし。

「……さあ、イエヤス様。妾も飲みますので、あなたもどうぞ。二人で同時に」

　エレオノーラに憑いているアナテマの術の「自動思考」が、最後の抵抗を示した。明らかに、エレオノーラは隙を作った。エレオノーラが茶を飲むと同時に除染される可能性は高い。しかも、エレオノーラはどれほどアナテマの術が抵抗しようとも断固として茶を飲むつもりである。止められない。アナテマの術はまもなく除染される。ならばせめて、イエヤスの命だけでも奪い取ってやろう――「自動思考」はエレオノーラの唇を強引に動かして、家康に「心中」を迫ったのである。エレオノーラの意識はこの時、ティーカップに伸ばした右手に集中している。故に、唇までは守りきれなかった。

(どどどど毒入りだよ、イエヤスぅ！　エレオノーラの瞳を見ればわかる！　やめて、飲まないで、いけない、って心の中で叫んでる！　わわわ私には無理だよ、失敗しちゃう、イエヤスが死んじゃうっ！)

(狼狽えるな世良鮒。打ち合わせ通りにやるのだ――お前ならば、できる)

家康は、

「いざともに！　約を違えるな阿呆滓よ！」

と叫ぶと同時に、ティーカップの縁に唇をつけた。

(戦国日本で誰よりも慎重だった俺が、敢えて附子入りの毒茶を飲むとはな)

という万感の思いとともに、致死性のアコニタムが入っている茶を飲み干していた。

エレオノーラもまた、解毒剤入りの茶を恐るべき精神力を振り絞って飲んでいく。

(……計画通りである。これで、エレオノーラは救われた……)

その姿を確認しながら、家康は口から白い泡を吐いて、そして椅子から転げ落ちていた。

食道から胃にかけて、焼けるような激痛が走った。毒物は、やはり附子――アコニタムだった。皮肉にも、家康自身がエレオノーラに採取させてエッダの森に持ち帰らせていた烏兜由来で、充分な致死量だった。まもなく心の臓が停止するだろう、と薬物毒物に詳しい家康は己の命が風前《ふうぜん》の灯火《ともしび》に陥っていることを認識していた。

(俺の世界には、附子の毒を解毒する特効薬はなかった。ここが日本ならば、俺はもはや助からぬ……)

椅子から転げ落ちた家康は全身を痙攣させながら、暗転する視界の片隅に幻を見ていた。

はじめに、家康を異世界へ送り込んだ「女神」の幻影が、闇の中に浮かびあがった。

「よく決断されましたね、家康さん。あなたが真の勇者となるためには、前世で悔いを残した失敗をこの世界で埋め合わせて正義を成し、罪を清算しなければなりません。この厳しい試練を乗り越えた時こそ、あなたは真に神の一員として生まれ変われるのです」

「女神」め、ずっと俺を高次世界から見ていたのか、と家康はぼやいた。だがもう、言葉にはならない。続いて懐かしい顔ぶれが、家康の目の前に現れては消えていった。

「よくも妾とわが息子を駿府に置き去りにして、今川家を裏切りましたね、元康《もとやす》殿。いえ、今は家康殿と名を改められたのでしたね。今川義元殿から与えられた『元』の一文字すら捨て去るとは、あなたはどこまでも今川家を憎んでおられるのですね」

築山殿――家康の最初の妻、瀬名姫の幻が現れる。

今川家を裏切り織田家と手を結んだ家康に対して、築山殿は生涯怒りを解かなかった。この高貴な血筋を引く年上の妻に対して、口下手な家康はどうしても打ち解けた言葉をかけることができなかった。

家康が今川家から離反した時、築山殿は駿府に人質として留まったままだったのだ。今川家が風雅な名家だったからこそ、また築山殿が今川家の血を引く姫だからこそ、築山殿は殺されるまいという家康一流の冷静な勝算があってこその離反だった。

だが、築山殿は「妾を見捨てたのですね」と激怒した。理屈を説明しても、築山殿にはおそらくは通じなかっただろう。故に、彼女の顔を見る毎に良心が咎めたのである。

だから、距離を取った――。

(愛していなかったのではない。俺の父は今川家に付くと決めた際、織田家方に属するわが生母を追い出した……俺にはあんなことはできなかった……)

幼い息子の信康から母を奪い取ることを家康は躊躇った。父が母を家から追放した時に自分が経験したあの空虚な思いを、息子にまで味わわせたくはなかった。だから築山殿と信康に岡崎城を与えて三河一国の采配を委ねたのだった。

だが家康自身は「武田信玄と戦わねば」と遠江《とおとうみ》の浜

松城に移り住んだ。いろいろな理由があったが、要は築山殿と距離を置きたかったのだ。

その結果、武田家への内通事件が起きた。三河の信康派閥は、織田信長に「家臣」として隷属する立場に落ちた家康を見限り、武田家と内通して謀叛を起こそうとした。

その謀叛組の中心に、築山殿がいた。

家族間の謀叛劇は戦国大名家ではよくある話だったが、家康が妻から逃げ続けた結果だったという点が、家康にとって痛恨の一事だった。信康は知らぬうちにこの陰謀劇に巻き込まれ、信長から「切腹せよ」と命じられる羽目になった。

(済まぬ。お家騒動は、戦国の世の定め。若かった俺は慎重さを欠いていた。築山殿と長らく別居して騒動が起こる原因を生んだことは、俺の過ちであった……)

続いて、闇の中に信康の顔が見えた。

「親父よう。妻を斬らせわが息子に切腹を命じて奪い取った天下は、さぞ愉快なものだったろうなあ？　てめえは家臣団に『信康を逃がせ』と暗に無言で示すばかりで、はっきりと『わが子を救え』とは誰にも言わなかったよなあ。服部半蔵に一言そう命じていりゃあ、半蔵は俺を担いで信長の目の届かぬところまで逃げ去っていただろうさ。俺の死は岡崎城主として当然のケジメだがよう、母上まで殺す必要があったのか？　母上はよう、親父に無視されている自分の境遇に絶望して、悋気《りんき》を起こして騒動に嚙んじまっただけのことじゃねえかよ――」

そうだ。信康を逃がせ。あの時、家康が一言そう口走っていれば、忠義者の半蔵は信康を抱えてどこへでも駆けていただろう。

信康は、家康の息子たちの中でも出色の英雄だった。老いてなお自ら戦場の最前線で戦わねばならず、いくら待っても世継ぎの秀忠が戦場に到着しないという悲喜劇を味わっていた関ヶ原の合戦の最中に、家康は「信康さえいてくれれば」と嘆いたものだった。

なにしろ将軍位を譲った秀忠には戦の才能が全くなく、武勇に優れた忠輝は豊臣贔屓故に大坂の陣で戦闘を放棄した。

七十歳を過ぎてもまだ戦場の最前線で命を賭して戦い続けねばならなかった家康の、エの世界での苦難に満ちた生涯は、若き日に嫡男信康を死なせたことが最大の原因だった。

（どうしても言えなかったのだ。鋭敏な信長公は必ず、俺の嘘を見抜いていただろう。だから俺は家臣たちに察してもらうために足掻き続けた。信康よ、最後にお前と二人きりで対面した際に、俺は逃亡を勧めたではないか。なぜ逃げなかった。なぜ母親と運命をともにした。お前は紛れもない英雄だった。だからこそ死んではいけなかったのだ。生き延びてこそ、未来が開けるのだ。死ねば終わりなのだ。それが戦国の世の定め……）

あんたは勇者じゃねえよ親父、ただの臆病者だぜ、と信康が憤懣《ふんまん》を籠めて家康に告げる。

その若さ、その剽悍《ひょうかん》さが、家を滅ぼし己を滅ぼし家臣団を滅ぼすのだ、と家康は息子に告げたかった。豊臣家を見よ。徳川家に臣従を誓いさえすれば、滅ぼされずとも済んだのだ。織田家は信長公と信忠を失ったが、生き残った信雄や有楽斎《うらくさい》たちは、かつての家臣だった豊臣家に、そして徳川家に臣従する道を選んだ。だから「旧主家」として尊ばれ、滅びなかった。徳川家も、あの謀叛騒動の時に選択を誤り「信長よ、来るなら来い」と蛮勇を奮っていれば、跡形もなく地上から消え失せていた……。

信康の姿が消えると同時に、老いさらばえた太閤秀吉の幻が浮かぶ。

「……秀頼のこと、どうかお頼み申す。お頼み申す……家康殿とは金ヶ崎でともに殿《しんがり》を務め、時には小牧長久手で戦い、それは長い付き合いでござったな。そなたのことは前田利家同様に実の兄弟の如く頼っておりますぞ、この秀吉……お願いでござる。どうか幼い秀頼を……殺さないで、頂きたい……儂に少しでも友情を感じておられるのならば、どうか」

太閤秀吉。足軽から身を起こし、信長を討った明智光秀を恐るべき速さで倒し、天下を統一した英雄。慎重故に行動が遅い家康がどうしても勝てなかった、唯一の戦国武将。

家康は小牧長久手で秀吉に大勝したものの、総大将の織田信雄が秀吉に丸め込まれて単独講和した時点で、家康にはもはや戦う大義名分もなく、長引く戦によって家臣団にも亀裂が生じ、領国内は無理な戦と天災によって疲弊し、民は飢饉《ききん》で困窮。ついには宿老の石川数正が「もはや徳川は戦えぬ」と秀吉側に寝返る始末。秀吉は美濃《みの》の大垣城《おおがきじょう》を拠点に徳川領への本格的な侵攻準備を整え、徳川家の滅亡はもはや目前だった。

だが、偶然の奇蹟《きせき》が家康を救った。天正《てんしょう》大地震である。美濃、尾張、伊勢《いせ》、近江《おうみ》といった秀吉の領国が巨大な激震と津波によってことごとく壊滅。対家康戦の拠点である大垣城は全壊し炎上。長浜城《ながはまじょう》も倒壊。伊勢長島城《ながしまじょう》も炎上。秀吉の盟友だった前田利家は弟たち一族を地震で失うという甚大な被害を受け、秀吉自身も近江坂本城《さかもとじょう》から命からがら大坂城へ逃げ帰った。

しかも、この天正大地震は秀吉の領国のみに壊滅的な打撃を与え、家康領にはほとんど被害はなかったのである。

秀吉が家康と「和睦」せざるを得なくなったのは、地震の被害が甚大過ぎたため、遠征が不可能となったからだ。

偶然にも命拾いした家康は決して浮かれなかった。徳川家が秀吉に滅ぼされなかったのは単なる幸運であり、彼我の実力差が決定的であることを痛いほどに思い知っていた。秀吉の天才的な「人誑《ひとたら》し能力」は、吝嗇家で人望のない自分の及ぶところではない、と。

以後の家康は、自らの心中から生じてくる天下への野心を捨て涸らすことに注力し、恐るべき忍耐力を発揮した。関東への領地替え命令にも唯々諾々と従い、次々と有力大名や家臣を粛清していた秀吉に「徳川家取り潰し」の口実を一切与えなかった。

家康の異常な慎重さは、秀吉との緊迫した関係によって完成されたと言っていい。

老いた秀吉は、死の直前までそんな家康を恐れつつもその忍耐強い老獪《ろうかい》さを頼り、「息子秀頼を頼む」と何度も家康に懇願し続けた。

秀吉の死後、家康は関ヶ原の合戦に勝って天下人となったが、豊臣秀頼を殺すことなく十年以上豊臣家の臣従を待ち続けた。できることならば秀吉との約束を守りたかった。だが秀頼は、信長の一族で築山殿よりもさらに気高い淀君という母親と、秀吉が築いた難攻不落の大坂城に二重に縛られていた。淀君と大坂城がある限り、秀頼が徳川に臣従することは有り得なかったのだ。

そしてついに家康の寿命が尽きた。七十を過ぎて自身の肉体に異変を感じた家康は、もはや大坂城を落城させて秀頼を退去させる他はなし、と決断しなければならなかった。

「……御祖父様。この秀頼に孫の千姫を妻としてお与えになりながら、なにゆえ母上とこの秀頼を自害させたのです。自分の妻子を殺すのみでは飽き足らず、孫婿までをも許さずに死なせるとは。あと一年ばかりしか余命がなかった御祖父様が、なぜそれほどまでにこの秀頼を憎まれたのですか」

秀吉の子供とは思えぬ大柄な秀頼の姿が、最後に浮かびあがってきた。淀君という足枷さえ外れれば、秀頼は豊臣家二代目として立派な武士になっただろう。築山殿から信康が自立できていれば、いずれは徳川家を率いる英雄になったのと同じに。そういう意味では、信康も秀頼も過保護過ぎる母親に青春期を縛られたことが不運だった。しかも淀君も築山殿も、権力者にも屈しない激しい性格の持ち主だった。

それを思えば、幼くして生母から引き離された自分は、幸運だったのかもしれない——家康は秀頼に（申し訳ない。秀忠がどうしても秀頼公を許さなかったのだ。老いた俺は押し切られた……秀忠殿の思う通りになされよ、と告げるのが限界であった）と詫びたが、

「信康殿を殺させた時と同じですな、御祖父様。責任逃れだけはお上手なお方だ」

と秀頼は薄く笑った。

（違う、俺はあくまでも慎重なだけだ……秀頼公の処遇を巡って秀忠と決裂すれば、またしても父子の争いが起こる。徳川幕府体制を完成させる目前で、最後の最後にそのような失敗は許されなかったのだ。そなたには済まないと思っている）

「御祖父様は、私の息子も殺しました。千姫の子ではなかったからですか？」

秀忠は「豊臣家を完全に滅ぼさねば、源平合戦の如き逆転劇が起こりましょう。大御所様が亡くなられた後のため、戦乱の種は全て除きます」と、秀頼の庶子・国松《くにまつ》を処刑させた。歴史研究家だった家康も、平清盛《たいらのきよもり》が源氏の御曹司・源頼朝に情をかけた結果、平家が源氏に滅ぼされた故事をよく知っている。反対はできなかった。

（秀頼殿。許されよ。戦下手な秀忠が将軍では、他に道はなかったのだ。信康さえ生きていれば、信康が将軍となってくれていれば、豊臣家を滅ぼさずとも済んだものを）

笑止千万。その信康殿を死なせたのは御祖父様ではありませぬか。

その言葉を残して、家康の視界から「女神」と死者たちの姿は全て消えていた。

残されたものは、無明の闇。

厭離穢土欣求浄土。現実主義者の家康は神仏を本気で信仰してはいなかったが、もしもまた人として生を得ることがあるならば、人間同士が戦い一族同士が争うような穢土には二度と生まれたくない。清らかで争いのない浄土に生まれたいと願っていた。自らを神にしようと家臣団に準備させたのも、人間の世の理から離れたかったからかもしれなかった。

（せめてセラフィナとエレオノーラを守りたかった……徳川家が存在しない異世界だからこそ、俺は徳川家を守るという義務からやっと解放され、自由に生きられた。もはや前世で天下を統一した俺には欲も野望もない。ただ大坂城の如きエッダの森に籠もるセラフィナたちを、今度こそ救いたかった……淀君のように、二度も落城を経験させたくはなかった……この奥三河を彷彿《ほうふつ》とさせるエッダの森を真の浄土に……してみたかった）

家康の心臓が止まった。セラフィナめ間に合わなかったのか。最後に酷い走馬灯を見たと内心で愚痴りながら、家康は（セラフィナとエレオノーラの和睦は成るだろう。俺の願いは通じたのだ……一応は、これにてざっと済みたり）と最後の言葉を――。

「ふふ。おめでとうございます、家康さん。今、あなたがご覧になった方々は、あなたの心が生みだした幻覚ですよ。命を賭して王女を守るためにあなたは己の命を危地に晒し、死者たちに心から懺悔《ざんげ》なさいました。あなたの罪を、あなたご自身が赦したのです。これでもうあなたは自由です。今より、あなたはハズレ勇者から本物の勇者となりました――」

さんざん俺の心の傷を暴きおって「女神」め、と家康は呟いていた。そもそも、今さら千姫や淀君が生き返るわけでもあるまい。今俺が出会った彼女たちが俺の心が見せた幻なら、俺の懺悔に意味などないではないか、と。

「はあ。ほんとうにあなたは気難しい人、いえ、神ですねえ。それでは特別に、ターヴェッティさんが機を見てあなたに告げようとしていた秘密を教えますね〜。エの世界で死んだ者の魂は、記憶を消去された上でこの世界に転生することはご存じですよね？　千姫の魂はセラフィナに。淀君の魂はエレオノーラに、秀頼の魂はイヴァンに転生しているんですよ〜。小心者……いえ、慎重なあなたが彼女たちを守りたいと願って命まで賭してしまうのは、心のどこかでそのことを感知しているからなんです〜。もっとも、魂は輪廻していますが、あくまでも別人ですからね？」

成る程。そうか——そういうことであったか。「勇者」とは、前世での記憶を保持したまま人生をやり直せるという希有《けう》な機会を与えられた者の呼び名であったのか。

（ならば、俺の生涯の最初の躓《つまず》きとなった信康の魂は、誰に転生したのだろうか？）

疑問も残ったが、家康はようやく自分自身を赦していた。

（セラフィナたちを守るために、俺はまだこの異世界で生きねばならぬ！）

「……イエヤス。イエヤスぅ〜！　やったあああ、目を覚ましたー！　よかったあああ！　うわあああん！　もう死んじゃったかと思ったよおおお！　うわあああん！」

セラフィナめ。倒れ込んだ俺を見て混乱して、「治癒の魔術」の詠唱に手間取ったか。それとも、最強の毒・附子を解毒するために準備していた紫雪を俺の口に入れるのに手こずったのか。

家康はセラフィナに抱きつかれながら、（危うく死ぬところだったではないか。計画通りに即座に俺に紫雪を飲ませて「治癒の魔術」をかけていれば、あんな妙な走馬灯など見ずとも済んだものを。頼りになりそうでならない娘だ）とまた愚痴りたくなっていた。

「ああ、イエヤス様。危うく妾のためにあなたを死なせてしまうところでした——セラフィナ様を軟禁し、

イエヤス様を追放しようと謀叛騒ぎを起こした妾は、お詫びのしようもございません……妾はアフォカス家当主として責任を取り、ここで自害致しますわ！」

「ちょ、ちょっと待ってよエレオノーラ〜!? せっかくイエヤスの死を賭した賭けのおかげでエレオノーラもお茶を飲み干せて、無事に除染できたのに〜！ あなたが黒魔術に落ちていたことは私もイエヤスも知っているから！ ダメだよーっ死んじゃダメーっ！」

セラフィナは家康の身体を放り投げると同時に、短刀を自らの喉に突きつけたエレオノーラにしがみついていた。

家康は「痛いではないか……全く」とぼやきながら起き上がり、一瞬の動作でエレオノーラの手から短刀を取り上げた。電光石火の早業である。

「見事な覚悟だった、阿呆滓よ。王党派とこの家康との和睦、ここに成立した。死んではならんぞ、世良鮒を守るのがお前の役目だろう」

「そーだよー！ 除染されたばかりで感情が暴走してるんだよ、落ち着いてっ！」

「……は、はい……申し訳ありませんでしたセラフィナ様。それにしても妾に解毒剤を飲ませるために自ら毒茶を飲み干してみせるとは、なんというお方——このエレオノーラ、ともにセラフィナ様をお支えする者として、生涯イエヤス様に忠誠と友情を誓いますわ！」

エレオノーラが家康の前に膝を突き、掌に接吻《せっぷん》をしてきた。まるで南蛮人の習慣だと家康は少々たじろいだ。おそらくエルフ貴族にとって神聖な誓いの儀式なのだろう。

「でも、ほんとうにアコニタムにイエヤス謹製の紫雪が効いたねー！ 金貨百枚で煮込んだだけあって、最強の解毒剤だよー！ もしもエレオノーラに憑いたアナテマがティーカップに仕込んでいた毒がアコニタムじゃなくて黒魔術由来のものだったらぁ、私の白魔術は効かなかったよ！ あっぶなー！」

「……桐子の進言が誠だったということだ、世良鮒。桐子は俺に告げた。射番が使者から受け取った薬はあなてまの術の解毒剤だけで、毒薬は渡されなかったと。だから、阿呆滓はかつて俺が旅先で摘ませた鳥兜を用いるだろうと予測できた。阿呆滓の屋敷にありそうな毒物は、鳥兜だけだったからな」

「いやまあ、その通りだったんですけどー。でも、よくファウストゥスを信じたねー！　プッチが起こることを知っていながら、イエヤスとヴォルフガングのどっちが勝つかを見定めようとか言って黙っていた奴なのにさー！」

「あの男の値踏みは、今朝の段階で完了したということだ。今や桐子は本多正信の如く信頼できる軍師となった。本多正信は智恵者でありながら一向宗の熱烈な門徒だったため、本願寺と俺のいずれに仕えるべきかを見定めるまで十年以上もかかったが、桐子は銭のみを信じる無神論者故に思考方法が簡潔で、正解に辿り着く速度も遥かに速い——もっとも、生きている者に対してあれは忠誠心を持たないがな。あれの忠義は、銭への忠義だ」

いよいよ、よく信じたねーって呆れるんですけどー。おーこわー。とセラフィナは震えあがってみせた。またいつもの調子で子犬のようにギャンギャン泣き続けるかと思っていたが、アナテマの術に落ちてプッチを起こし、混乱して自害しかけたエレオノーラに気を遣わせないために快活に振る舞っている。健気な娘だと家康は思った。

徐々に感情を取り戻してきたエレオノーラが身体を震わせながら「わ、妾としたことが短慮でしたわ。二度も救って頂いた妾の命は、セラフィナ様とイエヤス様に捧げます。もう決して自害など致しません！　今、テントの外では王党派と宮廷の近衛兵たちが一触即発の空気の中で睨み合っています——どうか事態の収拾をお願いしますわ、イエヤス様！」と家康に懇願してきた。

「妾の荘園も永久にお貸し致します。いえ、丸ごと進呈しても構いませんわ。これからはアフォカス家の総力をあげてイエヤス様にお仕え致します！　遠慮なさらずに、妾をあなたのしもべと思《おぼ》し召《め》しください。なんなりとご命令を！」

ほう、ずいぶんと表情が豊かになった、「氷のエルフ」と呼ばれていた時とはまるで別人だと家康は一瞬エレオノーラに魅入った。

元来、エレオノーラは（セラフィナのように騒がしくはないが）誰よりも華やかで情熱的な性格なのだろう。セラフィナを守るという使命感の重さ故に、敢えて無表情に徹していたのだ。

「わかった。ただし、射番が俺の側に付いたことを気取られてはならない。射番の姉上に危機が及ぶかもしれん。射番には辛い役目だが、しばらく二重間者を務めてもらう——俺も世良鮒も阿呆滓も、房婦玩具が射番を用いて一揆を起こさせたことには気づいていない。黒魔除染に成功した理由は桐子に捏造させる。桐子が黒魔術使いだという噂を利用して、あの男が前回の襲撃に懲りて独自に黒魔力に効く解毒剤を入手していたということにする」

「その噂をヴォルフガング一世の耳に入れれば、ファウストゥス殿がアナテマの術に対抗できる危険な黒魔術師だと王に誤解されてしまいますが、よろしいのですかイエヤス様？」

「房婦玩具は慎重故、工作の証拠を残してしまう真似や暗殺のような荒事を避ける傾向がある。今回の毒殺未遂は、除染を避けられない窮地に追い込まれたあなてまの術自身が苦し紛れに行ったことだ。房婦玩具は即座に桐子を殺しにかかったりはするまい。それに、たとえなにか工作するとしても射番に命じるだろうから、こちらに筒抜けだ。問題ない」

「そう言えば、イヴァンに匣を渡した間者は今どこにいるのー？　イヴァンを見張ってるとしたら、やばくない？　イヴァンがイエヤスに味方したことが王にバレちゃうじゃん？」

「その者ならば、既に桐子が蜥蜴の使い魔を用いて居場所を突き止めている。今頃は、どわあふたちが捕縛している手筈だ」

「ほえ〜。ぬかりな〜い。やっぱ、イエヤスって慎重なんだねー」

「当然だ。勝算もなしに俺とお前の命を賭けられるか。それでは三人揃って王党派たちエルフ族の前に並び立ち、和睦成立を宣言して手打ちとするぞ」

「承知致しました、イエヤス様！　妾は黒魔術に落ちたのではなく、独断でプッチを起こした謀叛の首謀者。王党派を鎮めるためならば、どのようなお裁きでも。ヴォルフガング一世を欺くためでしたら、たとえ公衆の面前での鞭打ち刑であろうとも耐えますわ！　いいえ、も、もっと酷い辱めであろうとも——！」

「い、いや待て。三河一向一揆の時と同じだ阿呆滓。

今回の一揆は、ひとえに王女への忠義心から起きたこと。故に罪にあたらず、王党派は誰も処罰しない。当然阿呆滓、お前も無罪だ。むしろお前があなてまの術に必死で抵抗してくれたおかげで、かろうじて事態を収拾できた。礼を言う」

「……まあ、まあ……イエヤス様……！　あなたがこれほどに寛大なお方だったなんて。妾は感激の涙を禁じ得ませんわ！　身を挺《てい》してセラフィナ様をお守り頂き、ほんとうにありがとうございます……！」

いやいやこんなことを言いながら後から腹黒い仕返しをはじめるのがイエヤスだから、騙されてるよエレオノーラ、とセラフィナが突っ込む。どうも、除染されて以来エレオノーラがイエヤスを見つめる目がなんだかおかしい。キラキラに輝いている。はっ？　まさか、イエヤスに心を奪われてしまっているんじゃ？　忠誠心が異常に高まり過ぎているんだとしてもまずいけれど、もしかして恋心じゃないよね？　エルフ族最高の名門貴族令嬢が、そんなぁ？　有り得ないんですけどっ？　まさか、まさかだよねっ？　私とエレオノーラの永遠の友情に割り込まれてるようで、なんだか腹が立ってくるんですけどっ！　嫉妬じゃない！

「ただし、人間軍の侵攻が目前に迫っている。今回のような一揆が再び起こらぬよう、エルフ族たちの前で新たな政治体制の樹立を宣言する。一揆の芽を永遠に摘むのだ」

ほーら来た、とセラフィナが嬉しそうに毒づいた。だんだん家康の腹黒さが伝染してきているらしい。

慎重な家康は会見に臨む前に、三人が生き延びた場合の今後の政治体制について全て決めていた。全エルフ族が会見の行方を固唾を呑んで見守っている今こそ、その新体制を発表する最高の好機だった。「王女の聖断により王党派全員無罪」という通達と抱き合わせで新体制樹立を宣言すれば、堂々と反対できる者はいないだろう。

王党派プッチに参加したエルフ族をはじめ、エッダの森に集う異種族たちが続々と神木・宇宙トネリコの丘へと集結していた。

エッダの森分裂を阻止するために単身宮廷へ乗り込んだ王女セラフィナと、セラフィナを補佐する長老ターヴェッティの仲裁によって、家康とエレオノーラの和解が成った。その三者による「プッチ終結宣言」が成される、と告知されたためである。王党派の監視下に置かれていたクドゥク族も解放され、王党派を警戒して地中に身を潜めていたドワーフたちも続々と地上に戻ってきた。

セラフィナとエレオノーラ、そして家康は神木・宇宙トネリコの幹を背にして、数万人規模に膨れあがったエッダの森の住民たちに「報告」を告げた。

家康はまず「王党派一揆は、王女への忠義心から起きたもの。党首阿呆滓をはじめ、王党派全員を無罪とする」と宣言して、王党派の幹部たちを落ち着かせた。

続いて、王党派を混乱させた例の文書が偽書だと証明しなければならない。王党派の面々の内心に燻《くすぶ》る家康への嫌疑を完全に晴らさなければ、真の和解は有り得ないからだ。

家康は「この文書は偽書だ。動かぬ証拠は、この偽書に書き入れられている俺の花押」とプッチの元凶となった偽書を右手に掲げ、左手には屋敷から逃走する際に持ち出した直筆の公文書を掲げて、様々な異種族からなる群衆に、そして王党派エルフ貴族たちに「真相」を説明した。

「見るがよい。偽書の花押は、一点だけ本物の花押と異なるところがある。俺が書いた本物の『帆掛け舟を模した花押』は、実は帆の中央にごくごく小さな黒点が入っている。本物の花押には全て黒点を書き込んでいる。だが、俺が房婦玩具宛てに書いたとされる偽書の花押には、その黒点がない。俺はどこまでも慎重な男。花押の偽造に備えて、常にこの小さな点を花押に書き込んでいたのだ」

エレオノーラが「入念に確認致しましたわ。間違いなく、偽書の花押にだけ黒点が入っておりませんでした」と保証した。イエヤス凄い！　全然気づかなかったよ！　もしかして独創的な天才じゃん？　と浮かれるセラフィナ。

「世良鮒。これは俺が考えた策ではなく、伊達政宗という食わせ物の戦国大名が太閤殿下から一揆扇動の嫌疑をかけられて言い逃れした際に用いた策よ。伊達政宗が主張した『花押に小さな穴があるかないかで真偽がわかる』という弁明を太閤殿下が信じたかどうかは知らんが、これは銭もかからず効果的な偽書対策だと思い、実際に真似してみたのだ」

「なーんだー、まーた人真似だったのー？　イエヤスの辞書に独創性って言葉はないの？」

「さあ王党派諸君よ、よく確認なされよ。墨の薄れ具合やその形状と位置の正確さから、俺が黒点を慌てて後から書き込んだわけではないことがわかるだろう。なにしろ長年にわたって磨き続けた匠の技を用いて、毎日慎重に黒点を入れてきたからな」

エの世界では家康自身が天下を取ってしまったために、伊達政宗から学んだ花押造りの技術を活かす機会はなかったが、異世界においてついに役立ったのである。

「念のために言えば、紙の質も全く異なる。偽書に用いられている紙は、俺が大将軍に叙任される以前にえるふ族が長らく公文書に用いていた、高価な分厚い紙である。しかし、俺が花押を書き込んだ公文書は全て、非常に薄く、しかも一度用いた紙を再利用したために色味が濁っている『倹約紙』である。時間を惜しんだ俺は元老院に直接公文書を渡さず、法案を口述で伝えて事後承諾させてきたから、わが公文書を直接見た者はほとんどいない。故に、阿呆滓や諸君がこの公文書用紙の変更に気づかなかったのも道理。無論、偽書を作成した者も気づいていなかったということ――」

「ほんとだあああ!?　いつの間にこんなみすぼらしい紙を公文書用紙に!?　ってか、これってイエヤスが鼻をかむ時に使ってる紙じゃんっ!?」

「世良鮒。お前たちは豪奢過ぎるのだ、今は戦時中だぞ。徹底的に倹約せねば、桐子の利殖活動をもってしても莫大な戦費をとても賄い切れん」

「ふぇえ。さっすがイエヤスぅ！　凄い慎重さだね！　吝嗇家と見せかけて実は偽造文書が出回った時のために敢えてこっそり安い紙を用いていたんだね！」

とセラフィナは感動した。しかも、よりによって公文書に鼻紙を用いていたとは、何事にも高貴なエルフ族の想像外だった。

「しかもさー、脱出する時によく咄嗟に公文書を持ち出したねー！　抜かりないねっ！」

「いや、俺は単に『まだ鼻紙に使えるな』と惜しんで持ち出しただけだったのだが。吝嗇は身を助けるという奴だな」

「ただケチってただけなんかーい！　政府の公文書にさあ、鼻紙はないでしょ鼻紙はっ！　ぺらっぺらじゃん！　だいたい、なんで公文書を自宅に持ち込んでたわけっ？」

「公文書として表面を使い切ったら次は裏面を使い、裏面も使ったら鼻紙に使うつもりで俺自らが管理していた。自宅に持ち込んでいた紙は、裏面まで使用済みのものだ」

「……ケチ臭っ……！　公文書を破棄しちゃダメじゃん！　不正し放題じゃん！」

「だから俺は、破棄はしていない。一枚たりとも捨ててはいないぞ」

「って、鼻をかんだ後も保存するつもりだったんかーい？　ちょっともういろいろと信じられないんですけどーっ!?」

偽書の作成にあたっては、イヴァンがヴォルフガング一世に送った家康自筆の公文書の「写し」が花押や筆跡を模倣する際に参照された。イヴァンが模写して王に送った花押には、問題のごく小さな黒点がなかった。指摘されなければ「微かなインク跳ね」にしか見えないため、イヴァンですら見落としたイヴァンは家康の公文書を直接盗まずに、内容を自ら模写したものをヴォルフガング一世に送っていた理由は、たった一枚でも公文書が欠ければ慎重な家康がすぐに「足りない」と気づくからだった。

またイヴァンは家康が大将軍に就任した後に森に入ったので、家康が密かに公文書用紙を変更したことを知らず、「イエヤス様は公文書に鼻紙を使っています」と報告することができなかった。仮に気づいても、家康の情けないほどの吝嗇ぶりが恥ずかしくて黙っていただろうが……。

故に、偽書は人間陣営が「エルフ族が公文書に用いている専門用紙」と認識していた紙、すなわち以前の公文書用紙とほぼ同じものを用いて作成されたのだ。

（イヴァンを欺いたようで気が引けるが、結果的に鼻紙一枚も無駄にせぬ俺の吝嗇さこそ、天下を統一せしめた周到な用心深さというものよ）

だが、エレオノーラが家康と和解しても、王党派貴族たちはそう簡単には引き下がれなかった。エレオノーラはアフォカス家の令嬢にしてセラフィナの親友だから無罪放免は確定だろうが、彼らは違う。今は無罪と言われても、あとあと家康からどんな処分を受けるか予想もつかない。

「「「エレオノーラ様、われらはイエヤスとの和議には反対です！　その文書がたとえ偽書だとしても、今なお誰が作成して森に持ち込んだのかがわからぬまま！　真犯人を逮捕せずしてイエヤスを無罪放免にはできませんぞ！」」」

宇宙トネリコの枝の上に身を潜ませてこの事態を見守っていたイヴァンは「その通りです。僕が真犯人として名乗り出るしかありません」と隣に座っていた長老ターヴェッティに直訴したが、ターヴェッティは「クドゥク族のそなたが彼らの前に降り立てば、かえって騒ぎが大きくなる。今は待つのじゃ」と承諾しない。

ターヴェッティは家康から「騒ぎが収まるまで決して射番を地上に降ろさぬようにお願いします。最悪の場合死なせてしまいますからな」と懇願されていたし、ターヴェッティ自身もイヴァンを最後まで庇う覚悟を決めていた。家康ならば必ずこの内紛の危機を切り抜けてくれるはずと信じて。

「皆さん、冷静に。問題の文書が偽書だったことは既に明らかですわ。真犯人はこれから探索して捕らえれば済むことです。イエヤス様の嫌疑は晴れましたし、何よりもセラフィナ様がイエヤス様をこれほど信頼していますもの。これ以上は不忠になりますわよ」

「お待ちあれ。それはできません、エレオノーラ様！」

「真犯人だ、真犯人を先に捕らえねば！」

「エレオノーラ様、あなたまでイエヤスに謀られているのかもしれませんぞ！」

「待て、諸君。これは房婦玩具による謀略である、ここでわれらが内紛を起こせば房婦玩具を利するのみ。俺を信じよ。俺はえの世界から来た外様勇者だが、えるふ族をわが郎党同然と思っている」

「「「イエヤスよ、信じたくともわれらエルフ族は今までさんざん魔王軍や人間の罠にかかってきた！　ことに狡猾なヴォルフガング一世は口八丁手八丁でわれらの土地を返さず、今やこの森からの退去まで迫られているのだ！　容易には信じられぬ！」」」

イエヤス様の危機です、もう止めないでください――

とイヴァンが神木の枝から跳躍しようとしたその時。

「王女サンの使者を騙《かた》ってエレオノーラに偽りの文書を渡した真犯人なら、ここにふん縛ってるぜー！　こいつ、地下に掘った穴から逃げようとしてやがった！　地下の世界はオレたちドワーフの庭だってのによー、イエヤスの旦那の地下改造計画を舐めんじゃねー！　はっはっはー！」

「ふ、ふ、ふ。真犯人の捜査と捕縛にあたっては、わたくしとクドゥク族の王子イヴァン殿も協力致しました。プッチ騒動の間、職務が停止して手が空いておりましたのでね。なかなか口を割りませんでしたが、ようやくこの者自身の命の保証と引き換えに、ヴォルフガング一世に雇われた間者だと自白しましたよ」

ゾーイとファウストゥスが、手鎖《てじょう》で繋がれた間者を連行しながら家康の前に現れていた。

一見してエルフではないとわかる、銀髪と褐色の肌を持った壮年の人間男性である。

「……はい。自分が、王から託された文書をエレオノーラ様に手渡しました……自分の任務はただそれだけで……文書の内容は知りませんでしたし、なにが起きるのかは知らされておりませんでした。どうかご容赦を……お慈悲をお願いします、イエヤス様……！」

囚われの間者は驚くべきことに、アナテマの術に落ちていた。それ故に自らの意思に反して自白してしまっているのだ。

（ほう。エレオノーラを襲った例の蝦蟇の使い魔は自壊消滅したはずだが？　そうか、一匹目の使い魔を捕らえたイヴァンがその命を憐《あわ》れんで飼っていたのか。ファウストゥスが使い魔の体内に残された体液をこの間者に浴びせ、アナテマの術をかけたのか……）

家康は二人の見事な連携に感心した。ただし、ファウストゥスが見よう見まねで用いたアナテマの術は「完成品」ではないため、時間が経過すればすぐに解けてしまう。捕縛されている間者の表情を見るに、既に半ば術は解けかけている。黒魔力用の解毒剤を用いる必要すらないだろう。

だが、この場を取り繕うには最高の「奥の手」だったと言っていい。

家康は、後はセラフィナが「女王」らしく演説できるかどうかだと目を閉じていた。

ゾーイとファウストゥスは、「真犯人」に仕立て上げられた間者を再び連行していった。取り引きを交わした以上、口封じする必要はない。森から出してしまえば、後はあの男自身が自らの弁舌でヴォルフガング一世に申し開きをして、自らの命を救えるかどうかである。

「……そ、そうか。既に真犯人を捕らえていたのか……」

「穴掘りの達人のドワーフや、敏捷なクドゥク族がおらねば、永遠に捕らえられなかっただろうな」

「あの怪しげなダークエルフまで、真犯人捕縛のために働いていたとは。もしかしてエッダの森は今や、かつてとは様変わりした難攻不落の要塞となっているのでは……？」

「……イエヤスが採用した異種族連合策や森の改造計画の効果を、認めねばなるまい」

ここに王党派貴族たちは、ようやく家康とセラフィナの和解を認めた。

やはり「理」をもって訴えればエルフ族は話が通じる理知的な種族だ、人間よりも嘘偽りがない分よほど付き合いやすい、と家康はようやく安堵したのだった。

「さて、真犯人とは取り引きが成立した故、森の外へ釈放処分とする。今は戦時中である。大将軍の権限をもって、二度とこたびのような騒動が起きぬよう、政治体制を一新する。期限は『対人間戦』の終結と和平成立まで――外様勇者つまりこの俺による独裁制が、えるふ族の不信の元凶だった。これよりは三頭政治体制を敷く」

「「つまり、どういうことです？」」

「内政は世良鮒、外交は阿呆滓、軍の統率は大将軍の俺が分担する。まずは阿呆滓を全権外交官に任じ、独断で外交権を行使できる権限を与える。さらに戦時中の特例として、世良鮒をえるふ女王に推戴する！　これは俺と阿呆滓、そして田淵殿の三者によって協議し、女王陛下ご自身がご聖断なされたことである！　王党派諸君の要求は、ここに実現した！」

なんと！　と王党派たちは一斉にどよめいていた。

これを機に家康は自らの独裁体制を固めに入るだろう、と彼らは怯えていたのだ。

それがまさか家康が王党派の要求を呑んで、セラフィナを女王として即位させるとは？

さらに外交権を王党派党首のエレオノーラに譲渡し、内政権をセラフィナに委ねるという。これでは、まるで王党派が家康に勝利したも同然ではないか。

なんという律儀者か。勝者が敗者に全面的に譲歩するなど、聞いたことがない。

この者は……ほんとうに、長老が語ってきた「伝説の勇者」だったのだ！　エルフ族のみならず、ジュドー大陸に生きるあらゆる異種族を魔王軍から守るためにプネウマの祝福を受け、エの世界から召喚された「本物」だったのだ！

「ふぃ〜。慌ててテントで着替えてきたよ〜。間に合わないかと思った、あっぶな〜」

女王の正装を身に纏った華奢なセラフィナが、王党派貴族たちの前へと舞い戻ってきた。

「はあはあ……息を整えて、深呼吸深呼吸……エッダの森に住まう皆さんっ！　私セラフィナ・ユリは今日ここに、エルフ王国の新たな女王として即位しましたっ！　人間の勇者を信じられないという皆さんの気持ちは理解できます！　ですが、エレオノーラの反対を押し切って、勇者をエッダの森に連れてきた責任者はこの私です！　イエヤスを疑うというのならば、この私ごと罰しなさい！　イエヤスと私を屋敷に閉じ込めて、炎で燃やし尽くしてしまいなさい！　私は甘んじて皆さんの裁きを受けましょう！」

毅然たる態度で、セラフィナは王党派貴族たちを一喝し、鎮めてしまった。

まさしく女王のカリスマ。私欲を抱かずエルフ族の安寧のために王家の責務を背負ってきた者だけが身に纏うことのできるオーラを、今のセラフィナは放っていた。

王党派の誰もが「いったい誰がセラフィナ様を罰することなどできましょうや」と胸を打たれ、膝を突き、セラフィナに頭を垂れていた——エレオノーラは「セラフィナ様は、エルフ族を導く女王に相応しいお方に成長されました」と感涙にむせんでいる。

「俺は、一向一揆に加わって長年俺と戦ってきた本多正信を無二の親友として再び受け入れた男。こたびも誰も罰さぬ。王党派の諸君が女王陛下に抱くその忠誠心は、三河武士にも劣らぬ天晴れなもの。以後も女王陛下のために励むがよい。諸君の地位、名誉、財産はこれまで通りとする。偽書の策が破れたと知った房婦玩具は、いよいよ軍勢を率いてえっだの森へ攻め寄せてくる。これからが真の戦いである！」

全員無罪！　王女セラフィナ、女王即位！　エレオノーラが全権外交官に！　この裁定に王党派貴族たちは安堵し、互いに抱き合っていた。身内に寛容なエルフ族ですら考えられない裁定だったのだから。

エルフ族が抱いていた異種族たちへの不信感も大幅に緩和された。家康の指揮のもとで、王党派プッチによって弾圧され追放される運命だったはずのドワーフ、クドゥク族、果てはダークエルフまでもが真犯人の捕縛のために活躍したのである。プッチ騒動に揺れていたエルフ族だけでは、真犯人を捕らえることはできなかっただろう。

「いやー、ほんとうによかったぁ〜！　それじゃー早速みんなで和解をお祝いして大宴会だねー！　この女王の衣装は重いから、平服に着替え直さなきゃ〜。でもイエヤスぅ、私に内政の仕事なんてできないよー？　経験ないしさー。エルフ王って戦時中を除けば基本的に政治に干渉しないお飾りだからー」

「当たり前だ世良鮒。異種族が入り組む複雑なえっだの森の政局を子供に任せられるか。三頭政治などは、王党派を宥めて喜ばせるための方便に決まっているだろう。実際には引き続き俺と阿呆滓、田淵殿の三人で切り盛りする」

「えーっ？　ひっどーい？　イエヤスってば相変わらず腹黒い狸なんですけどーっ!?」

「妾が外交の全権を握るという話も、やはり名目上のことでよろしいのですねイエヤス様？　妾は全面的にイエヤス様のご命令に従って動きますので、ご安心を」

「いや、外交については阿呆滓に一任しよう。俺よりもはるかにこの世界の事情に通じ、かつ誰もが一目置くえるふ族最高の名門貴族だからな。今のような極限状況では、そなたのように花を愛し世良鮒を愛する平和主義者のほうが、追い詰められたら癇癪を破裂させる俺よりも外交職に向いているだろう。そうだな。慎重な判断が必要な時だけ、俺と田淵殿に相談してくれればいい」

「あ、有り難き幸せ！　アナテマの術に陥って失態を演じた妾になんという信頼ぶりを……セラフィナ様が女王に即位された晴れ姿まで見られた上に、そのような果報な……妾はこの上なく幸福ですわ、イエヤス様。いったい、どうお礼を申しあげればいいのか」

「礼など要らん。俺は常に実用主義者だ。俺にはあじか売りと海老すくいしか芸がないし、世良鮒もちと貧乏くさいところがあってな。外交官は華やかな者でなければならぬのだ。そなたには仏頂面よりも花のように華やかな笑顔のほうがよく似合うぞ」

「はっ、はいいいっ！　しょ、承知致しましたわ！」

この言葉によって、家康は完全にエレオノーラの心を摑んだと言っていい。

「ちょっとーっ？　私とエレオノーラの扱いの差が酷いんですけどーっ!?　そもそも私は別にケチじゃないよー、イエヤスの貧乏性が伝染しただけだよーっ！」

「静かにしていろ世良鮒。よいか阿呆滓、外交官なくして戦争は戦えぬ。戦とはその幕引きの方法を決めてからはじめるものであり、交渉人が不可欠だからだ。こたびのえっだの森防衛にあたっては、好戦的な外交官は害悪となる。そなたのように戦を嫌い平和を好む者こそが適任。大陸の諸種族に調和をもたらすために励むがよい」

「……はい。そのお言葉、生涯胸に刻みますわ」

「なお外交には銭が必要な故、そなたは倹約令の対象から除外し、借り上げ中の荘園の代わりに無制限の外交官手当を支払う。外交官が吝嗇では、他国に侮られるのでな」

「信じられませんわ!?　ですが、エルフ族から大将軍に叙任された者は独裁権を有する資格がありますのに、ほんとうに妾をそれほど重用してよろしいのですかイエヤス様？」

「ああ、俺は人間の勇者だ。えるふ族の血筋や習慣など俺には関係ない。適材を適所に配置するのみだ」

「なんてことでしょう？　あなたは将に将たる人物、まさに英雄ですわ。ああセラフィナ様、どうしましょう。妾は今、夢見心地ですわ……！」

「いやーよかったわね、エレオノーラ！　イエヤスってばそんなことを考えていたのなら、早くエレオノーラを全権外交官に任命すればよかったのにぃ～♪」

「……ずっと渋っていたのだ」

「なんで渋るのさーっ！　意味ないじゃん！　なんなの、その筋金入りのケチ臭さっ!?」

「外交官との間に完璧な信頼関係が築けていなければ、致命的な失策になるのでな」

「イエヤスがケチ臭いから信頼関係が築けなかったんじゃないの～？」

「む、一理ある。それでは広大な荘園を借りている謝礼として、阿呆滓に毎月進呈する干しすらいむ肉を、よ、よ、四倍……いや、三・五倍に増やそう……これ以上は出せんぞ！」

「うふふ。見返りなど要りませんわ。さあイエヤス様、セラフィナ様。祝宴がはじまりますわ。今日は、女王と勇者と王党派貴族、そして幾多の異種族たちが歴史的和解を果たした記念的な日ですもの、無礼講に致しましょう！」

「阿呆滓よ、内輪の宴会での浪費はもったいない。肉料理は干しすらいむ肉限定にせよ」

「承知致しましたわ！　その分、今後は他国からの使者には贅を尽くしたおもてなし料理をたっぷりとお出しせよということですのね！　妾たちエルフ族にはできない柔軟な発想、さすがはイエヤス様ですわ！　ファウストゥス殿たち異種族の皆さんにも参加して頂きましょう。みな、イエヤス様に仕える仲間ですものね。これからは親睦を深めなければ！」

また「ケチ臭い」と怒鳴られるかと思ったのだが、阿呆滓の態度が妙に浮かれているがだいじょうぶなのか？　お前のような騒がしい娘が二人に増えたら頭が痛いと家康に尋ねられたセラフィナは、「ああーどうかなーエレオノーラは普段はお澄まし顔なんだけど宴になるとお酒に酔って突然はじけることがあるからー。ま、いいんじゃない？」と苦笑するしかなかった。

「いやいや、イエヤス様とセラフィナ様は息がぴったり合っておりますのう。一時はどうなることかと肝を冷やしましたが、儂も安心しましたわい」

華やかな祝宴がはじまった中、長老ターヴェッティが「もうよいじゃろう」とイヴァンに自らの身体を背負わせて神木の枝から下りてきた。

「やれやれ、やはりわたくしにはアナテマの術は会得できませんでしたねえ。あの間者は、正気に戻りましたよ。王党派たちの前で術が解けていれば、イエヤス様もわたくしもどうなっていたことやら。イエヤス様は誠に強運の持ち主であられる——その強運が続く限り、わたくしはあなたに忠誠を誓いましょう」

「これで当分ヴォルフガング一世は間者を森に入れてこないだろ！　ドワーフギルドを避けて森の地下で活動するなんて無理だと思い知ったろうさ！　それじゃ食うぜーっ！　おらっ、ダークエルフの旦那！　スライム肉をオレによこせ、うおおおおおおお！」

間者を森の外へと解き放ったファウストゥスとゾーイも戻って来た。

エルフ族と人間、ダークエルフ族、ドワーフ族、そしてクドゥク族。神木・宇宙トネリコの下でこれらの諸種族がともに酒を酌み交わし肉——家康が牧場で生産している干しスライム肉だが——を食べるなど、エルフ族最長老のターヴェッティにとってもはじめての経験だったかもしれない。

「ふ、ふ、ふ。やはりイエヤス様に付いていたほうが稼げますねえ。開戦不可避となれば兵糧の相場は激しく乱高下。わたくしのような死の商人……いえ、投資家の稼ぎ時です。一ヶ月で国庫の財とあなたご自身の資産を十倍に増やしてご覧に入れましょう」

「わかった桐子。ただし、稼いだ銭は開戦直前に可能な限り兵糧に換えておけ。籠城には兵糧が必要だし、戦では不測の事態が起こる故、相場がいつ暴落するかわからぬ。よいな？　一夜で資産が溶ければ、俺は絶望のあまり錯乱して塔から身を投げるぞ」

「相変わらず慎重なお方ですねえ。まあよろしいでしょう。切りの良いところで兵糧にしてしまいましょう。無論、わたくしも少しばかり着服させて頂きます」

「うむ。頼むぞ」

ファウストゥスに細々と吝嗇な指示を出した後、家康はスライムバーガーを頬張っていたゾーイに「本命工事」の再開を命じていた。

「了解！　いや～一時は森からドワーフ全員追放されるのかなーと思ったけど、イエヤスの旦那もやるねー。エルフ族とも打ち解けられたし、これで思いっきり仕事に打ち込めるよ！　開戦までに作業工程はきっちり進めてみせるから、安心して待っててな！」

「うむ、こたびはそなたに救われたな。そうそう、森から外部へと脱出する抜け道も増やしておかねばならん。万一の場合に船で海へと出られるよう、地下大空洞から海に繋がる地下河川を掘れないか？　えっだの森から海へ出るには、陸と海を隔てている断崖絶壁をどうやって突破するかが問題だが、地下に河を築いて海面との境界まで繋げてしまえば問題は解決する。しかも戦争が終わればいずれは森に直結する港に転用できて、交易もさらに発展する」

「はーん。地下に河を掘るのか？　エッダの森の地盤ならイケそうだな！　予算は別に請求するけど、それでよければなんだってやるさ！　人間ってのは変わってる奴が多いけれど、イエヤスの旦那は特別だな！　でも、たぶん開通は開戦に間に合わないぜー？」

「どわあふの土木工事技術は、俺が知る中でも最上である。人間なら十年かかる距離を数ヶ月で掘れるだろう。ただし、海への『出口』は俺が指示するまで開通させるな。房婦玩具に見つかれば逆に海から森の地下へと侵入されてしまう諸刃の剣だからな。頼むぞ」

ドワーフ使いが上手いねえ旦那！　とゾーイは鼻歌を歌いながら宴のまっただ中に新たなスライムバーガーを求めて再び飛び込んでいった。


そして、イヴァンである。

「……イエヤス様。セラフィナ様。ほんとうに、ありがとうございます……僕を庇いながらプッチをこんな風に見事に収めてしまうなんて。これからはなんなりと僕にご命令ください。暗殺以外でしたらどんな任務でも遂行します、イエヤス様」

「うむ。偽書の策が失敗に終わったと知れば、房婦玩具は軍を動かすしかあるまい。射番、お前は上手く立ち回らねばならん。あくまでも王の間者として行動しているように振る舞うのだ。先ほど森の外に放逐した間者が、われらがあの男を真犯人に仕立て上げた経緯を房婦玩具に告げるだろう。偽書の策が失敗した理由はこの俺の慎重さにあったと房婦玩具は考え、お前の寝返りはまだ気取られまい。しばらく房婦玩具に適当な情報を流しておけ。こちらから、漏れても問題のない情報を選別して渡す。できるか？」

「はい！　できます！　いつかイエヤス様に、僕の姉上を紹介したいです……これほどの苦難を受けながら、弱音ひとつこぼさずにいつも陽気に僕を励ましてくださる素晴らしい姉上なんです……あ、いえ、出過ぎたことを言いました。ごめんなさい！」

「うむ。俺は太閤殿下のように『そなたに美人の姉か妹はおらぬか』などとは言わんが、その日を楽しみにしておるぞ」

「ふふ。またイヴァンちゃんと三人で夕食を取れるねー。今夜は大宴会になるけれど、明日からまたイヴァンちゃん、イエヤスの家で夕食を一緒に食べよーねーイヴァンちゃん？　お姉さんもきっと、いつか一緒に食卓を囲めるよ！」

「はい、セラフィナ様！」

こうしてイヴァンは笑顔を取り戻し、王党派プッチ事件は落着した。

日頃はなにを考えているかよくわからない家康が実は想像以上に寛容で、ある意味その寛容さはもはや人間離れしているとエルフ族たちは驚嘆した。

人間は腹黒い種族だと思っていたが、「勇者」だけは別格だ——さすがはエの世界を統一し、神に祀られた英雄。彼らは異種族たちと打ち解けて祝宴を続けながら、口々に大将軍家康をそう褒《ほ》め称《たた》えた。

無論、家康は陰ではエッダの森の面々の和解を実現するために様々な策を弄していたのだが、「えーっと、女王に即位してもイエヤスのかっるいかっるい私への扱いはなにも変わってないんですけどー？　私の仕事って結局、イエヤスの盾役だけじゃーん！　女の子を盾役に使うなんてサイテー！」と宴会場で怒っている者はセラフィナだけだった。

「なにを言うか。お前の『治癒の魔術』がなければ附子を解毒できず、俺は阿呆滓との会見場で死んでいたではないか。お前は一応役に立っているぞ、胸を張れ世良鮒」

「一応ってなによう一応ってー！　でもまあ、雨降って地固まるっていうか、今までギスギスしていた諸種族の関係も改善されたみたい。イエヤスってどんな種族も色眼鏡で見ないんだもの。イエヤスは人間なんだから、普通ならどうしても人間を贔屓目に見てしまうものなのに。それに……エレオノーラたち王党派貴族を許してくれて、ありがとう……」

「一揆はお前への忠誠心から出た行動だし、あなてまの術が発端だからな。それにな世良鮒、俺にとっては種族の違いなど全く意味がないのだ」

「……イエヤスって、実はとってもいい人だったんだね……ぐすっ……」

「違う、俺はただの現実主義者だ。桐子にも言ったが俺が家臣を扱う原則はな、『われ素知らぬ顔をすればみな郎党の如く働けり』――これだ。謀叛されようが敵に内通されようが一切素知らぬ顔をして許した『ふり』を続けることこそが、叛服常《はんぷくつね》なき家臣たちに疑心を抱かせず長く安く働かせる秘訣である。厳しく相手を罰し続けていれば抵抗もまた激しくなり、さらなる敵を増やすばかり。差し引きは赤字となる。結局は『素知らぬ顔』こそがもっとも儲かるのだ。なんといっても、笑顔はタダだからな」

「だからぁ～！　私がイエヤスを褒めた瞬間にそうやって台無しにしないでよねーっ！　イヴァンちゃんにそんな言葉を聞かせたら泣くわよ～！」

「いや、射番は別だ」

「イヴァンは別で、私は別じゃないんかーい！　そもそも今言う台詞じゃないでしょ、今言う台詞じゃ！　どうしていつもそうなのよう、あんたってばあ!?　要は私を赤ちゃん扱いしてるんでしょー！」

「俺に言わせれば赤子のようなものだ。いよいよ房婦玩具との戦がはじまるぞ――決してえっだの森を業火に焼かせはしない。戦がはじまったら俺のもとを離れるな、世良鮒」

「……え？　あ、う、うん……た、頼りにしてるよ、イエヤス？」

ふざけているのかと思ってると、いきなり凜々《りり》しい顔を見せるんだから。びっくりしちゃうじゃない。やっぱりこの英雄の顔がイエヤスのほんとうの顔なのかなあ……とセラフィナは思った。


夜を徹した大宴会は夜明けとともにつつがなく終了し、事態は一件落着したかのように思われた。

だが、翌日から家康は閉口することになった。

プッチに関わった者を誰一人処罰せず、それどころか「セラフィナの女王即位」を宣言してエレオノーラの長年の夢を実現してのけた家康に「なんと器の大きいお方」といよいよ心酔したエレオノーラが、「敬愛するイエヤス様へ、どうか今日一日を平穏にお過ごしくださいね。妾が厳選した花の数々をどうぞお納めくださいね。永遠の忠誠を込めて～エレオノーラ」というメッセージとともに膨大な量の花束を屋敷に送りつけはじめたのだ。

エレオノーラは、新たに支給されるようになった外交費を家康へのプレゼント代に注ぎ込みはじめたらしい。エレオノーラが使える外交費に上限はなく、無制限に使い込めるので、彼女が家康へのプレゼントにかける費用はほんの数日のうちにエスカレートしていき、あっという間に天井知らずとなった。

「まさか氷のえるふの仮面を完全に外した途端に、阿呆滓がこれほどとてつもない無駄遣いをはじめるとは。俺がいくら吝嗇な生活を貫きながら桐子に銭を預けて国庫を潤わせても、阿呆滓が片っ端から浪費してしまうではないか！」

ついに五日目の朝、屋敷の東西南北四方ことごとくをエレオノーラが進呈してきた高額美麗な花束の数々に包まれてしまった家康は「もはや我慢ならん！」と音を上げた。あまりの剣幕に、イヴァンが慌てて「ちょっと馬小屋のスレイプニルに飼い葉を届けに行きますね？」と逃げだしたほどだった。

なにしろ家康の吝嗇ぶりは筋金入りである。

エの世界では、大切な馬小屋が壊れても「馬小屋は美麗でなくていい、むしろ壊れているくらいのほうが馬が丈夫に育つ」と言い張って修理を拒絶したくらいにケチなのである。

主君の命を何度も救った名馬スレイプニルを飼っている馬小屋も今、同じことになっている。スレイプニルが人語を話せたら「ドケチの主君を持って残念です」と愚痴るだろう。

また、エの世界でも異世界でも、家康は常に同じ一張羅の服装で通している。セラフィナが「いくら毎日洗濯してるからってさー、勇者なんだから一張羅はどうかなーっ？　っていうか私が洗濯させられてるんですけどー？」といくら新しい服を買えと騒いでも、家康は「全ては浪費を抑えてえっだの森を守るためである。服などは風邪から身を守れればそれで充分。俺自らが倹約の手本を見せるのだ」と馬耳東風。

さらには自分に届けられる贈り物に関しても病的に吝嗇で、エの世界ではある商人から貰った便器の飾り付けがあまりにも豪《ごう》華《か》絢爛《けんらん》過ぎたために「便器などをなぜ贅沢に飾り付ける！　無駄無駄無駄無駄。こんなものは要らん！」と癇癪を起こして破壊してしまったという逸話を残している。

しかも、後で癇癪が収まった家康は「しまった？　あんな高価なものをどうして壊してしまったのだ、もったいない！」と慌てて修理させようとしたが、多額の修繕費がかかるので渋々諦めたという。

そしてこの日の朝、エレオノーラが日々の贈り物の花に投じてきた膨大な金額を計算しているうちに家康の頭はとうとう沸騰してしまったのだった。

「やっほーおっはよー。ねえねえイエヤスイエヤスぅ、念願のケラケラミソがついに完成したよー！　早速味見してみそ～、なんちゃって～！　って、うわーエレオノーラってば、また送ってくる花を増やしてるよ～」

「来たか世良鮒！　なにを笑っているのだ！　観賞用の高級な花などは、煮ても焼いても食えぬし生薬の原料にもならん！　ただ枯らすのは惜しいのでいろいろ試したがまるで使えん、全て無駄だ！　そもそも外交費を用いてこの俺を接待してどうする。無駄無駄無駄！　直ちにやめさせろ！　あまりにももったいない、俺には耐えられん！　これ以上俺に無用の付け届けを続けるならば、阿呆滓の全権外交官の任を解かねばならんぞ！」

うっわ～ケチ臭い精神が限界まで達するとやっぱり親指の爪を噛んで地団駄を踏みはじめるんだ～幼児退行してんじゃんめんどくさ～とセラフィナは呆れつつ、家康を「どうどう」とあやしながら、エレオノーラのために弁護を試みた。

「ひえ～。なんでここまでイエヤスにのめり込んでるのかしらエレオノーラってば。まるで別人、いえ、別エルフじゃん。うーん、そう言えばどうしてエルフを指す時に『人』って単語を用いるんだろ？　って、そうじゃなくて！」

「一人でぶんぶんと手を振り回して、いったいなにを言いたいのだ、お前は」

「え、ええと～。まずは落ち着いてイエヤスぅ？　ほら、あの子って王都陥落以来、長年感情を押し殺してお堅く生きてきたから、私の女王即位を見届けて重圧から解放された反動が凄いというか……それだけイエヤスに感謝感激しているというか……あはは……」

「それでは、今後延々とこの贅沢極まる無駄な贈り物が届き続けるということか？　吝嗇を生き甲斐《いがい》とする俺にとっては恐怖でしかないわ！」

「私がなんとか説得してみるからぁ！　だからほら、爪を噛まないのっ！　深爪するでしょっ！　あれだけこだわっている衛生観念はどこに捨てたのよぅ？　困ったなあ〜」

「……頼む、世良鮒。あまりにももったいなくて、仕事も手に付かないし夜も安眠できん。阿呆滓を止めてくれ……頼む……胃が痛む……あああ、銭が、俺の大切な銭が……」

「あれ〜？　外交費の出所は国庫の銭でしょ、イエヤス個人の銭じゃないでしょ？」

「おっとしまった、つい本音が」

セラフィナは（エレオノーラの行きすぎたイエヤス崇拝熱を、どうすれば。思えば幼い頃のエレオノーラは、派手で情熱的な性格だったもんねー。これ以上浪費させたら、イエヤスの精神が崩壊しちゃうよう）という新たな悩みを抱えることになった。

セラフィナのように日中家康と同居でもすれば、「ふんどしは黄色いほうが長く使い回せる」と言い張る家康のケチ臭さに呆れて目も覚める、百年の恋だって一瞬で覚めるというものなのだが、今のエレオノーラは家康熱に憑かれていて誤解に誤解を積み上げていく状態なので「その吝嗇さも全てセラフィナ様を守るために身を削り恥を忍んでの倹約ですのね！　まさに勇者の振る舞いですわ！」とかえって暴走しかねない。

「でもまあ、エレオノーラは聡明だから、それが一番いいかもねっ！　よーし！　どーせ同じ荘園内で暮らしてるんだしぃ、今日からはエレオノーラもイエヤス邸の夕食に参加させよう！　貴族の懐柔仕事も減ったしね！　あー、おっはよーイヴァンちゃん、エレオノーラのもとにお使いをお願いっ！」

スレイプニルに餌を食べさせ終えたイヴァンが戻って来た。早速セラフィナに飛びつかれて困惑している。

「……は、はい。食卓が賑やかになるのは嬉しいですが、いいんですかイエヤス様？」

「どういう理屈で世良鮒がそんなことを言いだしたのかは知らんが、世良鮒が誰よりも阿呆滓に一番詳しいわけだしな。俺は今、藁《わら》にもすがりたい気分なのだ」

「贈り物を贈られて精神的に追い詰められるなんて、

イエヤスってほーんと変わってるねっ！　そもそも四六時中一緒に過ごせばぁ、贈り物は減るはずだよー！　だって相手と距離が離れているから贈り物を贈りたくなるわけじゃん？　私って天才！」

「だといいのだがな……今宵は阿呆滓も呼んで、けらけら味噌料理のお披露目と行くか」


当然、エレオノーラは「まあまあ、妾を夕餉《ゆうげ》に招待してくださるの？　承知ですわ！」と即座にイヴァンに返答。

この日から、家康邸で毎日夕食を取る顔ぶれは四人に増えた。

「やっほ〜エレオノーラ〜、ようこそイエヤス邸の食卓へ〜！　今日はねえ、私がついに完成させたケラケラミソ料理のお披露目日なんだよー！　イエヤスは茶色にこだわったけどさー、エルフ的に食欲をそそらないもんね。白く仕上げておいたから安心してっ！」

「お招きありがとうございます。セラフィナ様はお料理の腕をほんとうに磨かれましたわね。妾も、夕餉に招待頂いた返礼として、イエヤス様にたくさんの花束を……」

「か、観賞用の花はもうよい阿呆滓。枯らしてしまうのがあまりに惜しいのでな。花は食えるものか、薬に使えるものに限る」

「そうでしたの？　さすがはイエヤス様、今は戦時中ですものね！　いざという時に薬草や食用に転用できる花壇を造れと仰せなのですね！　それでは、こちらのアルケミラなどは如何でしょう？　エルフ貴族はお茶にも用いますし、サラダにも用いますわ！　花弁も調味料として利用できますので、無駄がありませんの」

「あー、いいねエレオノーラぁ。いい感じに苦くてイエヤス好みの味かもねっ！　私の子供舌にはちょっと苦過ぎるけど〜」

「それでは早速アルケミラの葉にケラケラミソを載せて頂きましょうか、イエヤス様」

「そうだな、射番。食えるものならば、俺はいくらでも喜んで頂こう。それでは、えっだの森の平和を祈って乾杯と行くか――」

「おーっ！　気合いのケラケラ酒、いっただきまーすぅ！」

「い、いくら女王に即位したとはいえお酒はまだ早いですわ、セラフィナ様！」

エルフ族随一の名門貴族令嬢エレオノーラが勇者家康の熱烈な崇拝者となったことで、エッダの森における家康の評判はいよいようなぎ登りになった。

エルフ族は、吝嗇な倹約話よりも、豪奢な逸話を喜ぶものなのだ。エレオノーラの怒濤《どとう》のプレゼント攻勢は、どれほどエレオノーラが家康を崇拝しているかを示す明確な指標になった。

そういう意味では、エレオノーラの法外なプレゼント攻勢は無駄ではなく、むしろ投資した金額以上に有効だったといえる。彼女自身は気づいていないが、やはりエレオノーラには家康が見抜いた通りに天性の外交官の才能があったらしい。

第十六話

　エッダの森から放逐され、王都のヴォルフガング一世のもとに生きて帰り着いた間者は、イヴァンは任務を果たしてプッチ誘発に成功したものの、セラフィナの身柄拘束を優先した王党派が家康の捕縛に失敗したこと、そのセラフィナがドワーフの手を借りて家康のもとに脱出した上、家康が王党派の要求を呑んで「王政復古」を認め、三頭政治体制を導入したためにプッチは自然解散したこと、家康がファウストゥスに命じて自分を捕らえさせてアナテマの術の真似事を行い、真犯人に仕立て上げて事態を収めたこと、イヴァンはなおも素知らぬ顔で家康の隣に侍っていてまだ正体を見破られていないことなどをヴォルフガング一世に告げていた。

　王都の自室で、苦虫を嚙みつぶしたかのような表情でその報告を聞いたヴォルフガング一世は、

「そうか。イヴァンは正体を知られていないか。まだ使えるな――だがお前は既に面が割れた。エッダの森担当からお前を外し、イヴァンとの連絡役は別の者に替える。お前には別の地域で働いてもらう。二度の失敗は許されんぞ、いいな」

　と生還した間者に言葉をかけると、（イエヤスが捕らえた間者を始末しなかったのはなぜだ？　バウティスタの時と同様か。人間族同士での遺恨を避けたいのか？）と呟きながら議会場へと向かい、急ぎ議員たちを招集した。

（アーデルハイドもバウティスタも開戦には反対するだろうな。しかしエッダの森接収は、皇国からの勅令。これ以上引き延ばせば、魔王軍の再侵攻も有り得る。暗黒大陸の情勢が不穏だという報告もある――やむを得まい。やると決めた以上、俺は徹底的にやる。だらだらとした中途半端な戦争は俺はやらん。完膚なきまでに勝利し、イエヤスを討ちエッダの森を接収する！　たとえ森一面を火の海にしてもだ！）

「諸君。残念ながら策をもってエッダの森を内側から落とすことはできなかった。騎士団長が誓約した半年の猶予期限はまもなく切れる。ここに至り、王国は聖

下の詔勅に従って開戦する他はなくなった。余自らが三万の精鋭部隊を率いてエッダの森に出兵する！」

と、議員たちに告げたのである。

「今日まで余は、対魔王軍戦に総力を注ぎ込むため、エッダの森への武力侵攻を避けるべく様々な手を打ってきた。ヘルマン騎士団長バウティスタも、外交的解決のために奔走してくれた。しかし！　エッダの森に籠もり大勢の異種族を続々と集結させている自称勇者のトクガワイエヤスは、余やバウティスタの好意をことごとく無視し、皇国にも帰順せず教団にも帰依せず、人間族との戦争準備に没頭している！　魔王軍との戦いに一丸とならねばならぬ今、奴は決して見過ごしておけん！　ジュドー大陸を魔王軍の侵攻から守るため、これより獅子身中の虫《しししんちゅうのむし》であるトクガワイエヤスを討つ！」

アンガーミュラー王国は、ヴォルフガング一世が全権を掌握している軍事独裁国家である。議会といっても、王の命令を承諾するための装置に過ぎない。王の開戦宣言に堂々と異を唱える者はいない。エッダの森討伐はそもそも皇国の教皇聖下からの「詔勅」なのだ。

それに、貴族議員たちはいつ平民王の寝首を掻くかわからない外様の曲者《くせもの》揃いだが、エッダの森を陥落させれば兵を出す彼らにも相応の利益が期待できることは言うまでもない。傭兵あがりで苦労人のヴォルフガング一世は人使いが上手く、論功行賞を決して間違えない男だ。「利」で貴族たちを従わせる術を心得ている。

それ故に、議員全員が「賛成でございます」とヴォルフガング一世に同意した。

（イエヤスめ。二度もアナテマの術を切り抜けたばかりか、術を逆用して真犯人を捏造し、己の保身に用いるとは。黒魔術使いを飼っているだけのことはある。もうあの術は使えんな。完全に修得されてはこちらが危ない――魔王軍がいつ侵攻してくるかわからない今、兵を損じたくはないが、戦で決着を付けるしかなくなった）

ヴォルフガング一世は「二度までもわが策を破られた」という屈辱に目を血走らせながらも、「それでは、出陣の準備にかかれ！　くれぐれも油断するな、イエヤスはエの世界から召喚されし伝説の勇者だ。長らく出会わなかった好敵手が余の前に立ちはだかったぞ！」と武人としての武者震いを抑えられなかった。

（だが、所詮は森に籠もりきりの臆病者よ。余の寛大な措置にことごとく逆らうとは。エルフ族を滅亡させたくないというのならば、籠城策など取らずに一人で大人しく森から退去するべきだったのだ。攻城戦の天才と呼ばれるこの余に軍を率いさせたことを後悔させてやる――！）

ついに、アンガーミュラー王国を率いるヴォルフガング一世が、そしてヘルマン騎士団長バウティスタがそれぞれの軍勢を率いて、「進軍先はエッダの森！」と号令を下す日が訪れた。

「開戦」の時、来たれり――。


エッダの森。

丘陵の上に聳える宮廷を、家康は大増築させていた。ドワーフギルドに命じて高層階を持つ「天守閣」を築き、戦時用の本営としたのである。森のあちこちから多くの巨木や巨石を集める大工事となったが、既に家康に心服しているエルフ貴族たちは我先にとばかりに「わが荘園の巨木をお使いください」「わが荘園の巨岩を是非とも」と家康に資材を提供。驚くべき速度で「天守閣」は完成した。

その日、セラフィナたち家康政権の主要メンバーが、完成した天守閣中層の「広間」に続々と集合してきた。

「はえ～。日夜コツコツと倹約して溜め込んできた資金を、一気にテンシュカクに投じたんだね～イエヤス～。でも、こんな高い塔を建ててなにか意味あるの？そりゃまあ見晴らしは最高だけど……」

「世良鮒。贅沢な建物に見えるかもしれんが、戦では士気が重要になる。とりわけ籠城戦ではな。太閤殿下は、小田原の戦場に絢爛《けんらん》たる天守閣を建てて敵を萎えさせ味方を鼓舞したものだ」

「大砲を操る人間軍の格好の的になりそうですが、それを承知で敢えて自ら敵の前に凛々しく立ちはだかってみせるのですねイエヤス様。籠城しながらも勇者自らが最前線に立つことで、われらの士気を高めようと――さすがですわ。妾も、最後までイエヤス様のお側《そば》に侍らせて頂きますわね」

大坂城を攻略した時には、淀君が居住している天守閣に南蛮渡りの最新鋭の大砲の弾を撃ち込んだものよ、と家康はエの世界での最後の戦、大坂の陣の光景を思い浮かべていた。

腕利きのクドゥク族諜報部隊を指揮しているイヴァンが、「エッダの森への攻撃準備を終えた騎士団長がイエヤス様に謁見したいとのことです。連れて参りました」と告げる。

そのイヴァンの隣には、ヘルマン騎士団長バウティスタ・フォン・キルヒアイスの姿があった。

「おお、暴痴州殿。そなたに半年の猶予を頂いたが、この家康の力及ばず、ついに開戦の運びとなった。宣戦布告に参られたか。世良鮒、特上級のすらいむ肉をお出しせよ」

「食事はご遠慮するイエヤス殿。私はヴォルフガング一世陛下の代理人として、宣戦布告状を持参しただけのこと。既に皇国からエッダの森接収の命を受けたアンガーミュラー王国軍三万、ヘルマン騎士団五千の連合軍が、王国領とエルフ領の境界となっているレイン河を渡り、ゲイラインゲル丘陵に布陣を終えている。

そちらの戦闘要員は異種族全てをかき集めても八千に満たないと見た。後は天然の堀となっているザス河一本を越えれば、エッダの森は火の海となる――どうか退去要請に応じてもらえないだろうか？」

「済まぬな暴痴州殿。のいす近郊の砂漠地帯への移住は、えるふには無理だそうだ。えるふは森がなければ生きられない種族よ。戻って王に伝えられよ。この徳川家康、小僧《こぞ》っ子《こ》に後れを取るもののふではない、七十余年の生涯を合戦に費やした生粋のいくさ人であると。魔王軍という真の敵を前にして、ここでわれらが消耗戦をしている場合ではないとも」

「……承知。エルフ族が定住できる代替地を準備できず、済まなかったイエヤス殿。そのお言葉、陛下にそのままお伝えする。陛下は、ご自身こそが魔王軍を討ち滅ぼす英雄たり得る戦士だという強烈な自負心と使命感を抱いている。イエヤス殿が『勇者』である限り、激突は避けられない――万一の落城の際には、ヘルマン騎士団がエルフ族たちを脱出させる道を密かに準備したい。それでどうか、私の至らなさを許して頂きたい」

「いえいえ、そのような情けは無用にございますよ騎士団長様。そもそもヴォルフガング一世は用心深い御仁。その脱出路の先に必ずや伏兵を配置致しましょう。アンガーミュラー王国はなお本国に五万ほどの予備兵を詰めておりますからねえ」

水晶球を操っていたファウストゥスのその言葉に、バウティスタは（まさか）と眉をひそめた。だが、確かにヴォルフガングならばやりかねない。

「それに――戦場から逃げる算段を考えさせれば、わが主君イエヤス様に敵うものはおりません。イエヤス様は、誠に逃げの達人」

「え、ええっと～。ご、ごめんね～バウティスタ～？ご、ご厚意はありがたーくいただくね～。でもほら、いざ逃げだすとなれば、正直者のあなたより、イエヤスの腹黒さのほうが悪い意味で確実だからあ～。全然自慢にならないけどねっ！」

「成る程、それもそうだな女王陛下。私は猪突猛進、攻めて攻めて攻めることしか取り柄がない女だ。イエヤス殿には、修羅場から生きて逃げ延びるための経験と智恵がある。了解した。ただしイエヤス殿？　もしもこの私が自ら戦場の最前線に出てきた時には、決して相手をせず全軍で森に籠もって頂きたい。軍を率いた私は、強い。守備は得手だが攻めは苦手なエルフ軍にとっては、私は天敵となるだろう。これで借りはお返しした――」

しかしこの「テンシュカク」は高過ぎる、まるで大砲の的だ、大砲の使用は皇国に厳しく制限されているが陛下が大砲を本格投入すれば危うい。バウティスタもまた、天守閣の危険性を家康に進言した。しかし家康は「ここから先は狸と狐の化かし合いよ暴痴州殿。俺の経験が勝つか、房婦玩具の天才が勝つかだ」と毅然とした表情で告げていた。

（ひゃあ？　大見得切ってるけれど実は腹痛が襲ってきているんだね、額から汗が浮かんでいるからわかっちゃう！　えーと。マンビョウエン、マンビョウエンを飲ませないと～！）

家康のちょっとした表情の違いから体調や本心を読み取れるようになってしまったセラフィナは、家康の薬棚の引き出しの中に入っているはずの万病円を慌てて探そうとした。だが、なにしろ各種自家製薬を大量に作り置きしている家康の薬棚はなんと四十段もある。どこになにが入っているのかを完璧に把握している者は家康ただ一人であった。

「ひゃあぁ、また薬が増えてるよう？　えーとえーと、どこだっけ!?　確か八段目っ？　いや、八段目はハチノジ――ハチミジオウガンが入ってるんだっけ？」

家康は「しっ。俺が爪を噛みはじめるまでは問題ない、落ち着け」とセラフィナのおでこを指ではじき、あくまでも「泰然自若とした歴戦のいくさ人」の表情を保ち続けた。

「ぐぎゃげえっ!?　イエヤスってば、使者の目の前で仮にもエルフ女王になんてことすんのよーう！　しかも、めっちゃ痛いやーん？　ガチでデコピンしたよね？　ひっどーい！」

「……やれやれ、女王陛下よ。使者の御前できゃんきゃんはしゃぐでない」

家康はなおも冷静を保ちながら、セラフィナに説教を垂れていた。だがこれは、バウティスタが「イエヤス殿は落ち着き払っている」とヴォルフガング一世に報告することを期待しての必死の演技であり、やせ我慢だった。「イエヤス殿は緊張のあまり今にも脱糞しそうでした」などと告げられては、ヴォルフガング一世をますます勢いづかせるばかりだ。あの種の男は、いったん調子づかせると恐ろしいほどに手が付けられなくなる。

「イエヤス殿、それでは私はこれで失礼する。天然の堀・ザス河にくれぐれもご注意を――エルフ族はザス河がある限り森は落ちないと信じているが、陛下の戦い方はわれら騎士団とはまるで異なる。過信と油断は即、落城と滅亡に繋がることをお忘れなく」

「問題ない。かねての打ち合わせ通りにやるぞ。憎威、もしもの時には頼まれてくれるな？」

「任せとけー、イエヤスの旦那～！　ドワーフギルド一世一代の大仕事、見事にやり遂げてやんよー！　騎士団長サン、人間の王様に伝えてくれよ！　敵はエルフだけではなかったー、ドワーフこそが真の強敵だったのだー、ってな！」

バウティスタは「このところ暗黒大陸からの情報が途絶えているらしい。魔王軍が想定より早く動きださねばいいのだが。一日も早くこの戦争を終わらせなければ――悪い予感がする」と呟きながら、イヴァンに「どうぞこちらへ」と案内されて退室していった。

ついにはじまったか……家康は、バウティスタが退室すると同時に「もはや耐えられん！」と自分の親指の爪に齧りついていた。

「とととうとう開戦だね、イエヤスぅ～？　どどどうしよう～？　暗黒大陸からの情報が途絶えてるって、なにげに凄いリークじゃなーい？　バウティスタは人間だけど正直で嘘をつかないからさー、ガチ情報だよきっと！」

「ええ。セラフィナ様のお言葉の通りですわ、イエヤス様。ファウストゥス殿が試みた暗黒大陸への使い魔上陸作戦も、ことごとく失敗に終わっております。やはり今回、魔王は回復まであと二十年を要しないのではないでしょうか？　だとすれば、人間とわれらのこの戦争で漁夫の利を得る者は魔王……」

「阿呆淬よ。魔王が仮に既に目覚めているとしても、この戦には直接介入しない。どちらかが倒れるまで、あるいは両者が疲弊して再起不能となるまで海の向こうで傍観するだろう。魔王軍が来るとすれば、われら両軍が疲弊しきった時だ――徹底的に消耗を避けつつ、房婦玩具とどうにかして和睦に持ち込まねばならん。厳しく難しい戦いになるぞ」

「はい。承知しております、イエヤス様！　全権外交官としてこのエレオノーラ、いつでも和睦交渉に乗り出す準備は整えておりますわ。わが命を賭してでも、エッダの森とセラフィナ様をお守り致します！」

「うむ。だが和睦するためには一戦して勝利を収め、あの自信家の王に『勝てない』と思わせねばならん。房婦玩具からその一勝をもぎ取ることが、最大の難事――小牧長久手の合戦の時のように、功を焦って突出してくれる将が敵軍から出てくれればよいのだが」

「人間軍の統制が乱れてくれれば、勝算が生まれるということですわね。ですが統制が乱れなければ、勝機は……」

「勝ち筋は果てしなく乏しくなる。かつて俺は、信長公の跡を継いで畿内一帯を制覇した太閤殿下と対峙し、小牧長久手の合戦を戦った。あの時はそれでも織田信雄という大将もいたし、背後には北条《ほうじょう》家も控え、完全に孤立していたわけではなかった。それ故に持久戦に耐えられたのだ。だが」

「この戦でのイエヤス様のお立場は、オオサカノジンのトヨトミ家そのもの。このエッダの森は最終防衛拠点で、外部から加勢してくれる勢力は既に……」

「そうだ。加勢してくれる者たちは、既に俺自身が漫遊旅行を敢行してかき集め終えている」

「対するヴォルフガング一世は、強大な自国軍を率いているばかりか、皇国という巨大な後ろ盾を得ており、その権威で大陸の諸勢力を抑えてしまっています」

いわば、豊臣家と家康の立場が逆転したようなものである。セラフィナもエレオノーラも「別人」とはいえ、その魂が過ごした前世の因果を今生でも背負っているのかもしれん、「落城という悲劇に見舞われる運命」という因果を、と家康は思った。しかもその因果は、他ならぬ家康自身が彼女たちに与えたものである。因果を断ち切れる者があるとすれば、それは家康本人以外にはないだろう。

「うっ。考えれば考えるほど、腹具合が……ぐ、ぐぬぬ」

「い、イエヤスぅ？　なんでマンビョウエンをガブ飲みしてるのかなーっ？　勝算はばっちりなんだよねー？　この半年間、徹底的にヴォルフガング一世の戦歴を調べ尽くして手の内は全て把握したんだよねーっ？　だいじょうぶでしょ？　だいじょうぶだよねーっ？　うわ〜っ、真っ青になっているイエヤスの顔を見ていると私まで不安になってきたー！　お願い、だいじょうぶって言ってよぅ〜！」

「……世良鮒よ。頭の中でどれほど計算を繰り返し演習を行っても、戦とは生き物だ。実際に戦ってみなければ勝敗はわからぬ。結局、最後は運だ」

「ギャ――――！　さんざん慎重に下準備してきて、結局は運頼みっ？　そんなぁ、おみくじみたいなこと言わないでーっ!?　私までお腹痛くなってきたー！　お願いっ、マンビョウエンを分けてっ！」

「やらんぞ。これは俺の薬だ」

「ケチ――っ！　ドケチ――っ！　さんざん薬草を一緒に選んであげたじゃーん！」

開戦を前に相変わらずみっともない言い合いを続ける二人を眺めながら、エレオノーラは（セラフィナ様はこんな時でも明るさを決して失わない。お強くなられました。隣に、イエヤス様がいてくださるからですのね。ビルイェル先代陛下、お父さま。どうか見ていてくださいませ。セラフィナ様はきっとだいじょうぶですわ）と目を潤ませながら頷いていた――。

※

ジュドー大陸の生物たちは、黒魔力カタラの濃度が濃い暗黒大陸に容易に立ち入ることができない。

故に、オークの王にして暗黒大陸を支配する魔王グレンデルが休眠している今もなお、都市を築かずに移動と略奪を繰り返す蛮族であるオーク族、知能は低いが恐るべき戦闘能力を持つ「巨人」トロール族、かつて黒魔術を極めるために暗黒大陸に移住した様々な種族から成る黒魔術師の末裔たちが割拠する、血と黒魔力と暴力に満ちた世界だった。

家康がジュドー大陸に召喚されてまもなくのことだった。

暗黒大陸南部。「死の沼」と呼ばれる、強力な黒魔力に汚染された不毛の沼地に、一人の人間の男が姿を現した。黒髪に黒い瞳。その男の年齢は、二十歳ほど。瞳から放つ眼光は異様な迫力に満ちていた――。

「死の沼」の中央には、水上に聳える石造りの塔、ヘオロット宮殿がある。最上階では、先の戦争で黒魔力を消耗した魔王グレンデルが眠りについている。魔王は「死の沼」から塔へと急速に黒魔力を吸い上げて再充塡しているのだ。

だが、人間の男は委細構わず「死の沼」の黒い水の中へと足を踏み入れ、宮殿へ向けてまっすぐに歩きはじめていた。「死の沼」の水は通常の人間ならば即死する濃度の黒魔力を含んでいるのだが、男はむしろ足から黒魔力を吸収し、いよいよ眼光を目映く輝かせはじめたのだった。

「おっ？　暗黒大陸に、人間だと？　貴様、なぜこの沼を渡れる？」

「陛下の安眠を妨げる者はよう、問答無用で処刑しろって命令されてんだよう」

「休戦中だからって、人間に縄張りを荒らされちゃあ黙っちゃいねえ。死んでもらうぜ！」

宮殿の警護に就いていたオーク族の近衛兵たちが、

槍や棍棒《こんぼう》を構えて一斉に若者へと立ち向かっていった。

屈強な肉体と圧倒的な戦闘能力を持つ彼らにとっては、たかが非力な人間一人など、子ウサギも同然だったのだ。

しかし。

「ヘッ、無礼者どもめが！　おおくどもよ、道を選べ！　俺と戦ってここで死ぬか、それとも俺にひれ伏すか、どちらかをな！」

若者は、おもむろに「三つ葉葵」の家紋を彫った印籠を懐から取り出してオークたちに突きつけた。オークたちは、その印籠を見た瞬間に得物を落とし硬直していた。

いったい何者だ、この人間は!?　この世界の者ではない！

「頭が高ぇんだよ、おおく野郎。俺こそは、魔王を討つ『勇者』になるはずだった男よ！　こいつは『勇者の印籠』だぜ！」

「勇者だと!?」

「なぜ暗黒大陸に？　勇者は、ジュドー大陸に召喚されるはず……」

「いったいなんのつもりで、陛下が眠る塔に!?」

「――ヘッ。勇者になるはずが、ちと事情が変わったのさ。天下統一どころか腹を切って死んじまった俺の魂は黒魔力に汚染され、勇者から『魔人』へと落とされた――！　だがよ、いざ魔人として召喚されてみりゃあ、これはこれで面白ぇ！　勇者特典は、せいぜい大気のぷねうまを体内に取り込んで体力を強化できる程度だけどよ、魔人はぷねうまよりも遥かに強大な黒魔力、かたらを自在に操れるからなぁ！」

「ま……『魔人』っ？」

「勇者になるべき者が、稀に黒魔力に汚染されて魔人として召喚されるという伝説を聞いたことはある……だが、まさか実在したとは？」

「陛下のもとへは行かせん！　陛下が黒魔力を再充塡し終えるまではまだ時間が……」

「……その必要はない。衛兵ども。儂は既に目覚めている。塔を増築し、黒魔力を集結する機能を高めた故、前回よりも二十年早く回復した――」

「――おお、グレンデル陛下！　われらオーク族の偉大なる王！」

「魔王様！　予定よりもお早いお目覚めで！」

ヘオロット宮殿の最上階で眠りについていたはずの魔王グレンデルは、「魔人」の出現に呼応したかの如く、塔の最下層へと飛び降りていた。その身長は、「魔人」の五倍は優にある。トロールに匹敵する巨体、オーク特有の敏捷性と暴力性、そしてオーク族の中でも飛び抜けて高い知能。さすがは混沌《こんとん》の暗黒大陸を一代で武力統一し、ジュドー大陸侵攻という偉業を成し遂げた王の中の王。その容貌は猛獣そのものであった。

だがまさか、その「目覚めの日」に、異世界から魔人が召喚されてこようとは。

「魔人とやら。暗黒大陸の掟は単純だ。強い者が、全てを従え支配する王となる。暴力こそが正義。ただそれだけよ。黒魔力に満ちたこの荒れ果てた大陸では、暴力以外の如何なる力も救いにはならず、役に立たなかった。故に、強者が支配者たる『魔王』にいつでも挑戦できる下克上の掟だけが貫かれてきたのだ」

「喜べ、ぐれんでる。俺ぁ異世界の魔王の玉座なんざには興味はねえ！　てめえとともに兵を率いて、今度こそ武士としてとことん暴れてみてえだけさ。どこまで戦えるのか、どこまで強くなったのかを、俺は戦場で確かめてみてえだけだ！」

「ほう。儂とあくまでも対等の関係を結ぼうと言うか。面白いな、魔人とは。貴様の名は？」

「俺の名は――徳川信康！　勇者徳川家康の嫡男よ！　親父の身代わりとなって、腹を切った男だ――これはこれでいいと死に臨んだが、いざ死んでみるとどうにも暴れ足りなくてよう。成仏するどころか、『ああ、俺はもっともっと戦いたかったなあ』という悔いの念が強過ぎてよう！　さらなる闘争を求めて、魔人に堕《お》ちたというわけだ！　きっと徳川家の狂躁《きょうそう》の血のせいだなあ、わははははぁっ！」

「……ほう。勇者の息子が、魔人となったのか……！　面白い。実に面白いぞ！」

そう。暗黒大陸に出現した「魔人」は、武田家内通騒動に巻き込まれて切腹した徳川家康の嫡男、岡崎三《さぶ》郎《ろう》こと徳川信康だったのだ――。

「だがなぜ、己の父親と戦う？」

「俺の母上を殺させた仇が親父だからよ！　信長から圧力かけられたからってよ、武門の意地をかけて母上を守り抜くことだってできたんだ。だが親父は信長を恐れるあまり、てめえの妻を犠牲にしやがった！　だからよ、俺の敵はあくまでも親父だ！　俺が母上の罪を被って切腹すればそれで済んだものを、あの小心者の親父はよーっ！　どちらも俺には殺せない、どちらも選べないとほざいたあげく、結局どちらも死なせやがった！」

信康の怒りは、自分よりも母の築山殿——瀬名姫を斬らせたという一点で、父家康へと向けられていた。そしてその怒りが、信康を魔人に落としたのだ。

「俺はよ、自分が無駄死にしたことを怒ってるんじゃねえ！　俺自身が決めたことだからな！　ぐだぐだ迷って、母上を救えなかった親父の優柔不断さが許せねえのよ！　てめえには勇者なんぞを名乗る資格なんざねえと、あの狸親父に知らしめてやりてえのよ！」

「おお、その意気や善し！　承知した！　それでは儂は、うぬを対等の同盟者として遇しよう。ともにジュドー大陸へ攻め入ろうぞ！」

魔王と魔人が、握手を交わしていた——。

あとがき

突然訪れたテレワーク自粛生活も既に一年半。蟄居謹慎中の一橋慶喜のような心境の作者です。先日やっと二度目のワクチンを接種できましたが、「デルタ株はブレイクスルー感染しますから引き続き注意してください」とかかりつけのドクターに言われて軽く絶望しております。

そんな陰々滅々とした引きこもり生活の中、質素倹約とばかりに二枚の下着と二足の靴下をずっと使い回していますが、毎日洗濯しているので問題ないぜ。三度の飯も、外食できないから粗食だオートミールだ。そういえばその昔、玄米麦飯しか食わず、黄色い下着しか使わないドケチの戦国武将がいたような……そうだ、徳川家康だ！

「異世界×戦国武将」を書きませんかという話になると、当然すぐに「じゃあ織田信長で」と言われるわけですが、いやそれ「ドリフターズ」のパクリにしかなりませんから。じゃあ誰にすればいいのさ……戦国史には、土日月先生の元祖本家「慎重勇者」に比肩する慎重な天下人がいるではないですか。そう、「鳴かぬなら鳴くまで待とうホトトギス」の徳川家康です。

関ヶ原で勝利した時、既に五十九歳。この時点でもう寿命が近いのに、大坂城を落として天下統一事業を達成した時には実に七十四歳！　慎重すぎるわ！　この十五年間、日々老いていく家康はいったいなにをしていたのか？　実は、漢方薬を研究し、自ら調合して服用し続けていたのです。腹心の本多正信と謀略を練りながら、薬研でゴリゴリと生薬を砕いていたのです。

家康は天下を狙って長生きを心がけていたというよりも、死にたくなくて健康を追求していたら自分より強い武将がみんな死んだのでたまたま繰り上がりで天下が転がり込んできたという、英雄性のかけらもない地味な武将だと思います。同時代人にも「ケチすぎて天下人にはなれない」と言われておりました。だが、そこが今の時代にぴったりです。陰キャの狸親父と言われようが、生き延びた者が勝ちなのです。

また家康には、日本史上最高のバブル期だった安土桃山時代に全力で抗う庶民感覚溢れる吝嗇さや、脱糞という有名なエピソードもあります。家康を女体化した時には脱糞ネタはＮＧにされていたのですが、男のまま描けば問題ないぜ。たぶん。

そんなわけで、英雄とか勇者というキャラからもっとも程遠い陰キャの徳川家康が、まったく場違いな西洋風のファンタジー世界に放り込まれて唐突に勇者に任命されてしまったら、いったいどうするのか？　とりあえず爪を噛むことは確定としてその後は？　という異世界ＩＦを描いてみました。

ただ、実は家康はイギリス人の三浦按針を家臣に抱えて海外交易をやらせたりと、意外に国際感覚があるんです。銭になるなら、なんでもする人なのです。そこが唯一の勝機でしょうか。家康の没後、幕府はいわゆる鎖国路線に舵を切り、三浦按針の一族は消息不明に……闇の深い話ですが、家康自身は知らないことです。

最後になりましたが、愛らしいエルフの王女セラフィナやショタっ子のイヴァンを描いてくださいましたainezu先生にお礼を申しあげます。前田利家が主役だったら事案でした。

ついに異種族VS人間の戦争が始まり、
家康の取る戦略は――まさかの引き籠もり!?

「敵が死ぬまで待てば良い」は異世界でも通用するのか！
新たな敵も登場し、家康の天下統一の行方は――

第2巻は2021年10月

電撃の新文芸

ハズレ武《ぶ》将《しょう》『慎《しん》重《ちょう》家《いえ》康《やす》』と、エルフの王《おう》女《じょ》による異《い》世《せ》界《かい》天《てん》下《か》統《とう》一《いつ》

著者／春《かす》日《が》みかげ

イラスト／ainezu

2021年9月17日　初版発行

発行者／青柳昌行
発行／株式会社ＫＡＤＯＫＡＷＡ
〒102-8177　東京都千代田区富士見2-13-3
0570-002-301（ナビダイヤル）
印刷／図書印刷株式会社
製本／図書印刷株式会社

【初出】……………………………………………………………………………………
本書は、カクヨムに掲載された『ハズレ武将『慎重家康』と、エルフの王女による異世界天下統一』を加筆修正したものです。

ISBN978-4-04-913783-5　C0093　Printed in Japan

ファンレターあて先
〒102-8177
東京都千代田区富士見2-13-3
電撃の新文芸編集部

「春日みかげ先生」係
「ainezu先生」係

野生のＪＫ柏野由紀子は、異世界で酒場を開く

著／Ｙ・Ａ
イラスト／すざく

TVアニメ化もされた
『八男って、それはないでしょう！』
の著者が贈る最新作！

『野生のJK』こと柏野由紀子は今は亡き猟師の祖父から様々な手ほどきを受け、サバイバル能力もお墨付き。

そんな彼女はひょんなことから異世界へ転移し、大衆酒場『ニホン』を営むことに。由紀子自らが獲った新鮮な食材で作る大衆酒場のメニューと健気で可愛らしい看板娘のララのおかげで話題を呼び、大商会のご隠居や自警団の親分までが常連客となる繁盛っぷり。しかも、JK女将が営む風変わりなお店には個性豊かな異世界の客たちが次々と押し寄せてきて！

電撃の新文芸

ステラエアサービス

曙光行路

著／有馬桓次郎
イラスト／よしづきくみち

緋色の翼が導く先に、
はるかな夢への
針路がある。

亡き父に憧れ商業飛行士デビューした天羽家の次女“夏海”は、高校に通う傍ら、空の運び屋集団・甲斐賊の一員として悪戦苦闘の日々をスタートさせた。

受け継いだ赤備えの三式連絡機「ステラ」を駆り、夢への一歩を踏み出した彼女だったが、パイロットとして致命的な欠点を持っていて――。

南アルプスを仰ぐ県営空港を舞台に三姉妹が営む空の便利屋「ステラエアサービス」が繰り広げる、家族と絆の物語。

電撃の新文芸

超世界転生エグゾドライブ01

―激闘！　異世界全日本大会編―〈上〉

著／珪素
イラスト／輝竜　司
キャラクターデザイン／zunta

一番優れた異世界転生ストーリーを決める！
世界救済バトルアクション開幕！

　異世界の実在が証明された20XX年。科学技術の急激な発展により、異世界救済は娯楽と化した。そのゲームの名は《エグゾドライブ》。チート能力を４つ選択し、相手の裏をかく戦略を組み立て、どちらがより迅速により鮮烈に異世界を救えるかを競い合う！　常人の9999倍のスピードで成長するも、神様に気に入られるようにするも、世界の政治を操るも何でもあり。これが異世界転生の進化系！　世界救済バトルアクション開幕！

電撃の新文芸

悪役令嬢になったウチのお嬢様がヤクザ令嬢だった件。

著／翅田大介
イラスト／珠梨やすゆき

ケジメを付けろ！？型破り悪役令嬢の破滅フラグ粉砕ストーリー、開幕！

「聞こえませんでした？　指を落とせと言ったんです」
　その日、『悪役令嬢』のキリハレーネは婚約者の王子に断罪されるはずだった。しかし、意外な返答で事態は予測不可能な方向へ。少女の身体にはヤクザの女組長である霧羽が転生してしまっていたのだった。お約束には従わず、曲がったことを許さない。ヤクザ令嬢キリハが破滅フラグを粉砕する爽快ストーリー、ここに開幕！

傷心公爵令嬢レイラの逃避行 上

溺愛×監禁。婚約破棄の末に
逃げだした公爵令嬢が
囚われた歪な愛とは――。

事故による２年もの昏睡から目覚めたその日、レイラは王太子との婚約が破棄された事を知った。彼はすでにレイラの妹のローゼと婚約し、彼女は御子まで身籠もっているという。全てを犠牲にし、厳しい令嬢教育に耐えてきた日々は何だったのか。たまらず公爵家を逃げ出したレイラを待っていたのは、伝説の魔術師からの求婚。そして婚約破棄したはずの王太子からの執愛で――？

著／染井由乃
イラスト／鈴ノ助

電撃の新文芸

隠居勇者は売れ残りエルフと余生を謳歌する

**疲れた元勇者が雇ったメイドさんは、
銀貨３枚の年上エルフ!?
美人エルフと一つ屋根の下、
不器用で甘い異世界スローライフ！**

　魔王を討伐した元勇者イオンは戦いのあと、早々に隠居することを決めたものの、生活力が絶望的にたりなかった……。そこで、メイドとして奴隷市場で売れ残っていた美人でスタイル抜群なエルフのお姉さん、ノーチェさん、ひゃく……28歳を雇い、一つ屋根の下で一緒に生活することに！　隠居生活のお供は超年上だけど超美人なエルフのお姉さん！　甘い同棲生活、始めました！

著／逢坂為人
イラスト／淡雪

電撃の新文芸